मानसरोवर

भाग-6

प्रेमचंद

टू साइन

प्रकाशक : ट्रू साइन पब्लिशिंग हाउस
पता : SY.N0.21/2 & 21/3, सोननहल्ली,
कृष्णराजपुरल, बेंगलुरु, कर्नाटक – 560049, भारत

ईमेल: books@truesign.in

वेबसाइट: www.truesign.in

मानसरोवर भाग-6
प्रेमचंद

ISBN: 978-93-90852-01-7

संस्करण: 2022

प्रेमचंद जी का जीवन परिचय

प्रेमचंद का जन्म ३१ जुलाई १८८० को वाराणसी के निकट लमही गाँव में हुआ था। उनकी माता का नाम आनन्दी देवी था तथा पिता मुंशी अजायबराय लमही में डाकमुंशी थे। उनकी शिक्षा का आरंभ उर्दू, फारसी से हुआ और जीवनयापन का अध्यापन से पढ़ने का शौक उन्हें बचपन से ही लग गया। 13 साल की उम्र में ही उन्होंने तिलिस्म-ए-होशरुबा को पढ़ लिया और उन्होंने उर्दू के मशहूर रचनाकार रतननाथ 'शरसार', मिर्ज़ा हादी रुस्वा और मौलाना शरर के उपन्यासों से परिचय प्राप्त कर लिया था। १८९८ में मैट्रिक की परीक्षा उत्तीर्ण करने के बाद वे एक स्थानीय विद्यालय में शिक्षक के रूप में नियुक्त हो गए। नौकरी के साथ ही उन्होंने अपनी पढ़ाई जारी रखी। १९१० में उन्होंने अंग्रेजी, दर्शन, फारसी और इतिहास से इंटर पास किया और १९१९ में बी.ए. पास करने के बाद शिक्षा विभाग के इंस्पेक्टर पद पर नियुक्त हो गए थे। सात वर्ष की अवस्था में उनकी माता तथा चौदह वर्ष की अवस्था में पिता का देहान्त हो जाने के कारण उनका प्रारंभिक जीवन संघर्षमय रहा। उनका पहला विवाह उन दिनों की परंपरा के अनुसार पंद्रह साल की उम्र में हुआ जो सफल नहीं रहा। १९०६ में उनका दूसरा विवाह शिवरानी देवी से हुआ जो बाल-विधवा थीं। वे सुशिक्षित महिला थीं जिन्होंने कुछ कहानियाँ और प्रेमचंद घर में शीर्षक पुस्तक भी लिखी। उनकी तीन संताने हुईं-श्रीपत राय, अमृत राय और कमला देवी श्रीवास्तव। १८९८ में मैट्रिक की परीक्षा उत्तीर्ण करने के बाद वे एक स्थानीय विद्यालय में शिक्षक नियुक्त हो गए। नौकरी के साथ ही उन्होंने पढ़ाई जारी रखी। १९१० में उन्होंने अंग्रेजी, दर्शन, फारसी और इतिहास विषयसहित इंटर पास किया। १९१९ में बी.ए पास करने के बाद वे शिक्षा विभाग के इंस्पेक्टर पद पर नियुक्त हुए।

१९२१ ई. में असहयोग आंदोलन के दौरान महात्मा गाँधी के सरकारी नौकरी छोड़ने के आह्वान पर स्कूल इंस्पेक्टर पद से त्यागपत्र दे दिया। इसके बाद उन्होंने लेखन को अपना व्यवसाय बना लिया। मर्यादा, माधुरी आदि पत्रिकाओं में वे संपादक पद पर कार्यरत रहे। इसी दौरान उन्होंने प्रवासीलाल के साथ मिलकर सरस्वती प्रेस भी खरीदा तथा हंस और जागरण निकाला। प्रेस उनके लिए व्यावसायिक रूप से लाभप्रद सिद्ध नहीं हुआ। १९३३ ई. में अपने ऋण को पटाने के लिए उन्होंने मोहनलाल भवनानी के सिनेटोन कंपनी में कहानी लेखक के रूप में काम करने का प्रस्ताव स्वीकार कर लिया। फिल्म नगरी प्रेमचंद को रास नहीं आई। वे एक वर्ष का अनुबंध भी पूरा नहीं कर सके और दो महीने का वेतन छोड़कर बनारस लौट आए। उनका स्वास्थ्य निरंतर बिगड़ता गया। लम्बी बीमारी के बाद ८ अक्टूबर १९३६ को उनका निधन हो गया। वे आर्य समाज से प्रभावित रहे जो उस समय का बहुत बड़ा धार्मिक और सामाजिक आंदोलन हुआ करता था। उन्होंने विधवा-विवाह का समर्थन किया और १९०६ में

दूसरा विवाह अपनी प्रगतिशील परंपरा के अनुरूप बाल-विधवा शिवरानी देवी से किया। उनकी तीन संताने हुईं- श्रीपत राय, अमृत राय और कमला देवी श्रीवास्तव। १९१० में उनकी रचना सोज़े-वतन (राष्ट्र का विलाप) के लिए हमीरपुर के जिला कलेक्टर ने तलब किया और उन पर जनता को भड़काने का आरोप लगाया। सोजे-वतन की सभी प्रतियाँ जब्त कर नष्ट कर दी गईं। कलेक्टर ने नवाबराय को हिदायत दी कि अब वे कुछ भी नहीं लिखेंगे, यदि लिखा तो जेल भेज दिया जाएगा। इस समय तक प्रेमचंद, धनपत राय नाम से लिखते थे। उर्दू में प्रकाशित होने वाली ज़माना पत्रिका के सम्पादक और उनके अजीज दोस्त मुंशी दयानारायण निगम ने उन्हें प्रेमचंद नाम से लिखने की सलाह दी। इसके बाद वे प्रेमचन्द के नाम से लिखने लगे। उन्होंने आरंभिक लेखन ज़माना पत्रिका में ही किया। जीवन के अंतिम दिनों में वे गंभीर रूप से बीमार पड़े। उनका उपन्यास मंगलसूत्र पूरा नहीं हो सका और लम्बी बीमारी के बाद ८ अक्टूबर १९३६ को उनका निधन हो गया। उनका अंतिम उपन्यास मंगल सूत्र था जो उनके पुत्र अमृत ने पूरा किया था।

साहित्यिक जीवन

प्रेमचंद के साहित्यिक जीवन का आरंभ १९०१ से हुआ थ | आरंभ में वे नवाब राय के नाम से उर्दू में लिखते थे। प्रेमचंद के लेख पहली रचना के अनुसार उनकी पहली रचना अपने मामा पर लिखा व्यंग्य थी, जो अब अनुपलब्ध है। उनका पहला उपलब्ध लेखन उर्दू उपन्यास 'असरारे मआबिद' है जो धारावाहिक रूप में प्रकाशित हुआ। इसका हिंदी रूपांतरण देवस्थान रहस्य नाम से हुआ। प्रेमचंद का दूसरा उपन्यास 'हमखुर्मा व हमसवाब' है जिसका हिंदी रूपांतरण 'प्रेमा' नाम से १९०७ में प्रकाशित हुआ। १९०८ ई. में उनका पहला कहानी संग्रह सोज़े-वतन प्रकाशित हुआ। देशभक्ति की भावना से ओतप्रोत इस संग्रह को अंग्रेज़ सरकार ने प्रतिबंधित कर दिया और इसकी सभी प्रतियाँ जब्त कर लीं और इसके लेखक नवाब राय को भविष्य में लेखन न करने की चेतावनी दी। इसके कारण उन्हें नाम बदलकर लिखना पड़ा। 'प्रेमचंद' नाम से उनकी पहली कहानी बड़े घर की बेटी ज़माना पत्रिका के दिसम्बर १९१० के अंक में प्रकाशित हुई।

१९१५ ई. में उस समय की प्रसिद्ध हिंदी मासिक पत्रिका सरस्वती के दिसम्बर अंक में पहली बार उनकी कहानी सौत नाम से प्रकाशित हुई। १९१८ ई. में उनका पहला हिंदी उपन्यास सेवासदन प्रकाशित हुआ। इसकी अत्यधिक लोकप्रियता ने प्रेमचंद को उर्दू से हिंदी का कथाकार बना दिया। हालाँकि उनकी लगभग सभी रचनाएँ हिंदी और उर्दू दोनों भाषाओं में प्रकाशित होती रहीं। उन्होंने लगभग ३०० कहानियाँ तथा डेढ़ दर्जन उपन्यास लिखे।

१९२१ में असहयोग आंदोलन के दौरान सरकारी नौकरी से त्यागपत्र देने के बाद वे पूरी तरह साहित्य सृजन में लग गए। उन्होंने कुछ महीने मर्यादा नामक पत्रिका का संपादन किया। इसके बाद उन्होंने लगभग छह वर्षों तक हिंदी पत्रिका माधुरी का संपादन किया। उन्होंने १९३० में बनारस से अपना मासिक पत्र हंस का प्रकाशन शुरू किया। १९३२ ई. में उन्होंने हिंदी साप्ताहिक पत्र जागरण का प्रकाशन आरंभ किया। उन्होंने लखनऊ में १९३६ में अखिल

भारतीय प्रगतिशील लेखक संघ के सम्मेलन की अध्यक्षता की। उन्होंने मोहन दयाराम भवनानी की अजंता सिनेटोन कंपनी में कथा-लेखक की नौकरी भी की। १९३४ में प्रदर्शित फिल्म मजदूर की कहानी उन्होंने ही लिखी थी।

मरणोपरांत उनकी कहानियाँ "मानसरोवर" नाम से ८ खंडों में प्रकाशित हुईं।

रचनाएँ

बहुमुखी प्रतिभासंपन्न प्रेमचंद ने उपन्यास, कहानी, नाटक, समीक्षा, लेख, सम्पादकीय, संस्मरण आदि अनेक विधाओं में साहित्य की सृष्टि की। उनकी ख्याति कथाकार के तौर पर हुई और अपने जीवन काल में ही वे 'उपन्यास सम्राट' की उपाधि से सम्मानित हुए।

-प्रकाशक

अनुक्रमणिका

1. यह मेरी-मातृभूमि है 7
2. राजा हरदौल 12
3. त्यागी का प्रेम 22
4. रानी सारंधा 34
5. शाप 48
6. मर्यादा की वेदी 73
7. मृत्यु के पीछे 86
8. पाप का अग्निकुण्ड 95
9. आभूषण 104
10. जुगनू की चमक 120
11. गृह-दाह 129
12. धोखा 144
13. लाग-डांट 151
14. अमावस्या की रात्रि 157
15. चकमा 165
16. पछतावा 171
17. आप- बीती 181
18. राज्य-भक्ति 188
19. अधिकार-चिन्ता 202
20. दुराशा 206

यह मेरी मातृभूमि है

आज पूरे 60 वर्ष के बाद मुझे मातृभूमि-प्यारी मातृभूमि के दर्शन प्राप्त हुए हैं। जिस समय मैं अपने प्यारे देश से विदा हुआ था और भाग्य मुझे पश्चिम की ओर ले चला था, उस समय मैं पूर्ण युवा था। मेरी नसों में नवीन रक्त संचालित हो रहा था। हृदय उमंगों और बड़ी-बड़ी आशाओं से भरा हुआ था। मुझे अपने प्यारे भारतवर्ष से किसी अत्याचारी के अत्याचार या न्याय के बलवान हाथों ने नहीं जुदा किया था। अत्याचारी के अत्याचार और कानून की कठोरताएँ मुझसे जो चाहे करा सकती हैं, मगर मेरी प्यारी मातृभूमि मुझसे नहीं छुड़ा सकती। वे मेरी उच्च अभिलाषाएँ और बड़े-बड़े ऊँचे विचार ही थे, जिन्होंने मुझे देश-निकाला दिया था।

मैंने अमेरिका जाकर वहाँ खूब व्यापार किया और व्यापार से धन भी खूब पैदा किया तथा धन से आनंद भी खूब मनमाने लूटे। सौभाग्य से पत्नी भी ऐसी मिली, जो सौंदर्य में अपना सानी आप ही थी। उसकी लावण्यता और सुन्दरता की ख्याति तमाम अमेरिका में फैली। उसके हृदय में ऐसे विचार की गुंजाइश भी न थी, जिसका संबंध मुझसे न हो, मैं उस पर तन-मन से आसक्त था और वह मेरी सर्वस्व थी। मेरे पाँच पुत्र थे जो सुन्दर, हृष्ट-पुष्ट और ईमानदार थे। उन्होंने व्यापार को और भी चमका दिया था। मेरे भोले-भाले नन्हें-नन्हें पौत्र गोद में बैठे हुए थे, जबकि मैंने प्यारी मातृभूमि के अंतिम दर्शन करने को अपने पैर उठाये। मैंने अनंत धन, प्रियतमा पत्नी, सपूत बेटे और प्यारे-प्यारे जिगर के टुकड़े नन्हें-नन्हें बच्चे आदि अमूल्य पदार्थ का केवल इसीलिए परित्याग कर दिया कि मैं प्यारी भारत-जननी का अंतिम दर्शन कर लूँ। मैं बहुत बूढ़ा हो गया हूँ; दस वर्ष के बाद पूरे सौ वर्ष का हो जाऊंगा। अब मेरे हृदय में केवल एक ही अभिलाषा बाकी है कि मैं अपनी मातृभूमि का रजकण बनूँ।

यह अभिलाषा कुछ आज ही मेरे मन में उत्पन्न नहीं हुई, बल्कि उस समय भी थी जब मेरी प्यारी पत्नी अपनी मधुर बातों और कोमल कटाक्षों से मेरे हृदय को प्रफुल्लित किया करती थी। और जबकि मेरे युवा पुत्र प्रात:काल आकर अपने वृद्ध पिता को सभक्ति प्रणाम करते, उस समय भी मेरे हृदय में एक काँटा-सा खटखटाता रहता था कि मैं अपनी मातृभूमि से अलग हूँ। यह देश मेरा देश नहीं है और मैं इस देश का नहीं हूँ।

मेरे पास धन था, पत्नी थी, लड़के थे और जायदाद थी, मगर न मालूम क्यों, मुझे रह-रहकर मातृभूमि के टूटे झोंपड़े, चार-छै बीघा मौरूसी जमीन और बालपन की लँगोटियाँ यारों की याद अक्सर सता जाया करती। प्राय: अपार प्रसन्नता और आनंदोत्सव के अवसर पर भी यह विचार हृदय में चुटकी लिया करता था कि ''यदि मैं अपने देश में होता।''

2

जिस समय मैं बंबई में जहाज से उतरा, मैंने पहिले काले कोट-पतलून पहने टूटी-फूटी अँगरेजी बोलते हुए मल्लाह देखे। फिर अँगरेज़ी दूकान, ट्राम और मोटरगाड़ियाँ दीख पड़ी। इसके बाद रबरटायर वाली गाड़ियों की ओर मुँह में चुरट दाबे हुए आदमियों से मुठभेड़ हुई। फिर रेल का विक्टोरिया टर्मिनल स्टेशन देखा। बाद में मैं रेल में सवार होकर हरी-भरी पहाड़ियों के मध्य में स्थित अपने गाँव को चल दिया। उस समय मेरी आँखों में आँसू भर आये और मैं खूब रोया, क्योंकि यह मेरा देश न था। यह वह देश न था, जिसके दर्शनों की इच्छा सदा मेरे हृदय में लहराया करती थी। यह तो कोई और देश था। यह अमेरिका या इंग्लैंड था; मगर प्यारा भारत नहीं था।

रेलगाड़ी जंगलों, पहाड़ों, नदियों और मैदानों को पार करती हुई मेरे प्यारे गाँव के निकट पहुँची, जो किसी समय में फूल, पत्तों और फलों की बहुतायत तथा नदी-नालों की अधिकता से स्वर्ग की होड़ कर रहा था। मैं उस गाड़ी से उतरा, तो मेरा हृदय बाँसों उछल रहा था-अब अपना प्यारा घर देखूँगा-अपने बालपन के प्यारे साथियों से मिलूँगाँ। मैं इस समय बिलकुल भूल गया था कि मैं 90 वर्ष का बूढ़ा हूँ। ज्यों-ज्यों मैं गाँव के निकट आता था, मेरे पग शीघ्र-शीघ्र उठते थे और हृदय में अकथनीय आनंद का स्रोत्र उमड़ रहा था। प्रत्येक वस्तु पर आँखें फाड़-फाड़कर दृष्टि डालता। अहा ! यह वही नाला है, जिसमें हम रोज घोड़े नहलाते थे और स्वयं भी डुबकियाँ लगाते थे, किन्तु अब उसके दोनों और काँटेदार तार लगे हुए थे। सामने एक बँगला था, जिसमें दो अँगरेज बँदूकें लिये इधर-उधर ताक रहे थे। नाले में नहाने की सख्त मनाही थी।

गाँव में गया और निगाहें बालपन के साथियों को खोजने लगीं, किन्तु शोक ! वे सब के सब मृत्यु के ग्रास हो चुके थे। मेरा घर-मेरा टूटा-फूटा झोपड़ा-जिसकी गोद में मैं बरसों खेला था, जहाँ बचपन और बेफ्रिकी का आनंद लूटे थे और जिनका चित्र अभी तक मेरी आँखों में फिर रहा था, वही मेरा प्यार घर अब मिट्टी का ढेर हो गया था।

यह स्थान गैर-आबाद न था। सैकड़ों आदमी चलते-फिरते दृष्टि में आते थे, जो अदालत-कचहरी और थाना-पुलिस की बातें कर रहे थे, उनके मुखों से चिंता, निर्जीवता और उदासी प्रदर्शित होती थी और वे सब सांसारिक चिंताओं से व्यथित मालूम होते थे। मेरे साथियों के समान हृदय-पुष्ट, बलवान, लाल चेहरे वाले नवयुवक कहीं न दीख पड़ते थे। उस अखाड़े के स्थान पर जिसकी जड़ मेरे हाथों ने डाली थी, अब एक टूटा-फूटा स्कूल था। उसमें दुर्बल तथा कांतिहीन, रोगियों की-सी सूरत वाले बालक फटे कपड़े पहिने बैठे ऊँघ रहे थे। उनको देखकर सहसा मेरे मुख से निकल पड़ा कि नहीं-नहीं, यह मेरा प्यारा देश नहीं है।

बरगद के पेड़ की ओर मैं दौड़ा, जिसकी सुहावनी छाया में मैंने बचपन के आनंद उड़ाये थे, जो हमारे छुटपन का क्रीड़ास्थल और युवावस्था का सुखद वासस्थान था। आह ! इस प्यारे बरगद को देखते ही हृदय पर एक बड़ा आघात पहुँचा और दिल में महान् शोक उत्पन्न हुआ। उसे देखकर ऐसी-ऐसी दु:खदायक तथा हृदय-विदारक स्मृतियाँ ताजी हो गयीं कि घण्टों पृथ्वी

पर बैठे-बैठे मैं आँसू बहाता रहा। हाँ ! यही बरगद है, जिसकी डालों पर चढ़कर मैं फुनगियों तक पहुँचता था, जिसकी जटाएँ हमारी झूला थीं और जिसके फल हमें सारे संसार की मिठाइयों से अधिक स्वादिष्ट मालूम होते थे। मेरे गले में बाहे डालकर खेलने वाले लँगोटिया यार, जो कभी रूठते थे, कभी मनाते थे, कहाँ गये ? हाय, बिना घरबार का मुसाफिर अब क्या अकेला हूँ ? क्या मेरा कोई भी साथी नहीं ? इस बरगद के निकट अब थाना था और बरगद के नीचे कोई लाल साफा बाँधे बैठा था। उसके आस-पास दस-बीस लाल पगड़ी वाले करबद्ध खड़े थे। वहाँ फटे-पुराने कपड़े पहने, दुर्भिक्षग्रस्त पुरुष, जिस पर अभी चाबुकों की बौछार हुई थी, पड़ा सिसक रहा था। मुझे ध्यान आया कि यह मेरा प्यारा देश नहीं है, कोई और देश है। यह योरोप है, अमेरिका है, मगर मेरी प्यारी मातृभूमि नहीं है- कदापि नहीं है।

3

इधर से निराश होकर मैं उस चौपाल की ओर चला, जहाँ शाम के वक्त पिताजी गाँव के अन्य बुजुर्गों के साथ हुक्का पीते और हँसी-कहकहे उड़ाते थे। हम भी उस टाट के बिछौने पर कलाबाजियाँ खाया करते थे। कभी-कभी वहाँ पंचायत भी बैठती थी, जिसके सरपंच सदा पिताजी ही हुआ करते थे। इसी चौपाल के पास एक गोशाला थी, जहाँ गाँव भर की गायें रखी जाती थीं, और बछड़ों के साथ हम यहीं किलोलें किया करते थे। शोक ! कि अब उस चौपाल का पता तक न था। वहाँ अब गाँवों में टीका लगाने की चौकी और डाकखाना था।

उस समय इसी चौपाल से लगा एक कोल्हवाड़ा था, जहाँ जाड़े के दिनों में ईख पेरी जाती थी और गुड़ की सुगंध से मस्तिष्क पूर्ण हो जाता था। हम और हमारे साथी वहाँ गंडरियों के लिए बैठे रहते और गंडरियाँ करने वाले मजदूरों के हस्तलाघव को देखकर आश्चर्य किया करते थे। वहाँ हजारों बार मैंने कच्चा रस और पक्का दूध मिलाकर पिया था और वहाँ आस-पास के घरों की स्त्रियाँ और बालक अपने-अपने घड़े लेकर आते थे और उनमें रस भरकर ले जाते थे। शोक है कि वे कोल्हू अब तक ज्यों के त्यों खड़े थे, किन्तु कोल्हवाड़े की जगह पर अब एक सन लपेटने वाली मशीन लगी थी और उसके सामने एक तम्बोली और सिगरेटवाले की दूकान थी। इन हृदय-विदारक दृश्यों को देखकर मैंने दुखित हृदय से, एक आदमी से, जो देखने में सभ्य मालूम होता था, पूछा, ''महाशय, मैं एक परदेशी यात्री हूँ। रात भर लेट रहने के लिए मुझे आज्ञा दीजिए ?'' इस आदमी ने मुझे सिर से पैर तक गहरी दृष्टि से देखा और कहने लगा कि ''आगे जाओ, यहाँ जगह नहीं है।'' मैं आगे गया और वहां से भी यही उत्तर मिला। ''आगे जाओ।'' पाँचवीं बार एक सज्जन से स्थान माँगने पर उन्होंने एक मुट्ठी चने मेरे हाथ पर रख दिये। चने मेरे हाथ से छूट पड़े और नेत्रों से अविरल अश्रु-धारा बहने लगी। मुख से सहसा मिकल पड़ा कि ''हाय ! यह मेरा देश नहीं है, यह कोई और देश है। यह हमारा अतिथि-सत्कारी प्यारा भारत नहीं है- कदापि नहीं।''

मैंने एक सिगरेट की डिबिया खरीदी और एक सुनसान जगह पर बैठकर सिगरेट पीते हुए पूर्व समय की याद करने लगा कि अचानक मुझे धर्मशाला का स्मरण हो आया, जो मेरे विदेश

जाते समय बन रही थी; मैं उस ओर लपका कि रात किसी प्रकार वहीं काट लूँ, मगर शोक ! शोक !!! महान् शोक ! !!! धर्मशाला ज्यों की त्यों खड़ी थी, किन्तु उसमें गरीब यात्रियों के टिकने के लिए स्थान न था। मदिरा, दुराचार और द्यूत ने उसे अपना घर बना रखा था। यह दशा देखकर विवशत: मेरे हृदय से एक सर्द आह निकल पड़ी और मैं जोर से चिल्ला उठा कि ''नहीं, नहीं, नहीं और हजार बार नहीं है''- यह मेरा प्यारा भारत नहीं है। यह कोई और देश है। यह योरोप है, अमेरिका है; मगर भारत कदापि नहीं है।

4

अँधेरी रात थी। गीदड़ और कुत्ते अपने-अपने कर्कश स्वर के उच्चारण कर रहे थे। मैं अपना दुखित हृदय लेकर उसी नाले के किनारे जाकर बैठ गया और सोचने लगा- अब क्या करूँ। फिर अपने पुत्रों के पास लौट जाऊँ और अपना यह शरीर अमेरिका की मिट्टी में मिलाऊँ। अब तक मेरी मातृभूमि थी, मैं विदेश में जरूर था किंतु मुझे अपने प्यारे देश की याद बनी थी, पर अब मैं देश-विहीन हूँ। मेरा कोई देश नहीं है। इसी सोच-विचार में मैं बहुत देर तक घुटनों पर सिर रखे मौन रहा। रात्रि नेत्रों में ही व्यतीत की। घंटे वाले ने तीन बजाये और किसी के गाने का शब्द कानों में आया। हृदय गद्‌गद् हो गया कि यह तो देश का ही राग है, यह तो मातृभूमि का ही स्वर है। मैं तुरंत उठ खड़ा हुआ और क्या देखता हूँ कि 15-20 वृद्ध स्त्रियाँ, सफेद धोतियाँ पहिने, हाथों में लोटे लिये स्नान को जा रही हैं और गाती जाती हैं :

''हमारे प्रभु, अवगुन चित न धरो....''

मैं इस गीत को सुनकर तन्मय हो ही रहा था कि इतने में मुझे बहुत से आदमियों की बोलचाल सुन पड़ी। उनमें से कुछ लोग हाथों में पीतल के कमंडलु लिये हुए शिव-शिव, हर-हर, गंगे-गंगे, नारायण-नारायण आदि शब्द बोलते हुये चले जाते थे। आनंददायक और प्रभावोत्पादक राग से मेरे हृदय पर जो प्रभाव हुआ, उसका वर्णन करना कठिन है।

मैंने अमेरिका की चंचल से चंचल और प्रसन्न से प्रसन्न चित्तवाली लावण्यवती स्त्रियों का आलोप सुना था, सहस्त्रों बार उनकी जिह्वा से प्रेम और प्यार के शब्द सुने थे, हृदयाकर्षक वचनों का आनंद उठाया था, मैंने सुरीले पक्षियों का चहचहाना भी सुना था, किन्तु जो आनंद, जो मज़ा और जो सुख मुझे इस राग में आया, वह मुझे जीवन में कभी प्राप्त नहीं हुआ था। मैंने खुद गुनगुना कर गाया :

''हमारे प्रभु, अगवुन चित न धरो.....''

मेरे हृदय में फिर उत्साह आया कि ये तो मेरे प्यारे देश की ही बातें हैं। आनंदातिरेक से मेरा हृदय आनंदमय हो गया। मैं भी इन आदमियों के साथ हो लिया और 4 मील तक पहाड़ी मार्ग पार करके उसे नदी के किनारे पहुँचा, जिसका नाम पतित-पावनी है, जिसकी लहरों में डुबकी लगाना और जिसकी गोद में मरना प्रत्येक हिंदू अपना परम सौभाग्य समझता है। पतित-पावनी

भागीरथी गंगा मेरे प्यारे गाँव से छै-सात मील पर बहती है। किसी समय में घोड़े पर चढ़कर गंगा माता के दर्शनों की लालसा हृदय में सदा रहती थी। यहाँ मैंने हजारों मनुष्यों को इस ठंडे पानी में डुबकी लगाते हुए देखा। कुछ लोग बालू पर बैठे गायत्री-मंत्र का जाप कर रहे थे। कुछ लोग हवन करने में संलग्न थे। कुछ माथे पर तिलक लगा रहे थे और कुछ लोग सस्वर वेदमंत्र पढ़ रहे थे। मेरा हृदय फिर उत्साहित हुआ और मैं जोर से कह उठा- ''हाँ, हाँ, यही मेरा प्यारा देश है, यही मेरी पवित्र मातृभूमि है, यही मेरा सर्वश्रेष्ठ भारत है और इसी के दर्शनों की मेरी उच्कट इच्छा थी तथा इसी की पवित्र धूलि कण बनने की मेरी प्रबल अभिलाषा है।''

5

मैं विशेष आनंद में मग्न था। मैंने अपना पुराना कोट और पतलून उतारकर फेंक दिया और गंगा माता की गोद में जा गिरा, जैसे कोई भोला-भाला बालक दिनभर निर्दय लोगों के साथ रहने के बाद संध्या को अपनी प्यारी माता की गोद में दौड़कर चला आये और उसकी छाती से चिपट जाय। हाँ, अब मैं अपने देश में हूँ। यह मेरी प्यारी मातृभूमि है। ये लोग मेरे भाई हैं और गंगा मेरी माता है।

मैंने ठीक गंगा के किनारे एक छोटी-सी कुटी बनवा ली है। अब मुझे सिवा राम-नाम जपने के और कोई काम नहीं है। मैं नित्य प्रात: सायं गंगा-स्नान करता हूँ और मेरी प्रबल इच्छा है कि इसी स्थान पर मेरे प्राण निकलें और मेरी अस्थियाँ गंगा माता की लहरों की भेंट हों।

मेरी स्त्री और मेरे पुत्र बार-बार बुलाते हैं; मगर अब मैं यह गंगा माता का तट और अपना प्यारा देश छोड़कर वहाँ नहीं जा सकता। अपनी मिट्टी गंगा जी को ही सौंपूंगा। अब संसार की कोई आकांक्षा मुझे इस स्थान से नहीं हटा सकती, क्योंकि यह मेरा प्यार देश और यही प्यारी मातृ-भूमि है। बस, मेरी उत्कट इच्छा यही है कि मैं अपनी प्यारी मातृ-भूमि में ही अपने प्राण विसर्जन करूँ।

* * *

राजा हरदौल

बुंदेलखंड में ओरछा पुराना राज्य है। इसके राजा बुंदेले हैं। इन बुंदेलों ने पहाड़ों की घाटियों में अपना जीवन बिताया है। एक समय ओरछे के राजा जुझारसिंह थे। ये बड़े साहसी और बुद्धिमान थे। शाहजहां उस समय दिल्ली के बादशाह थे, जब लोदी ने बलवा किया और वह शाही मुल्क को लूटता-पिटता ओरछे की ओर आ निकला, तब राजा जुझार सिंह ने उससे मोरचा लिया। राजा के इस काम से गुणग्राही शाहजहां बहुत प्रसन्न हुए। उन्होंने तुरन्त ही राजा को दक्खिन का शासन-भार सौंपा। उस दिन ओरछे में बड़ा आनन्द मनाया गया। शाही दूत खिलअत और सनद लेकर राजा के पास आया। जुझारसिंह को बड़े-बड़े काम करने का अवसर मिला। सफर की तैयारियां होने लगीं। तब राजा ने अपने छोटे भाई हरदौल सिंह को बुलाकर कहा, 'भैया, मैं तो जाता हूं। अब यह राज-पाट तुम्हारे सुपुर्द है। तुम भी इससे जी से प्यार करना। न्याय ही राजा का सबसे बड़ा सहायक है। न्याय की गढ़ी में कोई शत्रु नहीं घुस सकता, चाहे वह रावण की सेना या इन्द्र का बल लेकर आये, पर न्याय वही सच्चा है, जिसे प्रजा भी न्याय समझे। तुम्हारा काम केवल न्याय ही करना न होगा, बल्कि प्रजा को अपने न्याय का विश्वास भी दिलाना होगा और मैं तुम्हें क्या समझाऊं, तुम स्वयं समझदार हो।'

यह कहकर उन्होंने अपनी पगड़ी उतारी और हरदौल सिंह के सिर पर रख दी। हरदौल रोता हुआ उनके पैरों से लिपट गया। इसके बाद राजा अपनी रानी से बिदा होने के लिए रनिवास आये। रानी दरवाजे पर खड़ी रो रही थी। उन्हें देखते ही पैरों पर गिर पड़ी। जुझारसिंह ने उठाकर उसे छाती से लगाया और कहा, 'प्यारी, यह रोने का समय नहीं है। बुंदेलों की स्त्रियां ऐसे अवसर पर रोया नहीं करतीं। ईश्वर ने चाहा, तो हम-तुम जल्द मिलेंगे। मुझ पर ऐसी ही प्रीति रखना। मैंने राज-पाट हरदौल को सौंपा है, वह अभी लड़का है। उसने अभी दुनिया नहीं देखी है। अपनी सलाहों से उसकी मदद करती रहना।'

रानी की जबान बंद हो गयी। वह अपने मन में कहने लगी, हाय! यह कहते हैं, बुंदेलों की स्त्रियां ऐसे अवसरों पर रोया नहीं करतीं। शायद उनके हृदय नहीं होता, या अगर होता है तो उससे प्रेम नहीं होता है। रानी कलेजे पर पत्थर रखकर आंसू पी गयी और हाथ जोड़कर राजा की ओर मुस्कराती हुई देखने लगी, पर क्या वह मुस्कराहट थी। जिस तरह अंधेरे मैदान में मशाल की रोशनी अंधेरे को और भी अथाह कर देती है, उसी तरह रानी की मुस्कराहट उसके मन के अथाह दु:ख को और भी प्रकट कर रही थी।

जुझार सिंह के चले जाने के बाद हरदौल सिंह राज करने लगा। थोड़े ही दिनों में उसके न्याय और प्रजावत्सल्य ने प्रजा का मन हर लिया। लोग जुझार सिंह को भूल गए। जुझार सिंह के शत्रु भी थे और मित्र भी, पर हरदौल का कोई शत्रु न था, सब मित्र ही थे। वह ऐसा हंसमुख और

मधुरभाषी था कि उससे जो बातें कर लेता, वह जीवन भर उसका भक्त बना रहता। राज्य भर में ऐसा कोई न था जो उसके पास तक न पहुंच सकता हो। रात-दिन उसके दरबार का फाटक खुला रहता था। ओरछे को कभी ऐसा सर्वप्रिय राजा नसीब न हुआ था। वह उदार था, न्यायी था, विद्या और गुण का ग्राहक था, पर सबसे बड़ा गुण जो उसमें था, यह उसकी वीरता थी। उसका वह गुण हद दर्जे को पहुंच गया था। जिस जाति के जीवन का अवलम्ब तलवार पर है, वह अपने राजा के किसी गुण पर इतना नहीं रीझती जितना उसकी वीरता पर। हरदौल अपने गुणों से अपनी प्रजा के मन का भी राजा हो गया, जो मुल्क और माल पर राज करने से भी कठिन है। इस प्रकार एक वर्ष बीत गया। उधर दक्खिन में जुझार सिंह ने अपने प्रबंध से चारों ओर शाही दबदबा जमा दिया, इधर ओरछे में हरदौल ने प्रजा पर मोहन-मंत्र फूंक दिया।

2

फागुन का महीना था। अबीर और गुलाल से जमीन लाल हो रही थी। कामदेव का प्रभाव लोगों को भड़का रहा था। रबी ने खेतों में सुनहला फर्श बिछा रखा था और खलिहानों में सुनहले महल उठा दिये थे। संतोष इस सुनहले फर्श पर इठलाता फिरता था और निश्चिंतता इस सुनहले महल में तान अलाप रही थी। इन्हीं दिनों दिल्ली का नामवर डकैत कादिरखां, ओरछे आया। बड़े बड़े पहलवान उसका लोहा मान गये थे। दिल्ली से ओरछे तक सैकड़ों मर्दानगी के मद से मतवाले उसके सामने आये, पर कोई उससे जीत न सका। उससे लड़ना भाग्य से नहीं, बल्कि मौत से लड़ना था। वह किसी ईनाम का भूखा न था। जैसा ही दिल का दिलेर था, वैसा ही मन का राजा था। ठीक होली के दिन उसने धूमधाम से ओरछे में सूचना दी कि 'खुदा का शेर, दिल्ली का कादिरखां आरेछे आ पहुंचा है। जिसे अपनी जान भारी हो, आकर अपने भाग्य का निपटारा कर ले।' ओरछे के बड़े-बड़े बुंदेले सूरमा वह घमंड-भरी वाणी सुनकर गरम हो उठे। फाग और डफ की तान के बदले ढोल की वीर ध्वनि सुनायी देने लगी। हरदौल का अखाड़ा ओरछे के पहलवानों और फकैतो का सबसे बड़ा अड्डा था। संध्या को यहां सारे शहर के सूरमा जमा हुए। कालदेव और भालदेव बुंदेलों की नाक थे, सैकड़ों मैदान मारे हुए। ये ही दोनों पहलवान कादिरखां का घमंड चूर करने के लिए गये।

दूसरे दिन किले के सामने तालाब के किनारे बड़े मैदान में ओरछे के छोटे-बड़े सभी जमा हुए। कैसे-कैसे सजीले अलबेले जवान थे - सिर पर खुशरंग की पगड़ी, माथे पर चंदन का तिलक, आंखों में मर्दानगी का सरूर, कमर में तलवार, और कैसे-कैसे बूढ़े थे तनी हुई मूंछें, सादी पर तिरछी पगड़ी, कानों में बंधी हुई दाढ़ियां देखने में तो बूढ़े, पर काम में जवान, किसी को कुछ न समझने वाले। उनकी मर्दाना चाल-ढाल नौजवानों को लजाती थी। हर एक के मुंह से वीरता की बातें निकल रहीं थीं। नौजवान कहते थे - 'देखे, आज ओरछे की लाज रहती है या नहीं।' पर बूढ़े कहते थे 'ओरछे की हार कभी नहीं हुई, न होगी।' वीरों का यह जोश देखकर राजा हरदौल ने बड़े जोर से कह दिया 'खबरदार, बुंदेलों की लाज रहे या न रहे, पर उनकी प्रतिष्ठा पर बल न पड़ने पाये। यदि किसी ने औरों को यह कहने का अवसर दिया कि ओरछे वाले तलवार से न जीत सके तो धांधली कर बैठे, वह अपने को जाति का शत्रु समझें।'

सूर्य निकल आया था। एकाएक नगाड़े पर चोट पड़ी और आशा तथा भय ने लोगों के मन को उछालकर मुंह तक पहुंचा दिया। कालदेव और कादिरखां दोनों लंगोट कसे शेरों की तरह अखाड़े में उतरे और गले मिल गये। तब दोनों तरफ से तलवारें निकली और दोनों के बगलों में चली गयी। फिर बादल के दो टुकड़ों से बिजलियां निकलने लगी। पूरे तीन घंटे तक यही मालूम होता रहा कि दो अंगारे हैं। हजारों आदमी खड़े तमाशा देख रहे थे और मैदान में आधी रात का सा सन्नाटा छाया था। हां, जब कभी कालदेव गिरहदार हाथ चलाता या कोई पेंचदार वार बचा जाता, तो लोगों की गर्दन आप-ही-आप उठ जाती, पर किसी के मुंह से एक शब्द भी नहीं निकलता था। अखाड़े के अंदर तलवारों की खींच तान थी, पर देखने वालों के लिए अखाड़े से बाहर मैदान में इसमें भी बढ़कर तमाशा था। बार-बार जातीय प्रतिष्ठा के विचार से मन के भावों को रोकना और प्रसन्नता या दु:ख का शब्द मुंह से बाहर न निकलने देना तलवारों के वार बचाने से अधिक कठिन काम था। एकाएक कादिरखां अल्लाह-अकबर चिल्लाया, मानो बादल गरज उठा और उसके गरजते ही कालदेव के सिर पर बिजली गिर पड़ी।

कालदेव के गिरते ही बुंदेलों को सब्र न रहा। हर एक के चेहरे पर निर्बल क्रोध और कुचले हुए घमंड की तस्वीर खिंच गयी। हजारों आदमी जोश में आकर अखाड़े पर दौड़े, पर हरदौल ने कहा - खबरदार! अब कोई आगे न बढ़े। इस आवाज ने पैरों के साथ जंजीर का काम किया। दर्शकों को रोक कर जब वे अखाड़े में गये और कालदेव को देखा, तो आंखों में आंसू भर आये। जख्मी शेर जमीन पर पड़ा तड़प रहा था। उसके जीवन की तरह उसके तलवार के दो टुकड़े हो गए थे।

आज का दिन बीता, रात आयी पर बुंदेलों की आंखों में नींद कहा। लोगों ने करवटें बदलकर रात काटी जैसे दु:खित मनुष्य विकलता से सुबह की बाट जोहता है, उसी तक बुंदेले रह-रहकर आकाश की तरफ देखते और उसकी धीमी चाल पर झुंझलाते थे। उनके जातीय घमंड पर गहरा घाव लगा था। दूसरे दिन ज्यों ही सूर्य निकला, तीन लाख बुंदेलें तालाब के किनारे पहुंचे। जिस समय भालदेव शेर की तरह अखाड़े की तरफ चला, दिलों में दहशत-सी होने लगी। कल जब भालदेव अखाड़े में उतरा था, बुंदेले के हौसले बढ़े हुए थे, पर आज वह बात न थी। हृदय में आशा की जगह डर घुसा हुआ था। कादिरखां कोई चुटीला वार करता तो लोगों के दिल उछलकर होंठों तक आ जाते। सूर्य सिर पर चढ़ा जाता था और लोगों के दिल बैठे जाते थे। इसमें कोई संदेह नहीं कि भालदेव अपने भाई से फुर्तीला और तेज था। उसने कई कर नादिरखां को नीचा दिखलाया, पर दिल्ली का निपुण पहलवान हर बार संभल जाता था। पूरे तीन घंटे तक दोनों बहादुरों में तलवारें चलती रहीं। एकाएक खटाक की आवाज हुई और भालदेव की तलवार के दो टुकड़े हो गए। राजा हरदौल अखाड़े के सामने खड़े थे। उन्होंने भालदेव की तरफ तेजी से अपनी तलवार फेंकी। भालदेव तलवार लेने के लिए झुका ही था कि कादिरखां की तलवार उसकी गर्दन पर आ पड़ी। घाव गहरा न था, केवल एक चरका था, पर उसने लड़ाई का फैसला कर दिया।

हताश बुंदेले अपने-अपने घरों को लौटे। यद्यपि भालदेव अब भी लड़ने को तैयार था, पर हरदौल ने समझाकर कहा कि 'भाइयों, हमारी हार उसी समय हो गयी जब हमारी तलवार ने जवाब दे दिया। यदि हम कादिरखां की जगह होते तो निहत्थे आदमी पर वार न करते और जब तक हमारे शत्रु के हाथ में तलवार न आ जाती, हम उस पर हाथ न उठाते, पर कादिरखां में यह उदारता कहां? बलवान शत्रु का सामना करने में उदारता को ताक पर रख देना पड़ता है। तो भी हमने दिखा दिया है कि तलवार की लड़ाई में हम उसके बराबर हैं और अब हमको यह दिखाना है कि हमारी तलवार में भी वैसा ही जौहर है।' इसी तरह लोगों को तसल्ली देकर राजा हरदौल रनिवास को गये।

कुलीना ने पूछा - 'लाला, आज दंगल का क्या रंग रहा?'

हरदौल ने सिर झुककर जवाब दिया - 'आज भी वही कल-का-सा हाल रहा।'

कुलीना - 'क्या भालदेव मारा गया?'

हरदौल - 'नहीं, जान से तो नहीं पर हार हो गयी।'

कुलीना - 'तो अब क्या करना होगा?'

हरदौल - 'मैं स्वयं इसी सोच में हूं। आज तक ओरछे को कभी नीचा न देखना पड़ा था। हमारे पास धन न था, पर अपनी वीरता के सामने का राज और धन कोई चीज न समझते थे। अब हम किस मुंह से अपनी वीरता का घमंड करेंगे। ओरछे की और बुंदेलों की लाज अब जाती है।'

कुलीना - 'क्या अब कोई आस नहीं है?'

हरदौल - 'हमारे पहलवानों में वैसा कोई नहीं है जो उससे बाजी ले जाये। भालदेव की हार ने बुंदेलों की हिम्मत तोड़ दी है। आज सारे शहर में शोक छाया हुआ है। सैकड़ों घरों में आग नहीं जली। चिराग रोशन नहीं हुआ। हमारे देश और जाति की वह चीज जिससे हमारा मान था, अब अन्तिम सांस ले रही है। भालदेव हमारा उस्ताद था। उसके हार चुकने के बाद है मेरा मैदान में आना धृष्टता है पर बुंदेलों की साख जाती है, तो मेरा सिर भी उसके साथ जाएगा। कादिरखां बेशक अपने हुनर में एक ही है, पर हमारा भालदेव कभी उससे कम नहीं। उसकी तलवार यदि भालदेव के हाथ में होती तो मैदान जरूर उसके हाथ रहता। ओरछे में केवल एक तलवार है जो कादिरखां की तलवार का मुंह मोड़ सकती है। वह भैया की तलवार हैं। अगर तुम ओरछे की नाक रखना चाहती हो तो उसे मुझे दे दो। यह हमारी अन्तिम चेष्टा होगी। यदि इस बार भी हार हुई तो ओरछे का नाम सदैव के लिए डूब जाएगा।

कुलीना सोचने लगी, तलवार इनको दूं या न दूं। राजा रोक गये हैं। उनकी आज्ञा थी कि किसी दूसरे की परछाई भी उस पर न पड़ने पाये। क्या ऐसी दशा में मैं उनकी आज्ञा का उल्लंघन करूं तो वे नाराज होंगे? कभी नहीं। जब वे सुनेंगे कि मैंने कैसे कठिन समय में तलवार निकाली है, तो उन्हें सच्ची प्रसन्नता होगी। बुंदेलों की आन किसको इतनी प्यारी नहीं है? उससे

ज्यादा ओरछे की भलाई चाहने वाला कौन होगा? इस समय उनकी आज्ञा का उल्लंघन करना ही आज्ञा का मानना है। यह सोचकर कुलीना ने तलवार हरदौल को दे दी।

सवेरा होते ही यह खबर फैल गयी कि राजा हरदौल कादिरखां से लड़ने के लिए जा रहे हैं। इतना सुनते ही लोगों में सनसनी-सी फैल गयी और चौंक उठे। पागलों की तक लोग अखाड़े की ओर दौड़े। हर एक आदमी कहता था कि जब तक हम जीते हैं, महाराज को लड़ने नहीं देंगे, पर जब लोग अखाड़े के पास पहुंचे तो देखा कि अखाड़े में बिजलियां-सी चमक रही हैं। बुंदेलों के दिलों पर उस समय जैसी बीत रही थी, उनका अनुमान करना कठिन है। उस समय उस लम्बे चौड़े मैदान में जहां तक निगाह जाती थी, आदमी-ही-आदमी नजर आते थे पर चारों तरफ सन्नाटा था। हर एक आंख अखाड़े की तरफ लगी हुई थी और हर एक का दिल हरदौल की मंगल-कामना के लिए ईश्वर का प्रार्थी था। कादिरखां का एक-एक वार हजारों दिलों के टुकड़े कर देता था और हरदौल की एक-एक काट से मनों में आनन्द की लहरें उठती थी। अखाड़ों में दो पहलवानों का सामना था और अखाड़े के बाहर आशा और निराशा का। आखिर घड़ियाल ने पहला पहर बजाया और हरदौल की तलवार बिजली बनकर कादिर के सिर पर गिरी। यह देखते ही बुंदेलें मारे आनन्द के उन्मत्त हो गए। किसी को, किसी की सुधि न रही। कोई किसी से गले मिलता, कोई उछलता और कोई छलांगें मारता था। हजारों आदमियों पर वीरता का नशा छा गया। तलवारें स्वयं म्यान से निकल पड़ी, भाले चमकने लगे। जीत की खुशी में सैकड़ों जानें भेंट हो गयी। पर जब हरदौल अखाड़े से बाहर आए और उन्होंने बुन्देलों की ओर तेज निगाहों से देखा तो आन की आन में लोग संभल गये। तलवारें म्यान में जा छिपी। ख्याल आ गया। यह खुशी क्यों, यह उमंग क्यों और यह पागलपन किस लिए? बुंदेलों के लिए यह कोई नयी बात नहीं हुई। इस विचार ने लोगों का दिल ठंडा कर दिया। हरदौल की इस वीरता ने उसे हर बुंदेले के दिल में मान-प्रतिष्ठा की ऊंची जगह पर बिठाया, जहां न्याय और उदारता भी उसे न पहुंचा सकती थी। वह पहले ही से सर्वप्रिय था और अब वह अपनी जाति का वीरवर और बुन्देला दिलवारी का सिरमौर बन गया।

3

राजा जुझार सिंह ने भी दक्षिण में अपनी योग्यता का परिचय दिया। वे केवल लड़ाई में ही वीर न ये, बल्कि राज्य शासन में भी अद्वितीय थे। उन्होंने अपने सुप्रबंध से दक्षिण प्रांतों को बलवान राज्य बना दिया और वर्ष के बाद बादशाह से आज्ञा लेकर वह ओरछे की तरफ चले। ओरछे की याद उन्हें सदैव बेचैन करती रही। आह ओरछा! वह दिन कब आयेगा कि फिर तेरे दर्शन होंगे। राजा मंजिलें मारते चले आते थे, न भूख थी, न प्यास। ओरछे वालों की मोहब्बत खींचे लिये आती थी। यहां तक कि ओरछे के जंगलों में आ पहुंचे, साथ के आदमी पीछे छूट गए। दोपहर का समय था। धूप तेज थी। वे घोड़े से उतरे और एक पेड़ की छांह में जा बैठे। भाग्यवश आज हरदौल भी जीत की खुशी में शिकार खेलने निकले थे। सैकड़ों बुंदेला सरदार उनके साथ थे। सब अभिमान के नशे में चूर थे। उन्होंने जुझार सिंह के अकेले बैठे देखा पर वे अपने घमंड में इतने डूबे हुए थे कि इनके पास न आये। समझा, कोई यात्री होगा। हरदौल की

आंखों ने भी धोखा खाया। वे घोड़े पर सवार अकड़ते हुए जुझार सिंह के सामने आए और पूछना चाहते थे कि तुम कौन हो कि भाई से आंख मिल गयी। पहचानते ही घोड़े से कूद पड़े। राजा ने भी हरदौल को छाती से लगा लिया, पर उस छाती में अब भाई की मोहब्बत न थी। मोहब्बत की जगह ईर्ष्या ने घेर ली थी और वह केवल इसीलिए कि हरदौल दूर से नंगे पैर उनकी तरफ न दौड़ा, उसके सवारों ने दूर ही से उनकी अभ्यर्थना न की। संध्या होते-होते दोनों भाई ओरछे पहुंचे। राजा के लौटने का समाचार पाते ही नगर में प्रसन्नता की दुंभी बजने लगी। हर जगह आनंदोत्सव होने लगा और तुरता-फुरती में शहर जगमगा उठा।

आज रानी कुलीना ने अपने हाथों भोजन बनाया। नौ बजे होंगे। लौंडी ने आकर कहा - 'महाराज, भोजन तैयार है।' दोनों भाई भोजन करने गये। सोने के थाल में राजा के लिए भोजन परोसा गया और चांदी के थाल में हरदौल के लिए। कुलीना ने स्वयं भोजन बनाया था, स्वयं थाल परोसे थे और स्वयं ही सामने लायी थी, पर दिनों का चक्र कहो, या भाग्य के दुर्दिन, उसने भूल से सोने का थाल हरदौल के आगे रख दिया और चांदी का राजा के सामने। हरदौल ने कुछ ध्यान न दिया। वह वर्ष भर से सोने के थाल में खाते-खाते उसका आदी हो गया था पर जुझार सिंह तिलमिला गये। जबान से कुछ न बोले, पर तेवर बदल गये और मुंह लाल हो गया। रानी की तरफ घूर कर देखा और भोजन करने लगे। पर ग्रास विष मालूम होता था। दो-बार ग्रास खाकर उठ आए। रानी उनके तेवर देखकर डर गयी। आज कैसे प्रेम से उसने भोजन बनाया था, कितनी प्रतीक्षा के बाद वह शुभ दिन आया था, उसके उल्लास का कोई पारावार न था, पर राजा के तेवर देखकर उसके प्राण सूख गये। जब राजा उठ गये और उसने थाल को देखा, तो कलेजा धक से हो गया और पैरों तले से मिट्टी निकल गयी। उसने सिर पीट लिया - 'ईश्वर! आज रात कुशलपूर्वक कटे, मुझे शकुन अच्छे दिखाई नहीं देते।'

राजा जुझार सिंह शीश महल में लेटे। चतुर नाइन ने रानी का श्रृंगार किया और वह मुस्कराकर बोली - 'कल महाराज से इसका इनाम लूंगी।' यह कहकर वह चली गयी। लेकिन कुलीना वहां से न उठी। वह गहरे सोच में पड़ी हुई थी। उनके सामने कौन-सा मुंह लेकर जाऊं। नाइन ने नाहक मेरा श्रृंगार कर दिया, मेरा श्रृंगार देखकर वे खुश भी होंगे? मुझसे इस समय अपराध हुआ है, मैं अपराधिनी हूं। मेरा उनके पास इस समय बनाव श्रृंगार करके जाना उचित नहीं है। नहीं, आज मुझे उनके पास भिखारिन के वेष में जाना चाहिए। मैं उनसे क्षमा मांगूंगी। इस समय मेरे लिये यही उचित है। यह सोचकर रानी बड़े शीशे के सामने खड़ी हो गयी। वह अप्सरा-सी मालूम होती थी। सुंदरता की कितनी ही तस्वीरें उसने देखी थी, पर उसे इस समय शीशे की तस्वीर सबसे ज्यादा खूबसूरत मालूम होती थी।

सुन्दरता और आत्मरुचि का साथ है। हल्दी बिना रंग के नहीं रह सकती। थोड़ी देर के लिए कुलीना सुंदरता के मद से फूल उठी। वह तनकर खड़ी हो गयी। लोग कहते हैं कि सुन्दरता में जादू है, और वह जादू जिसका को उतार नहीं। धर्म और कर्म, तन और मन सब सुन्दरता पर न्यौछावर हैं। मैं सुन्दर न सही, ऐसी कुरूपा भी नहीं हूं। क्या मेरी सुन्दरता में इतनी भी शक्ति नहीं है कि महाराज मेरा अपराध क्षमा करा सके? ये बाहु-लताएं जिस समय उनके गले का हार

होंगी, ये आंखें जिस समय प्रेम के मद से लाल लेकर देखेंगी, तब क्या मेरे सौन्दर्य की शीतलता उनकी क्रोधाग्नि को ठंडा न कर देगी? पर थोड़ी देर में रानी को ज्ञात हुआ। आह! यह मैं क्या स्वप्न देख रही हूं! मेरे मन में ऐसी बातें क्यों आती हैं। मैं अच्छी हूं या बुरी हूं उनकी चेरी हूं। मुझसे अपराध हुआ है, मुझे उनसे क्षमा मांगनी चाहिए। यह श्रृंगार और बनाव इस समय उपयुक्त नहीं है। यह सोचकर रानी ने सब गहने उतार दिये। इतर में बसी हुई रेशम की साड़ी अलग कर दी। मोतियों से भरी मांग खोल दी और वह खूब फूट फूट कर रोयी। हाय! यह मिलाप की रात वियोग की रात से भी विशेष दु:खदायी है। भिखारिन का भेष बजाकर रानी शीश महल की ओर चली। पैर आगे बढ़ते थे, पर मन पीछे हटा जाता था। दरवाजे तक आयी, पर भीतर पैर न रख सकी। दिल धड़कने लगा। ऐसा जान पड़ा मानों उसके पैर थर्रा रहे हैं। राजा जुझार सिंह बोले, 'कौन है? - कुलीना, भीतर क्यों नहीं आ जाती?'

कुलीना ने जी कड़ा करके कहा - 'महाराज, कैसे आऊं मैं अपनी जगह क्रोध को बैठा पाती हूं।'

राजा - 'यह क्यों नहीं कहती कि मन दोषी है, इसलिए आंखें नहीं मिलने देता।'

कुलीना - 'निस्संदेह मुझसे अपराध हुआ है, पर एक अबला आपसे क्षमा का दान मांगती है।'

राजा - 'इसका प्रायश्चित करना होगा।'

कुलीना - 'क्यों कर?'

राजा - 'हरदौल के खून से।'

कुलीना सिर से पैर तक कांप गयी। बोली - 'क्या इसलिए कि आज मेरी भूल से ज्योनार के थालों में उलट-फेर हो गया?'

राजा - 'नहीं, इसलिए कि तुम्हारे प्रेम में हरदौल ने उलट-फेर कर दिया।'

जैसे आग की आंच से लोहा लाल हो जाता है, वैसे ही रानी का मुंह लाल हो गया। क्रोध की अग्नि सद्भावों को भस्म कर देती है, प्रेम और प्रतिष्ठा, दया और न्याय सब जल के राख हो जाते हैं। एक मिनट तक रानी को ऐसा मालूम हुआ, मानो दिल और दिमाग, दोनों खौल रहे हैं, पर उसने आत्मदमन की अंतिम चेष्टा से अपने को संभला, केवल इतना बोली - 'हरदौल को अपना लड़का और भाई समझती हूं।'

राजा उठ बैठे और नर्म स्वर से बोले - 'नहीं, हरदौल लड़का नहीं है, लड़का मैं हूं जिसने तुम्हारे ऊपर विश्वास किया। कुलीना, मुझे तुमसे ऐसी आशा न थी। मुझे तुम्हारे ऊपर घमंड था। मैं समझता था, चांद-सूर्य टल सकते हैं, पर तुम्हारा दिल नहीं टल सकता, पर आज मुझे मालूम हुआ कि वह मेरा लड़कपन था। बड़ों ने सच कहा है कि स्त्री का प्रेम पानी की धार है, जिस ओर ढाल पाता है, उधर ही बह जाता है। सोना ज्यादा गरम होकर पिघल जाता है।

कुलीना रोने लगी। क्रोध की आग पानी बनकर आंखों से निकल पड़ी। जब आवाज वश में हुई, तो बोली - 'आपके इस सन्देह को कैसे दूर करूं?'

राजा - 'हरदौल के खून से।'

रानी - 'मेरे खून से दाग न मिटेगा?'

राजा - 'तुम्हारे खून से और पक्का हो जायेगा।'

रानी - 'और कोई उपाय नहीं है?'

राजा - 'नहीं।'

रानी - 'यह आपका अन्तिम विचार है?'

राजा - 'हां, यह मेरा अन्तिम विचार है। देखो, इस पानदान में पान का बीड़ा रखा है। तुम्हारे सतीत्व की परीक्षा यही है कि तुम हरदौल को इसे अपने हाथों खिला दो। मेरे मन का भ्रम उसी समय निकलेगा जब इस घर से हरदौल की लाश निकलेगी।'

रानी ने घृणा की दृष्टि से पान के बीड़े की ओर देखा और वह उलटे पैर लौट आयी।

रानी सोचने लगी - क्या हरदौल के प्राण लूं? निर्दोष, सुचरित्र वीर हरदौल की जान से अपने सतीत्व की परीक्षा दूं? उस हरदौल के खून से अपना हाथ काला करूं जो मुझे बहन समझता है? यह पाप किसके सिर पड़ेगा? क्या एक निर्दोष का खून रंग न लायेगा? आह! अभागी कुलीना तुझे आज अपने सतीत्व की परीक्षा देने की आवश्यकता पड़ी है और वह ऐसी कठिन है? नहीं, यह पाप मुझसे न होगा। यदि राजा मुझे कुलटा समझते हैं, तो समझें, उन्हें मुझ पर संदेह है, तो हो। मुझसे यह पाप न होगा। राजा को ऐसा संदेह क्यों हुआ? क्या केवल थालों के बदल जाने से? नहीं, अवश्य कोई और बात है। आज हरदौल उन्हें जंगल में मिल गया। राजा ने उसकी कमर में तलवार देखी होगी। क्या आश्चर्य है, हरदौल से कोई अपमान भी हो गया हो। मेरा अपराध क्या है? मुझ पर इतना बड़ा दोष क्यों लगाया जाता है? केवल थालों के बदल जाने से? हे ईश्वर! मैं किससे अपना दु:ख कहूं, तू ही मेरा साक्षी है। जो चाहे सो हो, पर मुझसे यह पाप न होगा।

रानी ने फिर सोचा - 'राजा, क्या तुम्हारा हृदय ऐसा ओछा और नीच है? तुम मुझसे हरदौल की जान लेने को कहते हो? यदि तुमसे उसका अधिकार और मान नहीं देखा जाता, तो साफ-साफ ऐसा क्यों नहीं कहते? क्यों मर्दों की लड़ाई नहीं लड़ते? क्यों स्वयं अपने हाथों से उसका सिर नहीं काटते और मुझसे वह काम करने को कहते हो? तुम खूब जानते हो, मैं यह नहीं कर सकती। यदि मुझसे तुम्हारा जी उकता गया है, यदि मैं तुम्हारी जान की जंजाल हो गई हूं तो मुझे काशी या मथुरा भेज दो। मैं बेखटके चली जाऊंगी पर ईश्वर के लिए मेरे सिर पर इतना बड़ा कलंक न लगने दो, पर मैं जीवित ही क्यों रहूं। मेरे लिए अब जीवन में कोई सुख नहीं है। अब मेरा मरना ही अच्छा है। मैं स्वयं प्राण दे दूंगी, पर यह महापाप मुझसे न होमा। विचारों ने फिर पलट खाया। तुमको पाप करना ही होगा। इससे बड़ा पाप शायद आज तक संसार में न हुआ हो, पर यह पाप तुमको करना होगा। तुम्हारे पतिव्रत पर संदेह किया जा रहा है और तुम्हें इस संदेह को मिटाना होगा। यदि तुम्हारी जान जोखिम में होती, तो कुछ हर्ज न था। अपनी जान देकर

हरदौल को बचा लेती, पर इस समय तुम्हारे पतिव्रत पर आंच आ रही है इसलिए तुम्हें यह पाप करना ही होगा, और पाप करने के बाद हंसना और प्रसन्न रहना होगा। यदि तुम्हारा चित्त तनिक भी विचलित हुआ, यदि तुम्हारा मुखड़ा जरा भी मद्धिम हुआ, तो इतना बड़ा पाप करने पर भी तुम संदेह मिटाने में सफल न होगी। तुम्हारे जी पर चाहे जो बीते, पर तुम्हें यह पाप करना ही पड़ेगा परन्तु कैसे होगा? क्या मैं हरदौल का सिर उतारूंगी, यह सोचकर रानी के शरीर में कंपकंपी आ गयी। नहीं, मेरा हाथ उस पर कभी नहीं उठ सकता। प्यारे हरदौल, मैं तुम्हें खिला सकती हूं। मैं जानती हूं तुम मेरे लिए आनंद से विष का बीड़ा खा लोगे। हां, मैं जानती हूं तुम 'नहीं' न करोगे, पर मुझसे यह महापाप नहीं हो सकता। एक बार नहीं, हजार बार नहीं हो सकता।

4

हरदौल को इन बातों की कुछ भी खबर न थी। आधी रात को एक दासी रोती हुई उसके पास गयी और उसने सब समाचार अक्षर-अक्षर कह सुनाया। वह दासी पान-दान लेकर रानी के पीछे-पीछे राजमहल के दरवाजे पर गयी थी, और सब बातें सुनकर आई थी। हरदौल राजा का ढंग देखकर पहले ही ताड़ गया था कि राजा के मन में कोई-न-कोई कांटा अवश्य खटक रहा है। दासी की बातों ने उसके संदेह को और भी पक्का कर दिया। उसने दासी से कड़ी मनाही कर दी कि सावधान! किसी दूसरे के कानों में इन बातों की भनक न पड़े और वह मरने को तैयार हो गया।

हरदौल बुंदेलों की वीरता का सूरज था। उसकी भौहों के तनिक इशारे से तीन लाख बुंदेले मरने-मारने के लिए तैयार हो सकते थे, ओरछा उस पर न्यौछावर था। यदि जुझार सिंह खुले मैदान उसका सामना करते तो अवश्य मुंह की खाते, क्योंकि हरदौल भी बुंदेला था और बुंदेले अपने शत्रु के साथ किसी प्रकार की मुंह देखी नहीं करते, मारना-मरना उनके जीवन का एक अच्छा दिल-बहलाव है। उन्हें सदा इसकी लालसा रहती है कि कोई उन्हें चुनौती दे, कोई हमें छेड़े। उन्हें सदा खून की प्यास रहती है और यह प्यास कभी नहीं बुझती। पर उस समय एक स्त्री को उसके खून की जरूरत थी और उसका साहस उसके कानों में कहता या कि एक निर्दोष और सती अबला के लिए अपने शरीर का खून देने में मुंह न मोड़ो। यदि भैया को यह संदेह होता कि मैं उनके खून का प्यासा हूं और उन्हें मारकर राज-अधिकार करना चाहता हूं तो कुछ हर्ज न था। राज्य के लिए कत्ल और खून, दगा और फरेब सब उचित समझा गया है परन्तु उनके इस संदेह का निपटारा मेरे मरने के सिवा और किसी तरह नहीं हो सकता। इस समय मेरा धर्म है कि अपने प्राण देकर उनके इस सन्देह को दूर कर दूं। उनके मन में यह दुखाने वाला संदेह उत्पन्न करके भी यदि मैं जीता ही रहूं और अपने मन की पवित्रता जनाऊं, तो मेरी ठिठाई है। नहीं, इस भले काम में अधिक आगा-पीछा करना अच्छा नहीं। मैं खुशी से विष का बीड़ा खाऊंगा। इससे बढ़कर शूर-वीर की मृत्यु और क्या हो सकती है।

क्रोध में आकर मारू के भय बढ़ाने वाले शब्द सुनकर रणक्षेत्र में अपनी जान को तुच्छ समझना इतना कठिन नहीं है। आज सच्चा वीर हरदौल अपने हृदय के बड़प्पन पर अपनी सारी वीरता और प्राण न्यौछावर करने को उद्धत है।

दूसरे दिन हरदौल ने खूब तड़के स्नान किया। बदन पर अस्त्र-शस्त्र सजा मुस्कराता हुआ राजा के पास गया। राजा भी सोकर तुरन्त ही उठे थे, उनकी अलसाई हुई आंखें हरदौल की मूर्ति की ओर लगी हुई थी। सामने संगमरमर की चौकी पर विष मिला पान सोने की तश्तरी में रखा हुआ था। राजा कभी पान की ओर ताकते और कभी मूर्ति की ओर, शायद उनके विचार ने इस विष की गांठ और उस मूर्ति में एक संबंध पैदा कर दिया था। उस समय जो हरदौल एकाएक घर में पहुंचे तो राजा चौंक पड़े। उन्होंने संभल कर पूछा, 'इस समय कहां चले?'

हरदौल का मुखड़ा प्रफुल्लित था। वह हंसकर बोला, 'कल आप यहां पधारे हैं, इसी खुशी में मैं आज शिकार खेलने जाता हूं। आपको ईश्वर ने अजित बजाया है, मुझे अपने हाथ से विजय का बीड़ा दीजिए।'

यह कह हरदौल ने चौकी पर से पान-दान उठा लिया और उसे राजा के सामने रखकर बीड़ा लेने के लिए हाथ बढ़ाया। हरदौल का खिला हुआ मुखड़ा देखकर राजा की ईर्ष्या की आग और भी भड़क उठी। दुष्ट, मेरे घाव पर नमक छिड़कने आया है। मेरे मान और विश्वास को मिट्टी में मिलाने पर भी तेरा जी न भरा! मुझसे विजय का बीड़ा मांगता है। हां, यह विजय का बीड़ा है, पर तेरी विजय का नहीं, मेरी विजय का।

इतना मन में कहकर जुझार सिंह ने बीड़े को हाथ में उठाया। वे एक क्षण तक कुछ सोचते रहे, फिर मुस्कराकर हरदौल को बीड़ा दे दिया। हरदौल ने सिर डूबकर बीड़ा लिया, उसे माथे पर चढ़ाया, एक बार बड़ी ही करुणा के साथ चारों ओर देखा और फिर बीड़े को मुंह में रख लिया। एक सच्चे राजपूत ने अपना पुरुषत्व दिखा दिया। विष हलाहल था, कंठ के नीचे उतरते ही हरदौल के मुख के पर मुर्दनी छा गयी और आंखें बुझ गयी। उसने एक ठंडी सांस ली, दोनों हाथ जोड़कर जुझार सिंह को प्रणाम किया और जमीन पर बैठ गया। उसके ललाट पर पसीने की बूंदें - बूंदें दिखायी दे रही थी और सांस तेजी से चलने लगी थीं पर चेहरे पर प्रसन्नता और संतोष की झलक दिखायी देती थी।

जुझार सिंह अपनी जगह से जरा भी न हिले। उनके चेहरे पर ईर्ष्या से भरी हुई मुस्कराहट छायी हुई थी, पर आंखों में आंसू भर आये थे। उजाले और अंधेरे का मिलाप हो गया था।

* * *

त्यागी का प्रेम

लाला गोपीनाथ को युवावस्था में ही दर्शन से एम हो गया था। अभी वह इंटरमीडिएट क्लास में थे, कि मिल और वर्कले के वैज्ञानिक विचार उनको कंठस्थ हो गये थे। उन्हें किसी प्रकार के विनोद-प्रमोद से रुचि न थी। यहां तक कि कॉलेज के क्रिकेट-मैचों से भी उनको उत्साह न होता था। हास-परिहास से कोसों भागते और उनसे प्रेम की चर्चा करना तो मानो बच्चे को जू-जू से डराना था। प्रात:काल घर से निकल जाते और शहर से बाहर किसी सघन वृक्ष की छांह में बैठकर दर्शन का अध्ययन करने में निरत हो जाते। काव्य-अलंकार, उपन्यास सभी को त्याज्य समझते थे। शायद ही अपने जीवन में उन्होंने कोई किस्से-कहानी की किताब पढ़ी हो। इसे केवल समय का दुरुपयोग ही नहीं, वरन मन और बुद्धि विकार के लिए घातक ख्याल कहते थे। इसके साथ ही वह उत्साहहीन न थे। सेवा-समितियों में बड़े उत्साह से भाग लेते। स्वदेश-वासियों की सेवा के किसी अवसर को हाथ से न जाने देते। बहुधा मुहल्ले के छोटे-छोटे दुकानदारों की दुकान पर जा बैठते और उनके घाटे-टोटे, मंदे-तेजे की राम कहानी सुनते।

शनै:-शनै: कॉलेज से उन्हें घृणा हो गयी। उन्हें अब अगर किसी विषय से प्रेम था, तो वह दर्शन था। कॉलेज की बहु-विषयक शिक्षा उनके दर्शनानुराग में बाधक होती। अतएव उन्होंने कॉलेज छेड़ दिया और एकाग्रचित्त होकर विज्ञानोपार्जन करने लगे। किन्तु दर्शन-पुराण के साथ-ही-साथ उनका देशानुराग भी बढ़ता गया और कॉलेज छोड़ने के पश्चात वह अनिवार्य जाति-सेवकों के दल में सम्मिलित हो गये। दर्शन में भ्रम था, अविश्वास था, अंधकार था, जाति-सेवा में सम्मान था, यश था, और दोनों ही सदिच्छाएं थीं। उनका वह सदनुराग जो बरसों से वैज्ञानिक वादों के नीचे दबा हुआ था, वायु के प्रचंड वेग के साथ निकल पड़ा। नगर के सार्वजनिक क्षेत्र में कूद पड़े। देखा, तो मैदान खाली था, जिधर आंख उठाते, सन्नाटा दिखाई देता। ध्वजा-धारियों की कमी न थी, पर सच्चे हृदय कहीं नजर न आते थे। चारों ओर से उनकी खींच होने लगी। किसी संस्था के मंत्री बने, किसी के कुछ। इसके आवेश में दर्शनानुराग भी विदा हुआ। पिंजरे में गाने वाली चिड़िया विस्तृत पर्वत-राशियों में आकर अपना राग भूल गयी। अब भी वह समय निकालकर दर्शन ग्रंथों के पन्ने उलट-पुलट लिया करते थे, पर विचार और अनुशीलन का अवकाश कहां। नित्य मन में यह संग्राम होता रहता कि किधर जाऊं? इधर या उधर? विज्ञान अपनी ओर खींचता, देश अपनी ओर खींचता।

एक दिन वह उलझन में नदी के तट पर बैठे हुए थे। जलधारा तट के दृश्यों और वायु के प्रतिकूल झोंकों की परवाह न करते हुए बड़े वेग के साथ अपने लक्ष्य की ओर बढ़ी चली जाती थी, पर लाला गोपीनाथ का ध्यान इस तरफ न था। वह अपने स्मृति-भंडार से किसी ऐसे तत्त्वज्ञानी पुरुष को खोज निकालना चाहते थे, जिसने जाति-सेवा के साथ विज्ञान-सागर में गोते

लगाये हों। सहसा उनके कॉलेज के एक अध्यापक पंडित अमरनाथ अग्निहोत्री आकर समीप बैठ गये और बोले - 'कहिए लाला गोपीनाथ, क्या खबरें हैं?'

गोपीनाथ ने अन्यमनस्क होकर उत्तर दिया - 'कोई नयी बात तो नहीं हुई। पृथ्वी अपनी गति से चली जा रही है।

अमरनाथ - 'म्युनिसिपल बोर्ड नम्बर 21 की जगह खाली है, उनके लिए किसे चुनना निश्चित किया है?'

गोपी - 'देखिए, कौन होता है। आप भी खड़े हुए हैं?'

अमर - 'अजी, मुझे तो लोगों ने जबरदस्ती घसीट लिया। नहीं तो मुझे इतनी फुर्सत कहां।'

गोपी - 'मेरा भी यही विचार है। अध्यापकों का क्रियात्मक राजनीति में फंसना बहुत अच्छी बात नहीं।'

अमरनाथ इस व्यंग्य से बहुत लज्जित हुए। एक क्षण के बाद प्रतिकार के भाव से बोले - 'तुम आजकल दर्शन का अभ्यास करते हो या नहीं।'

गोपी - 'बहुत कम। दुविधा में पड़ा हुआ हूं कि राष्ट्रीय-सेवा का मार्ग ग्रहण करूं या सत्य की खोज में जीवन व्यतीत करूं?'

अमर - 'राष्ट्रीय संस्थाओं में सम्मिलित होने का समय अभी तुम्हारे लिए नहीं आया। अभी तुम्हारी उम्र ही क्या है? जब तक विचारों में गांभीर्य और सिद्धांतों पर दृढ़ विश्वास न हो जाये, उस समय तक केवल क्षणिक आवेशों के वशवर्ती होकर किसी काम में कूद पड़ना अच्छी बात नहीं। राष्ट्रीय-सेवा बड़े उत्तरदायित्व का काम है।'

2

गोपीनाथ ने निश्चय कर लिया कि मैं जाति-सेवा से जीवनक्षेप करूंगा। अमरनाथ ने भी यही फैसला किया कि मैं म्युनिसिपैलिटी में अवश्य जाऊंगा। दोनों का परस्पर विरोध उन्हें कर्म-क्षेत्र की ओर खींच ले गया। गोपीनाथ की साख पहले ही से जम गयी थी। घर के धनी थे। शक्कर और सोने-चांदी की दलाली होती थी। व्यापारियों में उनके पिता का बड़ा मान था। गोपीनाथ के दो बड़े भाई थे। वह भी दलाली करते थे। परस्पर मेल था, धन था, संतानें थीं। अगर न थी तो शिक्षा और शिक्षित समुदाय में गणना। यह बात गोपीनाथ की बदौलत प्राप्त हो गयी। इसलिए उनकी स्वच्छंदता पर किसी ने आपत्ति नहीं की, किसी वे उन्हें धनोपार्जन के लिए मजबूर नहीं किया। अत: गोपीनाथ निश्चिंत और निर्द्वंद्व होकर राष्ट्र-सेवा में कहीं किसी अनाथालय के लिए चंदे जमा करते, कभी किसी कन्या-पाठशाला के लिए भिक्षा मांगते फिरते। नगर की कांग्रेस कमेटी ने उन्हें अपना मंत्री नियुक्त किया। उस समय तक कांग्रेस ने कर्मक्षेत्र में पदार्पण नहीं किया था। उनकी कार्यशीलता में इस जीर्ण संस्था का मानो पुनरुद्धार कर दिया। प्रात: संध्या से बहुधा प्रहर रात तक इन्हीं कामों में लिप्त रहते थे। चंदे का रजिस्टर हाथ में लिये उन्हें नित्यप्रति सांझ सवेरे धनी और रईसों के द्वार पर खड़े देखना एक साधारण दृश्य था। धीरे-धीरे कितने ही

युवक उनके भक्त हो गये। लोग कहते, कितना निस्वार्थ, कितना आदर्शवादी, त्यागी, जाति-सेवक है। कौन सुबह से शाम तक निस्वार्थ भाव से केवल जनता का उपकार करने के लिए यों दौड़-धूप करेगा। उनका आत्मोत्सर्ग प्राय: द्वेषियों को भी अनुरक्त कर देता था। उन्हें बहुधा रईसों की अभद्रता, असज्जनता, यहां तक कि उनके कटु शब्द भी सहने पड़ते थे। उन्हें अब विदित हो गया था कि जाति-सेवा बड़े अंशों तक केवल चंदे मांगना है। इसके लिए धनिकों की दरबारदारी या दूसरे शब्दों में खुशामद भी करनी पड़ती थी, दर्शन के उस गौरवयुक्त अध्ययन और इस दान-लोलुपता में कितना अंतर था! कहां मिल और कैंट, स्पेन्सर और किड के साथ एकांत में बैठे हुए जीत और प्रकृति के गहन-गूढ़ विषय पर वार्तालाप और कहां इन अभिमानी, असभ्य, मूर्ख व्यापारियों के सामने सिर झुकाना। वह अंत:करण में उनसे घृणा करते थे। वह धनी थे और केवल धन कमाना चाहते थे। इसके अतिरिक्त उनमें और कोई विशेष गुण न था। उनमें अधिकांश ऐसे थे जिन्होंने कपट-व्यापार से धनोपार्जन किया था पर गोपीनाथ के लिए यह सभी पूज्य थे। क्योंकि उन्हीं की कृपादृष्टि पर उनकी राष्ट्र-सेवा अवलंबित थी।

इस प्रकार कई वर्ष व्यतीत हो गये। गोपीनाथ नगर में मान्य पुरुषों में गिने जाने लगे। वह दीनजनों के आधार और दुखियारों के मददगार थे। अब वह बहुत कुछ निर्भीक हो गये थे और कभी-कभी रईसों को भी कुमार्ग पर चलते देखकर फटकार दिया करते थे। उनकी तीव्र आलोचना भी अब चंदे जमा करने में उनकी सहायक हो जाती थी।

अभी तक उनका विवाह न हुआ था। वह पहले ही से ब्रह्मचर्य-व्रत धारण कर चुके हैं। विवाह करने से साफ इंकार किया। मगर जब पिता और अन्य बंधुओं ने बहुत आग्रह किया, और उन्होंने स्वयं कई विज्ञान-ग्रंथों में देखा कि इन्द्रिय-दामन स्वास्थ्य के लिए हानिकारक है, तो असमंजस में पड़े। कई हफ्ते सोचते हो गये और वह मन में कोई बात पक्की न कर सके। स्वार्थ और परमार्थ में संघर्ष हो रहा था। विवाह का अर्थ था अपनी उदारता की हत्या करके, अपने विस्तृत हृदय को संकुचित करना, न कि राष्ट्र के लिए जीना। वह अब इतने ऊंचे आदर्श का त्याग करना निंद्य और उपहासजनक समझते थे। इसके अतिरिक्त अब वह अनेक कारणों से अपने को पारिवारिक जीवन के अयोग्य पाते थे। जीविका के लिए उद्योगशील, जिस अनवरत परिश्रम और जिस मनोवृत्ति की आवश्यकता है, वह उनमें न थी। जाति-सेवा में भी उद्योगशीलता और अध्यवसाय कम जरूरत न थी, लेकिन उनमें आत्म-गौरव का हनन न होता था। परोपकार के लिए भिक्षा मांगना दान है, अपने लिए पान का एक बीड़ा भी भिक्षा है। स्वभाव में एक प्रकार स्वच्छंदता आ गयी थी। इन त्रुटियों पर परदा डालने के लिए जाति-सेवक का बहाना बहुत अच्छा था।

एक दिन वह सैर करने जा रहे थे, कि रास्ते में अध्यापक अमरनाथ से मुलाकात हो गयी। यह महाशय अब म्युनिसिपल बोर्ड के मंत्री हो गये थे और आज-कल इस दुविधा में पड़े हुए थे कि शहर में मादक वस्तुओं के बेचने का ठेका लूं या न लूं। लाभ बहुत था, पर बदनामी भी कम न थी। अभी तक यह निश्चय न कर सके थे। इन्हें देखकर बोले - 'कहिए लाला जी, मिज़ाज अच्छे हैं न? आपके विवाह के विषय में क्या हुआ।'

गोपीनाथ ने दृढ़ता से कहा - 'मेरा इरादा विवाह करने का नहीं है।'

अमरनाथ - 'ऐसी भूल न करना। तुम अभी नवयुवक हो, तुम्हें संसार का कुछ अनुभव नहीं है। मैंने ऐसी कितनी मिसालें देखी हैं, जहां अविवाहित रहने के लाभ के बदले हानि ही हुई है। विवाह मनुष्य को सुमार्ग पर रखने का सबसे उत्तम साधन है, जिसे अब तक मनुष्य ने आविष्कृत किया है। उस व्रत से क्या फायदा जिसका परिणाम छिछोरापन हो।'

गोपीनाथ ने प्रत्युत्तर दिया - 'आपने मादक वस्तुओं के ठेके के विषय में क्या निर्णय किया?'

अमर - 'अभी तक कुछ नहीं। जी हिचकता है। कुछ-न-कुछ बदनामी तो होगी ही।'

गोपी - 'एक अध्यापक के लिए मैं इस पेशे को अपमान समझता हूं।'

अमर - 'कोई पेशा खराब नहीं है, अगर ईमानदारी से किया जाये।'

गोपी - 'यहां मेरा आपसे मतभेद है। कितने ही ऐसे व्यवसाय है जिन्हें एक सुशिक्षित व्यक्ति कभी स्वीकार नहीं कर सकता। मादक वस्तुओं का ठेका उनमें एक है।

गोपीनाथ ने आकर अपने पिता से कहा - 'मैं कदापि विवाह न करूंगा। आप लोग मुझे विवश न करें, वरना पछताना पड़ेगा।'

अमरनाथ ने उसी दिन ठेके के लिए प्रार्थना-पत्र भेज दिया और वह स्वीकृत भी हो गया।

3

दो साल हो गये हैं। लाला गोपीनाथ ने एक कन्या-पाठशाला खोली है और उसके प्रबंधक हैं। शिक्षा की विभिन्न पद्धतियों का उन्होंने खूब अध्ययन किया है और इस पाठशाला में वह उनका व्यवहार कर रहे हैं। शहर में यह पाठशाला बहुत ही सर्वप्रिय है। उसने बहुत अंशों में उस उदासीनता का परिशोध कर दिया है जो माता-पिता की पुत्रियों की शिक्षा की ओर देती है। शहर के गणमान्य पुरुष अपनी लड़कियों को सहर्ष पढ़ने भेजते हैं। वहां की शिक्षा-शैली कुछ ऐसी मनोरंजक है कि बालिकाएं एक बार जाकर मानों मंत्रमुग्ध हो जाती हैं। फिर उन्हें घर पर चैन नहीं मिलता। ऐसी व्यवस्था की गयी है कि तीन चार वर्षों में ही कन्याओं का गृहस्थी के मुख्य कामों से परिचय हो जाय। सबसे बड़ी बात यह है कि यहां धर्म-शिक्षा का भी समुचित प्रबंध किया गया है। अब की साल में प्रबंधक महोदय ने अंग्रेजी की कमाई भी खोल दी है। एक सुशिक्षित गुजराती महिला को बम्बई से बुला कर पाठशाला उनके हाथ में दे दी है। इस महिला का नाम है आनंदी बाई। विधवा हैं। हिंदी भाषा से भली-भांति परिचित नहीं हैं, किंतु गुजराती में कई पुस्तकें लिख चुकी हैं। कई कन्या-पाठशालाओं में काम कर चुकी हैं। शिक्षा-संबंधी विषयों में अच्छी गति है। उनके आने से मदरसे में और भी रौनक आ गयी है। कई प्रतिष्ठित सज्जनों ने, जो अपनी बालिकाओं को मंसूरी और नैनीताल भेजना चाहते थे, अब उन्हें यही भरती करा दिया है। आनंदी रईसों के घरों में जाती है और स्त्रियों में शिक्षा का प्रचार करती हैं। उनके वस्त्राभूषणों से सुरुचि का बोध होता है। हैं भी उच्चकुल की, इसलिए शहर में उनका बड़ा सम्मान होता है। लड़कियां उन पर जान देती हैं, उन्हें मां कहकर पुकारती हैं। गोपीनाथ पाठशाला की उन्नति देख-

देखकर फूले नहीं समाते। जिससे मिलते है, आनंदी बाई का ही गुणगान करते हैं। बाहर से कोई सुविख्यात पुरुष आता है, तो उससे पाठशाला का निरीक्षण अवश्य कराते हैं। आनंदी की प्रशंसा से उन्हें वहीं आनंद प्राप्त होता है, जो स्वयं अपनी प्रशंसा से होता है। बाई जी का भी दर्शन से प्रेम है, और सबसे बड़ी बात यह है कि उन्हें गोपीनाथ पर असीम श्रद्धा है। वह हृदय से उनका सम्मान करती हैं। वह मुंह पर तो उनकी बड़ाई नहीं करती, पर रईसों के घरों में बड़े प्रेम से उनका यशोगान करती हैं। ऐसे सच्चे सेवक आजकल कहां? लोग कीर्ति पर जान देते हैं। जो थोड़ी-बहुत सेवा करते है, दिखावे के लिए। सच्ची लगन किसी में नहीं है। मैं लालाजी को पुरुष देवता समझती हूं। कितना सरल, संतोषमय जीवन है। न कोई व्यसन, न विलास। भोर से सायंकाल तक दौड़ते रहते हैं, न खाने का कोई समय, न सोने का समय। उस पर कोई ऐसा नहीं, जो उनके आराम का ध्यान रखे। बेचारे घर गये, जो कुछ किसी ने सामने रख दिया, चुपके से खा लिया, फिर छड़ी उठायी और किसी तरफ चल दिये। दूसरी औरत कदापि अपनी पत्नी की भांति सेवा-सत्कार नहीं कर सकती।

दशहरे के दिन थे। कन्या-पाठशाला में उत्सव मनाने की तैयारियां हो रही थी। एक नाटक खेलने का निश्चय किया गया था। भवन खूब सजाया गया था। शहर के रईसों को निमंत्रण दिये गये थे। यह कहना कठिन है कि किसका उत्साह बढ़ा हुआ था, बाई जी का या लाला गोपीनाथ का। गोपीनाथ सामग्रियां एकत्र कर रहे थे। उन्हें अच्छे ढंग से सजाने का भार आनंदी ने ले लिया था, नाटक इन्हीं ने रचा था। नित्य प्रति उसका अभ्यास करती थी और स्वयं एक पार्ट ले रखा था।

विजयदशमी आ गयी। दोपहर तक गोपीनाथ दरी और कुर्सियों का इंतजाम करते रहे। जब एक बज गया और अब भी वह वहां से न टले तो आनंदी न कहा - 'लालाजी, आपको भोजन करने को देर हो रही है। अब सब काम हो गया है। जो कुछ बच रहा है, मुझ पर छोड़ दीजिए।'

गोपीनाथ ने कहा - 'खा लूंगा। मैं ठीक समय पर भोजन करने का पाबंद नहीं हूं। फिर घर तक कौन जाये। घंटों लग जायेंगे। भोजन के उपरांत आराम करने को जी चाहेगा। शाम हो जायेगी।'

आनंदी - 'भोजन तो मेरे यहां तैयार है, ब्राह्मणी ने बजाया है। चलकर खा लीजिए और यहीं जरा देर आराम भी कर लीजिए।'

गोपीनाथ - 'यहां क्या खा लूं! एक वक्त न खाऊंगा तो ऐसी कौन-सी हानि हो जायेगी?

आनंदी - 'जब भोजन तैयार है, तो उपवास क्यों कीजिएगा।'

गोपीनाथ - 'आप जायें। आपको अवश्य देर हो रही है। मैं काम में ऐसा भूला कि आपकी सुधि ही न रही।'

आनंदी - 'मैं भी एक जून उपवास कर लूंगी तो क्या हानि होगी?'

गोपीनाथ - 'नहीं-नहीं, इसकी क्या जरूरत है? मैं आपसे सच कहता हूं बहुधा एक ही जून खाता हूं।'

आनंदी - 'अच्छा, मैं आपके इंकार का माने समझ गयी। इतनी मोटी बात अब तक मुझे न सूझी।'

गोपीनाथ - 'क्या समझ गयीं। मैं छुआछूत को नहीं मानता। यह तो आपको मालूम ही है।'

आनंदी - 'इतना जानती हूं जिस कारण से आप मेरे यहां भोजन करने से इंकार कर रहे हैं, उसके विषय में केवल इतना निवेदन है कि मुझे आपसे केवल स्वामी और सेवक का संबंध नहीं है। मुझे आपसे आत्मीयता का संबंध है। आपका मेरे पान-फूल को अस्वीकार करना अपने एक सच्चे भक्त के मर्म को आघात पहुंचाना है। मैं आपको इसी दृष्टि से देखती हूं।'

गोपीनाथ को अब कोई आपत्ति न हो सकी। जाकर भोजन कर लिया। वह जब तक आसन पर बैठे रहे, आनंदी धैर्य पंखा झलती रही।

इस घटना की लाला गोपीनाथ के मित्रों ने यों आलोचना की, 'महाशय जी अब तो वहीं (वहीं पर खूब जोर देकर) भोजन भी खाते हैं।'

4

शनैः शनैः परदा हटने लगा। लाला गोपीनाथ को अब परवशता ने साहित्य-सेवी बना दिया था। घर से उन्हें-आवश्यक सहायता मिल जाती थी, किन्तु पत्रों और पत्रिकाओं तथा अन्य अनेक कामों के लिए उन्हें घरवालों से कुछ मांगते हुए बहुत संकोच होता था। उनका आत्म-सम्मान जरा-जरा सी बातों के लिए भाइयों के सामने हाथ फैलाना अनुचित समझता था। वह अपनी जरूरतें आप पूरी करना चाहते थे। घर पर भाइयों के लड़के इतना कोलाहल मचाते थे कि उनका जी कुछ लिखने में न लगता था। इसलिए जब उनकी कुछ लिखने की इच्छा होती तो वे खटके पाठशाला में आ जाते। आनंदी बाई वहीं रहती थीं। वहां न कोई शोर था न गुल। एकांत में काम करने में जी लगता था। भोजन का समय आ जाता तो वहीं भोजन भी कर लेते। कुछ दिनों के बाद उन्हें बैठकर लिखने में असुविधा होने लगी (आंखें कमजोर हो गयी थीं) तो आनंदी लिखती थी। गोपीनाथ की प्रेरणा से उन्होंने हिन्दी सीखी और थोड़े ही दिनों में इतनी अभ्यस्त हो गयी थी कि लिखने में जरा भी हिचक न होती। लिखते समय कभी-कभी उन्हें ऐसे शब्द और मुहावरे सूझ जाते थे कि गोपीनाथ फड़क-फड़क उठते। उनके लेख में जान-सी पड़ जाती। वह कहते यदि तुम स्वयं कुछ लिखो तो मुझसे बहुत अच्छा लिख लोगी। मैं तो बेगारी करता हूं। तुम्हें परमात्मा की ओर से यह शक्ति प्रदान हुई है। नगर के लाल-बुझकड़ों में इस सहकारिता पर टीका-टिप्पणी होने लगी पर विद्वज्जन अपनी आत्मा की शुचिता के सामने ईर्ष्या के व्यंग्य की कब परवाह करते हैं। आनंदी कहती,'यह तो संसार है, जिसके मन में जो आये कहे, पर मैं उस पुरुष का निरादर नहीं कर सकती जिस पर मेरी श्रद्धा है।' पर गोपीनाथ इतने निर्भीक न थे। उनकी सुकृति का आधार लोकमत था। वह उनकी भर्त्सना न कर सकते थे। इसलिए वह दिन

के बदले रात को रचना करने लगे। पाठशाला में इस समय कोई देखने वाला न होता था। रात की नीरवता में खूब जी लगता। आराम-कुर्सी पर लेट जाते। आनंदी मेज़ के सामने कलम हाथ में लिए उनकी ओर देखा करती। जो कुछ उनके मुख से निकलता, तुरंत लिख लेती। उनकी आंखों से विनय और शील, श्रद्धा और प्रेम की किरण-सी निकलती हुई जान पड़ती। गोपीनाथ जब किसी भाव को मन में व्यक्त करने के बाद आनंदी की ओर ताकते कि वह लिखने के लिए तैयार है या नहीं, तो दोनों व्यक्तियों की निगाहें मिलती और आप ही झुक जाती। गोपीनाथ को इस तरह काम करने की ऐसी आदत पड़ती जाती थी कि जब किसी कार्यवश यहां आने का अवसर न मिलता तो वह विकल हो जाते थे।

आनंदी से मिलने के पहले गोपीनाथ को स्त्रियों का जो कुछ ज्ञान था, वह केवल पुस्तकों पर अवलम्बित था। स्त्रियों के विषय में प्राचीन और अर्वाचीन, प्राच्य और पाश्चात्य, सभी विद्वानों का एक ही मत था - यह मायावी, आत्मिक उन्नति की बाधक, परमार्थ की विरोधी, वृत्तियों को कुमार्ग की ओर ले जाने वाली, हृदय को संकीर्ण बनाने वाली होती हैं। इन्हीं कारणों से उन्होंने इस मायावी जाति से अलग रहना ही श्रेयस्कर समझा था, किन्तु यह अनुभव बतला रहा था कि स्त्रियां सन्मार्ग की ओर भी ले जा सकती हैं, उनमें सद्गुण भी हो सकते हैं। वह कर्तव्य और सेवा के भावों को जाग्रत भी कर सकती हैं। तब उसके मन में प्रश्न उठता कि यदि आनंदी से मेरा विवाह होता तो मुझे क्या आपत्ति हो सकती थी। उसके साथ तो मेरा जीवन आनंद से कट जाता। एक दिन वह आनंदी के यहां गये तो सिर में दर्द हो रहा था। कुछ लिखने की इच्छा न हुई। आनंदी को इसका कारण मालूम हुआ तो उसने उनके सिर में धीरे-धीरे तेल मलना शुरू किया। गोपीनाथ को उस समय अलौकिक सुख मिल रहा था। मन में प्रेम की तरंगें उठ रही थी - नेत्र, मुख, वाणी - सभी प्रेम में पगे जाते थे। उसी दिन से उन्होंने आनंदी के यहां जाना छोड़ दिया। एक सप्ताह बीत गया और न आये। आनंदी ने लिखा - 'आपसे पाठशाला संबंधी कई विषयों में राय लेनी है। अवश्य आइए।' तब भी न गये। उसने फिर लिखा - 'मालूम होता है आप मुझसे नाराज हैं। मैंने जान बूझकर तो कोई ऐसा काम नहीं किया, लेकिन यदि वास्तव में आप नाराज हैं तो मैं यहां रहना उचित नहीं समझती। अगर आप अब भी न आये तो मैं द्वितीय अध्यापिका को चार्ज देकर चली जाऊंगी। गोपीनाथ पर इस धमकी का भी कुछ असर न हुआ। अब भी न गये। अंत में दो महीने तक खिंचे रहने के बाद उन्हें ज्ञात हुआ कि आनंदी बीमार है और दो दिन से पाठशाला नहीं आ सकी। तब वह किसी तर्क या युक्ति से अपने को न रोक सके। पाठशाला में आये और कुछ झिझकते, कुछ सकुचाते, आनंदी के कमरे में कदम रखा। देखा तो चुपचाप पड़ी हुई थी। मुख पीला था, शरीर घुल गया था। उसने उनकी ओर दया-प्रार्थी नेत्रों से देखा उठना चाहा पर अशक्ति ने उठने न दिया। गोपीनाथ ने आर्द्र कंठ से कहा - 'लेटी रहो, लेटी रहो। उठने की जरूरत नहीं? मैं बैठ जाता हूं। डॉक्टर साहब आये थे?'

मिश्राइन ने कहा - 'जी हां, -दो बार आये थे। दवा दे गये हैं।'

गोपीनाथ ने नुस्खा देखा। डॉक्टरी का साधारण ज्ञान था। नुस्खे से ज्ञात हुआ - हृदयरोग है। औषधियां सभी पुष्टिकर और बलवर्धक थीं। आनंदी की ओर फिर देखा। उसकी आंखों से

अश्रुधारा बह रही थी। उनका गला भी भर आया। हृदय मसोसने लगा। गदगद होकर बोले - 'आनंदी, तुमने मुझे पहले इसकी सूचना न दी, नहीं तो रोग इतना न बढ़ने पाता।' आनंदी - 'कोई बात नहीं है, अच्छी हो जाऊंगी, जल्दी ही अच्छी हो जाऊंगी। मर भी जाऊंगी तो कौन रोने वाला बैठा हुआ है?' यह कहते-कहते वह फूट-फूटकर रोने लगी।

गोपीनाथ दार्शनिक थे, पर अभी तक उनके मन के कोमल भाव शिथिल न हुए थे। कम्पित स्वर से बोले - 'आनंदी, संसार में कम-से-कम एक ऐसा आदमी है जो तुम्हारे लिए अपने प्राण तक दे देगा।' यह कहते-कहते वह रुक गये। उन्हें अपने शब्द और भाव कुछ भद्दे और उच्छृंखल से जान पड़े। अपने मनोभावों को प्रकट करने के लिए वह इन सारहीन शब्दों की अपेक्षा कहीं अधिक काव्यमय, रसपूर्ण अनुरक्त शब्दों का व्यवहार करना चाहते थे, पर वह इस वक्त याद न पड़े।

आनंदी ने पुलकित होकर कहा - 'दो महीने तक किस पर छोड़ दिया था।'

गोपीनाथ - 'इन दो महीनों में मेरी जो दशा थी, वह मैं ही जानता हूं। यही समझ लो कि मैंने आत्महत्या नहीं की, यह बड़ा आश्चर्य है। मैंने न समझा था कि अपने व्रत पर स्थिर रहना मेरे लिए इतना कठिन हो जायेगा।

आनंदी ने गोपीनाथ का हाथ धीरे से अपने हाथ में लेकर कहा - 'अब तो कभी इतनी कठोरता न कीजिएगा?'

गोपीनाथ - (संकुचित होकर) 'अंत क्या है?'

आनंदी - 'कुछ भी हो।'

गोपी - 'कुछ भी हो? अपमान, निंदा, उपहास, आत्म-वेदना।'

आनंदी - 'कुछ भी हो, मैं सब कुछ सह सकती हूं और आपको भी मेरे हेतु सहना पड़ेगा।'

गोपी - 'आनंदी, मैं अपने को प्रेम पर बलिदान कर सकता हूं लेकिन अपने नाम को नहीं। इस नाम को अकलंकित रखकर मैं समाज की बहुत कुछ सेवा कर सकता हूं।'

आनंदी - 'न कीजिए। आपने सब कुछ त्यागकर यह कीर्ति लाभ की है, मैं आपके यश को नहीं मिटाना चाहती। (गोपीनाथ का हाथ हृदयस्थल पर रखकर), इसको चाहती हूं। इससे अधिक त्याग की आकांक्षा नहीं रखती?'

गोपी - 'दोनों बातें एक साथ संभव हैं?'

आनंदी - 'संभव है। मैं प्रेम पर अपनी आत्मा को भी न्यौछावर कर सकती हूं।'

5

इसके पश्चात् लाला गोपीनाथ ने आनंदी की बुराई करनी शुरू की। मित्रों से कहते, उसका जी अब काम में नहीं लगता। पहले की-सी तनदेही नहीं है। किसी से कहते, उनका जी अब यहां

से उचाट हो गया है, अपने घर जाना चाहती हैं। उनकी इच्छा है कि मुझे प्रति वर्ष तरक्की मिला करे और उसकी यहां गुंजाइश नहीं। पाठशाला को कई बार देखा और अपनी आलोचना में काम को असंतोषजनक लिखा। शिक्षा, संगठन, उत्साह, सुप्रबंध-सभी बातों में निराशाजनक क्षति पायी। वार्षिक अधिवेशन में जब कई सदस्यों ने आनंदी की वेतन-वृद्धि का प्रस्ताव उपस्थित किया तो लाला गोपीनाथ ने उसका विरोध किया। उधर आनंदी बाई भी गोपीनाथ के दुखड़े रोने लगी। यह मनुष्य नहीं है, पत्थर का देवता है। उन्हें प्रसन्न करना दुष्कर है, अच्छा ही हुआ कि उन्होंने विवाह नहीं किया, नहीं तो दुखिया इनके नखरे उठाते-उठाते सिधार जाती। कहां तक कोई सफाई और सुप्रबंध पर ध्यान दे! दीवार पर एक धब्बा भी पड़ गया, किसी कोने-खुतरे में एक जाला भी लग गया, बरामदों में कागज का एक टुकड़ा भी मिल गया, तो आपके तेवर बदल जाते हैं। दो साल, मैंने ज्यों-त्यों करके निबाहा, लेकिन देखती हूं तो लाला साहब की निगाह दिनों-दिन कड़ी होती जाती है। ऐसी दशा में यहां अधिक नहीं ठहर सकती। मेरे लिए नौकरी में कल्याण नहीं है, जब जी चाहेगा, उठ खड़ी हूंगी। यहां आप लोगों से मेल मोहब्बत हो गयी है। कन्याओं से ऐसा प्यार हो गया है कि छोड़कर जाने को जी नहीं चाहता। आश्चर्य था कि और किसी को पाठशाला की दशा में अवनति न दीखती थी, वरन हालत पहले से अच्छे थे।

एक दिन पंडित अमरनाथ की लालाजी से भेंट हो गयी। उन्होंने पूछा - 'कहिए, पाठशाला खूब चल रही है न?'

गोपी - 'कुछ न पूछिए? दिनों-दिन दशा गिरती जाती है।'

अमर - 'आनंदी बाई की ओर से ढील है क्या?'

गोपी - 'जी हां, सरासर। अब काम करने में उनका जी ही नहीं लगता। बैठी हुई योग और ज्ञान के ग्रंथ पढ़ा करती हैं। कुछ कहता हूं तो कहती हैं, मैं अब इससे और अधिक कुछ नहीं कर सकती। कुछ परलोक की भी चिंता करूं कि चौबीस घंटे पेट के धंधे में ही लगी रहूं? पेट के लिए पांच घंटे बहुत हैं। पहले कुछ दिनों तक बारह घंटे करती, पर यह दशा स्थायी नहीं रह सकती थी। यहां आकर मैंने स्वास्थ्य को खो दिया। एक बार कठिन रोग से ग्रस्त हो गयी। क्या कमेटी ने मेरा दवा-दर्पन का खर्च दे दिया? कोई बात पूछने भी न आया? फिर अपनी जान क्यों दूं? सुना है, घरों में मेरी बदगोई भी किया करती हैं।' अमरनाथ मार्मिक भाव से बोले - 'यह बातें मुझे पहले ही मालूम थी।'

दो साल गुजर गये। रात का समय था। कन्या-पाठशाला के ऊपर वाले कमरे में लाला गोपीनाथ मेज़ के सामने कुरसी पर बैठे हुए थे, सामने आनंदी कोच पर लेटी हुई थी। मुख बहुत म्लान हो रहा था। कई मिनट तक दोनों विचार में मग्न थे। अंत में गोपीनाथ बोले - 'मैंने पहले ही महीने में तुमसे कहा था कि मथुरा चली जाओ।'

आनंदी 'वहां दस महीने क्यों कर रहती। मेरे पास इतने रुपये कहां थे और न तुम्हीं ने कोई प्रबंध का आश्वासन दिया। मैंने सोचा, तीन-चार महीने यहां और रहूं। तब तक किफायत करके कुछ बचा लूंगी, तुम्हारी किताब से भी कुछ मिल जायेंगे। तब मथुरा जाऊंगी, मगर यह क्या

मालूम था कि बीमारी भी इसी अवसर की ताक में बैठी हुई है। मेरी दशा दो-चार दिन के लिए भी संभली और मैं चली। इस दशा में तो मेरे लिए यात्रा करना असम्भव है।' गोपी - 'मुझे भय है कि कहीं बीमारी तूल न खींचे। संग्रहणी असाध्य रोग है। महीने-दो महीने यहां और रहने पड़ गये तो बात खुल जायेगी।'

आनंदी - (चिढ़ कर) 'खुल जायेगी, खुल जाये। अब इससे कहां तक डरूं।'

गोपी - 'मैं भी न डरता अगर मेरे कारण नगर की कई संस्थाओं का जीवन संकट में न पड़ जाता। इसलिए मैं बदनामी से डरता हूं। इस समाज के यह बन्धन निरे पाखंड हैं। मैं उन्हें सम्पूर्णता: अन्याय समझता हूं। इस विषय में तुम मेरे विचारों को भली-भांति जानती हो, पर करूं क्या? दुर्भाग्यवश मैंने जाति-सेवा का भार अपने ऊपर ले लिया है और उसी का फल है कि आज मुझे अपने माने हुए सिद्धान्तों को तोड़ना पड़ रहा है और जो वस्तु मुझे प्राणों से भी प्रिय है, उसे यों निर्वासित करना पड़ रहा है।'

किन्तु आनंदी की दशा संभालने की जगह दिनों-दिन गिरती ही गयी। कमजोरी से उठना-बैठना कठिन हो गया था। किसी वैद्य या डॉक्टर को उसकी अवस्था न दिखायी जाती थी। गोपीनाथ दवाएं लाते थे, आनंदी उनका सेवन करती थी। किसी से मिलती-जुलती भी न थी। पाठशाला से उसने छुट्टी ले ली थी। बार-बार चेष्टा करती कि मथुरा! चली जाऊं, किन्तु एक अनजान नगर में अकेले कैसे रहूंगी, न कोई आगे, न कोई पीछे। कोई एक घूंट पानी देने वाला भी नहीं। यह सब सोचकर उसकी हिम्मत टूट जाती थी। इसी सोच-विचार और हैस-बैस में दो महीने और गुजर गये और अन्त में विवश होकर आनंदी ने निश्चय किया कि अब चाहे कुछ सिर पर बीते, यहां से चल ही दूं। अगर सफर में मर भी जाऊंगी तो क्या चिन्ता है। उनकी बदनामी तो न होगी। उनके यश को कलंक तो न लगेगा। मेरे पीछे ताने तो न सुनने पड़ेंगे। सफर की तैयारियां करने लगी। रात को जाने का मुहूर्त था कि सहसा संध्याकाल से प्रसव पीड़ा होने लगी और ग्यारह बजते-बजते एक नन्हा-सा दुर्बल सतवांसा बालक प्रसव हुआ। बच्चे के होने की आवाज सुनते ही लाला गोपीनाथ ऊपर से उतरे और गिरते-पड़ते घर भागे। आनंदी ने इस भेद को अंत तक छिपाये रखा। अपनी दारुण प्रसव पीड़ा का हाल किसी से न कहा। दाई को भी सूचना न दी। मगर जब बच्चे के रोने की आवाज मदरसे में गूंजी तो क्षणमात्र में दाई सामने आकर खड़ी हो गई। नौकरानियों को पहले से शंका थी। उन्हें कोई आश्चर्य न हुआ। जब दाई ने आनंदी को पुकारा तो वह सचेत हो गयी देखा तो बालक रो रहा है।

6

दूसरे दिन दस बजते-बजते यह समाचार सारे शहर में फैल गया। घर-घर चर्चा होने लगी। कोई आश्चर्य करता था, कोई घृणा करता, कोई हंसी उड़ाता था। लाला गोपीनाथ के छिद्रान्वेषियों की संख्या कम न थी। पंडित अमरनाथ उनके मुखिया थे। उन लोगों ने लालाजी की जिंदा करनी शुरू की। जहां देखिए, वहीं दो-चार सज्जन बैठे गोपनीय भाव से इसी घटना की आलोचना करते नजर आते थे। कोई कहता था, इस स्त्री के लक्षण पहले ही से विदित हो गए

थे। अधिकांश आदमियों की राय में गोपीनाथ ने यह बुरा किया। यदि ऐसा ही प्रेम ने जोर मारा था तो उन्हें निडर होकर विवाह कर लेना चाहिए था। यह काम गोपीनाथ का है, इसमें किसी को शक न था। केवल कुशल समाचार पूछने के बहाने से लोग उनके घर जाते और दो-चार अन्योक्तियां सुनाकर चले आते थे। इसके विपरीत आनंदी पर लोगों को दया आती थी। पर लालाजी के ऐसे भक्त भी थे, जो लालाजी के माथे यह कलंक मढ़ना पाप समझते थे। गोपीनाथ ने स्वयं मौन धारण कर लिया था। सबकी भली-बुरी बातें सुनते थे, पर मुंह न खोलते थे। इतनी हिम्मत न थी कि सबसे मिलना छोड़ दें।

प्रश्न था, अब क्या हो? आनंदी बाई के विषय में तो जनता ने फैसला कर दिया। बहस यह थी कि गोपीनाथ के साथ क्या व्यवहार किया जाए। कोई कहता था, उन्होंने जो कुकर्म किया है, उसका फल भोगे। आनंदी बाई को नियमित रूप से घर में रखें। कोई कहता, हमें इससे क्या मतलब, आनंदी जानें और वह जानें। दोनों जैसे के तैसे है, जैसे उदई वैसे भान, न उनके चोटी, न उनके कान। लेकिन इन महाशय को पाठशाला के अन्दर अब कदम न रखने देना चाहिए। जनता के फैसले साक्षी नहीं खोजते, अनुमान ही उसके लिए सबसे बड़ी गवाही है।

लेकिन पं. अमरनाथ और उनकी टोली के लोग गोपीनाथ के इतने सस्ते में न छोड़ना चाहते थे। उन्हें गोपीनाथ से पुराना द्वेष था। यह कल का लौंडा दर्शन की दो-चार पुस्तकें उलट-पलटकर, राजनीति में कुछ शुदबुद करके लीडर बना हुआ विचरे, सुनहरी ऐनक लगाए, रेशमी चादर गले में डाले, यों गर्व से ताके, मानों सत्य और प्रेम का पुतला है। ऐसे रंगे सियार की जितनी कलई खोली जाय, उतना ही अच्छा। जाति को ऐसे दगाबाज, चरित्रहीन, दुर्बलात्मा सेवकों से सचेत कर देना चाहिए। पंडित अमरनाथ पाठशाला की अध्यापिकाओं और नौकरों से तहकीकात करते थे। लालाजी कब आते थे, कब जाते वे, कितनी देर बैठते थे, यहां क्या किया करते थे, तुम लोग उनकी उपस्थिति में यहां जाने पाते थे या रोक थी? लेकिन यह छोटे आदमी, जिन्हें गोपीनाथ से संतुष्ट रहने का कोई कारण न था (उनकी सख्ती की नौकर लोग बहुत शिकायत किया करते थे) इस दुरावस्था में उनके ऐबों पर परदा डालने लगे। अमरनाथ ने प्रलोभन दिया, डराया-धमकाया, पर किसी ने गोपीनाथ के विरुद्ध साक्षी न दी।

उधर लाला गोपीनाथ ने उसी दिन से आनंदी के घर आना-जाना छोड़ दिया। दो हफ्ते तक तो यह अभागिनी किसी तरह कन्या पाठशाला में रही। पन्द्रहवें दिन प्रबंधक समिति ने उसे मकान खाली कर देने का नोटिस दे ही दिया। महीने भर की मोहलत देना भी उचित न समझा। अब यह दुखिया एक तंग मकान में रहती थी, कोई पूछने वाला न था। बच्चा कमजोर, खुद बीमार, कोई आगे न पीछे, न कोई दु:ख का संगी, न साथी। शिशु को गोद में लिए दिन-दिन बे-दाना-पानी पड़ी रहती थी। एक बुढ़िया महरी मिल गयी थी, जो बर्तन धोकर चली जाती थी। कभी-कभी शिशु को छाती से लगाये रात-की-रात रह जाती, पर धन्य है उनके धैर्य और संतोष को! लाला गोपीनाथ से न मुंह में शिकायत थी, न दिल में। सोचती, इन परिस्थितियों में उन्हें मुझसे दूर ही रहना चाहिए। इसके अतिरिक्त और उपाय नहीं है। उनके बदनाम होने से नगर की कितनी बड़ी

हानि होती। सभी उन पर स्नेह करते हैं, पर किसी को यह साहस तो नहीं हो सकता कि उनके विपक्ष में कोई प्रमाण दे सके।

यह सोचते हुए उसने स्वामी अभेदानन्द की, एक पुस्तक उठायी और उसके एक अध्याय का अनुवाद करने लगी। अब उसकी जीविका का एकमात्र यही आधार था। सहसा किसी ने धीरे से द्वार खटखटाया। वह चौंक पड़ी। लाला गोपीनाथ की आवाज मालूम हुई। उसने तुरंत द्वार खोल दिया। गोपीनाथ आकर खड़े हो गये और सोते हुए बालक को प्यार से देखकर बोले - 'आनंदी, मैं तुम्हें मुंह दिखाने लायक नहीं हूं। मैं अपनी भीरुता और नैतिक दुर्बलता पर अत्यंत लज्जित हूं। यद्यपि मैं जानता हूं कि मेरी बदनामी जो कुछ होनी थी, वह हो चुकी। अब असम्भव है कि मैं जनता को अपना मुंह फिर दिखाऊं और न वह मुझ पर विश्वास ही कर सकती है। इतना जानते हुए भी मुझमें इतना साहस नहीं है कि अपने कुकृत्य का मार सिर ले लूं। मैं पहले सामाजिक शासन की रत्ती भर परवाह न करता, पर अब पग-पग पर उसके भय से मेरे प्राण कांपने लगते हैं। धिक्कार है मुझ पर कि तुम्हारे ऊपर ऐसी विपत्तियां पड़ी, लोकनिंदा, रोग, शोक, निर्धनता सभी का सामना करना पड़ा और मैं यों अलग-अलग रहा मानो मुझसे कोई प्रयोजन नहीं है, पर मेरा हृदय ही जानता है कि उसको कितनी पीड़ा होती थी। कितनी ही बार आने का निश्चय किया और फिर हिम्मत हार गया। अब मुझे विदित हो गया कि मेरी सारी दार्शनिकता केवल हाथी का दांत थी। मुझमें क्रिया शक्ति नहीं है, लेकिन इसके साथ ही तुमसे अलग बना मेरे लिए असह्य है। तुमसे दूर रहकर मैं जिन्दा नहीं रह सकता, प्यारे बच्चे को देखने के लिए मैं कितनी ही बार लालायित हो गया हूं, पर यह आशा कैसे करूं कि मेरी चरित्रहीनता का ऐसा प्रत्यक्ष प्रमाण पाने के बाद तुम्हें मुझसे घृणा न हो गयी होगी।'

आनंदी - 'स्वामी, आप के मन में ऐसी बातों का आना मुझ पर घोर अन्याय है। मैं ऐसी बुद्धिहीन नहीं हूं कि केवल अपने स्वार्थ के लिए आपको कलंकित करूं। मैं आपको अपना इष्टदेव समझती हूं और सदैव समझूंगी। मैं भी अब आपके वियोग-दुःख को नहीं सह सकती। कभी आपके दर्शन पाती रहूं यही जीवन की सबसे बड़ी अभिलाषा है।'

इस घटना को पन्द्रह दिन बीत गये हैं। लाला गोपीनाथ नित्य बारह बजे रात को आनंदी के साथ बैठे हुए नजर आते हैं। वह नाम पर मरते हैं, आनंदी प्रेम पर। बदनाम दोनों हैं, लेकिन आनन्दी के साथ लोगों की सहानुभूति है, गोपीनाथ सबकी निगाह से गिर गए हैं। हां, उनके कुछ आत्मीयगण इस घटना को केवल मानुषीय समझकर अब भी उनका सम्मान करते हैं, किन्तु जनता इतनी सहिष्णु नहीं है।

* * *

रानी सारंधा

अंधेरी रात के सन्नाटे में धसान नदी चट्टानों से टकराती हुई ऐसी सुहावनी मालूम होती थी जैसे घुम-घुम करती हुई चक्कियां। नदी के दाहिने तट पर एक टीला है। उस पर एक पुराना दुर्ग बना हुआ है, जिसको जंगली वृक्षों ने घेर रखा है। टीले के पूर्व की ओर छोटा-सा गांव है। यह गढ़ी और गांव दोनों एक बुंदेला सरदार के कीर्ति-चिह्न हैं। शताब्दियाँ व्यतीत हो गयीं, बुंदेलखंड में कितने ही राज्यों का उदय और अस्त हुआ, मुसलमान आये और बुंदेला राजा उठे और गिरे कोई कोई गांव, कोई इलाका ऐसा न था, जो इन दुर्व्यवस्था से पीड़ित न हो, मगर इस दुर्ग पर किसी शत्रु की विजय-पताका न लहरायी और इस गांव में किसी विद्रोह का भी पदार्पण न हुआ यह उसका सौभाग्य था।

अनिरुद्ध सिंह वीर राजपूत था। वह जमाना ही ऐसा था जब मनुष्य को मात्र अपने बाहु-बल और पराक्रम का ही एक भरोसा था। एक ओर मुसलमान सेनाएं पैर जमायें खड़ी रहती थीं, दूसरी ओर बलवान राजा अपने निर्बल भाइयों का गला घोंटने पर तत्पर रहते थे। अनिरुद्ध सिंह के पास सवारों और पियादों का एक छोटा-सा, मगर सजीव दल था। इससे वह अपने कुल और मर्यादा की रक्षा किया करता था। उसे कभी चैन से बैठना नसीब न होता था। तीन वर्ष पहले उसका विवाह शीतला देवी से हुआ था, मगर अनिरुद्ध विहार के दिन और विलास की रातें पहाड़ों में काटता था और शीतला उसकी जान की खैर मनाने में। वह कितनी बार पति से अनुरोध कर चुकी थी, कितनी बार उसके पैरों पर गिरकर रोयी थी कि तुम मेरी आंखों से दूर न हो, मुझे हरिद्वार ले चलो, मुझे तुम्हारे साथ बनवास अच्छा है, यह वियोग अब नहीं सहा जाता। उसने प्यार से कहा, जिद से कहा, विनय की, मगर अनिरुद्ध बुंदेला था। शीतला अपने किसी हथियार से उसे परास्त न कर सकी।

2

अंधेरी रात थी। सारी दुनिया सोती थी, तारे आकाश में जागते थे। शीतला देवी पलंग पर पड़ी करवटें बदल रही थी और उसकी ननद सारंधा फर्श पर बैठी हुई मधुर स्वर में गाती थी।

बिन रघुवीर कटत नहीं रैन.....

शीतला ने कहा-- 'जी न जलाओ। क्या तुम्हें नींद नहीं आती ?'

सारंधा - 'तुम्हें लोरी सुना रही हूं।'

शीतला- मेरी आंखों से तो लोरी लोप हो गयी है।'

सारंधा - 'किसी को ढूंढ़ने गयी होगा।'

इतने में द्वार खुला और एक गठीले बदन के रूपवान पुरुष ने भीतर प्रवेश किया। यह अनिरुद्ध था। उसके कपड़े भीगे हुए थे। बदन पर कोई हथियार न था। शीतला चारपाई से उतर जमीन पर बैठ गयी।

सारंधा ने पूछा - 'भैया, यह कपड़े भीगे क्यों हैं?'

अनिरुद्ध - 'नदी तैरकर आया हूं।'

सारंधा - 'हथियार क्या हुए?'

अनिरुद्ध - 'छिन्न गये।'

सारंधा - 'और साथ के आदमी।'

अजिथ्व - 'सबने वीर-गति पायी।'

शीतला ने दबी जवान से कहा - 'ईश्वर ने ही कुशल किया, मगर सारंधा के तेवर पर बल पड़ गये और मुख-मंडल गर्व से सतेज हो गया। बोली - 'भैया, तुमने कुल की मर्यादा खो दी। ऐसा कभी न हुआ था।'

सारंधा भाई पर जान देती थी। उसके मुख से यह धिक्कार सुनकर अनिरुद्ध लज्जा और खेद से विकल हो गया। वह वीराग्नि जिसे क्षण भर के लिए अनुराग ने दबा लिया था, फिर ज्वलंत हो गयी। वह उलटे पांव लौटा और यह कह कर बाहर चला गया कि सारंधा, तुमने मुझे सदैव के लिए सचेत कर दिया यह बात मुझे कभी न भूलेगी।'

अंधेरी रात थी। आकाश-मंडल में तारों का प्रकाश बहुत धुंधला था। अनिरुद्ध किले से बाहर निकला। पल भर में उस पार जा पहुंचा और फिर अंधकार में लुप्त हो गया। शीतला उसके पीछे-पीछे किले की दीवारों तक आयी, मगर जब अनिरुद्ध छलांग मारकर बाहर कूद पड़ा तो वह विरहिणी चट्टान पर बैठकर रोने लगी।

इतने में सारंधा भी वहीं आ पहुंची। शीतला ने नागिन की तरह बल खाकर कहा - 'मर्यादा इतनी प्यारी है?'

सारंधा - 'हां।'

शीतल - 'अपना पति होता तो ह्दय में छुपा लेती।'

सारंधा - 'ना, छाती में छुरा चुभा देती।'

शीतला ने ऐंठ कर कहा - 'चोली में छिपाती फिरोगी, मेरी बात गिरह में बांध लो।'

सारंधा - 'जिस दिन ऐसा होगा, मैं भी अपना वचन पूरा कर दिखाऊंगी।'

इस घटना के तीन महीने पीछे अनिरुद्ध महरौनी को जीत करके लौटा और साल भर पीछे सारंधा का विवाह ओरछा के राज चम्पतराय से हो गया मगर उस दिन की बातें दोनों महिलाओं के हृदय-स्थल में कांटे की तरह खटकती रही।

3

राजा चम्पतराय बड़े प्रभावशाली पुरुष थे। सारी बुंदेला जाति उनके नाम पर जान देती थी और उनके प्रभुत्व को मानती थी। गद्दी पर बैठते ही उन्होंने मुगल बादशाहों को कर देना बंद कर दिया और वे अपने बाहु-बल से राज्य-विस्तार करने लगे। मुसलमानों की सेनाएं बार-बार उन पर हमले करती थी, पर हारकर लौट जाती थी।

यही समय था जब अनिरुद्ध ने सारंधा का चम्पतराय से विवाह कर दिया। सारंधा ने मुंह-मांगी मुराद पायी। उसकी यह अभिलाषा कि मेरा पति बुंदेला जाति का कुल-तिलक हो, पूरी हुई। यद्यपि राजा के निवास में पांच रानियां थी मगर उन्हें शीघ्र ही -मालूम हो गया कि वह देवी, जो हृदय में मेरी पूजा करती है सारंधा है।

परन्तु कुछ ऐसी घटनाएं हुईं कि चम्पतराय को मुगल बादशाह पर आश्रित होना पड़ा। वे अपना राज्य अपने भाई पहाड़ सिंह को सौंपकर देहली चले गये। यह शाहजहां के शासन-काल का अंतिम भाग था। शाहजादा दारा शिकोह राजकीय कार्यों को संभालते थे। युवराज की आंखों में शील था और चित्त में उदारता उन्होंने चम्पतराय की वीरता की कथाएं सुनी थीं, इसलिए उनका बहुत आदर-सम्मान किया और कालपी की बहुमूल्य जागीर उन्हें भेंट की, जिसकी आमदनी नौ लाख थी। वह पहला अवसर था कि चम्पतराय को आये दिन के लड़ाई-झगड़े से निवृत्ति मिली और उसके साथ ही भोग-विलास का प्राबल्य हुआ। रात-दिन आमोद-प्रमोद की चर्चा रहने लगी। राजा विलास में डूबे, रानी जड़ाऊ गहनों पर रीझीं, मगर सारंधा इन दिनों बहुत उदास और संकुचित रहती। वह इन रहस्यों से दूर-दूर रहती, ये नृत्य और गान की सभाएं उसे सूनी प्रतीत होती।

एक दिन चम्पतराय ने सारंधा से कहा...'सारन, तुम उदास क्यों रहती हो? मैं तुम्हें कभी हंसते नहीं देखता। क्या मुझसे नाराज हो?'

सारंधा की आंखों में पानी भर आया, बोली - 'स्वामीजी, आप क्यों ऐसा विचार करते हैं, जहां आप प्रसन्न हैं, वहां में भी खुश हूं।'

चम्पतराय - 'मैं जबसे यहां आया हूं मैंने तुम्हारे मुख-कमल पर कभी मनोहारिणी मुस्कुराहट नहीं देखी। तुमने कभी अपने हाथों से मुझे बीड़ा नहीं खिलाया। कभी मेरी पाग नहीं संवारी। कभी मेरे शरीर पर शस्त्र न सजाये। कहीं प्रेमलता मुरझाने तो नहीं लगी।'

सारंधा - 'प्राणनाथ, आप मुझसे ऐसी बात पूछते हैं, जिसका उत्तर मेरे पास नहीं है। यथार्थ इन दिनों मेरा चित्त कुछ उदास रहता है। मैं बहुत चाहती हूं कि खुश रहूं अगर बोझ-सा हृदय पर धरा रहता है।'

चम्पतराय स्वयं आनंद में थे। इसलिए उनके विचार में सारंधा का असंतुष्ट रहने का कोई उचित कारण नहीं हो सकता था। वे भौहें सिकोड़ कर बोले - 'मुझे तुम्हारे उदास होने का कोई विशेष कारण नहीं मालूम लेता। ओरछे में कौन-सा सुख था, जो यहां नहीं है?'

सारंधा का चेहरा लाल हो गया। बोली - 'मैं कुछ कहूं आप नाराज तो न होंगे।' चम्पतराय - 'नहीं, शौक से कहो।'

सारंधा - 'ओरछे मैं एक राजा की रानी थी। यहां मैं एक जागीरदार की चेरी हूं। ओरछे में वह थी, जो अवध में कौशल्या थी, यहां मैं बादशाह के एक सेवक की स्त्री हूं। जिस बादशाह के सामने आज आप आदर से सिर झुकाते हैं, वह शख्स आपके नाम से कांपता था। राजी से चेरी होकर भी प्रसन्नचित्त होना मेरे वश में नहीं है। आपने यह पद और ये विलास की सामग्रियां बड़े-महंगे दामों में मोल ली हैं।'

चम्पतराय के नेत्रों पर से एक पर्दा-सा हट गया। वे अब तक सारंधा की आत्मिक उच्चता को न जानते थे। जैसे बे-मां-बाप का बालक मां की चर्चा सुनकर रोने लगता है, उसी तरह ओरछे की याद से चम्पतराय की आंखें सजल हो गयीं। उन्होंने आदरयुक्त अनुराग के साथ सारंधा को हृदय से लगा लिया।

आज से उन्हें फिर उस उजड़ी बस्ती की फिक्र हुई। जहां से धन और कीर्ति की अभिलाषाएं खींच लायी थी।

4

मां अपने खोये हुए बालक को पाकर निहाल हो जाती है। चम्पतराय के आने से बुंदेलखंड निहाल हो गया। ओरछे के भाग जागे। नौबतें झड़ने लगीं और फिर सारंधा के कमल-नेत्रों में जातीय अभिमान का आभास दिखायी देने लगा।

यहां रहते-रहते कई महीने बीत गये। इसी बीच में शाहजहां बीमार पड़ा। पहले से ईर्ष्या की अग्नि दहक रही थी। यह खबर सुनते ही ज्वाला प्रचंड हुई। सफर की तैयारियां होने लगीं। शाहजादा मुराद और मुहीउद्दीन अपने-अपने दल सजाकर दक्खिन से चले। वर्षा के दिन थे। उर्वरा भूमि रंग-बिरंगे रूप भरकर अपने सौन्दर्य को दिखाती थी।

मुराद और मुहीउद्दीन उमंगों से भरे हुए कदम बढ़ाते चले आते थे। यहां तक कि वे धौलपुर के निकट चम्बल के तट पर आ पहुंचे, परंतु यहां उन्होंने बादशाही सेना को अपने शुभागमन के निमित्त तैयार पाया।

शाहजादे अब बड़ी चिंता में पड़े। सामने अगम्य नदी लहरें मार रही थी, किसी योगी के त्याग के सदृश। विवश होकर चम्पतराय के पास संदेश भेजा कि खुदा के लिए आकर हमारी डूबती हुई नाव को पार लगाइए।

राजा ने भवन में आकर सारंधा से पूछा - 'इसका क्या उत्तर दूं?'

सारंधा - 'आपको मदद करनी होगी।'

चम्पतराय - 'उनकी मदद करना दारा शिकोह से बैर लेना है।'

सारंधा - 'यह सत्य है, परन्तु हाथ फैलाने की मर्यादा भी तो निभानी चाहिए।'

चम्पतराय - 'प्रिये, तुमने सोचकर जवाब नहीं दिया।'

सारंधा - 'प्राणनाथ, मैं अच्छी तरह जानती हूं कि यह मार्ग कठिन है। और अब हमें अपने योद्धाओं का रक्त पानी के समान बहाना पड़ेगा, परन्तु हम अपना रक्त बहायेंगे और चम्बल की लहरों को लाल कर देंगे। विश्वास रखिए कि जब तक नदी की धारा बहती रहेगी, वह हमारे वीरों की कीर्ति-गान करती रहेगी। जब तक बुंदेलों का एक भी नामलेवा रहेगा, ये रक्त-बिन्दु उसके माथे पर केशर का तिलक बनकर चमकेंगे।'

वायुमंडल में मेघराज की सेनाएं उमड़ रही थी। ओरछे के किले से बुंदेलों की एक काली घटा उठी और वेग के साथ चम्बल की तरफ चली। प्रत्येक सिपाही वीर-रस से झूम रहा था। सारंधा ने दोनों राजकुमारों को गले से लगा लिया और राजा को पान का बीड़ा देकर कहा - 'बुंदेलों की लाज अब तुम्हारे हाथ है।'

आज उसका एक-एक अंग मुस्करा रहा है और हृदय हुलसित है। बुंदेलों की यह सेना देखकर शाहजादे फूले न समाये। राजा वहां की अंगुल-अंगुल भूमि से परिचित थे। उन्होंने बुंदेलों को तो एक आड़ में छिपा दिया और वे शाहजादों की फौज को सजाकर नदी के किनारे-किनारे पश्चिम की ओर चले। दारा शिकोह को भ्रम हुआ कि शत्रु किसी अन्य घाट से नदी उतरना चाहता है। उन्होंने घाट पर से मोर्चे हटा लिए। घाट में बैठे हुए बुन्देले उसी ताक में थे। बाहर निकल पड़े और उन्होंने तुरन्त ही नदी में घोड़े डाल दिये। चम्पतराय ने शाहजादा दारा शिकोह को भुलावा देकर अपनी फौज घुमा दी और बुंदेलों के पीछे चलता हुआ उसे पार उतार लाया। इस कठिन चाल में सात घंटों का विलम्ब हुआ, परन्तु जाकर देखा तो सात सौ बुंदेलों की लाशें तड़प रही थीं।

राजा को देखते ही बुंदेलों की हिम्मत बंध गयी। शाहजादों की सेना ने भी 'अल्लाह-अकबर की ध्वनि के साथ धावा किया। बादशाही सेना में हलचल मच गयी। उनकी पंक्तियां छिन-भिन्न हो गयी, हाथों-हाथ लड़ाई होने लगी, यहां तक कि शाम हो गयी। रणभूमि इधर से लाल हो गयी और आकाश में अंधेरा हो गया। घमासान की मार हो रही थी। बादशाही सेना शाहजादों को दबाये जाती थी अकस्मात् पश्चिम से फिर बुंदेलों की एक लहर उठी और वेग से बादशाही सेना की पुश्त पर टकराई कि उसके कदम उखड़ गये। जीता हुआ मैदान हाथ से निकल गया। लोगों को कुतूहल था कि यह दैवी सहायता कहां से आयी। सरल स्वभाव के लोगों की यह धारणा थी कि यह फतह के फरिश्ते हैं। शाहजादों की मदद के लिए आये हैं, परंतु जब राजा चम्पतराय निकट आये तो सारंधा ने घोड़े से उतरकर उनके पैरों पर सिर झुका दिया। राजा को असीम आनंद हुआ। यह सारंधा थी।

समर-भूमि का दृश्य इस समय अत्यंत दुखमय था। थोड़ी देर पहले जहां सजे हुए वीरों के दल थे वहां अब बेजान लाशें तड़प रहीं थी। मनुष्य ने केवल अपने स्वार्थ के लिए अन्नादि काल से ही भाइयों की हत्या की है।

अब विजयी सेना लूट पर टूट पड़ी। पहले मर्द मर्दों से लड़ते थे। यह वीरता और पराक्रम का चित्र था, यह नीचता और दुर्बलता की ग्लानिप्रद तस्वीर थी। उस समय मनुष्य पशु बना हुआ था, अब वह पशु से भी बढ़ गया था।

इस नोंच-खसोट में लोगों को बादशाही सेना के सेनापति वली बहादुर खां की लाश दिखायी दी। उसके निकट उसका घोड़ा खड़ा हुआ अपनी दुम से मक्खियां उड़ा रहा था। राजा को घोड़ों का शौक था। देखते ही वह उस पर मोहित हो गया। यह एराकी जाति का अति सुंदर घोड़ा था। एक-एक अंग सांचे में ढला हुआ, सिंह की-सी छाती, चीते की-सी कमर, उसका यह प्रेम और स्वामिभक्ति देखकर लोगों को बड़ा कौतूहल हुआ। राजा ने हुक्म दिया - 'खबरदार! इस प्रेमी पर कोई हथियार न चलाये, इसे जीता पकड़ लो, यह मेरे अस्तबल की शोभा बढ़ायेगा। जो इसे मेरे पास ले आयेगा, उसे धन से निहाल कर दूंगा।'

योद्धागण चारों ओर से लपके, परन्तु किसी को साहस न होता था कि उसके निकट जा सके। कोई चुमकार रहा था, कोई फंदे में फंसाने की फिक्र में था पर कोई उपाय सफल नहीं होता था। यहां सिपाहियों का मेल-सा लगा हुआ था।

तब सारंधा अपने खेमे से निकली और निर्भय होकर घोड़े के पास चली गयी। उसकी आंखों में प्रेम का प्रकाश था, छल का नहीं। घोड़े ने सिर झुका दिया। रानी ने उसकी गर्दन पर हाथ रखा और वह उसकी पीठ सहलाने लगी। घोड़े ने उसके अंचल में मुंह छिपा लिया। रानी उसकी रास पकड़कर खेमे की ओर चली। घोड़ा इस तरह चुपचाप उसके पीछे चला मानों सदैव से उसका सेवक है। पर बहुत अच्छा होता कि घोड़े ने सारंधा से भी निष्ठुरता की होती। यह सुन्दर घोड़ा आगे चलकर इस राज-परिवार के निमित्त स्वर्ण-जटित मृग साबित हुआ ।

5

संसार एक रण-क्षेत्र है। इस मैदान में उसी सेनापति को विजय-लाभ होता है, जो अवसर को पहचानता है। वह अवसर पर जितने उत्साह से आगे बढ़ता है, उतने ही उत्साह से आपत्ति के समय पीछे हट जाता है। वह वीर पुरुष राष्ट्र का निर्माता होता है और इतिहास उसके नाम पर यश के फूलों की वर्षा करता है।

पर इस मैदान में कभी-कभी ऐसे सिपाही भी जाते हैं, जो अवसर पर कदम बढ़ाना जानते हैं, लेकिन संकट में पीछे हटना नहीं जानते। ये रणवीर पुरुष विजय को नीति की भेंट कर देते हैं। वे अपनी सेना का नाम मिटा देंगे, किन्तु जहां एक बार पहुंच जाये हैं, वहां से कदम पीछे न हटायेंगे। उनसे कोई विरला ही संसार-क्षेत्र में विजय प्राप्त करता है, किन्तु प्राय: उसकी हार विजय से भी अधिक गौरवात्मक होती है। अगर अनुभवशील सेनापति राष्ट्रों की नींव की डालता

है, तो आन पर जान देने वाला, मुंह न मोड़ने वाला सिपाही राष्ट्र के भावों को उच्च करता है, और उसके हृदय पर नैतिक गौरव को अंकित कर देती है। उसे इस कार्य-क्षेत्र में चाहे सफलता न हो, किंतु जब किसी वाक्य या सभा में उसका नाम जबान पर आ जाता है, तो श्रोतागण एक स्वर से उसकी कीर्ति-गौरव को प्रतिध्वनित कर देते हैं। सारंधा 'आन पर जान देने वालों' में थी।

शाहजादा मुहीउद्दीन चम्बल के किनारे से आगरा की ओर चला तो सौभाग्य उसके सिर पर मोर्छल हिलाता था। जब वह आगरा पहुंचा तो विजयदेवी ने उसके लिए सिंहासन सजा दिया औरंगजेब गुणज्ञ था। उसने बादशाही सरदारों के अपराध-क्षमा कर दिये, उनके राज्य-पद लौट दिये और राजा चम्पतराय से उसके बहुमूल्य कृत्यों के उपलक्ष्य में बारह हजार मनसब प्रदान किया। ओरछा से बनारस और बनारस से जमुना तक उसकी जागीर नियत की गयी। बुंदेला राजा फिर राज्य सेवक बना, वह फिर सुख-विलास में डूबा और रानी सारंधा फिर पराधीनता के शोक में घुलने लगी।

वली बहादुर खां बड़ा वाक्-चतुर मनुष्य था। उसकी मृदुता ने शीघ्र ही उसे बादशाह आलमगीर का विश्वास पात्र बना दिया। उस पर राज्य-सभा में सम्मान की दृष्टि पड़ने लगी। खां साहब के मन में अपने घोड़े के हाथ से निकल जाने का बड़ा शोक था।

एक दिन कुवंर छत्रसाल उसी घोड़े पर सवार होकर सैर को गया था। वह खां साहब के महल की तरफ जा निकला। वली बहादुर ऐसे ही अवसर की ताक में था। उसने तुरंत अपने सेवकों को इशारा किया। राजकुमार अकेला क्या करता? पांव-पांव घर आया और उसने सारंधा से सब समाचार बयान किया। रानी का चेहरा तमतमा गया। बोली, 'मुझे इसका शोक नहीं कि घोड़ा हाथ से गया, शोक है कि तू उसे छोड़कर जीता क्यों लौटा, क्या तेरे शरीर में बुंदेलों का रक्त नहीं है घोड़ा न मिलता, न सही, किंतु तुझे दिखा देना चाहिए था कि एक बुंदेला बालक से उसका घोड़ा छीन लेनी हंसी नहीं है।'

यह कहकर उसने अपने पच्चीस योद्धाओं को तैयार होने की आज्ञा दी। स्वयं अस्त्र धारण किये और योद्धाओं के साथ वली बहादुर खां के निवास-स्थान पर जा पहुंची। खां साहब, उसी घोड़े पर सवार होकर दरबार चले गये थे, सारंधा दरबार के सामने जा पहुंची। यह कैफियत देखते ही दरबार में हलचल मच गयी। अधिकारी वर्ग इधर-उधर से आकर जमा हो गये। आलमगीर भी सहन में निकल आये। लोग अपनी-अपनी तलवारें संभालने लगे बातें और चारों तरफ शोर मच गया। कितने ही नेत्रों ने इसी दरबार में अमरसिंह के तलवार की चमक देखी थी। उन्हें वही घटना फिर याद आ गयी।

सारंधा ने उच्च स्वर से कहा - 'खां साहब, बड़ी लज्जा की बात है, आपने वही वीरता जो चम्बल के तट पर दिखानी चाहिए थी, आज एक अबोध बालक के सम्मुख दिखायी है। क्या यह उचित था कि आप उससे घोड़ा छीन लेते?'

बली बहादुर खां की आंखों से अग्नि-ज्वाला निकल रही थी। वे कड़ी आवाज से बोले - 'किसी गैर को क्या मजाल है कि मेरी चीज अपने काम में लाये?' रानी - 'वह आपकी चीज

नहीं, मेरी है। मैंने उसे रण-भूमि में पाया है और उस पर मेरा अधिकर है। क्या रण-नीति की इतनी मोटी बात भी आप नहीं जानते?'

खां साहब - 'वह घोड़ा मैं नहीं दे सकता, उसके बदले में सारा अस्तबल आपकी नजर है।'

रानी - 'मैं अपना घोड़ा लूंगी।'

खां साहब - 'मैं उसके बराबर जवाहरात दे सकता हूं, परन्तु घोड़ा नहीं दे सकता।'

रानी - 'तो फिर इसका निश्चय तलवार से होगा। बुंदेले योद्धाओं ने तलवारें सौंत ली और निकट था कि दरबार की भूमि रक्त से प्लावित हो जाये, बादशाह आलमगीर ने बीच में आकर कहा - 'रानी साहिबा, आप सिपाहियों को रोकें। घोड़ा आपको मिल जायेगा, परन्तु इसका मूल्य बहुत देना पड़ेगा।

रानी - 'मैं उसके लिए अपना सर्वस्व खोने को तैयार हूं।'

बादशाह - 'जागीर और मन्सब भी?'

रानी - 'जागीर और मन्सब कोई चीज नहीं।'

बादशाह - 'अपना राज्य भी।'

रानी - 'हां राज्य भी।'

बादशाह - 'एक घोड़े के लिए?'

रानी - 'नहीं, उस पदार्थ के लिए जो संसार में सबसे अधिक मूल्यवान है।'

बादशाह - 'वह क्या है?'

रानी - 'अपनी आन।'

इस भांति रानी ने अपने घोड़े के लिए अपनी विस्तृत जागीर, उच्च राज और राज-सम्मान सब हाथ से खोया और केवल इतना ही नहीं, भविष्य के लिए कांटे बोये, इस घड़ी से अंत दशा तक चम्पतराय को शांति न मिली।

6

राजा चम्पतराय ने फिर ओरछे के किले में पदार्पण किया। उन्हें मन्सब और जागीर के हाथ से निकल जाने का अत्यन्त शोक हुआ, किन्तु उन्होंने अपने मुंह से शिकायत का एक शब्द भी नहीं निकाला, वे सारंधा के स्वभाव को भली-भांति जानते थे। शिकायत इस समय उसके आत्म-गौरव पर कुठार का काम करती।

कुछ दिन यहां शांतिपूर्वक व्यतीत हुए लेकिन बादशाह सारंधा की कठोर बात भूला न था, वह क्षमा करना जानता ही न था। ज्यों ही भाइयों की ओर से निश्चित हुआ, उसने एक बड़ी सेना चम्पतराय का गर्व चूर्ण करने के लिए भेजी और बाईस अनुभवशील सरदार इस मुहिम पर नियुक्त किये। शुभकरण बुंदेला बादशाह का सूबेदार था। वह चम्पतराय का मित्र और सहपाठी

था। उसने चम्पतराय को परास्त करने का बीड़ा उठाया। और भी कितने ही बुंदेला सरदार राजा से विमुख होकर बादशाही सूबेदार से आ मिले। एक घोर संग्राम हुआ। भाइयों की तलवारें रक्त से लाल हुईं। यद्यपि इस समर में राजा को विजय प्राप्त हुई लेकिन उसकी शक्ति सदा के लिए क्षीण हो गयी। निकटवर्ती बुंदेला राजा, जो चम्पतराय के बाहुबल थे, बादशाह के कृपाकांक्षी बन बैठे। साथियों में कुछ तो काम आये, कुछ दगा कर गये। यहां तक कि निज संबंधी ने भी आंखें चुरा लीं, परन्तु इन कठिनाइयों में भी चम्पतराय ने हिम्मत नहीं हारी, धीरज को न छेड़ा। उन्होंने ओरछा छोड़ दिया और वे तीन वर्ष तक बुंदेलखंड के सघन पर्वतों में छिपे फिरते रहे। बादशाही सेनाएं शिकारी जानवरों की भांति सारे देश में मंडरा रही थी। आये दिन राजा का किसी-न-किसी से सामना हो जाता था। सारंधा सदैव उनके साथ रहती और उनका साहस बढ़ाया करती। बड़ी-बड़ी आपत्तियों में, जब कि धैर्य लुप्त हो जाता - और आशा साथ छोड़ देती - आत्मरक्षा का धर्म उसे संभाले रहता था। तीन साल के बाद अंत में बादशाह के सूबेदारों ने आलमगीर को सूचना दी कि इस शेर का शिकार आपके सिवा और किसी से न होगा। उत्तर आया कि सेना को हटा लो और घेरा उठा लो। राजा ने समझा, संकट से निवृत्ति हुई, पर वह बात शीघ्र ही भ्रमात्मक सिद्ध हो गयी।

7

तीन सप्ताह से बादशाही सेना ने ओरछा घेर रखा है। जिस तरह कठोर वचन हृदय हृदय को छेद डालते हैं, उसी तरह तोपों के गोलों ने दीवार को छेद डाला है। किले में 20 हजार आदमी घिरे हुए हैं, लेकिन उनमें आधे से अधिक स्त्रियां और उनसे कुछ ही कम बालक हैं। मर्दों की संख्या दिनों-दिन न्यून होती जाती है। आने-जाने के मार्ग चारों तरफ से बंद हैं। हवा का भी गुजर नहीं। रसद का सामान बहुत कम रह गया है। स्त्रियां पुरुषों और बालकों को जीवित रखने के लिए आप उपवास करती हैं। लोग बहुत हताश हो रहे हैं। औरतें सूर्यनारायण की ओर हाथ उठा-उठाकर शत्रु को कोसती हैं। बालक वृंद मारे क्रोध के दीवार की आड़ से उन पर पत्थर फेंकते हैं, जो मुश्किल से दीवार के उस पार जा पाते हैं। राजा चम्पतराय स्वयं ज्वर से पीड़ित है। उन्होंने कई दिन से चारपाई नहीं छोड़ी। उन्हें देखकर लोगों को कुछ तरस होता था, लेकिन उनकी बीमारी से सारे किले में नैराश्य छाया हुआ है।

राजा ने सारंधा से कहा - 'आज शत्रु जरूर किले में घुस आयेंगे।'

सारंधा - 'ईश्वर न करे कि इन आंखों से वह दिन देखना पड़े।'

राजा - 'मुझे बड़ी चिंता अनाथ स्त्रियों और बालकों की है। गेहूं के साथ घुन भी पिस जायेंगे।'

सारंधा- 'हम लोग यहां से निकल जायें तो कैसा ?'

राजा - 'इन अनाथों को छोड़कर।'

सारंधा - 'इस समय इन्हें छोड़ देने में ही भलाई है। हम न होंगे तो शत्रु इन पर कुछ दया ही करेंगे।'

राजा - 'नहीं, यह लोग मुझसे न छोड़े जायेंगे। जिन मर्दों ने अपनी जान हमारी सेवा में अर्पण कर दी है, उनकी स्त्रियों और बच्चों को मैं कदापि नहीं छोड़ सकता।'

सारंधा - 'लेकिन यहां रहकर हम उनकी मदद भी तो नहीं कर सकते?'

राजा - 'उनके साथ प्राण तो दे सकते हैं। मैं उनकी रक्षा में अपनी जान लड़ा दूंगा। उनके लिए बादशाही सेना की खुशामद करूंगा, कारावास की कठिनाइयां सहूंगा, किंतु इस संकट में उन्हें छोड़ नहीं सकता।'

सारंधा ने लज्जित होकर सिर झुका लिया और सोचने लगी, नि:संदेह प्रिय साथियों को आग की आंच में छोड़कर अपनी जान बचाना घोर नीचता है। मैं ऐसी स्वार्थांध क्यों हो गयी हूं? लेकिन एकाएक विचार उत्पन्न हुआ। बोली - 'यदि आपको विश्वास हो जाये कि इन आदमियों के साथ कोई अध्याय न किया जायेगा तब तो आपको चलने में कोई बाधा न होगी?'

राजा - (सोचकर) 'कौन विश्वास दिलाएगा?'

सारंधा - 'बादशाह के सेनापति का प्रतिज्ञा-पत्र।'

राजा - 'हां, तब मैं सानंद चलूंगा।'

सारंधा विचार-सागर में डूबी। बादशाह के सेनापति से क्यों कर यह प्रतिज्ञा कराऊं? कौन यह प्रस्ताव लेकर वहां जायेगा और निर्दयी ऐसी प्रतिज्ञा करने ही क्यों लगे। उन्हें तो अपनी विजय की पूरी आशा है। मेरे यहां ऐसा नीति-कुशल, वाक्चतुर कौन हैं जो इस दुष्कर कार्य को सिद्ध करे? छत्रसाल चाहे तो कर सकता है। उसमें ये सब गुण मौजूद हैं।

इस तरह मन में निश्चय करके रानी ने छत्रसाल को बुलाया। यह उसके चारों पुत्रों में सबसे बुद्धिमान और साहसी था। रानी उसे सबसे अधिक प्यार करती थी। जब छत्रसाल ने आकर रानी को प्रणाम किया तो उनके कमल-नेत्र सजल हो गये और हृदय से दीर्घ नि:श्वास निकल गया।

छत्रसाल - 'माता, मेरे लिए क्या आज्ञा है?'

रानी - 'आज लड़ाई का क्या ढंग है?'

छत्रसाल - 'हमारे पचास योद्धा अब तक काम आ चुके हैं।'

रानी - 'बुंदेलों की लाज अब ईश्वर के हाथ है।'

छत्रसाल - 'हम आज रात को छापा मारेंगे।'

रानी ने संक्षेप में अपना प्रस्ताव छत्रसाल के सामने उपस्थित किया और कहा यह काम किसे सौंपा जाय।

छत्रसाल - 'मुझको।'

'तुम उसे पूरा कर दिखाओगे?'

'हां, मुझे पूर्ण विश्वास है।'

‘अच्छा जाओ, भगवान तुम्हारी मनोकामना पूरी करे।’

छत्रसाल जब चला तो रानी ने उसे हृदय से लगा लिया और तब आकाश की ओर दोनों हाथ उठाकर कहा - ‘दयानिधि, मैंने अपना तरुण और बहादुर पुत्र बुंदेलों की आन के आगे भेंट कर दिया। अब इस आन को निभाना तुम्हारा काम है। मैंने बड़ी मूल्यवान वस्तु अर्पित की है, इसे स्वीकार करो।’

8

दूसरे दिन प्रात-काल सारंधा स्नान करके थाल में पूजा की सामग्री लिये मंदिर को चली। उसका चेहरा पीला पड़ गया था और आंखों तले अंधेरा छाया जाता था। वह मंदिर के द्वार पर पहुंची थी कि उसके थाल में बाहर से आकर एक तीर गिरा। तीर की नोक पर एक कागज का पुरजा लिपट हुआ था। सारंधा ने थाल मंदिर के चबूतरे पर रख दिया और पुर्जे को खोलकर देखा तो आनंद से चेहरा खिल गया लेकिन यह आनंद क्षण-भर का था। हाय! इस पुर्जे के लिए मैंने अपना प्रिय पुत्र अपने हाथ से खो दिया है।। कागज के टुकड़े को इतने महंगे दामों में किसने लिया होगा?

मंदिर से लाकर सारंधा राजा चम्पतराय के पास गयी और बोली - ‘प्राणनाथ, आपने जो वचन दिया था उसे पूरा कीजिए।’ राजा ने चौंक कर पूछा, ‘तुमने अपना वादा पूरा कर दिया?’ रानी ने वह प्रतिज्ञा-पत्र राजा को दे दिया। चम्पतराय ने उसे गौरव से देखा फिर बोले - ‘अब मैं चलूंगा और ईश्वर ने चाहा तो एक बार फिर शत्रुओं की खबर लूंगा लेकिन सारन, सच बताओ, इस पत्र के लिए क्या देना पड़ा है?’

रानी के कुंठित स्वर से कहा - ‘बहुत कुछ।’

राजा - ‘सुनू’

रानी - ‘एक जवान पुत्र।’

राजा को बाण-सा लगा। पूछा - ‘कौन? अंगदराय’

रानी - ‘नहीं।’

राजा - ‘रत्नसिंह?’

रानी - ‘नहीं।’

राजा - ‘छत्रसाल’

रानी - ‘हां।’

‘जैसे कोई पक्षी गोली खाकर परों को फड़फड़ाता है और तब बेदम होकर गिर पड़ता है, उसी भांति चम्पतराय पलंग से उठे और फिर अचेत होकर गिर पड़े। छत्रसाल उनका परम प्रिय

पुत्र था। उनके भविष्य की सारी कामनाएं उसी पर अवलम्बित थी। अब चेत हुआ तब बोले, 'सारन, तुमने बुरा किया।'

अंधेरी रात थी। रानी सारंधा घोड़े पर सवार चम्पतराय को पालकी में बिठाये किले के गुप्त मार्ग से निकली जाती थी। आज से बहुत साल पहले एक दिन ऐसी ही अंधेरी दु:खमयी रात्रि थी। तब सारंधा ने शीतला देवी को कुछ कठोर वचन कहे थे। शीतला देवी ने उस समय जो भविष्यवाणी की थी, वह आज पूरी हुई। क्या सारंधा ने उसका जो उत्तर दिया वह भी पूरा होकर रहेगा।

9

मध्याह्न था। सूर्यनारायण सिर पर आकर अग्नि की वर्षा कर रहे थे। शरीर को झुलसाने वाली प्रचंड, प्रखर वायु वन और पर्वत में आग लगाती फिरती थी। ऐसा विदित होता था, मानो अग्निदेव की समस्त सेना गरजती हुई चली आ रही है। गगन-मंडल इस भय से कांप रहा था। रानी सारंधा घोड़े पर सवार चम्पतराय को लिये, पश्चिम की तरफ चली जाती थी। ओरछा दस कोस पीछे छूट चूका था और प्रतिक्षण यह अनुमान स्थिर होता जाता था कि अब हम भय के क्षेत्र से बाहर निकल आये। राजा पालकी में अचेत पड़े हुए थे और कहार पसीने में सराबोर थे। पालकी के पीछे पांच सवार घोड़े बढ़ाये चले आते थे, प्यास के मारे सबका बुरा हाल था। तालू सूखा जाता था। किसी वृक्ष की छांह और कुंए की तलाश में आंखें चारों और दौड़ रही थीं।

अचानक सारंधा ने पीछे की तरफ फिरकर देखा, तो उसे सवारी का एक दल आता हुआ दिखायी दिया। उसका माथा ठनका कि अब कुशल नहीं हैं। यह लोग अवश्य हमारे शत्रु हैं। फिर विचार हुआ कि शायद मेरे राजकुमार अपने आदमियों को लिये हमारी सहायता को आ रहे हैं। नैराश्य में भी आशा साथ नहीं छोड़ती। कई मिनट तक वह इसी आशा और भय की अवस्था में रही। यहां तक कि वह दल निकट आ गया और सिपाहियों के वस्त्र साफ नजर आने लगे। रानी ने एक ठंडी सांस ली, उसका शरीर तृणवत् कांपने लगा। यह बादशाही सेना के लोग थे।

सारंधा ने कहारों से कहा - 'डोली रोक लो। बुंदेला सिपाहियों ने भी तलवारें खींच ली। राजा की अवस्था बहुत शोचनीय थी, किन्तु जैसे दबी हुई आग हवा लगते ही प्रदीप्त हो जाती है, उसी प्रकार संकट का ज्ञान होते ही उनके जर्जर शरीर में वीरात्मा चमक उठी। वे पालकी का पर्दा उठाकर बाहर निकल आये। धनुष-बाण हाथ में ले लिया, किन्तु वह धनुष जो उनके हाथ में इंद्र का वज्र बन जाता था, इस समय जरा भी न झुका। सिर में चक्कर आया, पैर थर्रथर्राये और वे धरती पर गिर पड़े। भावी अमंगल की सूखना मिल गयी। उस पंख रहित, पक्षी के सदृश, जो सांप को अपनी तरफ आते देखकर ऊपर के उचकता है और फिर गिर पड़ता है, राजा चम्पतराय फिर संभल कर उठे और फिर गिर पड़े। सारंधा ने उन्हें संभाल कर बिठाया और रोकर बोलने की चेष्टा की, परन्तु मुंह से केवल इतना निकला- 'प्राणनाथ!' इसके आगे मुंह से एक शब्द भी न निकल सका। आन पर मरने कली सारंधा इस समय साधारण स्त्रियों की भांति शक्तिहीन हो गयी, लेकिन एक अंश तक यह निर्बलता स्त्री जाति की शोभा है।

चम्पतराय बोले - 'सारन, देखो, हमारा एक वीर जमीन पर गिरा। शोक! जिस आपत्ति से यावज्जीवन डरता रहा, उसने इस अंतिम समय आ घेरा। मेरी आंखों के सामने शत्रु तुम्हारे कोमल शरीर पर हाथ लगाएंगे, और मैं जगह से हिल भी न सकूंगा। हाय! मृत्यु, तू कब आयेगी! यह कहते-कहते उन्हें एक विचार आया। तलवार की तरफ हाथ बढ़ाया, मगर हाथों में दम न था। तब सारंधा से बोले - 'प्रिये,- तुमने कितने ही अवसरों पर मेरी आन निभायी है।'

इतना सुनते ही सारंधा ने मुरझाये हुए मुख पर लाली दौड़ गयी। आंसू सूख गये। इस आशा में कि, मैं पति के कुछ काम आ सकती हूं उसके हृदय में बल का संचार कर दिया। वह राजा की ओर विश्वासोत्पादक भाव से देखकर बोली - 'ईश्वर ने चाहा तो मरते दम तक निभाऊंगी।'

रानी ने समझा, राजा मुझे प्राण देने का संकेत कर रहे हैं।

चम्पतराय - 'तुमने मेरी बात कभी नहीं टाली।'

सारंधा - 'मरते दम तक न टालूंगी।'

सारंधा ने तलवार को निकालकर अपने वक्ष-स्थल पर रख लिया और कहा - 'यह आपकी आज्ञा नहीं है। मेरी हार्दिक अभिलाषा है कि मरु तो यह मस्तक आपके पद-कमलों पर हो।' चम्पतराय - 'तुमने मेरा मतलब नहीं समझा। क्या तुम मुझे इसलिए शत्रुओं के हाथ में छोड़ जाओगी कि मैं बेड़ियां पहने हुए दिल्ली की गलियों में निंदा का पात्र बनूं।'

रानी ने जिज्ञासा की दृष्टि से राजा को देखा। वह उनका मतलब न समझी।

राजा - 'तुमसे एक वरदान मांगता हूं।'

रानी - 'सहर्ष मांगिए।'

राजा - 'यह मेरी अंतिम प्रार्थना है। जो कुछ कहूंगा, करोगी?'

रानी - 'सिर के बल करूंगी।'

राजा - 'देखो, तुमने वचन दिया है। इनकार न करना।'

रानी - (कांप कर) 'आपके कहने की देर है।'

राजा - 'अपनी तलवार मेरी छाती में चुभा दो?'

रानी - रानी के हृदय पर वज्राघात-सा हो गया। बोली - 'जीवन नाथ।', इसके आगे वह और कुछ न बोल सकी। आंखों में नैराश्य छा गया।

राजा - 'मैं बेड़ियां पहनने के लिए जीवित नहीं रहना चाहता।'

रानी-मुझसे यह कैसे होगा

पाँचवाँ और अन्तिम सिपाही धरती पर गिरा। राजा ने झुँझला कर कहा-इसी जीवन पर आन निभाने का गर्व था

बादशाह के सिपाही राजा की तरफ लपके। राजा ने नैराश्यपूर्ण भाव से रानी की ओर देखा। रानी क्षण भर अनिश्चित रूप से खड़ी रही लेकिन संकट में हमारी निश्चयात्मक शक्ति बलवान हो जाती है। निकट था कि सिपाही लोग राजा को पकड़ लें कि सारन्धा ने दामिनी की भाँति लपक कर तलवार राजा के हृदय में चुभा दी।

प्रेम की नाव प्रेम के सागर में डूब गयी। राजा के हृदय से रुधिर की धारा निकल रही थी पर चेहरे पर शान्ति छाई हुई थी।

कैसा हृदय है। यह स्त्री, जो अपने पति पर प्राण देती थी, अव उसकी प्राण घातिका है। जिस हृदय से आलिंगित होकर उसने यौवन सुख लूटा, जो हृदय उसकी अभिलाषाओं का केन्द्र था, जो उसके अभिमान का पोषक था, उसी हृदय को सारंधा की तलवार छेद रही है। किसी स्त्री की तलवार से ऐसा काम हुआ है?

आह! आत्माभिमान कैसा विषादमय अंत है। उदयपुर और मारवाड़ के इतिहास में भी आत्म-गौरव की ऐसी घटनाएं नहीं मिलती।

बादशाही सिपाही सारंधा का यह साहस और धैर्य देखकर दंग रह गये।

सरदार ने आगे बढ़कर कहा - 'रानी साहिबा, खुदा गवाह है, हम सब आपके गुलाम हैं। आपका जो हुक्म हो, उसे ब-सरों चश्म बजा लायेंगे।

सारंधा ने कहा - 'अगर हमारे पुत्रों में से कोई जीवित हो, तो ये दोनों लाशें उसे सौंप देना।'

यह कहकर उसने वही तलवार अपने हृदय में चुभा ली। जब वह अचेत होकर धरती पर गिरी, तो उसका सिर राजा चम्पतराय की छाती पर था।

* * *

शाप

बर्लिन नगर का निवासी हूँ। मेरे पूज्य पिता भौतिक विज्ञान के सुविख्यात ज्ञाता थे। भौगोलिक अन्वेषण का शौक मुझे भी बाल्यावस्था ही से था। उनके स्वर्गवास के बाद मुझे यह धुन सवार हुई कि पैदल पृथ्वी के समस्त देश-देशान्तरों की सैर करूँ। मैं विपुल धन का स्वामी था। वे सब रुपये एक बैंक में जमा कर दिये और उससे शर्त कर ली कि मुझे यथासमय रुपये भेजता रहे इस कार्य से निवृत्त हो कर मैंने सफर का सामान पूरा किया। आवश्यक वैज्ञानिक यंत्र साथ लिये और ईश्वर का नाम ले कर चल खड़ा हुआ। उस समय यह कल्पना मेरे हृदय में गुदगुदी पैदा कर रही थी कि मैं वह पहला प्राणी हूँ जिसे यह बात सूझी है कि पैरों से पृथ्वी को नापे। अन्य यात्रियों ने रेल जहाज और मोटरकार की शरण ली है। मैं पहला ही वह वीर-आत्मा हूँ जो अपने पैरों के बूते पर प्रकृति के विराट् उपवन की सैर के लिए उद्यत हुआ है। अगर मेरे साहस और उत्साह ने यह कष्टसाध्य यात्रा पूरी कर ली तो भद्रसंसार मुझे सम्मान और गौरव के मसनद पर बैठावेगा और अनंत काल तक मेरी कीर्ति के राग अलापे जायेंगे। उस समय मेरा मस्तिष्क इन्हीं विचारों से भरा हुआ था। और ईश्वर को धन्यवाद देता हूँ कि सहर्षों कठिनाइयों का सामना करने पर भी धैर्य ने मेरा साथ न छोड़ा और उत्साह एक क्षण के लिए भी निरुत्साह न हुआ।

मैं वर्षों ऐसे स्थानों में रहा हूं जहां निर्जनता के अतिरिक्त कोई दूसरा साथी न था। वर्षों ऐसे स्थानों में रहा हूं जहां की पृथ्वी और आकाश हिम की शिलाएं थी। मैं भयंकर जंतुओं के पहलू में सोया हूं। पक्षियों के घोंसलों में रातें काटी हैं, किंतु ये सारी बाधाएं कट गयीं और वह समय अब दूर नहीं है कि साहित्य और विज्ञान-संसार मेरे चरणों पर शीश नवाये।

मैंने इस यात्रा में बड़े-बड़े अद्भुत दृश्य देखे और कितनी ही जातियों के आहार-व्यवहार रहन-सहन का अवलोकन किया। मेरा यात्रा-वृत्तांत, विचार अनुभव और निरीक्षण का एक अमूल्य रत्न होगा। मैंने ऐसी-ऐसी आश्चर्यजनक घटनाएं आंखों से देखी हैं, जो आलिफ-लैला की कथाओं से कम मनोरंजक न होगी। परंतु वह घटना जो मैंने ज्ञान-सरोवर के तट पर देखी, उसका उदाहरण मुश्किल से मिलेगा, मैं उसे कभी न भूलूंगा। यदि मेरे इस तमाम परिश्रम का उपहार यही एक रहस्य होता तो मैं उसे पर्याप्त समझता। मैं यह बता देना आवश्यक समझता हूं कि मैं मिथ्यावादी नहीं और न सिद्धियों तथा विभूतियों पर मेरा विश्वास है। मैं उस विद्वान का भक्त हूं जिनका आधार तर्क और न्याय पर है। यदि कोई दूसरा प्राणी यही घटना मुझसे बयान करता तो मुझे विश्वास करने में बहुत संकोच होता, किन्तु मैं जो कुछ बयान कर रहा हूं वह सत्य घटना है। यदि मेरे इस आश्वासन पर भी कोई उस पर अविश्वास करे, तो उसकी मानसिक दुर्बलता और विचारों की संकीर्णता है।

यात्रा का सातवां वर्ष था और ज्येष्ठ का महीना। मैं हिमालय के दामन में ज्ञान-सरोवर के तट पर हरी-हरी घास पर लेटा हुआ था, ऋतु अत्यन्त सुहावनी थी। ज्ञान-सरोवर के स्वच्छ निर्मल जल में आकाश और पर्वत श्रेणी के प्रतिबिंब, जलपक्षियों का पानी पर तैरना, शुभ्र हिमश्रेणी का सूर्य के प्रकाश से चमकना आदि अमेरिका के बहुत प्रशंसित दृश्य देखे हैं, पर उनमें यह शांतिप्रद शोभा कहां! मानव-बुद्धि ने उनके प्राकृतिक सौंदर्य को अपनी कृत्रिमता से कलंकित कर दिया है। मैं तल्लीन होकर इस स्वर्गीय आनंद का उपभोग कर रहा था कि सहसा मेरी दृष्टि एक सिंह पर जा पड़ी, जो मंदगति से कदम बढ़ाता हुआ मेरी ओर आ रहा था। उसे देखते ही मेरा खून सूख गया, होश उड़ गये। ऐसा वृहदाकार भयंकर जन्तु मेरी नजर से न गुजरा था। वहां ज्ञान-सरोवर के अतिरिक्त कोई ऐसा स्थान नहीं था जहां भागकर अपनी जान बचाता। मैं तैरने में कुशल हूं पर मैं ऐसा भयभीत हो गया कि अपने स्थान से हिल न सका। मेरे अंग-प्रत्यंग मेरे काबू से बाहर थे। समझ गया कि मेरी जिन्दगी यहीं तक थी। इस शेर के पंजे से बचने की कोई आशा न थी। अकस्मात् मुझे स्मरण हुआ कि मेरी जेब में एक पिस्तौल गोलियों से भरी हुई रखी है, जो मैंने आत्मरक्षा के लिए चलते समय साथ ले ली थी, और अब तक प्राणपण से इसकी रक्षा करता आया था। आश्चर्य है कि इतनी देर तक मेरी स्मृति कहां सोई रही। मैंने तुरंत ही पिस्तौल निकाली और सोचा था कि शेर पर वार करूं कि मेरे कानों में यह शब्द सुनाई दिए, 'मुसाफिर, ईश्वर के लिए वार न करना अन्यथा मुझे दुख होगा। सिंहराज से तुझे हानि न पहुंचेगी।'

मैंने चकित होकर पीछे की ओर देखा तो एक युवती रमणी आती हुई दिखाई दी। उसके एक हाथ में सोने का लोटा था और दूसरे में एक तश्तरी। मैंने जर्मनी की हूरें और कोहकाफ़ की परियां देखी हैं, पर हिमाचल पर्वत की यह अप्सरा मैंने एक ही बार देखी और उसका चित्र आज तक हृदय-पट पर खिंचा हुआ है। मुझे स्मरण नहीं कि 'रफल' या 'कोरजियो' ने भी कभी ऐसा चित्र खींचा हो। 'वैंडाइक' और 'रेमब्राड' के आकृति-चित्रों में भी ऐसी मनोहर छवि नहीं देखी। पिस्तौल मेरे हाथ से गिर पड़ी। कोई दूसरी शक्ति इस समय मुझे अपनी भयावह परिस्थिति से निश्चिंत न कर सकती थी।

मैं उस सुंदरी की ओर देख ही रहा था कि वह सिंह के पास आई। सिंह उसे देखते ही खड़ा हो गया और मेरी ओर सशंक नेत्रों से देखकर मेघ की भांति गरजा। रमणी ने एक रूमाल निकालकर उसका मुंह पोंछा और फिर लोटे से दूध उंड़ेल कर उसके सामने रुख दिया। सिंह दूध पीने लगा। मेरे विस्मय की अब कोई सीमा न थी। चकित था कि यह कोई तिलस्म है या जादू। व्यवहार-लोक में हूं अथवा विचार-लोक में। सोता हूं या जागता। मैंने बहुधा सरकस में पालतू शेर देखे हैं, किन्तु उन्हें काबू में रखने के लिए किन-किन रक्षा-विधानों से काम लिया जाता है! उसके प्रतिकूल यह मांसाहारी पशु उस रमणी के सम्मुख इस भांति लेटा हुआ है मानो वह सिंह की योनि में कोई मृग-शावक है। मन में प्रश्न हुआ, सुंदरी में कौन-सी चमत्कारिक शक्ति है जिसने सिंह को इस भांति वशीभूत कर लिया? क्या पशु भी अपने हृदय में कोमल और रसिक भाव छिपाए रखते हैं? कहते हैं कि महुअर का अलाप काले नाग को भी मस्त कर देता है। जब

जीव में यह सिद्धि है तो सौंदर्य की शक्ति का अनुमान कौन कर सकता है। रूप-लालित्य संसार का सबसे अमूल्य रत्न है, प्रकृति के रचना-नैपुण्य का सर्वश्रेष्ठ अंश है।

जब सिंह दूध पी चुका तो सुंदरी ने रूमाल से उसका मुंह पोंछा और उसका सिर अपने जांघ पर रख उसे थपकियां देने लगी। सिंह पूंछ हिलाता था और सुंदरी की अरुणवर्ण हथेलियों को चाटता था। थोड़ी देर के बाद दोनों एक गुफा में अन्तर्हित हो गये। मुझे भी धुन सवार हुई कि किसी प्रकार इस तिलस्म को खोलूं, इस रहस्य का उद्घाटन करूं। जब दोनों अदृश्य हो गये तो मैं भी उठा और दबे पांव उस गुफा के द्वार तक जा पहुंचा। भय से मेरे शरीर की बोटी-बोटी कांप रही थी, मगर इस रहस्यपट को खोलने की उत्सुकता भय को दबाए हुए थी। मैंने गुफा के भीतर झांका तो क्या देखता हूं कि पृथ्वी पर जरी का फर्श बिछा हुआ है और कारचोबी गावत किये लगे हुए हैं। सिंह मसनद पर गर्व से बैठा हुआ है। सोने-चांदी के पात्र, सुंदर चित्र, फूलों के गमले सभी अपने-अपने स्थान पर सजे हुए हैं, वह गुफा राजभवन को भी लज्जित कर रही है।

द्वार पर मेरी परछाई देखकर वह सुंदरी बाहर निकल आई और मुझसे कहा, 'यात्री, तू कौन है और इधर क्यों कर आ निकला?'

कितनी मनोहर ध्वनि थी। मैंने अबकी बार समीप से देखा तो सुंदरी का मुख कुम्हलाया हुआ था। उसके नेत्रों से निराशा झलक रही थी, उसके स्वर में भी करुणा और व्यथा की खटक थी। मैंने उत्तर दिया, 'देवी, मैं यूरोप का निवासी हूं यहां देशाटन करने आया हूं। मेरा परम सौभाग्य है कि आप से सम्भाषण करने का गौरव प्राप्त हुआ।' सुंदरी के गुलाब से ओठों पर मधुर मुस्कान की झलक दिखाई दी उसमें कुछ जटिल हास्य का भी अंश था। कदाचित यह मेरे इस अस्वाभाविक वाक्य प्रणाली का द्योतक था। 'तू विदेश से यहां आया है। आतिथ्य-सत्कार हमारा कर्तव्य है। मैं आज तेरा निमंत्रण करती हूं स्वीकार कर।'

मैंने अवसर देखकर उत्तर दिया, 'आपकी यह कृपा मेरे लिए गौरव की बात है, पर इस रहस्य ने मेरी भूख-प्यास बंद कर दी है। क्या मैं आशा करूं कि आप इस पर कुछ प्रकाश डालेंगी।'

सुंदरी ने ठंडी सांस लेकर कहा, 'मेरी रामकहानी विपत्ति की एक बड़ी कथा है, तुझे सुनकर दु:ख होगा।' किन्तु मैंने जब बहुत आग्रह किया तो उसने मुझे फर्श पर बैठने का संकेत किया और अपना वृतांत सुनाने लगी।

मैं काश्मीर देश की रहनेवाली राजकन्या हूँ। मेरा विवाह एक राजपूत योद्धा से हुआ था। उनका नाम नृसिंहदेव था। हम दोनों बड़े आनंद से जीवन व्यतीत करते थे। संसार का सर्वोत्तम पदार्थ रूप है दूसरा स्वास्थ्य और तीसरा धन। परमात्मा ने हमको ये तीनों ही पदार्थ प्रचुर परिमाण में प्रदान किये थे। खेद है कि मैं उनसे मुलाकात नहीं कर सकती। ऐसा साहसी ऐसा सुन्दर ऐसा विद्वान् पुरुष सारे काश्मीर में न था। मैं उनकी आराधना करती थी। उनका मेरे ऊपर अपार स्नेह था। कई वर्षों तक हमारा जीवन एक जलश्रोत की भाँति वृक्ष-पुंजों और हरे-भरे मैदानों में प्रवाहित होता रहा।

मेरे पड़ोस में एक मंदिर था। पुजारी एक पंडित श्रीधर थे। हम दोनों प्रात:काल तथा संध्या समय उस मंदिर में उपासना के लिए जाते। मेरे स्वामी कृष्ण के भक्त थे। मंदिर एक सुरम्य सागर के तट पर बना हुआ था। वहां की परिष्कृत मंद समीर चित्त को पुलकित कर देती थी। इसीलिए हम उपासना के पश्चात भी वहां घंटों वायु-सेवन करते रहते थे। श्रीधर बड़े विद्वान, वेदों के ज्ञाता, शास्त्रों के जानने वाले थे। कृष्ण पर उनकी धी अविचल भक्ति थी। समस्त कश्मीर में उनके पांडित्य की चर्चा थी। वह बड़े संयमी, संतोषी, आत्मज्ञानी पुरुष थे। उनके नेत्रों से शांति की ज्योति-रेखाएं निकलती हुई मालूम होती थीं। सदैव परोपकार में मग्न रहते थे। उनकी वाणी ने भी किसी का हृदय नहीं दुखाया। उनका हृदय नित्य परवेदना से पीड़ित रहता था। पंडित श्रीधर मेरे पतिदेव से लगभग दस वर्ष बड़े थे, पर उनकी धर्म पत्नी विद्याधरी मेरी समवयस्क थी। हम दोनों सहेलियां थी। विद्याधरी अत्यंत गंभीर शांत प्रकृति की स्त्री थी। यद्यपि रंग-रूप में वही रानी थी, पर वह अपनी अवस्था से संतुष्ट थी। अपने पति को वह देवतुल्य समझती थी।

श्रावण का महीना था। आकाश पर काले-काले बादल मंडरा रहे थे, मानो काजल के पर्वत उड़े जा रहे हैं। झरनों से दूध की धारें निकल रही थीं और चारों तरफ हरियाली छाई हुई थी। नन्ही-नन्ही फुहारें पड़ रही थी, मानो स्वर्ग से अमृत की बूंदें टपक रही हैं। जल की बूंदें फूलों और पत्तियों के गले में चमक रही थी। चित्त को अभिलाषाओं से उभारने वाला समा छाया हुआ था। यह वह समय है जब रमणियों को विदेशगामी प्रियतम की याद रुलाने लगती है, जब हृदय किसी से आलिंगन करने के लिए व्यग्र हो जाता है। जब सूनी सेज देखकर कलेजे में हूक-सी उठती है। इसी ऋतु में विरह की मारी वियोगिनियां अपनी बीमारी का बहाना करती हैं, जिससे उसका पति उसे देखने आवे। इसी ऋतु में माली की कन्या धानी साड़ी पहनकर क्यारियों में इठलाती हुई चम्पा और बेले के फूलों से आंचल भरती हैं, क्योंकि हार और गजरों की मांग बहुत बढ़ जाती है। मैं और विद्याधरी ऊपर छत पर बैठी हुई वर्षा ऋतु की बहार देख रही थी, और कालिदास का ऋतुसंहार पढ़ती थी कि इतने में मेरे पति ने आकर कहा, 'आज बड़ा सुहावना दिन है। झूला झूलने में बड़ा आनंद आयेगा।' सावन में झूला झूलने का प्रस्ताव क्यों कर रद्द किया जा सकता था। इन दिनों प्रत्येक रमणी का चित्त आप ही झूला झूलने के लिए विकल हो जाता है।

जब वन के वृक्ष झूला झूलते हों जब सारी प्रकृति आंदोलित हो रही हो तो रमणी का कोमल हृदय क्यों न चंचल हो जाय ! विद्याधरी भी राजी हो गयी। रेशम की डोरियाँ कदम की डाल पर पड़ गयीं चंदन का पटरा रख दिया गया और मैं विद्याधरी के साथ झूला झूलने चली। जिस प्रकार ज्ञानसरोवर पवित्र जल से परिपूर्ण हो रहा है उसी भाँति हमारे हृदय पवित्र आनंद से परिपूर्ण थे। किन्तु शोक ! वह कदाचित् मेरे सौभाग्यचंद्र की अंतिम झलक थी। मैं झूले के पास पहुँच कर पटरे पर जा बैठी किंतु कोमलांगी विद्याधरी ऊपर न आ सकी। वह कई बार उचकी परंतु पटरे तक न आ सकी। तब मेरे पतिदेव ने सहारा देने के लिए उसकी बाँह पकड़ ली ! उस समय उनके नेत्रों में एक विचित्र तृष्णा की झलक थी और मुख पर एक विचित्र आतुरता। वह धीमे में मल्हार गा रहे थे किंतु विद्याधरी जब पटरे पर आयी तो उसका मुख डूबते हुए सूर्य की भाँति लाल हो रहा था नेत्र अरुणवर्ण हो रहे थे। उसने पतिदेव की ओर क्रोधोन्मत्त हो कर कहा:

"तूने काम के वश हो कर मेरे शरीर में हाथ लगाया है। मैं अपने पातिव्रत के बल से तुझे शाप देती हूँ कि तू इसी क्षण पशु हो जा।

यह कहते ही विद्याधरी ने अपने गले से रुद्राक्ष की माला निकाल कर मेरे पतिदेव के ऊपर फेंक दिया और तत्क्षण ही पटरे के समीप मेरे पतिदेव के स्थान पर एक विशाल सिंह दिखलायी दिया।

2

ऐ मुसाफिर! अपने प्रिय पति देवता की यह गति देखकर मेरा रक्त सूख गया और कलेजे पर बिजली-सी आ गिरी। मैं विद्याधरी के पैरों से लिपट गयी और फूट-फूट कर रोने लगी। उस समय अपनी आंखों से देखकर अनुभव हुआ कि पतिव्रत की महिमा कितनी प्रबल है। ऐसी घटनाएं मैंने पुराणों में पढ़ी थी परन्तु मुझे विश्वास न था कि वर्तमान काल में, जबकि स्त्री-पुरुष के संबंध में स्वार्थ की मात्रा दिनों-दिन अधिक होती जाती है, पतिव्रत धर्म में यह प्रभाव होगा, परन्तु यह नहीं कह सकती कि विद्याधरी के विचार कहां तक ठीक थे। मेरे पति विद्याधरी को सदैव बहिन कहकर संबोधित करते थे। यह अत्यन्त रूपवान थे और रूपवान पुरुष की स्त्री का जीवन कभी सुखमय नहीं होता, पर मुझे उन पर संशय करने का अक्सर कभी नहीं मिला। वह स्त्री-व्रत धर्म का वैसा ही पालन करते थे जैसे सती अपने धर्म का। उनकी दृष्टि में कुचेष्टा न थी और विचार अत्यंत उज्ज्वल और प्रतिज्ञ थे। यहां तक कि कालिदास की श्रृंगारमय कविता भी उन्हें प्रिय न थी, मगर काम के मर्मभेदी बाणों से कौन बचा है! जिस काम ने शिव, ब्रह्म, जैसे तपस्वियों की तपस्या भंग कर दी, जिस काम ने नारद और विश्वामित्र जैसे ऋषियों के माथे पर कलंक का टीका लगा दिया, वह काम सब कुछ कर सकता है। संभव है कि सुरापान ने उद्दीपक ऋतु के साथ मिलकर उनके चित्त को विचलित कर दिया हो। मेरा गुमान तो यह है कि यह विद्याधरी को केवल भ्रांति थी। जो कुछ भी हो, उसने शाप दे दिया। उस समय मेरे मन में भी उत्तेजना हुई कि जिस शक्ति का विद्याधरी को गर्व है, क्या वह शक्ति मुझमें नहीं है? क्या मैं पतिव्रत नहीं हूं। किन्तु हां! मैंने कितना ही चाहा कि शाप के शब्द मुंह से निकालूं, पर मेरी जवान बंद हो हो गयी। अखंड विश्वास जो विद्याधरी को अपने पतिव्रत पर था। मुझे न था? विमाता ने मेरे प्रतिकार के आवेग को शांत कर दिया। मैंने बड़ी दीनता के साथ कहा - 'बहिन, तुमने यह क्या किया?'

विद्याधरी ने निर्दय होकर कहा - 'मैंने कुछ नहीं किया। यह उसके कर्मों का फल है।'

मैं - 'तुम्हें छोड़कर और किसी शरण जाऊं, क्या तुम इतनी दया न करोगी?'

विद्याधरी - 'मेरे किये अब कुछ नहीं हो सकता।'

मैं - 'देवी, तुम पति व्रतधारिणी हो, तुम्हारे वाक्य की महिमा अपार है। तुम्हारा क्रोध यदि मनुष्य को पशु बना सकता है, तो क्या तुम्हारी दया पशु से मनुष्य न बना सकेगी?' ऐ मुसाफिर! मैं राजपूत की कन्या हूं। मैंने विद्याधरी से अधिक अनुबंध-विनय नहीं की। उसका

हृदय दया का आगार था। यदि मैं उसके चरणों पर शीश रख देती तो कदाचित उसे मुझ पर दया आ जाती, किन्तु राजपूत की कन्या इतना अपमान नहीं सह सकती। वह घृणा के घाव सह सकती है, क्रोध की अग्नि सह सकती है, पर दया का बोझ उससे नहीं उठाया जाता। मैंने पटरे से उतरकर पतिदेव के चरणों पर सिर झुकाया और उन्हें साथ लिये दूर अपने मकान चली आयी।

3

कई महीने गुजर गये। मैं पतिदेव की सेवा-शुश्रूषा में तन-मन से व्यस्त रहती। यद्यपि उनकी जिह्वा वाणी विहीन हो गयी थी, पर उनकी आकृति से स्पष्ट प्रकट होता है कि वह अपने कर्म से लज्जित थे। यद्यपि उनका रूपांतर हो गया था, पर उन्हें मांस से अत्यंत घृणा थी। मेरी पशुशाला में सैकड़ों गायें-भैंसें थीं किन्तु शेरसिंह ने कभी किसी की ओर आंख उठाकर भी न देखा। मैं उन्हें दोनों बेला दूध पिलाती और संध्या समय उन्हें साथ लेकर पहाड़ियों की सैर कराती। मेरे मन में न जाने क्यों धैर्य और साहस का इतना संचार हो गया था कि मुझे अपनी दशा असह्य न जान पड़ती थी। मुझे निश्चय था कि शीघ्र ही इस विपत्ति का अंत भी होगा।

इन्हीं दिनों हरिद्वार में गंगा-स्नान का मेला लगा। मेरे नगर से यात्रियों का एक समूह हरिद्वार चला। मैं भी उनके साथ हो ली। दीन-दुखी जनों को दान देने के लिए रुपयों और अशर्फियों की थैलियां साथ ले लीं। मैं प्रायश्चित्त करने जा रही थी, इसलिए पैदल ही यात्रा करने का निश्चय कर लिया। लगभग एक महीने में हरिद्वार जा पहुंची। यहां भारतवर्ष के प्रत्येक प्रांत से असंख्य यात्री आये हुए थे। संन्यासियों और तपस्वियों की संख्या गृहस्थों से कुछ ही कम होगी। धर्मशालाओं में रहने का स्थान न मिलता था। गंगातट पर, पर्वतों की गोद में, मैदानों के वक्ष-स्थल पर, जहां देखिए आदमी-ही-आदमी नजर आते थे। दूर से वह छोटे-छोटे खिलौने की भांति दिखायी देते थे। मीलों तक आदमियों का फर्श-सा बिछा हुआ था। भजन और कीर्तन की ध्वनि नित्य कानों में आती रहती थी। हृदय में असीम शुद्धि गंगा की लहरों की भांति लहरें मारती थी। वहां का जल, वायु आकाश सब शुद्ध था।

मुझे हरिद्वार आये तीन दिन व्यतीत हुए थे। प्रभात का समय था। मैं गंगा में खड़ी स्नान कर रही थी। सहसा मेरी दृष्टि ऊपर की ओर उठी तो मैंने किसी आदमी को पुल की ओर झांकते देखा। अकस्मात् उस मनुष्य का पांव ऊपर उठ गया और सैकड़ों ही गज की ऊंचाई से गंगा में गिर पड़ा। सहस्रों आंखें यह दृश्य देख रही थीं पर किसी का साहस न हुआ कि उस अभागे मनुष्य की जान बचाये। भारतवर्ष के अतिरिक्त ऐसा संवेदना शून्य और देश होगा और यह वह देश है जहां परमार्थ मनुष्य का कर्तव्य बताया गया है। लोग बैठे हुए अपंगुओं की भांति तमाशा देख रहे थे। सभी हतबुद्धि से हो रहे थे। धारा प्रबल वेग से प्रवाहित थी और जल बर्फ से भी शीतल। मैंने देखा कि यह धारा के साथ बहता चला जाता था। यह हृदय-विदारक दृश्य मुझसे न देखा गया। मैं तैरने में अभ्यस्त थी। मैंने ईश्वर का नाम लिया और मन को दृढ़ करके धारा के

साथ तैरने लगी। ज्यों-ज्यों मैं आगे बढ़ती थी। वह मनुष्य मुझसे दूर होता जाता था। यहां तक कि मेरे सारे अंग ठंड से शून्य हो गये।

मैंने कई बार चट्टानों को पकड़ कर दम लिया, कई बार पत्थरों से टकरायी। मेरे हाथ ही न उठते थे। सारा शरीर बर्फ का ढांचा-सा बना हुआ था। मेरे अंग गतिहीन हो गये कि मैं धारा के साथ बहने लगी और मुझे विश्वास हो गया कि गंगा माता के उदर ही में मेरी जल-समाधि होगी। अकस्मात् मैंने उस पुरुष की लाश को एक चट्टान पर रुकते देखा। मेरा हौसला बंध गया। शरीर में एक विचित्र स्फूर्ति का अनुभव हुआ। मैं जोर लगाकर प्राणपण से उस चट्टान पर जा पहुंची और उसका हाथ पकड़कर खींचा। मेरा कलेजा धक हो गया। यह श्रीधर पंडित थे।

ऐ मुसाफिर! मैंने यह काम प्राणों को हथेली पर रखकर पूरा किया। जिस समय मैं पंडित श्रीधर की अर्ध मृत देह लिए तट पर आयी तो सहस्रों मनुष्यों की जयध्वनि से आकाश गूंज उठा। कितने ही मनुष्यों ने चरणों पर सिर झुकाये। अभी लोग श्रीधर को होश में लाने के उपाय कर ही रहे थे कि विद्याधरी मेरे सामने आकर खड़ी हो गयी। उसका मुख, प्रभात के चंद्र की भांति कांतिहीन हो कहा था, होंठ सूखे हुए, बाल बिखरे हुए। आंखों से आंसुओं की झड़ी टूटी हुई थी। वह जोर से हांफ रही थी, दौड़कर मेरे पैरों से चिपट गयी, किन्तु दिल खोलकर नहीं, निर्मल भाव से नहीं। एक की आंखें गर्व से भरी हुई थी और दूसरे की ग्लानि से झुकी हुई। विद्याधरी के मुंह से बात न निकलती थी। केवल इतना बोली - 'बहिन, ईश्वर तुमको इस सत्कार्य का फल दें।'

4

ऐ मुसाफिर यह शुभकामना विद्याधरी के अंत:स्थल से निकली थी। मैं उसके मुँह से यह आशीर्वाद सुन कर फूली न समायी। मुझे विश्वास हो गया कि अबकी बार जब मैं अपने मकान पर पहुँचूँगी तो पतिदेव मुस्कराते हुए मुझसे गले मिलने के लिए द्वार पर आयेंगे। इस विचार से मेरे हृदय में गुदगुदी-सी होने लगी। मैं शीघ्र ही स्वदेश को चल पड़ी। उत्कंठा मेरे कदम बढ़ाये जाती थी। मैं दिन में भी चलती और रात को भी चलती मगर पैर थकना ही न जानते थे। यह आशा कि वह मोहिनी मूर्ति द्वार पर मेरा स्वागत करने के लिए खड़ी होगी मेरे पैरों में पर-से लगाये हुए थी। एक महीने की मंजिल मैंने एक सप्ताह में तय की। पर शोक ! जब मकान के पास पहुँची तो उस घर को देख कर दिल बैठ गया और हिम्मत न पड़ी कि अंदर कदम रखूँ। मैं चौखट पर बैठ कर देर तक विलाप करती रही। न किसी नौकर का पता न कहीं पाले हुए पशु ही दिखायी देते थे। द्वार पर धूल उड़ रही थी। जान पड़ता था कि पक्षी घोंसले से उड़ गया है कलेजे पर पत्थर की सिल रख कर भीतर गयी तो क्या देखती हूँ कि मेरा प्यारा सिंह आँगन में मोटी-मोटी जंजीरों से बँधा हुआ है। इतना दुर्बल हो गया है कि उसके कूल्हों की हड्डियाँ दिखायी दे रही हैं। ऊपर-नीचे जिधर देखती थी उजाड़-सा मालूम होता था। मुझे देखते ही शेरसिंह ने पूँछ हिलायी और सहसा उनकी आँखें दीपक की भाँति चमक उठीं। मैं दौड़कर उनके गले से लिपट गयी समझ गयी कि नौकरों ने दगा की। घर की सामग्रियों का कहीं पता न था। सोने-चाँदी के बहुमूल्य पात्र फर्श आदि सब गायब थे। हाय ! हत्यारे मेरे आभूषणों का संदूक भी उठा ले गये।

इस अपहरण ने मुसीबत का प्याला भर दिया। शायद पहले उन्होंने शेरसिंह को जकड़ कर बाँध दिया होगा फिर खूब दिल खोल कर नोच-खसोट की होगी। कैसी विडम्बना थी कि धर्म लूटने गयी थी और धन लुटा बैठी। दरिद्रता ने पहली बार अपना भयंकर रूप दिखाया।

ऐ मुसाफिर! इस प्रकार लुट जाने के बाद वह स्थान आंखों में कांटे की तरह खटकने लगा। यही वह स्थान था, जहां हमने आनंद के दिन काटे थे। इन्हीं क्यारियों में हमने सूर्यों की भांति कलोल किये थे। प्रत्येक वस्तु से कोई-न-कोई स्मृति संबंधित थी। उन दिनों की याद करके आंखों से रक्त के आंसू बहने लगे थे।। बसंत की ऋतु थी, बौर की महक से वायु सुगंधित हो रही थी। महुआ के वृक्षों के नीचे परियों के शयन करने के लिए मोतियों की शय्या बिछाई हुई थी, करौंदा और नींबू के फूलों की सुगंध से चित्त प्रसन्न हो जाता था। मैंने अपने जन्म-भूमि को सदैव के लिए त्याग दिया। मेरी आंखों से आंसुओं की एक बूंद भी न गिरी। जिस जन्म-भूमि की याद यावज्जीवन हृदय को व्यथित करती है उससे मैंने यूं मुंह मोड़ लिया, मानों कोई बंदी कारागार से मुक्त हो जाये। एक सप्ताह तक मैं चारों ओर भ्रमण करके अपने भावी निवास-स्थान का निश्चय करती रही। अन्त में सिंधु बदी के किनारे एक निर्जन स्थान मुझे पसंद आया। यहाँ एक प्राचीन मंदिर था। शायद किसी समय वहाँ देवताओं का वास था पर इस समय वह बिलकुल उजाड़ था। देवताओं ने काल को विजय किया हो पर समय चक्र को नहीं। शनैः-शनैः मुझे इस स्थान से प्रेम हो गया और वह स्थान पथिकों के लिए धर्मशाला बन गया।

मुझे यहाँ रहते तीन वर्ष व्यतीत हो चुके थे। वर्षा ऋतु में एक दिन संध्या के समय मुझे मंदिर के सामने से एक पुरुष घोड़े पर सवार जाता दिखायी दिया। मंदिर से प्रायः दो सौ गज की दूरी पर एक रमणीक सागर था उसके किनारे कचनार वृक्षों के झुरमुट थे। वह सवार उस झुरमुट में जा कर अदृश्य हो गया। अंधकार बढ़ता जाता था। एक क्षण के बाद मुझे उस ओर किसी मनुष्य का चीत्कार सुनायी दिया फिर बंदूकों के शब्द सुनायी दिये और उनकी ध्वनि से पहाड़ गूँज उठा।

ऐ मुसाफिर- यह दृश्य देखकर मुझे किसी भीषण घटना का संदेह हुआ। मैं तुरन्त उठ खड़ी हुई। एक कटार हाथ में ली और उस सागर की ओर चल दी।

अब मूसलाधार वर्षा होने लगी थी, मानों आज के बाद फिर न बरसेंगे। रह-रहकर गर्जन की ऐसी भयंकर ध्वनि उठती थी, मानों सारे पहाड़ आपस में टकरा गये हों। अंधकार का ऐसा हाल हुआ था मानों सहस्रों अमावस्या की रातें गले मिल रही हों। मैं कमर तब पानी में चलते दिल को सम्हाले हुए आगे बढ़ी जाती थी। अन्त में सागर के समीप आ पहुंची। बिजली की चमक ने दीपक का काम किया। सागर के किनारे एक बड़ी सी गुफा थी। इस समय उस गुफा में से प्रकाश-ज्योति बाहर आती हुई दिखायी देती थी। मैंने भीतर की ओर झांका तो क्या देखती हूं कि एक स्त्री आग्नेय नेत्रों से घूर-घूर कर कह रही है, मैं अपने पति के साथ उसे भी जलाकर भस्म कर दूंगी। मेरे कौतूहल की कोई सीमा न रही। मैंने सांस बंद कर ली और हतबुद्धि की भांति यह कौतुक देखने लगी। उस स्त्री के सामने एक रक्त से लिपटी हुई लाश पड़ी थी और लाश के समीप ही मनुष्य रस्सियों से बंधा हुआ सिर झुकाये बैठा था। मैंने अनुमान किया कि यह वही

अश्वारोही पथिक है, जिस पर इन डाकुओं ने आघात किया था। यह शव डाकू सरदार का है और यह स्त्री डाकू की पत्नी है। उसके सिर के बाल बिखरे हुए थे और आंखों से अंगारे निकल रहे थे। हमारे चित्रकारों ने क्रोध को पुरुष कल्पित किया है। मेरे विचार में स्त्री का क्रोध इससे कहीं अधिक घातक, कहीं, विध्वंसकारी होता है। क्रोधोन्मत्त होकर वह कोमलांगी सुन्दरी ज्वाला शिखर बन जाती है।

उस स्त्री ने दांत पीसकर कहा, मैं अपने पति के साथ इसे भी जला कर भस्म कर दूंगी। कहकर उसने उस रस्सियों से बंधे हुए पुरुष को घसीटा और दहकती हुई चिता में डाल दिया। आह! कितना भयंकर! कितना रोमांचकारी दृश्य था। स्त्री भी अपने द्वेष की अग्नि शांत करने में इतनी पिशाचिनी हो सकती है। मेरा रक्त खौलने लगा। अब एक क्षण भी विलम्ब करने का अवसर न था। मैंने कटार खींच ली, डाकू चौंक कर तितर-बितर हो गये। समझे मेरे साथ और लोग भी होंगे। मैं बेधड़क चिता में घुस गयी और क्षणमात्र में उस अभागे पुरूष को आग के मुख से निकाल लायी। अभी केवल उसके वस्त्र ही जले थे। जैसे सर्प अपना शिकार छिन जाने से फुफकारता हुआ लपकता है? उसी प्रकार गरजती हुई लपटें मेरे पीछे दौड़ी। ऐसा प्रतीत होता था अग्नि भी उसके रक्त की प्यासी हो रही थी।

इतने में डाकू संभल गये और आहत सरदार की पत्नी पिशाचिनी की भांति मुंह खोले मुझ पर झपटी। संभव था कि ये हत्यारे मेरी बोटियां न कर दें कि इतने में गुफा के द्वार पर पर मेघ गर्जन की-सी आवाज सुनाई दी और शेरसिंह रौद्र रूप धारण किये हुए भीतर पहुंचे। उनका भयंकर रूप देखते ही डाकू अपनी-अपनी जान लेकर भागे। केवल डाकू सरदार की पत्नी स्तम्भित-सी अपने स्थान पर खड़ी रही। एकाएक उसने अपने पति का शव उठाया और उसे लेकर चिता में बैठ गयी। देखते-देखते उसका भयंकर रूप अग्निज्वाला में विलीन हो गया। अब मैंने उस बंधे हुए मनुष्य की ओर देखा तो मेरा हृदय उछल पड़ा। यह पंडित श्रीधर थे। मुझे देखते ही सिर झुका लिया और रोने लगे। मैं उनसे समाचार पूछ ही रही थी कि उसी गुफा के एक कोने से किसी के कराहने का शब्द सुनायी दिया जाकर देखा तो एक सुंदर युवक रक्त से लथपथ पड़ा था। मैंने उसे देखते ही पहचान लिया। उसका पुरुष-वेश उसे छिपा न सका। यह विद्याधरी थी। मर्दों के वस्त्र उस पर खूब जंचते थे। वह लज्जा और ग्लानि की मूर्ति बनी हुई थी। वह पैरों पर गिर पड़ी, पर मुंह से कुछ न बोली।

उस गुफा में पल भर ही ठहरना अत्यंत शंकाप्रद था। न जाने कब डाकू फिर सशस्त्र होकर आ जायें। उधर चिताग्नि भी शांत होने लगी और उस सती की भी भीषण काया अत्यंत तेज रूप धारण करके हमारे नेत्रों के सामने तांडव क्रीड़ा करने लगी। मैं बड़ी चिंता में पड़ी कि इन दोनों प्राणियों को कैसे यहां से निकालें। दोनों ही रक्त से चूर थे। शेरसिंह ने मेरा असमंजस ताड़ लिया। रूपांतर हो जाने के बाद उनकी बुद्धि तीव्र हो गयी थी। उन्होंने मुझे संकेत किया कि दोनों को हमारी पीठ पर बिठा दो। पहले तो मैं उनका आशय न समझी, पर जब उन्होंने संकेत को बार-बार दुहराया तो मैं समझ गयी। गूंगों के घरवाले गूंगों की बातें खूब समझते हैं। मैंने पंडित श्रीधर को गोद में उठाकर शेरसिंह की पीठ पर बिठा दिया। उसके पीछे विद्याधरी को थी बिठाया। नन्हा

बालक भालू की पीठ पर बैठकर जितना डरता है, उससे कहीं ज्यादा यह दोनों प्राणी भयभीत हो रहे थे। चिताग्नि के क्षीण प्रकाश में उनके भय-विकृत मुख देखकर करुण विनोद होता था। अस्तु मैं इन दोनों प्राणियों को साथ लेकर गुफा से निकली और फिर उसी तिमिर-सागर को पार करके मंदिर आ पहुंची।

मैंने एक सप्ताह तक उनका यहां यथाशक्ति सेवा-सत्कार किया। जब वह भली-भांति स्वस्थ हो गये तो मैंने उन्हें विदा किया। ये स्त्री-पुरुष कई आदमियों के साथ टेढ़ी जा रहे थे, यहां के राजा पंडित श्रीधर के शिष्य है। पंक्ति श्रीधर का घोड़ा आगे था। विद्याधरी अभ्यास न होने के कारण पीछे थी, उनके दोनों रक्षक भी उनके साथ थे। जब डाकुओं ने पंडित श्रीधर को घेरा और पंडित ने पिस्तौल से डाकू सरदार को मार गिराया तो कोलाहल सुनकर विद्याधरी ने घोड़ा बढ़ाया। दोनों रक्षक तो जान लेकर भागे, विद्याधरी को डाकुओं ने पुरुष समझकर घायल कर दिया और तब दोनों प्राणियों को बांधकर गुफा में डाल दिया। शेष बातें मैंने अपनी आंखों देखी। यद्यपि यहां से विदा होते समय विद्याधरी का रोम-रोम मुझे आशीर्वाद दे रहा था। पर हां! अभी प्रायश्चित्त पूरा न हुआ था। इतना आत्म-समर्पण करके भी मैं सफल मनोरथ न हुई थी।

5

ऐ मुसाफिर! उस प्रांत में अब मेरा रहना कठिन हो गया। डाकू बंदूकें लिए हुए शेरसिंह की तलाश में घूमने लगे। विवश होकर एक दिन मैं वहां से चल खड़ी हुई और दुर्गम पर्वतों को पार करती हुई यहां आ निकली। यह स्थान मुझे ऐसा पसंद आया कि मैंने इस मुकाम को अपना घर बना लिया है। आज पूरे तीन वर्ष गुजरे जब मैंने पहले-पहल ज्ञानसरोवर के दर्शन किये। उस समय भी यही ऋतु थी। मैं ज्ञानसरोवर में पानी भरने गयी हुई थी, सहसा क्या देखती हूं कि एक युवक मुश्की घोड़े पर सवार रत्न जटिल आभूषण पहने हाथ में चमकती हुआ माला लिए चला आता है। शेरसिंह को देखकर वह ठिठका और भाला सम्भाल कर उन पर वार कर बैठा। शेरसिंह को क्रोध आया। उनके गरज की ऐसी गगनभेदी ध्वनि उठी कि ज्ञानसरोवर का जल आंदोलित हो गया और तुरन्त घोड़े से खींचकर उसकी छाती पर पंजे रख दिये। मैं घड़ा छोड़कर दौड़ी। युवक का प्राणांत होने वाला ही था कि मैंने शेरसिंह के गले में हाथ डाल दिये और उनका सिर सहला कर क्रोध शांत किया। मैंने उनका ऐसा भयंकर रूप कभी नहीं देखा था। मुझे स्वयं उनके पास जाते हुए डर लगता था, पर मेरे मृदु वचनों ने अंत में उन्हें वशीभूत कर लिया, वह अलग खड़े हो गये। युवक की छाती में गहरा घाव लगा था। उसे मैंने इसी गुफा में लाकर रखा और उसकी मरहम-पट्टी करने लगी। एक दिन मैं कुछ आवश्यक वस्तुएं लेने के लिए उस कस्बे में गयी जिसके मंदिर के कलश यहां से दिखायी दे रहे हैं, मगर वहां सब दुकानें बंद थी। बाजारों में खाक उड़ रही थी। चारों ओर सियापा छाया हुआ था। मैं बहुत देर तक इधर-उधर घूमती रही, किसी मनुष्य की सूरत भी न दिखायी देती थी कि उससे वहां का सब समाचार पूछूं। ऐसा विदित होता था, मानो यह अदृश्य जीवों की बस्ती है। सोच रही थी कि वापस चलूं कि घोड़ों की टापों की ध्वनि कानों में आयी और एक क्षण में एक स्त्री सिर से पैर तक काले वस्त्र धारण किये, एक काले घोड़े पर सवार आती हुई दिखायी दी। उसके पीछे कई सवार और प्यादे काली वर्दियां

पहने आ रहे थे। अकस्मात् उस सवार स्त्री की दृष्टि मुझ पर पड़ी। उसने घोड़े को ऐड़ लगायी और मेरे निकट आकर कर्कश स्वर में बोली, 'तू कौन है?' मैंने निर्भीक स्वर से उत्तर दिया, 'मैं ज्ञानसरोवर के तट पर रहती हूं। यहां बाजार में कुछ सामग्रियां लेने आयी थी, किंतु शहर में किसी का पता नहीं। उस स्त्री ने पीछे की ओर देखकर कुछ संकेत किया और दो सवारों ने आगे बढ़कर मुझे पकड़ लिया और मेरी बांहों में रस्सियां डाल दीं। मेरे समझ में न आता था कि मुझे किस अपराध का दंड दिया जा रहा है। बहुत पूछने पर भी किसी ने मेरे प्रश्नों का उत्तर न दिया। हां, अनुमान से यह प्रकट हुआ कि वह स्त्री यहां की रानी है। मुझे अपने विषय में तो कोई चिंता न थी। पर चिंता थी। शेरसिंह की वह अकेले घबरा रहे होंगे। भोजन का समय आ पहुँचा कौन खिलावेगा। किस विपत्ति में फँसी। नहीं मालूम विधाता अब मेरी क्या दुर्गति करेंगे। मुझ अभागिन को इस दशा में भी शांति नहीं। इन्हीं मलिन विचारों में मग्न मैं सवारों के साथ आध घंटे तक चलती रही कि सामने एक ऊँची पहाड़ी पर एक विशाल भवन दिखायी दिया। ऊपर चढ़ने के लिए पत्थर काट कर चौड़े जीने बनाये गये थे। हम लोग ऊपर चढ़े। वहाँ सैकड़ों ही आदमी दिखायी दिये किंतु सब-के-सब काले वस्त्र धारण किए हुए थे। मैं जिस कमरे में ला कर रखी गयी वहाँ एक कुशासन के अतिरिक्त सजावट का और सामान न था। मैं जमीन पर बैठ कर अपने नसीब को रोने लगी। जो कोई यहाँ आता था मुझ पर करुण दृष्टिपात करके चुपचाप चला जाता था। थोड़ी देर में रानी साहब आ कर उसी कुशासन पर बैठ गयीं। यद्यपि उनकी अवस्था पचास वर्ष से अधिक थी परन्तु मुख पर अद्भुत कांति थी। मैंने अपने स्थान से उठ कर उनका सम्मान किया और हाथ बाँध कर अपनी किस्मत का फैसला सुनने के लिए खड़ी हो गयी।

ऐ मुसाफिर! रानी महोदया के तेवर देखकर पहले तो मेरे प्राण सूख गये, किंतु जिस प्रकार चंदन जैसी कठोर वस्तु में मनोहर सुगंध छिपी होती है, उसी प्रकार उनकी कर्कशता और कठोरता के पीछे मोम के सदृश हृदय छिपा हुआ था। उनका प्यारा पुत्र थोड़े ही दिन पहले युवावस्था ही में दगा दे गया था। उसी के शोक में सारा शहर मातम मना रहा था। मेरे पकड़े जाने का कारण यह था कि मैंने काले वस्त्र क्यों न धारण किए थे। यह वृत्तांत सुनकर मैं समझ गई कि जिस राजकुमार का शोक मनाया जा रहा है, यह वही युवक है जो मेरी गुफा में पड़ा हुआ है। मैंने उनसे पूछा, 'राजकुमार मुश्की घोड़े पर तो सवार नहीं थे?'

रानी - 'हां, हां मुश्की घोड़ा था। उसे मैंने उनके लिए अरब देश से मंगवा दिया था। क्या तूने उन्हें देखा है?'

मैंने - 'हां देखा है।'

रानी ने पूछा - 'कब?'

मैंने - 'जिस दिन वह शेर का शिकार खेलने गए थे।'

रानी - 'क्या तेरे सामने ही शेर ने उन पर चोट की थी?'

मैंने - 'हां, मेरी आंखों के सामने?'

रानी उत्सुक होकर खड़ी हो गई और बड़े दीन भाव से बोली - 'तू उनकी लाश का पता लगा सकती है?'

मैंने - 'ऐसा न कहिए, वह अमर हों। वह दो सप्ताह से मेरे यहां मेहमान हैं।'

रानी हर्षमय आश्चर्य से बोली - 'मेरा रणधीर जीवित है।'

मैंने - 'हां, अब उनमें चलते-फिरने की शक्ति आ गई है।'

रानी मेरे पैरों पर गिर पड़ी।

तीसरे दिन अर्जुन नगर की कुछ और ही शोभा थी। वायु आनंद के मधुर स्वर में गूंजती थी दुकानों ने फूलों का हार पहना था, बाजारों में आनंद के उत्सव मनाए जा रहे थे। शोक के काले वस्त्रों की जगह केसर का सुहावना रंग बधाई दे का था। इधर सूर्य ने उषा-सागर से सिर निकाला, उधर सलामियां दगना आरम्भ हुईं। आगे-आगे मैं एक सब्जा घोड़े पर सवार आ रही थी और पीछे राजकुमार का हाथी सुनहरे झूलों से सजा चला आता था। स्त्रियां अटारियों पर मंगल गीत गाती थी और पुष्पों की वृष्टि करती थीं। राज भवन के द्वार पर रानी मोतियों से आंचल-भरे खड़ी थी, ज्यों ही राजकुमार हाथी से उतरे, वह उसे गोद में लेने के लिए दौड़ी और छाती से लगा लिया।

6

ऐ मुसाफिर! आनंदोत्सव समाप्त होने पर जब मैं विदा होने लगी, तो रानी महोदया ने सजल नयन होकर कहा, 'बेटी तूने मेरे साथ जो उपकार किया है उसका फल तुझे भगवान देंगे। तूने मेरे राज-वंश का उद्धार कर दिया, नहीं तो कोई पितरों को जल देने वाला भी न रहता। मैं तुझे कुछ विदाई देना चाहती हूं, वह तुझे स्वीकार करनी पड़ेगी। अगर रणधीर मेरा पुत्र है, तू मेरी पुत्री है। तूने ही रणधीर को प्राणदान दिया है, तूने ही इस राज्य का पुनरुद्धार किया है। इसलिए इस माया-बंधन से तेरा गला नहीं छूटेगा। मैं अर्जुन नगर का प्रान्त उपहार-स्वरूप तेरी भेंट करती हूं।'

रानी की यह असीम उदारता देखकर मैं दंग रह गई। कलियुग में भी कोई ऐसा दानी हो सकता है, इसकी मुझे आशा न थी। यद्यपि मुझे धन-भोग की लालसा न थी, पर केवल इस विचार से, कदाचित् यह सम्पत्ति मुझे अपने भाइयों की सेवा करने में सामर्थ्य दे, मैंने एक जागीरदार की जिम्मेदारियां अपने सिर ली। तब से दो वर्ष व्यतीत हो चुके हैं, पर भोग-विलास ने मेरे मन को एक क्षण के लिए भी चंचल नहीं किया। मैं कभी पलंग पर नहीं सोयी। रूखी-सूखी वस्तुओं के अतिरिक्त और कुछ नहीं खाया। पति-वियोग की दशा में स्त्री तपस्विनी हो जाती है, उसकी वासनाओं का अन्त हो जाता है, मेरे पास कई विशाल भवन हैं, कई रमणीक वाटिकाएं है, विषय-वासना में ऐसी कोई सामग्री नहीं है जो प्रचुर मात्रा में उपस्थित न हो, पर मेरे लिए वह सब त्याज्य है। भवन सूने पड़े हैं और वाटिकाओं में खोजने से ही हरियाली न मिलेगी। मैंने उनकी ओर कभी आंखें उठाकर भी नहीं देखा। अपने प्राणाधार के चरणों से लगे हुए मुझे अन्य

किसी वस्तु की इच्छा नहीं है। मैं नित्य प्रति अर्जुन-नगर जाती हूं और रियासत के आवश्यक काम-काज करके लौट आती हूं। मैं उसकी कौड़ी भी अपने खर्च में नहीं लाती। आपको अवकाश हो तो आप मेरी रियासत का प्रबन्ध देखकर प्रसन्न होंगे। मैंने इन दो वर्षों में बीस बड़े-बड़े तालाब बनवा दिए हैं और चालीस गोशाला बनवा दी हैं। मेरा विचार है कि अपनी रियासत में नहरों का ऐसा जाल बिछा दूं जैसे शरीर में नाड़ियों का। मैंने एक सौ कुशल वैद्य नियुक्त कर दिए हैं जो रोग की निवृत्ति करें। मेरा कोई ग्राम नहीं है जहां मेरी ओर से सफाई का प्रबंध न हो। छोटे-छोटे गांवों में भी आपको लालटेन जलती हुई मिलेंगी। दिन का प्रकाश ईश्वर देता है, रात के प्रकाश की व्यवस्था करना राजा का कर्तव्य है। मैंने सारा प्रबंध पण्डित श्रीधर के हाथों में दे दिया है। सबसे प्रथम कार्य जो मैंने किया, वह था कि उन्हें ढूंढ निकालूं, और यह भार सिर रख दूं। इस विचार से नहीं उनका सामना करना मेरा अभीष्ट था, बल्कि मेरी दृष्टि में कोई अन्य पुरुष ऐसा कर्त्तव्य-परायण, ऐसा निस्पृह, ऐसा सच्चरित्र न था। मुझे पूर्ण विश्वास है कि यह यावज्जीवन रियासत की बागडोर अपने हाथ में रखेंगे। विद्याधरी भी उनके साथ है। वही शांति और संतोष की मूर्ति, वहीं धर्म और सत की देवी। उसका पतिव्रत अब भी ज्ञानसरोवर की भांति अपार और अथाह है। यद्यपि उसका सौंदर्य-सूर्य मध्याह्न पर नहीं है, पर अब भी वह रनिवास की रानी जान पड़ती है। चिन्ताओं ने उसके मुख पर शिकन डाल दिए हैं। हम दोनों कभी-कभी मिल जाती हैं। किंतु बातचीत की नौबत नहीं आती। उसकी आंखें झुक जाती हैं। मुझे देखते ही उसके ऊपर घड़ों पानी पड़ जाता है और उसके माथे के जलबिंदु दिखाई देने लगते हैं। मैं आपसे सत्य कहती हूं कि मुझे विद्याधरी से कोई शिकायत नहीं है। उसके प्रति मेरे मन में दिनोंदिन श्रद्धा-भक्ति बढ़ती जाती है। मैं उसे देखती हूं तो मुझे प्रबल उत्कंठा होती है कि उसके पैरों पर पड़ू। पतिव्रता स्त्री के दर्शन बड़े सौभाग्य से मिलते हैं। पर केवल इस भय से कि कदाचित वह इसे मेरी खुशामद समझे, रुक जाती हूं। अब मेरी ईश्वर से यही प्रार्थना है कि अपने स्वामी के चरणों में पड़ी रहूं और जब इस संसार से प्रस्थान करने का समय आए तो मेरा मस्तक उनके चरणों पर हो और अन्तिम जो शब्द मेरे मुंह से निकले वह यही कि, ईश्वर, दूसरे जन्म में भी मुझे इनकी चेरी बनाना।'

पाठक, उस सुन्दरी का जीवन-वृत्तांत सुनकर मुझे जितना कुतूहल हुआ वह अकथनीय है। खेद है कि जिस जाति में ऐसी प्रतिभाशाली देवियां उत्पन्न हों उस पर पाश्चात्य के कल्पनाहीन, विश्वासहीन, पुरुष उंगलियां उठाएं? समस्त यूरोप में एक ऐसी सुंदरी न होगी जिससे इसकी तुलना की जा सके। हमने स्त्री-पुरुष के संबंध को सांसारिक संबंध समझ रखा है। उसका आध्यात्मिक रूप हमारे विचार से कोसों दूर है। यही कारण है कि हमारे देश में शताब्दियों की उन्नति के पश्चात् भी पतिव्रता का ऐसा उज्ज्वल और अलौकिक उदाहरण नहीं मिल सकता और दुर्भाग्य से हमारी सभ्यता ने ऐसा मार्ग ग्रहण किया। है कि कदाचित् दूर भविष्य में ऐसी देवियों के जन्म लेने की संभावना नहीं है। जर्मनी को यदि अपनी सेना पर, फ्रांस को अपनी विलासिता पर और इंग्लैंड को अपने वाणिज्य पर गर्व है तो भारतवर्ष को अपने पतिव्रत का घमण्ड है। क्या यूरोप निवासियों के लिए यह लज्जा की बात नहीं है कि होमर और वर्जित डंटे और गटे,

शेक्सपियर और ह्यूगो जैसे उच्चकोटि के कवि एक भी सीता या सावित्री की रचना न कर सकें। वास्तव में यूरोपीय समाज ऐसे आदर्शों से वंचित है।

मैंने दूसरे दिन ज्ञानसरोवर से बड़ी अनिच्छा के साथ विदा मांगी और यूरोप को चला। मेरे लौटने का समाचार पूर्व ही प्रकाशित हो चुका था। अब मेरा जहाज हैम्पवर्ग के बन्दरगाह में पहुंचा तो सहस्रों नर-नारी, सैकड़ों विद्वान और राज कर्मचारी मेरा अभिवादन करने के लिए खड़े थे। मुझे देखते ही तालियां बजने लगी, रूमाल और टोपी हवा में उछलने लगे और यहां से मेरे घर तक जिस समारोह से जुलूस निकला उस पर किसी राष्ट्रपति को भी गर्व हो सकता है। संध्या समय मुझे कैसर की मेज़ पर भोजन करने का सौभाग्य प्राप्त हुआ। कई दिनों तक अभिनंदन पत्रों का तांता लगा रहा और महीनों क्लब और यूनिवर्सिटी की फरमाइशों से दम मारने का अवकाश न मिला। यात्रा-वृत्तांत देश के प्राय: सभी पत्रों में छपा। कई देशों से भी बधाई के तार और पत्र मिले। फ्रांस और रूस आदि देशों की कितनी ही सभाओं ने मुझे व्याख्यान देने के लिए निमंत्रित किया। एक-एक वक्तृता के लिए मुझे कई-कई हजार पौंड दिए जाते थे। कई विद्यालयों ने मुझे उपाधियां दी। जार ने अपना ऑटोग्राफ भेज कर सम्मानित किया, किंतु इन आदर-सम्मान की उपाधियों से मेरे चित्त को शांति न मिलती थी और ज्ञानसरोवर का सुरम्य तट और वह गहरी गुफा और वह मृदुभाषणी रमणी सदैव आंखों के सामने फिरती रहती। उसके मधुर शब्द कानों में गूंजा कराते। मैं थियेटरों में जाता और स्पेन जार्जिया की सुन्दरियों को देखता, किंतु हिमालय की अप्सरा मेरे ध्यान से न उतरती। कभी-कभी कल्पना में मुझे वह देवी आकाश से उतरती हुई मालूम होती, तब चित्त चंचल हो जाता और विकल उत्कंठा होती कि किसी तरह पर लगा कर ज्ञानसरोवर के तट पर पहुंच जाऊं। आखिर एक रोज मैंने सफर का सामान दुरुस्त किया और उसी तिथि के ठीक एक हजार दिनों के बाद जब कि मैंने पहली बार ज्ञानसरोवर के तट पर कदम रखा था, मैं फिर वहां जा पहुंचा।

प्रभात का समय था। गिरिराज सुनहरा मुकुट पहने खड़े थे। मन समीर के आनन्दमय झोंकों से ज्ञानसरोवर का निर्मल प्रकाश से प्रतिबिंबित जल इस प्रकार लहरा रहा था, मानो अगणित अप्सराएं आभूषणों से जगमगाती हुई नृत्य कर रही हों। लहरों के साथ शतदल यों झकोरे लेते थे जैसे कोई बालक हिड़ोले में झूल रहा हो। पुलों के बीच में श्वेत हंस तैरते हुए ऐसे मालूम होते थे, मानों लालिमा से छाये हुए आकाश पर तारागण चमक रहे हों। मैंने उत्सुक नेत्रों से इस गुफा की ओर देखा तो यहां एक विशाल राजप्रसाद आसमान से कंधे मिलाए खड़ा था। एक ओर रमणीक उपवन था, दूसरी ओर एक गगनचुंबी मन्दिर। मुझे यह कायापलट देखकर आश्चर्य हुआ। मुख्य द्वार पर जाकर देखा, तो दो चोबदार ऊदे मखमल की वर्दियां पहने, जरी के पट्टे बांधे खड़े थे। मैंने उनसे पूछा, 'क्यों भाई यह किसका महल है?'

चोबदार - 'अर्जुन नगर की महारानी का।'

मैं - 'क्या अभी हाल ही में बना है?'

चोबदार - 'हां! तुम कौन हो?'

मैं - 'एक परदेशी यात्री हूं। क्या तुम महारानी को मेरी सूचना दे दोगे।'

चोबदार - 'तुम्हारा क्या नाम है और कहां से आते हो?'

मैं - 'उनसे केवल इतना कह देना कि यूरोप से एक यात्री आया है और आपके दर्शन करना चाहता है।'

चोबदार भीतर चला गया और एक क्षण के बाद आ कर बोला, 'मेरे साथ आओ।'

मैं उसके साथ हो लिया। पहले एक लम्बी दालान मिली जिसमें भाँति-भाँति के पक्षी पिंजरों में बैठे चहक रहे थे। इसके बाद एक विस्तृत बारहदरी में पहुँचा जो सम्पूर्णत: पाषाण की बनी हुई थी। मैंने ऐसी सुन्दर गुलकारी ताजमहल के अतिरिक्त और कहीं नहीं देखी। फर्श की पच्चीकारी को देख कर उस पर पाँव धरते संकोच होता था। दीवारों पर निपुण चित्रकारों की रचनाएँ शोभायमान थीं। बारहदरी के दूसरे सिरे पर एक चबूतरा था जिस पर मोटी कालीनें बिछी हुई थीं। मैं फर्श पर बैठ गया। इतने में एक लम्बे कद का रूपवान् पुरुष अंदर आता हुआ दिखायी दिया। उसके मुख पर प्रतिभा की ज्योति झलक रही थी और आँखों से गर्व टपका पड़ता था। उसकी काली और भाले की नोक के सदृश तनी हुई मूँछें उसके भौंरे की तरह काले घुँघराले बाल उसकी आकृति की कठोरता को नम्र कर देते थे।

विनयपूर्ण वीरता का इससे सुन्दर चित्र नहीं खींच सकता था। उसने मेरी ओर देखकर मुस्कराते हुए कहा, 'आप मुझे पहचानते हैं?' मैं अदब से खड़ा होकर बोला, 'मुझे आपसे परिचय का सौभाग्य नहीं प्राप्त हुआ।' वह कालीन पर बैठ गया और बोला, मैं शेरसिंह हूं।' मैं अवाक् रह गया। शेर सिंह ने फिर कहा, 'अच्छा आप प्रसन्न नहीं है कि आपने मुझे पिस्तौल का लक्ष्य नहीं बनाया? मैं तब पशु था, अब मनुष्य हूं। मैंने कहा, 'आपको हृदय से धन्यवाद देता हूं। यदि आज्ञा हो, तो मैं आपसे एक प्रश्न पूछना चाहता हूं।'

शेरसिंह ने मुस्कराकर कहा - 'मैं समझ गया, पूछिए।'

मैं - 'जब आप समझ ही गये तो मैं पूछूं क्यों?'

शेरसिंह - 'सम्भव है, मेरा अनुमान ठीक न हो।'

मैं - 'मुझे भय है कि उस प्रश्न से आपको दु:ख न हो।'

शेरसिंह - 'कम-से-कम आपको मुझसे ऐसी शंका न करनी चाहिए।'

मैं - 'विद्याधरी के भ्रम में कुछ सार था?'

शेरसिंह ने सिर झुकाकर कुछ देर में उत्तर दिया - 'जी हां, था। जिस वक्त मैंने उसकी कलाई पकड़ी थी। उस समय आवेश से मेरा एक-एक अंग कांप रहा था। मैं विद्याधरी के उस अनुग्रह को मरणपर्यंत न भूलूंगा। मगर इतना प्रायश्चित करने पर भी मुझे अपनी ग्लानि से निवृत्ति नहीं हुई। संसार की कोई वस्तु स्थिर नहीं, किन्तु पाप की कालिमा अमर और अमिट है। यश और कीर्ति कालांतर में मिट जाती हैं किंतु पाप का धब्बा नहीं मिटता। मेरा विचार है कि ईश्वर भी दाग को नहीं मिटा सकता। कोई तपस्या, कोई दंड, कोई प्रायश्चित इस कालिमा को नहीं मिटा

सकता। पतितोद्धार की कथाएं और तोबा या कन्फेशन करके पाप से मुक्त होने की बातें, यह सब संसार-लिप्सी पाखंडी, धर्मावलंबियों की कमाई हैं।'

हम दोनों यही बातें कर रहे थे कि रानी प्रियंवदा सामने आकर खड़ी हो गयी। मुझे आज अनुभव हुआ, जो बहुत दिनों से पुस्तकों में पढ़ा करता था कि सौंदर्य में प्रकाश होता है। आज इसकी सत्यता मैंने अपनी आंखों से देखी। मैंने जब उन्हें पहले देखा था तो निश्चय किया था कि यह ईश्वरीय कला-नैपुण्य की पराकाष्ठा है, परन्तु अब जब मैंने उन्हें दोबारा देखा तो ज्ञात हुआ कि यह इस असल की नकल थी। प्रियंवदा ने मुस्कराकर कहा - 'मुसाफिर, तुझे स्वदेश में भी कभी हम लोगों की याद आयी थी?' अगर मैं चित्रकार होता तो उसके मधुर हास्य को चित्रित करके प्राचीन गुणियों को चकित कर देता। उसके मुंह से यह प्रश्न सुनने के लिए मैं तैयार न था। यदि इसी भांति मैं उसका उत्तर देता तो शायद वह मेरी धृष्टता होती और शेरसिंह के तेवर बदल जाते। मैं यह भी न कह सकता कि मेरे जीवन के सबसे सुखद भाग वही था जो ज्ञानसरोवर के तट पर व्यतीत हुआ था, किन्तु मुझे इतना साहस भी न हुआ। मैंने दबी जबान से कहा 'क्या मैं मनुष्य नहीं हूं?'

7

तीन दिन बीत गये। इन तीनों दिनों में खूब मालूम हो गया कि पूर्व को अतिथ्यसेवी क्यों कहते हैं। यूरोप का कोई दूसरा मनुष्य, जो यहां की सभ्यता से परिचित न हो, यहां के सत्कार से ऊब जाता। किन्तु मुझे इन देशों के रहन-सहन का खूब अनुभव हो चुका है और मैं इस का आदर करता हूं।

चौथे दिन मेरी विनय पर रानी प्रियंवदा ने अपनी शेष कथा सुनानी शुरू की -

'ऐ मुसाफिर! मैंने तुझसे कहा था कि अपनी रियासत का शासन-भार मैंने श्रीधर पर रख दिया था और जितनी योग्यता और दूरदर्शिता से उन्होंने इस काम को संभाला है उनकी प्रशंसा नहीं हो सकती। ऐसा बहुत कम हुआ है कि एक विद्वान पंडित, जिसका सारा जीवन पठन-पाठन में व्यतीत हुआ हो, एक रियासत का बोझ सम्हाले, किन्तु राजा बीरबल की भांति पं.श्रीधर भी सब कुछ कर सकते हैं। मैंने परीक्षार्थी उन्हें यह काम सौंपा था। अनुभव ने सिद्ध कर दिया कि यह इस कार्य के सर्वथा योग्य हैं। ऐसा जान पड़ता है कि कुल-परम्परा ने उन्हें इस काम के लिए अभ्यस्त कर दिया। जिस समय उन्होंने इसका काम अपने हाथ में लिया, यह रियासत एक उजाड़ ग्राम के सदृश थी। अब वह धनधान्यपूर्ण एक नगर है। शासन का कोई ऐसा विभाग नहीं, जिस पर उनकी सूक्ष्म दृष्टि न पहुंची हो।

थोड़ी ही दिनों में लोग उनके शील-स्वभाव पर मुग्ध हो गये और राजा रणधीर सिंह भी उन पर कृपा-दृष्टि रखने लगे। पंडितजी पहले शहर से बाहर एक ठाकुर द्वारे में रहते थे। किन्तु जब राजा साहब से मेल-जोल बढ़ा तो उनके आग्रह से विवश होकर राजमहल में चले गए। यहां तक परस्पर मैत्री और घनिष्ठता बढ़ी कि मान-प्रतिष्ठा का विचार भी जाता रहा। राजा साहब पंडितजी से संस्कृत भी पढ़ते थे और उनके समय का अधिकांश भाग पंडित जी के मकान पर

ही कटता था, किन्तु शोक! यह विद्याप्रेम या शुद्ध मित्रभाव का आकर्षण न था। यह सौंदर्य का आकर्षण था। यदि उस समय मुझे लेशमात्र भी संदेह होता कि रणधीर सिंह की यह घनिष्ठता कुछ और ही पहलू लिये हुए है तो उसका अंत इतना खेदजनक न होता जितना कि हुआ। उनकी दृष्टि विद्याधरी पर उस समय पड़ी जब वह ठाकुर द्वारे में रहती थी और यह सारी कुयोजनाएं उसी की करामात थी। राजा साहब स्वभावत: बड़े ही सच्चरित्र और संयमी पुरुष थे, किंतु जिस रूप ने मेरे पति जैसे देवपुरुष का ईमान डिगा दिया, वह सब कुछ कर सकता है।

भोली-भाली विद्याधरी मनोविकारों की इस कुंठित नीति से बेखबर थी। जिस प्रकार छलांगें मारता हुआ हिरण व्याघ्र की फैलायी हुई हरी-भरी घास से प्रसन्न होकर उस ओर बढ़ता है और यह नहीं समझता कि प्रत्येक पग मुझे सर्वनाश की ओर लिये जाता है, उसी भांति विद्याधरी को उसका चंचल मन अंधकार की ओर खींचे लिए जाता था। वह राजा साहब के लिए अपने हाथों से बीड़े लगाकर भेजती, पूजा के लिए चंदन रगड़ती। रानी जी से भी उसका बहनापा हो गया। वह एक क्षण के लिए भी उसे अपने पास से न जाने देती। दोनों साथ-साथ बाग की सैर करती, साथ-साथ झूला झूलतीं, साथ-साथ चौपड़ खेलती। यह उनका श्रृंगार करती और वह उनकी मांग-चोटी संवारती मानों विद्याधरी ने रानी के हृदय में वह स्थान प्राप्त कर लिया, जो किसी समय मुझे प्राप्त था। लेकिन वह गरीब क्या जानती थी कि जब मैं बाग की रविशों में विचरती हूं तो कुवासना मेरे तलवे के नीचे आंखें बिछाती हैं, जब मैं झूला झूलती हूं तो वह आड़ में बैठी हुई आनंद से झूमती है। इस एक सरल हृदय अबला स्त्री के लिए चारों ओर से चक्रव्यूह रचा जा रहा था।

इस प्रकार एक वर्ष व्यतीत हो गया। राजा साहब का रब्त-जब्त दिनों दिन बढ़ता जाता था। पंडितजी को उनसे इतना स्नेह हो गया, जो गुरुजी को अपने एक होनहार शिष्य से होता है। मैंने जब देखा कि आठों पहर का यह सहवास पंडितजी के काम में विघ्न डालता है, तो एक दिन मैंने उनसे कहा - 'यदि आपको कोई आपत्ति न हो, तो दूरस्थ देहातों का दौरा आरम्भ कर दें और इस बात का अनुसंधान करें कि देहातों में कृषकों के लिए बैंक खोलने में हमें प्रजा से कितनी सहानुभूति और कितनी सहायता की आशा करनी चाहिए। पंडितजी के मन की बात नहीं जानती, पर प्रत्यक्ष में उन्होंने कोई आपत्ति नहीं की। दूसरे ही दिन प्रात-काल चले गये। किंतु आश्चर्य यह है कि विद्याधरी उनके साथ न गयी। अब तक पंडितजी जहां कहीं आते थे, विद्याधरी परछाई की भांति उनके साथ रहती थी। असुविधा के कष्ट का विचार भी उसके मन में न आता था। पंडितजी कितना ही समझायें, कितना ही डरायें, पर वह उनका साथ न छोड़ती थी, पर अबकी बार कष्ट के विचार ने उसे कर्तव्य के मार्ग से विमुख करा दिया। पहले उसका पतिव्रत एक वृक्ष था, जो उसके प्रेम की क्यारी में अकेला खड़ा था, किंतु अब उसकी क्यारी में मैत्री का घास-पात निकल आया था, जिसका पोषण भी उसकी भोजन पर अवलम्बित था।

8

ऐ मुसाफिर! छह महीने गुजर गये और पंडित श्रीधर वापस न आये। पहाड़ों की चोटियों पर छाया हुआ हिम घुल-घुलकर नदियों में बहने लगा, उनकी गोद में फिर रंग-बिरंगे फूल लहलहाने

लगे। चन्द्रमा की किरणें फिर फूलों की महक सूंघने लगी। सभी पर्वतों के पक्षी अपनी वार्षिक यात्रा समाप्त कर फिर स्वदेश आ पहुंचे, किन्तु पंडितजी रियासत के कामों में ऐसे उलझे कि मेरे निरंतर आग्रह करने पर भी अर्जुन नगर न आये। विद्याधरी की ओर से वह इतने उदासीन क्यों हुए, समझ में नहीं आया। उन्हें तो उसका वियोग एक क्षण के लिए भी असह्य था। किंतु इससे अधिक आश्चर्य की बात यह थी कि विद्याधरी ने भी आग्रह पूर्ण पत्रों के लिखने के अतिरिक्त उनके पास जाने का कष्ट न उठाया। वह अपने पत्रों में लिखती - स्वामी जी, मैं बहुत व्याकुल हूं, यहां मेरा मन जरा भी नहीं लगता। एक-एक दिन एक-एक वर्ष के समान व्यतीत होता है। न दिन को चैन, न रात को नींद। क्या आप मुझे भूल गये? मुझसे कौन-सा अपराध हुआ? क्या आपको मुझ पर दया भी नहीं आती? मैं आपके वियोग में रो-रोकर मरी जाती हूं। नित्य स्वप्न देखती हूं कि आप आ रहे हैं, पर यह स्वप्न सच्चा नहीं होता।' उसके पत्र ऐसे ही प्रेममय शब्दों से भरे होते थे और इसमें भी कोई संदेह नहीं कि जो कुछ वह लिखती थी, वह भी अक्षरशः सत्य था, मगर इतनी व्याकुलता, इतनी चिंता और इतनी उद्विग्नता पर भी उसके मन में कभी यह प्रश्न न उठे कि क्यों न मैं ही उनके पास चली चलूं।

बहुत ही सुहावनी ऋतु थी। ज्ञानसरोवर में यौवन-काल की अभिलाषाओं की भांति कमल के फूल खिले हुए थे। राजा रणधीर सिंह की पच्चीसवीं जयंती का शुभ-मुहूर्त आया। सारे नगर में आनंदोत्सव की तैयारियां होने लगी। गृहणियां कोरे-कोरे दीपक पानी में भिगोने लगीं कि वह अधिक तेल न सोख जायें। चैत्र की पूर्णिमा थी, किंतु दीपक की जगमगाहट ने ज्योत्सना को मात कर दिया था। मैंने राजा साहब के लिए इरफहान से एक रत्न-जड़ित तलवार मंगा रखी थी। दरबार के अन्य जागीरदारों और अधिकारियों ने भी भांति के उपहार मंगा रखे थे। मैंने विद्याधरी के घर जाकर देखा, तो वह एक पुष्पहार गूंथ रही थी। मैं आधा घंटे तक उसके सम्मुख खड़ी रही, किंतु वह अपने काम में इतनी व्यस्त थी कि उसे मेरी आहट भी न मिली। तब मैंने धीरे से पुकारा, वहन!' विद्याधरी ने चौंक कर सिर उठाया और बड़ी शीघ्रता से वह हार फूल की डाली में छिपा दिया और लज्जित होकर बोली - 'क्या तुम देर से खड़ी हो?' मैंने उत्तर दिया आधा घंटे से अधिक हुआ।

विद्याधरी के चेहरे का रंग उड़ गया, आंखें झुक गयी, कुछ हिचकिचायी, कुछ घबरायी, अपने अपराधी हृदय को इन शब्दों से शांत किया - 'यह हार मैंने ठाकुरजी के लिए गूंथा है।' उस समय विद्याधरी की घबराहट का भेद मैं कुछ न समझी। ठाकुरजी के लिए हार गूंथना क्या कोई लज्जा की बात है? फिर जब यह हार मेरी नजरों से हटा दिया गया तो उसका जिक्र ही क्या? हम दोनों ने कितनी ही बार साथ बैठकर हार गूंथे थे। कोई निपुण मालिन भी हमसे अच्छा हार न गूंथ सकती थी, मगर इसमें शर्म क्या? दूसरे दिन यह रहस्य मेरी समझ में आ गया। वह हार राजा रणधीर सिंह को उपहार में देने के लिए बनाया गया था।

यह बहुत सुन्दर वस्तु थी। विद्याधरी ने अपना सारा चातुर्य उसके बनाने में खर्च किया था। कदाचित वह सबसे उत्तम वस्तु थी जो राजा साहब को भेंट कर सकती थी। वह ब्राह्मणी थी। राजा साहब की गुरुमाता थी। उसके हाथों से वह उपहार बहुत ही शोभा देता था किन्तु यह बात उसने मुझसे छिपायी क्यों?

मुझे उस दिन रात भर नींद न आयी। उसके इस रहस्य-भाव ने उसे मेरी नजरों से गिरा दिया। एक बार आंख झपकी तो मैंने उसे स्वप्न में देखा, मानो यह एक सुंदर पुष्प है, किंतु उसकी बास मिट गयी हो। वह मुझसे गले मिलने के लिए बढ़ी, किंतु मैं हट गयी और बोली कि तूने मुझसे वह बात छिपायी क्यों?

9

ऐ मुसाफिर! राजा रणधीर सिंह की उदारता ने प्रजा को मालामाल कर दिया। रईसों और अमीरों ने खिलअतें पायी। किसी को घोड़ा मिला, किसी को जागीर मिली। मुझे उन्होंने श्रीमद्भगवद्गीता की एक प्रति एक मखमली बस्ते में रखकर दी। विद्याधरी को एक बहुमूल्य जड़ाऊ कंगन मिला। उस कंगन में अनमोल हीरे जड़े हुए थे। देहली के निपुण स्वर्णकारों ने इसे बनाने में अपनी कला का चमत्कार दिखाया था। विद्याधरी को अब तक आभूषणों से इतना. प्रेम न था, अब तक सादगी ही उसका आभूषण और पवित्रता ही उसका श्रृंगार था, पर इस कमल पर लोट-पोट हो गयी।

आषाढ़ का महीना आया। घटाएं गगनमंडल में मंडराने लगी। पंडित श्रीधर को घर की सुध आयी। पत्र लिखा कि मैं आ रहा हूं। विद्याधरी ने मकान खूब साफ कराया और स्वयं अपना बनाव-श्रृंगार किया। उसके वस्त्रों से चंदन की महक उड़ रही थी। उसने कंगन को संदूकचे से निकाला और सोचने लगी कि इसे पहनूं या न पहनूं। उसने मन में निश्चय किया कि न पहनूंगी। संदूक बंद करके रख दिया।

सहसा लौंडी ने आकर सूचना दी कि पंडित जी आ गये। सुनते ही विद्याधरी लपक कर उठी, किंतु पति के दर्शनों की उत्सुकता उसे द्वार की ओर नहीं ले गयी। उसने बड़ी फुर्ती से संदूक खोला, कंगन निकाल कर पहना और अपनी सूरत आईने में देखने लगी।

इधर पंडितजी प्रेम की उत्कंठा से कदम बढ़ाते दालान से आंगन और आंगन से विद्याधरी के कमरे में आ पहुंचे। विद्याधरी ने आकर उनके चरणों को अपने सिर से स्पर्श किया। पंडितजी उसका यह श्रृंगार देखकर दंग रह गए। एकाएक उनकी दृष्टि उस कंगन पर पड़ी। राजा रणधीर सिंह की संगत ने उन्हें रत्नों का पारखी बना दिया था। ध्यान से देखा तो एक-एक नगीना एक एक हजार का था। चकित होकर बोले, यह कंगन कहां मिला?'

विद्याधरी ने जबाब पहले से सोच रखा था। रानी प्रियंवदा ने दिया है। यह जीवन में पहला अवसर था कि विद्याधरी ने अपने पतिदेव से कपट किया। जब हृदय शुद्ध न हो तो मुख से सत्य क्यों कर निकले। यह कंगन नहीं, वरन् एक विषैला नाग था।

10

एक सप्ताह गुजर गया। विद्याधरी के चित्त की शांति और प्रसन्नता सुप्त हो गयी थी। यह शब्द कि राजी प्रियंवदा ने दिया है, प्रतिक्षण उसके कानों में गूंजा करते। वह अपने मन में धिक्कारती कि मैंने अपने प्राणधार से क्यों कपट किया। बहुधा रोया करती। एक दिन उसने सोचा कि क्यों न चलकर पति से सारा वृत्तांत सुना दूं। क्या वह मुझे क्षमा न करेंगे? यह सोचकर उठी किन्तु पति के सम्मुख जाते ही उसकी जबान बन्द हो गयी। वह अपने कमरे में आयी और फूट-फूटकर रोने लगी। कंगन पहनकर उसे बहुत आनंद आया था। इसी कंगन ने उसे हंसाया था, अब वही रुला रहा है।

विद्याधरी ने रानी के साथ बागों में सैर करना छोड़ दिया, चौपड़ और शतरंज उसके नाम को रोया करते। वह सारे दिन अपने कमरे में पड़ी रोया करती और सोचती कि क्या करूं। काले वस्त्र पर दाग छिप जाता है, किंतु उज्ज्वल वस्त्र पर कालिमा की एक बूंद भी झलकने लगती है। सोचती, इसी कंगन ने मेरा सुख हर लिया है, यही कंगन मुझे रक्त के आंसू रुला रहा है। सर्प जितना सुंदर होता है उतना ही विषाक्त भी होता है। यह सुंदर कंगन विषधर नाग है, मैं उसका सिर कुचल डालूंगी। यह निश्चय करके उसने एक दिन अपने कमरे में कोयले का अलाव जलाया, चारों तरफ से किवाड़ बंद कर दिए और उस कंगन को, जिसने उसके जीवन को संकटमय बना रखा था, संदूक से निकालकर आग में डाल दिया। एक दिन वह था कि कंगन उसे प्राणों से भी प्यारा था, उसे मखमली संदूक में रखती थी, आज उसे इतनी निर्दयता से आग में जला रही है।

विद्याधरी अलाव के सामने बैठी हुई थी इतने में पंक्ति श्रीधर ने द्वार खटखटाया। विद्याधरी को काटो तो लहू नहीं। उसने ठाकुर द्वार खोल दिया और सिर झुकाकर खड़ी हो गई। पंडितजी ने बड़े आश्चर्य से कमरे में निगाह दौड़ाई, पर रहस्य कुछ समझ में न आया। बोले कि किवाड़ बंद करके क्या हो रहा है? विद्याधरी ने उत्तर न दिया। तब पंडितजी ने छड़ी उठा ली और अलाव कुरेदा तो कंगन निकल आया। उसका पूर्णत: रूपांतर हो गया था न वह चमक थी, न वह रंग, न वह आकार। घबराकर बोले, 'विद्याधरी तुम्हारी बुद्धि कहां है?'

विद्या - 'भ्रष्ट हो गयी है।'

पंडित - इस कंगन ने तुम्हारा क्या बिगाड़ा था।'

विद्या - 'इसने मेरे हृदय में आग लगा रखी है।'

पंडित - 'ऐसी अमूल्य वस्तु मिट्टी में मिल गयी!'

विद्या - 'इसने उससे भी अमूल्य वस्तु का अपहरण किया है।'

पंडित - 'तुम्हारा सिर तो नहीं फिर गया है?'

विद्या - 'शायद आपका अनुमान सत्य है।'

पंडित ने विद्याधरी की ओर चुभने वाली निगाहों से देखा। विद्याधरी की आंखें नीचे को झुक गयी। वह उनसे आंखें न मिला सकी। भय हुआ कि कहीं यह तीव्र दृष्टि मेरे हृदय में न चुभ जाये। पंडितजी कठोर स्वर में बोले - 'विद्याधरी तुम्हें, स्पष्ट कहना होगा।' विद्याधरी से अब न -का रुका गया वह रोने लगी और पंडितजी के सम्मुख धरती पर गिर पड़ी।

11

विद्याधरी को जब सुध आयी तो पंडितजी का कहीं पता न था। घबराई हुई बाहर के दीवान खाने में आयी, मगर यहां भी उन्हें न पाया। नौकरों से पूछा तो मालूम हुआ कि घोड़े पर सवार होकर ज्ञानसरोवर की ओर गये हैं। यह सुनकर विद्याधरी को कुछ ढाढस हुआ। वह द्वार पर खड़ी होकर उनकी राह देखती रही। दोपहर हुआ, सूर्य सिर पर आया, संध्या हुई, चिड़ियां बसेरा लेने लगी, फिर रात आयी, गगन में तारागण जगमगाने लगे, किन्तु विद्याधरी दीवार की भांति खड़ी पति का इंतजार करती रही। रात बीत गयी, वन-जंतुओं के भयानक शब्द कानों में आने लगे, सन्नाटा छा गया। सहसा उसे घोड़े के टापों की ध्वनि सुनाई दी। उसका हृदय फड़कने लगा। आनन्दोमत्त होकर द्वार के बाहर निकली, किंतु घोड़े पर सवार न था। विद्याधरी को अब विश्वास हो गया कि अब पतिदेव के दर्शन न होंगे। या तो उन्होंने संन्यास ले लिया या आत्मघात कर लिया। उसके कंठ से नैराश्य और विषाद में डूबी हुई ठंडी सांस निकली। वहीं भूमि पर बैठ गयी और सारी रात खून के आंसू बहाती रही। जब उषा की निद्रा भंग हुई और पक्षी आनंदगान गाने लगे, तब वह दुखिया उठी और अन्दर जाकर लेट रही।

जिस प्रकार सूर्य का ताप जल को सोख लेता है, उसी भांति शोक के ताप ने विद्याधरी का रक्त जला दिया। मुख से ठंडी सांस निकलती थी, आंखों से गर्म आंसू बहते थे। भोजन से अरुचि हो गयी और जीवन से घृणा। इसी अवस्था में विद्याधरी की आंखें रक्तवर्ण हो गयी, क्रोध से ओठ कांपने लगे, झल्लाई हुई नागिन की भांति फुफकार कर उठी और राजा के सम्मुख आकर कर्कशा स्वर में बोली, पापी, यह आग तेरी ही लगायी हुई है। यदि मुझमें अब भी कुछ सत्य है, तो तुझे धृष्टता के कड़ुवे फल मिलेंगे। ये तीर के-से शब्द राजा के हृदय में चुभ गये। मुंह से एक शब्द भी न निकला। काल को डराने वाला राजपूत एक स्त्री की आग्नेय दृष्टि से कांप उठा।

12

एक वर्ष बीत गया। हिमालय पर मनोहर हरियाली छायी, फूलों ने पर्वत की गोद में क्रीड़ा करनी शुरू की। यह ऋतु बीती, जल-थल ने बर्फ की सफेद चादर ओढ़ी, जलपक्षियों की

मालाएं मैदानों की ओर उड़ती हुई दिखाई देने लगी। यह मौसम भी गुजरा। नदी-नाली में दूध की धारें बहने लगी। चंद्रमा की स्वच्छ निर्मल ज्योति ज्ञानसरोवर में थिरकने लगी परंतु पंडित श्रीधर की कुछ टोह न लगी। उस दुखिया की दशा कितनी करुणा-जनक थी। उसे देखकर मेरी आंखें भर आती थीं। वह मेरी प्यारी सखी थी। उसकी संगत में मेरे जीवन के कई वर्ष आनंद से व्यतीत हुए थे। उसका यह अपार दु:ख देखकर मैं अपना दु:ख भूल गई। एक दिन वह था कि उसने अपने पतिव्रत के बल पर मनुष्य को पशु के रूप में परिणत कर दिया था, और आज यह दिन है कि उसका पति भी उसे त्याग रहा है। किसी स्त्री के हृदय पर इससे अधिक लज्जाजनक, इससे अधिक प्राणधातक आघात नहीं लग सकता। उसकी तपस्या ने मेरे हृदय में फिर उसी सम्मान के पद पर बिठा दिया। उसके सतीत्व पर फिर मेरी श्रद्धा हो गयी, किन्तु उससे कुछ पूछते, सांत्वना देते मुझे संकोच होता था। मैं डरती थी कि कहीं विद्याधरी यह न समझे कि मैं उससे बदला ले रही हूं। कई महीनों के बाद जब विद्याधरी ने अपने हृदय का बोझ हलका करने के लिए स्वयं मुझसे यह वृत्तांत कहा तो मुझे ज्ञात हुआ कि यह सब कांटे राजा रणधीर सिंह के बोये हुए थे। उन्हीं की प्रेरणा से रानी जी ने पंडितजी के साथ जाने से रोका। उसके स्वभाव ने जो कुछ रंग बदला वह रानी जी की ही कुसंगति का फल था। उन्हीं की देखा-देखी उसे बनाव श्रृंगार की चाट पड़ी, उन्हीं के मना करने से उसने कंगन का भेद-पंडित जी से छिपाया। ऐसी घटनाएं स्त्रियों के जीवन में नित्य होती रहती हैं और उन्हें जरा भी शंका नहीं होती। विद्याधरी का पतिव्रत आदर्श था। इसलिए यह विचलता उसके हृदय में चुभने लगी। मैं यह नहीं कहती कि विद्याधरी कर्त्तव्यपथ से विचलित नहीं हुई, चाहे किसी के बहकाने से, चाहे अपने भोलेपन से, उसने कर्त्तव्य का सीधा रास्ता छोड़ दिया, परंतु पाप-कल्पना उसके दिल के कोसो दूर थी।

13

ऐ मुसाफिर! मैंने पंडित श्रीधर का पता लगाना शुरू किया। मैं उनकी मनोवृत्ति से परिचित थी। वह श्रीरामचंद्र के भक्त थे। कौशलपुरी की पवित्र भूमि और सरयू नदी के रमणीक तट उनके जीवन के सुख-स्वप्न थे। मुझे ख्याल आया कि सम्भव है, उन्होंने अयोध्या की राह ली हो। कहीं मेरे प्रयत्न से उनकी खोज मिल जाती और मैं उसे लाकर विद्याधरी के गले से मिला देती, तो मेरा जीवन सफल हो जाता। इस विरहिणी ने बहुत दु:ख झेले हैं। क्या अब भी देवताओं को उस पर दया न आएगा। एक दिन मैंने शेर सिंह से कहा और पांच विश्वस्त मनुष्यों के साथ अयोध्या को चली। पहाड़ों से नीचे उतरते ही रेल मिल गई। उसने हमारी यात्रा सुलभ कर दी। बीसवां दिन मैं अयोध्या पहुंच गई और धर्मशाला में ठहरी। फिर सरयू में स्नान करके श्रीरामचंद्र के दर्शन को चली। मंदिर के आंगन में पहुंची ही थी कि पंडित श्रीधर की सौम्यमूर्ति दिखाई दी। वह एक आसन पर बैठे हुए रामायण का पाठ कर रहे थे। और सहस्र नर-नारी बैठे हुए उनकी अमृतवाणी का आनंद उठा रहे थे।

पंडितजी की दृष्टि मुझ पर ज्यों ही पड़ी, वह आसन से उठकर मेरे पास आए और बड़े प्रेम से मेरा स्वागत किया। दो-ढाई घंटे तक उन्होंने मुझे उस मंदिर की सैर कराई। मंदिर के छत पर से सारा नगर शतरंज के बिसात की भांति मेरे पैरों के नीचे फैला हुआ दिखाई देता था। मंदगामिनि वायु सरयू की तरंगों को धीरे-धीरे थपकियां दे रही थी। ऐसा जान पड़ता था मानो स्नेहमयी माता ने इस नगर को अपनी गोद में ले लिया हो। यहां से जब अपने डेरे को चली तब पंडित जी भी मेरे साथ आए। जब वह इत्मीनान से बैठे तो मैंने कहा - 'आपने तो हम लोगों से नाता ही तोड़ लिया।'

पंडितजी ने दुखित होकर कहा - 'विधाता की यही इच्छा थी। मेरा क्या वश था। अब तो श्रीरामचंद्र की शरण में आ गया हूं और शेष जीवन उन्हीं की सेवा में भेंट होगा।'

मैं - 'आप तो श्रीरामचंद्र की शरण में आ गए है, उस अबला विद्याधरी को किसकी शरण में छोड़ दिया है?'

पंडित - 'आपके मुख से ये सब शोभा नहीं देते।'

मैंने उतर दिया - 'विद्याधरी को मेरी सिफारिश की आवश्यकता नहीं है। अगर आपने उसके पतिव्रत पर संदेह किया है तो आपसे ऐसा भीषण पाप हुआ है, जिसका प्रायश्चित आप बार-बार जन्म लेकर भी नहीं कर सकते। आपकी यह भक्ति इस अधर्म का निवारण नहीं कर सकती। आप क्या जानते है कि आपके वियोग में उस दुखिया का जीवन कैसे कट रहा है।'

किन्तु पंडितजी ने ऐसा मुंह बना लिया, मानों इस विषय में वह अंतिम शब्द कह चुके। किन्तु मैं इतनी आसानी से उनका पीछा क्यों छोड़ने लगी। मैंने सारी कथा आद्योपांत सुनाई और रणधीर सिंह की कपट नीति का रहस्य खोल दिया तब पंडितजी की आंखें खुली। मैं वाणी में कुशल हूं किन्तु उस समय सत्य और न्याय के पक्ष ने मेरे शब्दों को बहुत ही प्रभावशाली बना दिया था। ऐसा जान पड़ता था, मानो मेरी जिह्वा पर सरस्वती विराजमान हों। अब वह बातें याद आती हैं तो मुझे स्वयं आश्चर्य होता है। आखिर विजय मेरे ही साथ रही। पंडितजी मेरे साथ चलने पर उद्यत हो गए।

14

यहां आकर मैंने शेरसिंह को यहीं छोड़ा और पंडितजी के साथ अर्जुन नगर को चली। हम दोनों अपने विद्या में मग्न थे। पंडितजी की गर्दन शर्म से झुकी हुई थी क्योंकि अब उनकी हैसियत रूठने वालों की भांति नहीं, बल्कि मनाने वालों की तरह थी।

आज प्रणय के सूखे हुए धान में फिर पानी पड़ेगा, प्रेम की सूखी हुई नदी फिर उमड़ेगी! जब हम विद्याधरी के द्वार पर पहुंचे तो दिन चढ़ आया था। पंडितजी बाहर ही रुक गए थे। मैंने भीतर जाकर देखा तो विद्याधरी पूजा पर थी। किन्तु यह किसी देवता की पूजा न थी। देवता के स्थान पर पंडित की खड़ाऊं रखी हुई थी। पतिव्रत का यह अलौकिक दृश्य देखकर मेरा हृदय पुलकित

हो गया। मैंने दौड़कर विद्याधरी के चरणों पर सिर झुका दिया। उसका शरीर सूखकर कांटा हो गया था और शोक ने कमर झुका दी थी।

विद्याधरी ने मुझे उठाकर छाती से लगा लिया और बोली - 'बहन, मुझे लज्जित न करो। खूब आई, बहुत दिनों से जी तुम्हें देखने के तरस रहा था।'

मैंने उत्तर दिया - 'जरा अयोध्या चली गई थी। जब हम दोनों अपने देश में थीं तो जब मैं कहीं जाती तो विद्याधरी के लिए कोई-न-कोई उपहार अवश्य लाती। उसे वह बात याद आ गई। सजल-नयन होकर बोली - 'मेरे लिए भी कुछ लाई।'

मैं - 'एक बहुत अच्छी वस्तु लाई हूं।'

विद्या - 'क्या है, देखूं?'

मैं - 'पहले बु◌ुझाओ।'

विद्या - 'सुहाग की पिटारी होगी।'

मैं - 'नहीं उससे अच्छी।'

विद्या - 'मेरे प्राणाधार का कोई समाचार?'

मैं - 'उससे भी अच्छी।'

विद्याधरी प्रबल आवेश से व्याकुल होकर उठी कि द्वार पर जाकर पति का स्वागत करे, किन्तु निर्बलता ने मन की अभिलाषा न निकलने दी। तीन बार संभली ओर तीन बार गिरी, तब मैंने उसका सिर अपनी गोद में रख लिया और आंचल से हवा करने लगी। उसका हृदय बड़े वेग से धड़क रहा था और पति दर्शन का आनंद आंखों से बह निकलता था।

जब जरा चित्त शांत हुआ तो उसने कहा, - 'उन्हें बुला लो, उनका दर्शन मुझे रामबाण हो जाएगा।'

ऐसा ही हुआ। ज्यों ही पंडितजी अंदर आए- विद्याधरी उठकर उनके पैरों से लिपट गई। देवी ने बहुत दिनों के बाद पति के दर्शन पाए हैं। अश्रुधारा से उनके पैर पखार रही है। मैंने यहां ठहरना उचित न समझा। इन दो प्राणियों के हृदय में कितनी ही बातें आ रही होंगी, दोनों क्या-क्या कहना और क्या-क्या सुनना चाहते होंगे, इस विचार से मैं उठ खड़ी हुई और बोली - 'बहन, अब मैं जाती हूं शाम को फिर आऊंगी। विद्याधरी ने मेरी ओर आंखें उठाई। पुतलियों के स्थान पर हृदय रखा हुआ था। दोनों आंखें आकाश की ओर उठाकर बोली - 'ईश्वर तुम्हें इस यश का फल दे।'

15

ऐ मुसाफिर! मैंने दो बार पंडित श्रीधर को मौत के मुंह से बचाया था किंतु आज का सा आनन्द कभी न प्राप्त हुआ था।

जब मैं ज्ञानसरोवर पर पहुंची तो दोपहर हो आया था। विद्याधरी की शुभकामना मुझसे पहले ही पहुंच चुकी थी। मैंने देखा कि कोई पुरुष गुफा से निकल कर ज्ञानसरोवर की ओर चला जाता है। मुझे आश्चर्य हुआ कि इस समय यहां कौन आया। लेकिन जब समीप आ गया तो मेरे हृदय में ऐसी तरंगें उठने लगी मानो छाती से बाहर निकल पड़ेगा। यह मेरे प्राणेश्वर, मेरे पतिदेव थे। मैं चरणों पर गिरना ही चाहती थी कि उनका कर-पाश मेरे गले में पड़ गया।

पूरे दस वर्षों के बाद मुझे यह शुभ दिन देखना नसीब हुआ। मुझे उस समय ऐसा जान पड़ता था कि ज्ञानसरोवर के कमल मेरे ही लिए खिले हैं। गिरिराज ने मेरे लिए ही फूला की शय्या दी है, हवा मेरे लिए झूमती हुई आ रही है।

दस वर्ष के बाद मेरा उजड़ा हुआ घर बसा, गए हुए दिन लौटे। मेरे आनंद का अनुमान कौन कर सकता है।

मेरे पतिदेव ने प्रेम-करुणा-भरी आंखों से देखकर कहा, 'प्रियंवदा' ?

* * *

मर्यादा की वेदी

यह वह समय था जब चित्तौड़ में मृदुभाषिणी मीरा प्यासी आत्माओं को ईश्वर-प्रेम के प्याले पिलाती थी। रणछोड़जी के मंदिर में जब भक्ति से विह्वल होकर वह अपने मधुर स्वरों में अपने पियूषपूरित पदों को गाती, तो श्रोतागण प्रेमानुराग से उन्मत्त हो जाते। प्रतिदिन यह स्वर्गीय आनन्द उठने के लिए सारे चित्तौड़ के लोग ऐसे उत्सुक होकर दौड़ते, जैसे दिन भर की प्यासी गायें दूर से किसी सरोवर को देखकर उसकी ओर दौड़ती हैं। इस प्रेम-सुधासागर से चित्तौड़वासियों ही की तृप्ति न होती थी, बल्कि समस्त राजपूताना की मरुभूमि प्लावित हो जाती थी।

एक बार ऐसा संयोग हुआ कि झालावाड़ के राव साहब और मंदार राज्य के कुमार दोनों ही लाव-लश्कर के साथ चित्तौड़ आए । राव साहब के साथ राजकुमारी प्रभा भी थी, जिसके रूप और गुण की दूर-दूर तक चर्चा थी। यही रणछोड़जी के मंदिर में दोनों की आंखें मिली। प्रेम ने बाण चलाया।

राजकुमार सारे दिन उदासीन भाव से शहर की गालियों में घूमा करता। राजकुमारी विरह से व्यथित अपने महल के झरोखों से झांका करती। दोनों व्याकुल होकर संध्या समय मंदिर में आते और यहां चन्द्र को देखकर कुमुदिनी खिल जाती।

प्रेम-प्रवीण मीरा ने कई बार इन दोनों प्रेमियों को सतृष्ण नेत्रों से परस्पर देखते हुए पाकर उनके मन के भावों को ताड़ लिया। एक दिन कीर्तन के पश्चात जब झालावाड़ के राव साहब चलने लगे तो उसने मंदार के राजकुमार को बुलाकर उनके सामने खड़ा कर दिया और कहा - 'राव साहब, मैं प्रभा के लिए यह वर लाई हूं आप इसे स्वीकार कीजिए।'

प्रभा लज्जा से गड़-सी गई। राजकुमार के गुण-शील पर राव साहब पहले ही से मोहित हो रहे थे, उन्होंने तुरंत उसे छाती से लगा लिया।

उसी अवसर पर चित्तौड़ के राणा भोजराज भी मंदिर में आए। उन्होंने प्रभा का मुख-चंद्र देखा। उनकी छाती पर सांप लोटने लगा

2

झालावाड़ में बड़ी धूम थी। राजकुमारी प्रभा का आज विवाह था मंदार से बारात आयेगी। मेहमानों के सेवा सत्कार की तैयारियां हो रहीं थी। दुकानें सजी हुई थी। नौबतखाने आमोदालाप से गूंजते थे। सड़कों पर सुगंधी छिड़की जाती थी, अट्टालिकाएं पुष्प-लताओं से शोभायमान थीं। पर जिसके लिये ये सब तैयारियां हो रही थीं, वह अपनी वाटिका के एक वृक्ष के नीचे उदास बैठी हुई रो रही थी।

रनिवास में रानियां आनंदोत्सव के गीत- गा रही थीं। कहीं सुन्दरियों के हाव-भाव थे, कहीं चमक-दमक, कहीं हास-परिहास की बहार। नाइन बात-बात पर तेज़ होती थी। मालिन गर्व से फूली न समाती थी। धोबिन आंखें दिखाती थी। कुम्हारिन मटके के सदृश फूली हुई थी। मंडप के नीचे पुरोहित जी बात-बात पर सुवर्ण-मुद्राओं के लिए ठुनकते थे। रानी सिर के बाल खोले भूखी प्यासी चारों ओर दौड़ती थी। बड़े भाग्य से ऐसी बातें सुनने में आती हैं। सब-के-सब अपनी अपनी धुन में मस्त हैं। किसी को प्रभा की फिक्र नहीं है, जो वृक्ष के नीचे अकेली बैठी रो रही है।

एक रमणी ने आकर नाइन से कहा - 'बहुत बढ़-चढ़-कर बात न कर कुछ राजकुमारी का भी ध्यान है? चल उनके बाल गूंथ।'

नाइन ने दांतों तले जीभ दबायी। दोनों प्रभा को ढूंढ़ती हुई बाग में पहुंची। प्रभा ने उन्हें देखते ही आंसू पोंछ डाले। नाइन मोतियों से मांग भरने लगी।

रमणी ने सजल नेत्र होकर कहा - 'बहिन, दिल इतना छोटा मत करो। मुंह-मांगी मुराद पाकर इतनी उदास क्यों होती हो?'

- प्रभा ने सहेली की ओर देखकर कहा - 'बहिन, जाने क्यों दिल बैठा जाता है।' सहेली ने छेड़ कर कहा - 'पिया मिलन की बेकली है।'

प्रभा उदासीन भाव से बोली - 'कोई मेरे मन में बैठा कह रहा है कि अब उनसे मुलाकात न होगी।'

सहेली उसके केश संवारकर बोली - 'जैसे उषाकाल से पहले कुछ अंधेरा हो जाता है, उसी प्रकार मिलाप के पहले प्रेमियों का मन अधीर हो जाता है।'

प्रभा बोली - 'नहीं बहिन, यह बात नहीं। मुझे शकुन अच्छे नहीं दिखाई देते। आज दिन भर मेरी आंख फड़कती रही। रात को मैंने बुरे स्वप्न देखे हैं। मुझे शंका होती है कि आज अवश्य कोई-न-कोई विघ्न पड़ने वाला है। तुम राणा भोजराज को जानती हो न?

संध्या हो गयी। आकाश पर तारों के दीपक जले। झालावाड़ में बूढ़े-जवान सभी लोग बारात में अगवानी के लिए तैयार हुए। मर्दों ने पागें संवारी, शस्त्र सजाए। युवतियां श्रृंगार कर गाती-बजाती रविदास की ओर चलीं। हजारों स्त्रियां छत पर बैठी बारात की राह देख रही थीं।

अचानक शोर मचा कि बारात आ गयी। लोग संभल बैठे, नगाड़ों पर चोट पड़ने लगी, सलामियां दगने लगीं। जवानों ने घोड़ों को एड लगायी। एक क्षण में सवारों की एक सेना राज-भवन के सामने आकर खड़ी हो गयी। लोगों को देखकर बड़ा आश्चर्य हुआ, क्योंकि यह मंदार की बारात नहीं थी बल्कि राणा भोजराज की सेना थी।

झालावाड़ वाले अभी विस्मित खड़े ही थे, कुछ निश्चय न कर सके थे कि क्या करना चाहिए। इतने में चित्तौड़ वालों ने राज-भवन को घेर लिया। तब झालावड़ी भी सचेत हुए। संभल कर तलवार खींच ली और आक्रमणकारियों पर टूट पड़े। राजा महल में घुस गया। रनिवास में भगदड़ मच गयी।

प्रभा सोलहों श्रृंगार किये सहेलियों के साथ बैठी थी। यह हलचल देखकर घबरायी। इतने में राव साहब हांफते हुए आये और बोले - 'बेटी प्रभा, राणा भोजराज ने हमारे महल को घेर लिया है। तुम झटपट ऊपर चली जाओ और द्वार को बंद कर लो। अगर हम क्षत्रिय हैं, तो एक चित्तौड़ी भी यहां से जीता न जायेगा।'

राव साहब बात भी पूरी न करने पाए थे कि राणा कई वीरों के साथ आ पहुंचे और बोले - 'चित्तौड़ वाले तो सिर काटने के लिए आए ही हैं। पर यदि वे राजपूत हैं तो राजकुमारी लेकर ही जायेंगे। वृद्ध राव साहब की आंखों से ज्वाला निकलने लगी। वे तलवार खींचकर राणा पर झपटे। उन्होंने वार बचा लिया और प्रभा से कहा - 'राजकुमारी, हमारे साथ चलेगी।' प्रभा सिर झुकाए राणा के सामने आकर बोली - 'हां चलूंगी।'

राव साहब को कई आदमियों ने पकड़ लिया था। वे तड़प कर बोले - 'प्रभा, तू राजपूत की कन्या है?'

प्रभा की आंखें सजल हो गयी। बोली - 'राणा भी तो राजपूतों के कुल तिलक हैं।' राव साहब ने क्रोध में आकर कहा - 'निर्लज्ज!'

कटार के नीचे पड़ा हुआ बलिदान का पशु जैसी दीन-दृष्टि से देखता है, उसी भांति प्रभा ने राव साहब की ओर देखकर कहा - 'जिस झालावाड़ की गोद में पली हूं क्या- उसे रक्त से रंगवा दूं?'

राव साहब ने क्रोध से कांप कर कहा - 'क्षत्रियों को रक्त इतना प्यारा नहीं होता। मर्यादा पर प्राण देना उनका धर्म है।'

तब प्रभा की आंखें- लाल हो गयीं। चेहरा तमतमाने लगा।

बोली - 'राजपूत-कन्या अपने सतीत्व की रक्षा आप कर सकती है। इसके लिए रुधिर प्रवाह की आवश्यकता नहीं।

पल भर में राणा ने प्रभा को गोद में उठ लिया। बिजली की भांति झपक कर बाहर निकले। उन्होंने उसे घोड़े पर बिठा लिया, आप सवार हो गये और घोड़े को उड़ा दिया। अन्य चित्तौड़ियों ने भी घोड़ों की बागें मोड़ दीं, उसके सौ जवान भूमि पर तड़प रहे थे पर किसी ने तलवार न उठायी थी।

रात को दस बजे मंदारवाले भी पहुंचे। मगर यह शोक-समाचार पाते ही लौट गये। मंदार-कुमार निराशा से अचेत हो गया। जैसे रात को नदी का किनारा सुनसान हो जाता है, उसी तरह सारी रात झालावाड़ में सन्नाटा छाया रहा।

3

चित्तौड़ के रंग-महल में प्रभा उदास बैठी सामने के सुन्दर पौधों की पत्तियां गिन रही थी। संध्या का समय था। रंग-बिरंगे पक्षी वृक्षों पर बैठे कलरव कर रहे थे। इतने में राणा ने कमरे में प्रवेश किया। प्रभा उठकर खड़ी हो गयी।

राणा बोले - 'प्रभा, मैं तुम्हारा अपराधी हूं। मैं बलपूर्वक तुम्हें माता-पिता की गोद से छीन लाया, पर यदि मैं तुमसे कहूं कि यह सब तुम्हारे प्रेम से विवश होकर मैंने किया, तो तुम मन में हंसोगी और कहोगी कि यह निराले, अनूठे ढंग की प्रीति है, पर वास्तव में यही बात है। जब से मैंने रणछोड़जी के मंदिर में तुमको देखा है, तब से एक क्षण भी ऐसा नहीं बीता कि मैं तुम्हारी सुधि में विकल न रहा होऊं। तुम्हें अपनाने का अन्य कोई उपाय होता तो मैं कदापि इस पाशविक ढंग से काम न लेता। मैंने राव साहब की सेवा में बार-बार संदेश भेजे, पर उन्होंने हमेशा मेरी उपेक्षा की। अन्त में जब तुम्हारे विवाह की अवधि आ गयी और मैंने देखा कि एक ही दिन में तुम दूसरे की प्रेम-पात्री हो जाओगी और तुम्हारा ध्यान करना भी मेरी आत्मा को दूषित करेगा, तो लाचार होकर मुझे यह अनीति करनी पड़ी। मैं जानता हूं कि यह सर्वथा मेरी स्वार्थांधता है, मैंने अपने प्रेम के सामने तुम्हारे मनोगत भावों को कुछ न समझा, पर प्रेम स्वयं एक बड़ी हुई स्वार्थपरता है, जब मनुष्य को अपने प्रियतम के सिवाय और कुछ नहीं सूझता। मुझे पूरा विश्वास था कि मैं अपने विनीत भाव और प्रेम से तुमको अपना लूंगा। प्रभा, प्यास से मरता हुआ मनुष्य यदि किसी गड्ढे में मुंह डाल दे, तो वह दंड का भागी नहीं है। मैं प्रेम का प्यासा हूं। मीरा मेरी सहधर्मिणी है। उसका हृदय प्रेम का अगाध सागर है। उसका एक चुल्लू भी मुझे उन्मत्त करने के लिए काफी था, पर जिस हृदय में ईश्वर का वास हो, वहां मेरे लिए स्थान कहां? तुम शायद कहोगी कि यदि तुम्हारे सिर पर प्रेम का भूत सवार था तो क्या सारे राजपूताने में स्त्रियां न थी। निःसंदेह राजपूताने में बात-चीत किसी के अनादर का कारण हो सकती है, पर इसका जवाब तुम आप ही हो। इसका दोष तुम्हारे ही ऊपर है। राजस्थान में एक ही चित्तौड़ है, एक ही राणा और एक ही प्रभा। सम्भव है मेरे भाग में प्रेमानंद भोगना न लिखा हो। यह मैं अपने कर्म-लेख को मिटाने का थोड़ा-सा प्रयत्न कर रहा हूं परन्तु भाग्य के अधीन बैठे रहना पुरुषों का काम नहीं है। मुझे इसमें सफलता होगी या नहीं, इसका फैसला तुम्हारे हाथ है।

प्रभा की आंखें जमीन की तरफ थी। मन फुदकने वाली चिड़िया की भांति इधर-उधर उड़ता फिरता था। वह झालावाड़ को मारकाट से बचाने के लिए राणा के साथ आयी थी, मगर राणा के प्रति उसके हृदय में क्रोध की तरंगें उठ रही थीं। उसने सोचा था कि वे यहां आयेंगे तो उन्हें राजपूत कुल-कलंक, अन्यायी, दुराचारी, दुरात्मा, कायर कहकर उनका गर्व चूक-चूर कर दूंगी। उसको विश्वास था कि यह अपमान उनसे न सहा जायेगा। और वे मुझे बलात् अपने काबू में

लाना चाहेंगे। इस अंतिम समय के लिए उसने अपने हृदय को खूब मजबूत और और कटार को खूब तेज कर रखा था। उसने निश्चय कर लिया था कि इसका एक वार उन पर होगा, दूसरा अपने कलेजे पर और इस प्रकार यह पाप-कांड समाप्त हो जाएगा। लेकिन राणा की नम्रता, उनकी करुणात्मक विवेचना और उनके विनीत भाव ने प्रभा को शांत कर दिया। आग पानी से बुझ जाती है। राणा कुछ देर वहां बैठे, फिर उठकर चले गये।

प्रभा को चित्तौड़ में रहते दो महीने गुजर चुके हैं। राणा उसके पास फिर न आए। इस बीच में उनके विचारों में कुछ अंतर हो गया है। झालावाड़ पर आक्रमण होने के पहले मीराबाई को इसकी बिलकुल खबर न थी। राणा ने इस प्रस्ताव को गुप्त रखा था। किंतु अब मीराबाई प्राय: उन्हें इस दुराग्रह पर लज्जित किया करती हैं और धीरे-धीरे राणा को भी विश्वास होने लगा है कि प्रभा इस तक काबू में नहीं आ सकती। उन्होंने उसके सुख-विलास की सामग्री एकत्र करने में कोई कसर नहीं रख छोड़ी थी। लेकिन प्रभा उनकी तरफ आंख उठाकर भी नहीं देखती। राणा प्रभा की लौंडियों से नित्य का समाचार पूछा करते हैं। और उन्हें रोज वही निराशपूर्ण वृत्तांत सुनाई देता है। मुरझायी हुई कली किसी भांति नहीं खिलती। अतएव उनको कभी-कभी अपने इस दुस्साहस पर पश्चाताप होता है। वे पछताते हैं कि मैंने व्यर्थ ही यह अन्याय किया। लेकिन फिर प्रभा का अनुपम सौंदर्य नेत्रों के सामने आ जाता है। वह अपने मन को इस विचार से समझा लेते हैं कि एक सगर्वा सुंदरी का प्रेम इतनी जल्दी परिवर्तन नहीं हो सकता। निस्संदेह मेरा मृदु व्यवहार कभी-न-कभी अपना प्रभाव खिलायेगा।

प्रभा सारे दिन अकेले बैठे-बैठे उकताती और झुंझलाती थी। उसके विनोद के निमित्त कई गाने वाली स्त्रियां नियुक्त थी? किंतु राग-रंग से उसे अरुचि हो गयी थी। वह प्रतिक्षण चिंताओं में डूबी रहती थी।

4

राणा के नम्र भाषण का प्रभाव अब मिट चुका था और उनकी अमानुषिक वृत्ति अब फिर अपने यथार्थ रूप में दिखायी देने लगी थी। वाक्चतुरता शांतिकारक नहीं होती। वह केवल निरुत्तर कर देती है! प्रभात को अब अपने अवाक् हो जाने पर आश्चर्य होता है। उसे राणा की बातों के उत्तर भी सूझने लगे हैं। वह कभी-कभी उनसे लड़कर अपनी किस्मत का फैसला करने के लिए विकल हो जाती है।

मगर अब वाद-विवाद किस काम का? वह सोचती है कि मैं राव साहब की कन्या हूं पर संसार की दृष्टि में राणा की रानी हो चुकी। अब यदि मैं इस कैद से छूट भी जाऊं तो मेरे लिए कहां ठिकाना है? मैं कैसे मुंह दिखाऊंगी? इससे केवल मेरे वंश का ही नहीं, वरन् समस्त राजपूत-जाति का नाम डूब जायगा। मंदार-कुमार मेरे सच्चे प्रेमी हैं। मगर क्या वे मुझे अंगीकार करेगें और यदि वे निंदा की परवाह न करके मुझे ग्रहण भी कर लें तो उनका मस्तक सदा के लिए नीचा हो जायगा और कभी न कभी उनका मन मेरी तरफ से फिर जायगा। वे मुझे अपने कुल का कलंक समझने लगेंगे। या यहाँ से किसी तरह भाग जाऊँ लेकिन भाग कर जाऊँ कहाँ

बाप के घर वहाँ अब मेरी पैठ नहीं। मंदार-कुमार के पास इसमें उनका अपमान है और मेरा भी। तो क्या भिखारिणी बन जाऊँ इसमें भी जग-हँसाई होगी और न जाने प्रबल भावी किस मार्ग पर ले जाय। एक अबला स्त्री के लिए सुंदरता प्राणघातक यंत्र से कम नहीं। ईश्वर वह दिन न आये कि मैं क्षत्रिय-जाति का कलंक बनूँ। क्षत्रिय-जाति ने मर्यादा के लिए पानी की तरह रक्त बहाया है। उनकी हजारों देवियां पर-पुरुष का मुंह देखने के भय से सूखी लकड़ी के समान जल मरी हैं। ईश्वर, वह घड़ी न आये कि मेरे कारण किसी राजपूत का सिर लज्जा से नीचा हो। नहीं, मैं इसी कैद में मर जाऊंगी। राणा के अन्याय सहूंगी, जलूंगी, मरूंगी पर इसी घर में। विवाह जिससे होना था हो गया। हृदय में उसकी उपासना करूंगी, पर कंठ के बाहर उसका नाम न निकालूंगी।

एक दिन झुंझलाकर उसने राणा को बुला भेजा। वे आये, उनका चेहरा उतरा था। वे कुछ चिंतित से थे। प्रभा कुछ कहना चाहती थी पर उनकी सूरत देखकर उसे उन पर दया आ गयी। उन्होंने उसे बात करने का अक्सर न देकर स्वयं कहना शुरू किया।

'प्रभा, तुमने आज मुझे बुलाया है। यह मेरा सौभाग्य है। तुमने मेरी सुधि तो ली मगर यह मत समझो कि मैं मृदु-वाणी सुनने की आशा लेकर आया हूं। नहीं, मैं जानता हूं जिसके लिए तुमने मुझे बुलाया है। यह लो, तुम्हारा अपराधी तुम्हारे सामने खड़ा है। उसे जो दंड देना चाहो, दो। मुझे अब तक आने का साहस न हुआ। इसका कारण यही दंड भय था। तुम क्षत्राणी हो और क्षत्राणियां क्षमा करना नहीं जानती। झालावाड़ में जब तुम मेरे साथ आने पर स्वयं उद्यत हो गयी, तो मैंने उसी क्षण तुम्हारे जौहर परख लिए। मुझे मालूम हो गया कि तुम्हारा हृदय बल और विश्वास से भरा हुआ है। उसे काबू में लाना सहज नहीं। तुम नहीं जानती कि यह एक मास मैंने किस तरह काटा है। तड़प-तड़प कर मर रहा हूं पर जिस तरह शिकारी बफरी हुई सिंहनी के सम्मुख जाने से डरता है, वही दशा मेरी थी। मैं कई बार आया। यहां तुमको उदास त्यौरियां चढ़ाएं बैठे देखा। मुझे अंदर पैर रखने का साहस न हुआ, मगर आज मैं बिना बुलाया मेहमान नहीं हूं। तुमने मुझे बुलाया है और तुम्हें अपने मेहमान का स्वागत करना चाहिए। हृदयता से न सही - जहां अग्नि प्रज्ज्वलित हो, वहां ठंडक कहां? - बातों ही से सही, अपने भावों को दबाकर ही सही, मेहमान का स्वागत करो। संसार में शत्रु का आदर मित्रों से भी अधिक किया जाता है।

प्रभा, एक क्षण के लिए क्रोध को शांत करो और मेरे अपराधों पर विचार करो। तुम मेरे ऊपर यही दोषारोपण कर सकती हो कि मैं तुम्हें माता-पिता की गोद से छीन लाया। तुम जानती हो, कृष्णा भगवान रुक्मिणी को हर लाये थे। राजपूतों में यह कोई नयी बात नहीं है। तुम कहोगी, इससे झालावाड़ वालों का अपमान हुआ, पर ऐसा कहना कदापि ठीक नहीं। झालावाड़ वालों ने वही किया, जो मर्दों का धर्म था। उनका पुरुषार्थ देखकर हम चकित रह गये। यदि वे कृतकार्य नहीं हुए तो यह उनका दोष नहीं। वीरों की सदैव जीत नहीं होती। हम इसलिए सफल हुए कि हमारी संख्या अधिक थी और इस काम के लिए तैयार होकर गये थे। वे निश्शंक थे, इस कारण उनकी हार हुई। यदि हम वहाँ से शीघ्र ही प्राण बचाकर भाग न आते तो हमारी गति वही होती जो राव साहब ने कही थी। एक भी चित्तौड़ी न बचता। लेकिन ईश्वर के लिए यह मत सोचो कि मैं अपने अपराध के दूषण को मिटाना चाहता हूं। नहीं, मुझसे अपराध हुआ है और मैं हृदय से

उस पर लज्जित हूं। पर अब तो जो कुछ होना था, हो चुका था। इस बिगड़े हुए खेल को मैं तुम्हारे ऊपर छोड़ता हूं। यदि मुझे तुम्हारे हृदय में कोई स्थान मिले तो मैं उसे स्वर्ग समझूंगा। डूबते हुए को तिनके का सहारा भी बहुत है। क्या यह संभव है?'

प्रभा बोली - 'नहीं।'

राणा - 'झालावाड़ जाना चाहती हो?'

प्रभा - 'नहीं।'

राणा - 'मंदार के राजकुमार के पास भेज दूं?'

प्रभा - 'कदापि नहीं।'

राणा - 'लेकिन मुझसे यह तुम्हारा कुढ़ना देखा नहीं जाता।'

प्रभा - 'आप इस कष्ट से शीघ्र ही मुक्त हो जायेंगे।'

राणा ने भयभीत दृष्टि से देखकर कहा, 'जैसी तुम्हारी इच्छा, और वे वहां से उठकर चले गये।'

5

दस बजे रात का समय था। रणछोड़जी के मंदिर में कीर्तन समाप्त हो चुका था वैष्णव साधु बैठे हुए प्रसाद पा रहे थे। मीरा स्वयं अपने हाथों से थाल ला-लाकर उनके आगे रखती थी। साधुओं और अभ्यागतों के आदर-सत्कार में उस देवी को आत्मिक आनन्द प्राप्त होता था। साधुगण जिस प्रेम से भोजन करते थे, उससे यह शंका होती थी कि स्वादपूर्व वस्तुओं में कहीं भक्ति-भजन से भी अधिक सुख तो नहीं है। यह सिद्ध हो चुका है कि ईश्वर की दी हुई वस्तुओं का सदुपयोग ही ईश्वरोपासना की मुख्य रीति है। इसलिए ये महात्मा लोग उपासना के ऐसे अच्छे अवसरों को क्यों खोते, वे कभी पेट पर हाथ फेरते और कभी आसन बदलते थे। मुंह से 'नहीं' कहना तो वे घोर पाप के समान समझते थे। यह भी मानी हुई बात है कि जैसी वस्तुओं का हम सेवन करते हैं, वैसी ही आत्मा भी बनती है। इसलिए वे महात्मागण घी और खोये से उदर को खूब भर रहे थे।

पर उन्हीं में एक महात्मा ऐसे भी थे जो आंखें बंद किये ध्यान में मग्न थे। थाल की ओर ताकते भी न थे। इनका नाम प्रेमानंद था। ये आज ही आए थे। इनके चेहरे पर कांति झलकती थी। अन्य साधु खाकर उठ गए परन्तु उन्होंने थाल छुआ भी नहीं।

मीरा ने हाथ जोड़कर कहा - 'महाराज, आपने प्रसाद को छुआ भी नहीं। दासी से कोई अपराध तो नहीं हुआ।'

साधु - 'नहीं, इच्छा नहीं थी।'

मीरा - 'पर मेरी विनय आपको माननी पड़ेगी।'

साधु - 'मैं तुम्हारी आज्ञा का पालन करूंगा, तो तुमको भी मेरी एक बात माननी होगी।'

मीरा - 'कहिए क्या आज्ञा है।'

साधु - 'माननी पड़ेगी।'

मीरा - 'मानूंगी।'

साधु - 'वचन देती हो?'

मीरा - 'वचन देती हूं, आज प्रसाद पायें।'

मीराबाई ने समझा था कि साधु कोई मंदिर बनवाने या कोई यज्ञ पूर्ण करा देने की याचना करेगा। ऐसी बातें नित्य प्रति हुआ ही करती थी और मीरा का सर्वस्व साधु-सेवा के लिए अर्पित था, परन्तु उसके लिए साधु ने ऐसी कोई याचना न की। वह मीरा के कानों के पास मुंह ले लाकर बोला - 'आज दो घंटे के बाद राज-भवन का चोर दरवाजा खोल देना।'

मीरा विस्मित होकर बोली - 'आप कौन हैं?'

साधु - 'मंदार का राजकुमार।'

मीरा ने राजकुमार को सिर से पांव तक देखा। नेत्रों में आदर की जगह घृणा थी। कहा - 'राजपूत यों छल नहीं करते।'

राजकुमार - 'यह नियम उस अवस्था के लिए जब दोनों पक्ष समान शक्ति रखते हों।'

मीरा - 'ऐसा नहीं हो सकता।'

राजकुमार - 'आपने वचन दिया है, उसका पालन करना होगा।'

मीरा - 'महाराज की आज्ञा के सामने मेरे वचन का कोई महत्त्व नहीं।'

राजकुमार - 'मैं यह, कुछ नहीं जानता। यदि आपको अपने वचन की कुछ भी मर्यादा रखनी है तो उसे पूरा कीजिए।'

मीरा - सोचकर, 'महल में जाकर क्या करोगे?'

राजकुमार - 'नयी रानी से दो-दो बातें।'

मीरा चिंता में विलीन हो नयी। एक तरफ राणा की कड़ी आज्ञा थी और दूसरी तरफ अपना वचन और उसका पालन करने का परिणाम। कितनी ही पौराणिक घटनाएं उसके सामने आ रही थी। दशरथ ने वचन पालने के लिए अपने प्रिय पुत्र को बनवास दे दिया। मैं वचन दे चुकी हूं? उसे पूरा करना मेरा परम धर्म है, लेकिन पति की आज्ञा को कैसे तोड़ू यदि उनकी आज्ञा के विरुद्ध करती हूं तो लोक और परलोक दोनों बिगड़ते हैं। क्यों न उनसे स्पष्ट कह दूं। क्या वे मेरी यह प्रार्थना स्वीकार न करेंगे? मैंने आज तक उनसे कुछ नहीं मांगा। आज उनसे यह दान मागूंगी। क्या वे मेरे वचन की मर्यादा की रक्षा न करेंगे? उनका हृदय कितना विशाल है! निस्संदेह वे मुझ पर वचन तोड़ने का दोष न लगने देंगे।

इस तरह मन में निश्चय करके वह बोली - 'कब खोल दूं?'

राजकुमार ने उछलकर कहा - 'आधी रात को।'

मीरा - 'मैं भी तुम्हारे साथ चलूंगी।'

राजकुमार - 'क्यों?'

मीरा - 'तुमने मेरे साथ छल किया है। मुझे तुम्हारा विश्वास नहीं है।'

राजकुमार ने लज्जित होकर कहा - 'अच्छा तो आप वहीं पर खड़ी रहियेगा।'

मीरा - 'यदि फिर कोई दगा किया तो जान से हाथ धोना पड़ेगा।'

राजकुमार - 'मैं सब कुछ सहने के लिए तैयार हूं।'

6

मीरा यहां से राणा की सेवा में पहुंची। वे उसका बहुत आदर करते थे। वे खड़े हो गये। इस समय मीरा का आना एक असाधारण बात थी। उन्होंने पूछा - 'बाई जी, क्या आज्ञा है?'

मीरा - 'आपसे भिक्षा मांगने आयी हूं। निराश न कीजिएगा। मैंने आज तक आपसे कोई विनती नहीं की, पर आज एक ब्रह्म-फांस में फंस गयी हूं। इसमें से मुझे आप ही निकाल सकते हैं। मंदार के राजकुमार को तो आप जानते हैं?'

राजा - 'हां, अच्छी तरह।'

मीरा - 'आज उसने मुझे बड़ा धोखा दिया। एक वैष्णव महात्मा का रूप धारण कर रणछोड़जी के मंदिर में आया और उसने छल करके मुझसे वचन देने पर बाध्य किया। मेरा साहस नहीं होता कि उसकी कपट विनय आपसे कहूं।'

राणा - 'प्रभा से मिला देने को तो नहीं कहा?'

मीरा - 'जी हां उसका अभिप्राय वही है। लेकिन सवाल यह है कि मैं आधी रात को गुप्त द्वार खोल दूं। मैंने उसे बहुत समझाया, बहुत धमकाया, पर वह किसी भांति न माना। निदान विवश होकर जब मैंने कह दिया तब उसने प्रसाद पाया, अब मेरे वचन की लाज आपके हाथ है। आप चाहे उसे पूरा करके मेरा मान रखें, चाहे उसे तोड़कर मेरा मान तोड़ दें। आप मेरे ऊपर जो कृपादृष्टि रखते हैं, उसी के भरोसे मैंने वचन दिया। अब मुझे इस फंदे से उबारना आपका काम है।'

राणा कुछ देर सोचकर बोले - 'तुमने वचन दिया है, उसका पालन करना मेरा कर्तव्य है। तुम देवी हो तुम्हारे वचन नहीं टल सकता। द्वार खोल दो। लेकिन यह उचित नहीं है कि वह अकेले प्रभा से मुलाकात करे। तुम स्वयं उसके साथ जाना। मेरी खातिर से इतना कष्ट उठाना। मुझे भय है कि वह उसकी जान लेने का इरादा करके न आया हो। ईर्ष्या में मनुष्य अंधा हो जाता है। बाई जी, मैं अपने हृदय की बात तुमसे कहता हूं। मुझे प्रभा को हर लाने का अत्यंत शोक है।

मैंने समझा था कि यहां रहते-रहते यह हिल मिल जायेगी, लेकिन वह अनुमान गलत निकला। मुझे यह एक अबला की हत्या का अपराध लग जायेगा। मैंने उससे झालावाड़ जाने के लिए कहा, पर वह राजी न हुई। आज तुम इन दोनों की बातें सुनो। अगर यह मंदार-कुमार के साथ जाने पर राजी हो, तो मैं प्रसन्नतापूर्वक अनुमति दे दूंगा। मुझसे कुढ़ना नहीं देखा जाता। ईश्वर इस सुंदरी का हृदय मेरी ओर फेर देता तो मेरा जीवन सफल हो जाता। किंतु जब यह सुख भाग्य में लिखा ही नहीं है तो क्या वश है। मैंने तुमसे ये बातें कहीं, इसके लिए मुझे क्षमा करना। तुम्हारे पवित्र हृदय में ऐसे विषयों के लिए स्थान कहां?

मीरा ने आकाश की ओर संकोच से देखकर कहा - 'तो मुझे आज्ञा है? मैं चोर-द्वार खोल दूं?'

राणा - 'तुम इस घर की स्वामिनी हो, मुझसे पूछने की जरूरत नहीं।' मीरा राणा को प्रणाम कर चली गयी।

7

आधी रात बीत चुकी थी। प्रभा चुपचाप बैठी दीपक की ओर देख रही थी और सोचती थी, इसके घुलने से प्रकाश होता है, यह बत्ती अगर जलती है, तो दूसरों को लाभ पहुंचाती है। मेरे जलने से किसी को क्या लाभ? मैं क्यों घुलुं, मेरे जीने की क्या जरूरत है? उसने फिर खिड़की से सिर निकालकर आकाश की तरफ देखा। काले पट पर उज्ज्वल तारे जगमगा रहे थे। प्रभा ने सोचा, मेरे अंधकारमय भाग्य में ये दीप्तिमान तारे कहां हैं, मेरे लिए जीवन के सुख कहां हैं? क्या रोने के लिए जीऊं, ऐसे जीने से क्या लाभ? ऐसे जीने में उपहास भी तो है, मेरे मन का हाल कौन जानता है? संसार मेरी निंदा करता होगा। झालावाड़ की स्त्रियां मेरी मृत्यु के शुभ समाचार मिलने की प्रतीक्षा कर रही होंगी। मेरी प्रिय माता लज्जा से आंखें न उठ सकती होगी। लेकिन जिस समय मेरे मरने की खबर मिलेगी। गर्व से उनका मस्तक ऊंचा हो जायेगा। यह बेहयाई का जीना है। ऐसे जीने से मरना कहीं उत्तम है।

प्रभा ने तकिये के नीचे से एक चमकती हुई कटार निकाली। उसके हाथ कांप रहे थे। उसके कटार की तरफ आंखें जमायी। हृदय को उसके अभिवादन के लिए आश्वस्त किया। हाथ उठाया, किन्तु हाथ न उठा, आत्मा दृढ़ न थी। आंखें झपक गयी। सिर में चक्कर आ गया। कटार हाथ से छूटकर जमीन पर गिर पड़ी।

प्रभा क्रुद्ध होकर सोचने लगी - क्या मैं वास्तव में निर्लज्ज हूं? मैं राजपूतनी होकर मरने से डरती हूं? आज मर्यादा खोकर बेहया लोग ही जिया करते है। वह कौन-सी आकांक्षा है जिसने मेरी आत्मा को इतना निर्बल बना रखा है। क्या राणा की मीठी-मीठी बातें? राणा मेरे शत्रु हैं। उन्होंने मुझे पशु समझ रखा है, जिसे फंसाने के पश्चात् हम पिंजरे में बंद करके हिलाते हैं। उन्होंने मेरे मन को अपनी वाक्य मधुरता का पीड़ा-स्थल समझ लिया है। वे इस तरह घुमा-घुमाकर बातें करते हैं और मेरी तरफ से युक्तियां निकालकर उनका ऐसा उत्तर देते हैं कि जुबान

ही बंद हो जाती है। हाय! निर्दयी ने मेरा जीवन नष्ट कर दिया और मुझे यों खिलाता है! क्या इसीलिए जीऊं कि उसके कपट भावों का खिलौना बनूं?

फिर वह कौन-सी अभिलाषा है? क्या राजकुमार का प्रेम? उनकी तो अब कल्पना ही मेरे लिए घोर पाप है। मैं अब उस देवता के योग्य नही हूं। प्रियतम! बहुत दिन हुए, मैंने तुम्हें हृदय से निकाल दिया। तुम भी मुझे दिल से निकाल डालो। मृत्यु के सिवाय अब कहीं मेरा ठिकाना नहीं हैं। शंकर! मेरी निर्बल आत्मा को शक्ति प्रदान करो। मुझे कर्त्तव्य-पालन का बल दो।

प्रभा ने फिर कटार निकाली। इच्छा दृढ़ थी। हाथ उठा और निकट था कि कटार उसके शोकातुर हृदय में चुभ जाये कि इतने में किसी के पांव की आहट सुनायी दी। उसने चौंक कर कर सहमी हुई दृष्टि से देखा। मंदार कुमार धीरे-धीरे पैर दबाता हुआ कमरे में दाखिल हुआ।

8

प्रभा उसे देखते ही चौंक पड़ी। उसने कटार को छिपा लिया। राजकुमार को देखकर उसे आनंद की जगह रोमांचकारी भय उत्पन्न हुआ। यदि किसी को जरा भी संदेह हो गया तो इनका प्राण बचना कठिन है। इनको तुरन्त यहां से निकल जाना चाहिए। यदि इन्हें बातें करने का अक्सर दूं तो विलम्ब होगा और फिर ये अवश्य ही फंस जायेंगे। राणा इन्हें कदापि न छोड़ेंगे। वे विचार वायु और बिजली की व्यग्रता के साथ उसके मस्तिष्क में दौड़े। वह तीव्र स्वर में बोली - 'भीतर मत आओ।'

राजकुमार ने पूछा - 'मुझे पहचाना नहीं?'

प्रभा - 'खूब पहचान लिया, किंतु यह बातें करने का समय नहीं है। राणा तुम्हारी घात में है। अभी यहां से चले जाओ।'

राजकुमार ने एक पग और आगे बढ़ाया और निर्भीकता से कहा - 'प्रभा, तुम मुझसे निष्ठुरता करती हो।'

प्रभा ने धमकाकर कहा - 'तुम यहां ठहरोगे तो मैं शोर मचा दूंगी।'

राजकुमार ने उद्दंडता से उत्तर दिया - 'इसका मुझे भय नहीं। मैं अपनी जान हथेली पर रखकर आया हूं। आज दोनों में से एक का अंत हो जायेगा। या तो राणा रहें या मैं रहूंगा। तुम मेरे साथ चलोगी?'

प्रभा ने दृढ़ता से कहा - 'नहीं।'

राजकुमार व्यंग्य भाव से बोला - 'क्या चित्तौड़ की जलवायु पसंद आ गई?'

प्रभा ने राजकुमार की ओर तिरस्कृत नेत्रों से देखकर कहा - 'संसार में अपनी सब आशाएं पूरी नहीं होती। जिस तरह यहां मैं अपना जीवन काट रही हूं, वह मैं जानती हूं किन्तु लोक-निन्दा भी तो कोई चीज है। संसार की दृष्टि में मैं चित्तौड़ की रानी हो चुकी। अब राणा जिस भांति रखे उसी भांति रहूंगी। मैं अंत समय तक उनसे घृणा करूंगी, जलूंगी, कुढ़ूगीं। जब जलन न सही

जायेगी, तो विष लूंगी या छाती में कटार मारकर मर जाऊंगी लेकिन इसी भवन से, इस घर के बाहर कदापि पैर न रखूंगी।'

राजकुमार के मन में संदेह हुआ कि प्रभा पर राणा का वशीकरण मंत्र चल गया। वह मुझसे छल कर रही है। प्रेम की जगह ईर्ष्या पैदा हुई। वह उसी भाव से बोला - 'और यदि मैं यहां से उठ ले जाऊं!' प्रभा के तेवर बदल गये। बोली - 'तो मैं वही करूंगी जो ऐसी अवस्था में क्षत्राणियां किया करती हैं। अपने गले में छुरी मार लूंगी या तुम्हारे गले में।' राजकुमार एक पग और आगे बढ़कर यह कटु-वाक्य बोला - 'राणा के साथ तो तुम खुशी से चली आयी। उस समय छुरी कहां गयी थी?'

प्रभा को यह शब्द शर-सा लगा। वह तिलमिलाकर बोली - 'उस समय इसी छुरी के एक वार से खून की नदी बहने लगती। मैं नहीं चाहती थी कि मेरे कारण मेरे भाई-बंधुओं की जान जाये। इसके सिवाय मैं कुंआरी थी। मुझे अपनी मर्यादा के भंग होने का कोई भय न था। मैंने पतिव्रत नहीं लिया। कम-से-कम संसार मुझे ऐसा समझता था। मैं अपनी दृष्टि में अब भी वहीं हूं। किंतु संसार की दृष्टि में कुछ और हो गयी हूं। लोक-लाल ने मुझे राणा की आज्ञाकारिणी बना दिया है। पतिव्रत की बेड़ी जबरदस्ती मेरे पैरों में डाल दी गयी है। अब इसकी रक्षा करना मेरा धर्म है। इसके विपरीत और कुछ करना छत्राणियों के नाम को कलंकित करना है। तुम मेरे घाव पर व्यर्थ नमक क्यों छिड़कते हो? यह कौन-सी भलमनसी है। मेरे भाग्य में जो कुछ बदा है, वह भोग रही हूं। मुझे भोगने दो और तुमसे विनती करती हूं कि शीघ्र ही यहां से चले जाओ।'

राजकुमार एक पग और बढ़ा कर दुष्ट-भाव से बोला - 'प्रभा, यहां आ कर तुम त्रियाचरित्र में निपुण हो गयी। तुम मेरे साथ विश्वासघात करके अब धर्म की आड़ ले रही हो। तुमने मेरे प्रणय को पैरों तले कुचल दिया और अब मर्यादा का बहाना ढूंढ रही हो। मैं इन नेत्रों से राणा को तुम्हारे सौंदर्यपुष्प का भ्रमर बनते नहीं देख सकता। मेरी कामनाएं मिट्टी में मिलती हैं तो तुम्हें लेकर जाएंगी। मेरा जीवन नष्ट होता है तो उसके पहले तुम्हारे जीवन का भी अंत होगा। तुम्हारी बेवफाई का यही दंड है। बोलो, क्या निश्चय करती हो? इस समय मेरे साथ चलती हो या नहीं? किले के बाहर मेरे आदमी खड़े हैं।'

प्रभा ने निर्भयता से कहा - 'नहीं।'

राजकुमार - 'सोच लो, नहीं तो पछताओगी।'

प्रभा - 'खूब सोच लिया।'

राजकुमार ने तलवार खींच ली और वह प्रभा की तरफ लपके। प्रभा भय से आंखें बंद किये एक कदम पीछे हट गयी। मालूम होता था, उसे मूर्छा आ जायेगी।

अकस्मात् राणा तलवार लिये वेग के साथ कमरे में दाखिल हुए। राजकुमार संभल कर खड़ा हो गया।

राणा ने सिंह के समान गरजकर कहा - 'दूर हट। क्षत्रिय स्त्रियों पर हाथ नहीं उठाते।

राजकुमार ने तनकर उत्तर दिया - 'लज्जाहीन स्त्रियों की यही सजा है।'

राणा ने कहा - 'तुम्हारा बैरी तो मैं था। मेरे सामने आते क्यों लजाते थे। जरा मैं भी तुम्हारी तलवार की काट देखता।'

राजकुमार ने ऐंठ कर राणा पर तलवार चलायी। शस्त्र-विद्या में राणा अति कुशल थे। वार खाली देकर राजकुमार पर झपटे। इतने में प्रभा, जो मूर्च्छित अवस्था में दीवार से चिपटी खड़ी थी, बिजली की तरह कौंध कर राजकुमार के सामने खड़ी हो गयी। राणा वार कर चुके थे। तलवार का पूरा हाथ उसके कंधे पर पड़ा। रक्त की फुहार छूटने लगी। राणा ने ठंडी सांस ली और उन्होंने, तलवार हाथ से फेंककर गिरती हुई प्रभा को संभाल लिया।

क्षणमात्र में प्रभा का मुखमंडल वर्ण-विहीन हो गया। आंखें बुझ गयी। दीपक ठंडा हो गया। मंदार कुमार ने भी तलवार फेंक दी और वह आंखों में आंसू भर प्रभा के सामने पुट्ठे टेककर बैठ गया। दोनों प्रेमियों की आंखें सजल थी। पतंगे बुझे हुए दीपक पर जान दे रहे थे।

प्रेम के रहस्य निराले हैं। अभी एक क्षण हुआ, राजकुमार प्रभा पर तलवार लेकर झपटा था। प्रभा किसी प्रकार उसके साथ चलने पर उद्यत न होती थी। लज्जा का भय, धर्म की बेड़ी, कर्तव्य की दीवार रास्ता रोके खड़ी थी। परन्तु उसे तलवार के सामने देखकर उसने उस पर अपना प्राण अर्पण कर दिया। प्रीति की प्रथा निबाह दी, लेकिन अपने वचन के अनुसार उसी घर में।

हां, प्रेम के रहस्य निराले हैं। अभी एक क्षण पहले राजकुमार प्रभा पर तलवार लेकर झपटा था। उसके खून का प्यासा था। ईर्ष्या की अग्नि उसके हृदय में दहक रही थी। वह रुधिर की धारा से शांत हो गयी। कुछ देर तक वह अचेत बैठा रहा। फिर उठा और उसने तलवार उठाकर जोर से अपनी छाती में चुभा ली, फिर रक्त की फुहार निकली। दोनों धाराएं मिली और उनमें कोई भेद न रहा।

प्रभा, उसके साथ चलने पर राजी न थी, किंतु वह प्रेम के बंधन को तोड़ न सकी। दोनों उस घर से ही नहीं, संसार से एक साथ सिधारे।

* * *

मृत्यु के पीछे

बाबू ईश्वरचंद्र को समाचार पत्रों में लेख लिखने की चाह उन्हीं दिनों पड़ी जब वे विद्याभ्यास कर रहे थे। नित्य नये विषयों की चिन्ता में लीन रहते। पत्रों में अपना नाम देखकर उन्हें उससे कहीं ज्यादा खुशी होती थी जितनी परीक्षाओं में उत्तीर्ण होने या कक्षा में उच्च स्थान प्राप्त करने से हो सकती थी। वह अपने कॉलेज के 'गरम-दल' के नेता थे। समाचार पत्रों में परीक्षा-पत्रों की जटिलता या अध्यापकों के अनुबंधित व्यवहार का भार उन्हीं के सिर था। इससे उन्हें कॉलेज में प्रतिनिधित्व का काम मिल गया। प्रतिरोध के प्रत्येक अवसर पर उन्हीं के नाम नेतृत्व की गोटी पड़ जाती थी। उन्हें विश्वास हो गया कि मैं इस परिमित क्षेत्र से निकलकर संसार के विकृत क्षेत्र में अधिक सफल हो सकता हूं। सार्वजनिक जीवन को वह अपना भाग्य समझ बैठे थे। कुछ ऐसा संयोग हुआ कि एम. ए. परीक्षार्थियों में उनका नाम निकलने भी न पाया था कि 'गौरव' के सम्पादक महोदय ने वानप्रस्थ लेने की ठानी और पत्रिका का भार ईश्वरचन्द्र दत्त के सिर पर रखने का निश्चय किया। बाबूजी को यह समाचार मिला तो उछल पड़े। धन्य भाग्य कि मैं इस सम्मानित पद के योग्य समझा गया। इसमें संदेह नहीं कि वह इस दायित्व के गुरुत्व से भली-भांति परिचित थे, लेकिन कीर्तिलाभ के प्रेम ने उन्हें बाधक परिस्थितियों का सामना करने पर उद्यत कर दिया। वह इस व्यवसाय में स्वातंत्र्य, आत्मगौरव, अनुशीलन और दायित्व की मात्रा को बढ़ाना चाहते थे। भारतीय पत्रों को पश्चिम के आदर्श पर चलाने के इच्छुक थे। इन इरादों को पूरा करने का सुअवसर हाथ आया। वे प्रेमोल्लास से उत्तेजित होकर नाली में कूद पड़े।

2

ईश्वरचन्द्र की पत्नी एक ऊंचे और धनाढ्य कुल की लड़की थी और वह ऐसे कुलों की मर्यादा-प्रियता तथा मिथ्या गौरव-प्रेम से सम्पन्न थी। यह समाचार पाकर डरी कि पति महाशय कहीं इस झंझट में फंसकर कानून से मुंह न मोड़ लें। लेकिन बाबू साहब ने समझा दिया कि यह कार्य उनके कानून के अभ्यास में बाधक न होगा, तो कुछ न बोली।

लेकिन ईश्वरचन्द्र को बहुत जल्द मालूम हो गया कि पत्र-सम्पादन एक बहुत ही ईर्ष्यायुक्त कार्य है, जो चित्त की समग्र वृत्तियों का अपहरण कर लेता है। उन्होंने इसे मनोरंजन का एक साधन और ख्याति लाभ का एक यंत्र समझा था। उसके द्वारा जाति की कुछ सेवा करना चाहते थे। उससे द्रव्योपार्जन का विचार तक न किया था। लेकिन नौका में बैठकर उन्हें अनुभव हुआ कि यात्रा उतनी सुखद नहीं है जितनी समझी थी। लेखों के संशोधन, परावर्धन और परिवर्तन, लेखकगण से पत्र-व्यवहार और चित्ताकर्षक विषयों की खोज और सहयोगियों से आगे बढ़ जाने की चिंता में उन्हें कानून का अध्ययन करने का अवकाश ही न मिलता था। सुबह तो किताबें

खोलकर बैठते कि 100 पृष्ठ समाप्त किए बिना कदापि न उठूंगा, किंतु ज्यों ही डाक का पुलिंदा आ जाता, वे अधीर होकर उस पर टूट पड़ते, किताब खुली की खुली रह जाती थी। बार-बार संकल्प करते कि अब नियमित रूप से पुस्तकावलोकन करूंगा और एक निर्दिष्ट समय से अधिक सम्पादन कार्य में न लगाऊंगा। लेकिन पत्रिकाओं का बंडल सामने आते ही दिल काबू के बाहर हो जाता। पत्रों ने नोंक-जोंक, पत्रिकाओं के तर्क-वितर्क, आलोचना-प्रत्यालोचना, कवियों के काव्य-चमत्कार, लेखकों का रचना-कौशल इत्यादि सभी बातें उन पर जादू का काम करतीं। इस पर छपाई की कठिनाइयां, ग्राहक संख्या बढ़ाने की चिन्ता और पत्रिका को सर्वांग-सुन्दर बनाने की आकांक्षा और भी प्राणों को संकट में डाले रहती थी। कभी-कभी उन्हें खेद होता कि व्यर्थ ही इस झमेले में पड़ा। यहां तक कि परीक्षा के दिन सिर पर आ गए और वे इसके लिए बिलकुल तैयार न थे। वे उसमें सम्मिलित न हुए। मन को समझाया कि अभी इस काम का श्रीगणेश है, इसी कारण यह सब बाधाएं उपस्थित होती हैं। अगले वर्ष यह काम का एक सुव्यवस्थित रूप में आ जाएगा और तब मैं निश्चिंत होकर परीक्षा में बैठूंगा। पास कर लेना क्या कठिन है। ऐसे बुद्ध पास हो जाते हैं जो एक सीधा-सा लेख भी नहीं लिख सकते, तो क्या मैं ही रह जाऊंगा? मानकी ने उनकी यह बातें सुनी तो खूब दिल के फफोले फोड़े - 'मैं तो जानती थी कि यह धुन तुम्हें मटियामेट कर देगी इसलिए बार-बार रोकती थी, लेकिन तुमने मेरी एक न सुनी। आप तो डूबे ही, मुझे भी ले डूबे।' उनके पूज्य पिता भी बिगड़े, हितैषियों ने भी समझाया 'अभी इस काम को कुछ दिनों के लिए स्थगित कर दो, कानून में उत्तीर्ण होकर निर्द्वंद्व देशोद्धार में प्रवृत्त हो जाना।' लेकिन ईश्वरचन्द्र एक बार मैदान में आकर भागना निंद्य समझते थे। हां, उन्होंने दृढ़ प्रतिज्ञा की दूसरे साल परीक्षा के लिए तन-मन से तैयारी करूंगा।

अतएव नये वर्ष के पदार्पण करते ही उन्होंने कानून की पुस्तकें संग्रह की, पाठ्य-क्रम निश्चित किया, रोजनामचा लिखने लगे और बहानेबाज़ चित्त को चारों ओर जकड़ा, मगर चटपटे पदार्थों का आस्वादन करने के बाद सरल भोजन कब रुचिकर होता है। कानून में वे बातें कहां, वह उन्माद कहां, वह उत्तेजना कहां, वह हलचल कहां! बाबू साहब, अब नित्य एक खोई हुई दशा में रहते। जब तक अपने इच्छानुकूल काम करते थे, चौबीस घंटे में घंटे-दो घंटे कानून भी देख लिया करते थे। इस नशे में मानसिक शक्तियों को शिथिल कर दिया। स्नायु निर्जीव हो गए। उन्हें ज्ञात होने लगा कि अब मैं कानून के प्रति लायक नहीं रहा और इस ज्ञान ने कानून के प्रति उदासीनता का रूप धारण किया। मन में संतोष-वृत्ति का प्रादुर्भाव हुआ। प्रारब्ध और पूर्व संस्कार के सिद्धांतों की शरण लेने लगे।

एक दिन मानकी ने कहा - 'यह क्या बात है? क्या कानून से फिर जी उचाट हुआ।' ईश्वरचन्द्र ने दुस्साहस पूर्ण भाव से उत्तर दिया - 'हां, भई, मेरा जी उससे भागता है।' मानकी ने व्यंग्य से कहा - 'बहुत कठिन है?'

ईश्वरचन्द्र 'कठिन नहीं है, और कठिन भी होता तो मैं उससे डरने वाला न था, लेकिन मुझे वकालत का पेशा ही पतित प्रतीत होता है। ज्यों-ज्यों वकीलों की आंतरिक दशा का ज्ञान होता है, मुझे उस पेशे से घृणा होती जाती है। इसी शहर में सैकड़ों वकील और बैरिस्टर पड़े हुए हैं,

लेकिन एक व्यक्ति भी ऐसा नहीं जिसके हृदय में दया हो, जो स्वार्थपरता के हाथों बिक न गया हो। छल और धूर्तता इस पेशे का मूल तत्त्व है। इसके बिना किसी तरह निर्वाह नहीं। अगर कोई महाशय जातीय आंदोलन में शरीक भी होते हैं, तो स्वार्थ-सिद्धि करने के लिए, अपना अपना ढोल पीटने के लिए। हम लोगों का समय समग्र जीवन वासना भक्ति पर अर्पित हो जाता है। दुर्भाग्य से हमारे देश का शिक्षित समुदाय इसी दरगाह का मुजावर होता जाता है और यही कारण है कि हमारी जातीय संस्थाओं की श्रीवृद्धि नहीं होती। जिस काम में हमारा दिल न हो, हम केवल ख्याति और स्वार्थ-लाभ के लिए उसके कर्णधार बने हुए हों, वह कभी नहीं हो सकता। वर्तमान सामाजिक व्यवस्था का अन्याय है जिसने इस पेशे को इतना उच्च स्थान प्रदान कर दिया है। यह विदेशी सभ्यता का निकृष्टतम स्वरूप है कि देश का बुद्धिबल स्वयं धनोपार्जन न करके दूसरों की पैदा की हुई दौलत पर चैन करना, शहद की मक्खी न बनकर, चींटी बनना अपने जीवन का लक्ष्य समझता है।'

मानकी चिढ़कर बोली - 'पहले तो तुम वकीलों की इतनी निन्दा न करते थे।'

ईश्वरचन्द्र ने उत्तर दिया - 'तब अनुभव न था। बाहरी टीमटाम ने वशीकरण कर दिया था।'

मानकी - 'क्या जाने, तुम्हें पत्रों से क्यों इतना प्रेम है, मैं तो जिसे देखती हूं अपनी कठिनाइयों का रोना रोते हुए पाती हूं। कोई अपने ग्राहकों से नये ग्राहक बनाने का अनुरोध करता है, कोई चन्दा न वसूल होने की शिकायत करता है। बता दो कि कोई उच्च शिक्षा प्राप्त मनुष्य कभी इस पेशे में आया है। जिसे कुछ नहीं सूझती, जिसके पास न कोई सनद हो, न कोई डिग्री, वही पत्र निकाल बैठता है और भूखों मरने की अपेक्षा रूखी रोटियों पर ही संतोष करता है। लोग विलायत जाते है, वहां कोई पढ़ता है डॉक्टरी, कोई इंजीनियरी, कोई सिविल सर्विस, लेकिन आज तक न सुना कि कोई एडीटरी का काम सीखने गया। क्यों सीखे? किसी को क्या पड़ी है कि जीवन की महत्त्वाकांक्षाओं को खाक में मिलाकर त्याग और विराग में उम्र काटे? हां, जिनको सबक सवार हो गयी हो, उनकी बात निराली है।'

ईश्वरचंद्र - 'जीवन का उद्देश्य केवल धन-संचय करना ही नहीं है।'

मानकी - 'अभी तुमने वकीलों की निंदा करते हुए कहा, यह लोग दूसरों की कमाई खाकर मोटे होते हैं। पत्र चलाने वाले भी तो दूसरी की ही कमाई खाते हैं।'

ईश्वरचन्द्र ने बगलें झांकते हुए कहा - 'हम लोग दूसरों की कमाई खाते हैं तो दूसरों पर जान भी देते हैं। वकीलों की भांति किसी को लूटते नहीं।'

मानकी - 'यह तुम्हारी हठधर्मी है। वकील भी तो अपने मुवक्किलों के लिए जान लड़ा देते हैं। उनकी कमाई भी उतनी ही है, जितनी पत्र वालों की। अन्तर केवल इतना है कि एक की कमाई पहाड़ी सोता है, दूसरे की बरसाती नाला। एक में नित्य जलप्रवाह होता है, दूसरे में नित्य धूल उड़ा करती है। बहुत हुआ, तो बरसात में घड़ी-दो घड़ी के लिए पानी आ गया।'

ईश्वरचन्द्र - 'पहले तो मैं यही जानता कि वकीलों की कमाई हलाल है, और यह मान भी लूं तो यह किसी तरह नहीं मान सकता कि सभी वकील फूलों की सेज पर सोते हैं। अपना-अपना

भाग्य सभी जगह है। कितने ही वकील है जो झूठी गवाहियां देकर पेट पालते हैं। इस देश में समाचार पत्रों का प्रचार अभी बहुत कम है, इसी कारण पत्र-संचालक की आर्थिक दशा अच्छी नहीं है। यूरोप और अमरीका में पत्र चलाकर लोग करोड़पति हो गए हैं। इस समय संसार के सभी समुन्नत देशों के सूत्रधार या तो समाचार पत्रों के सम्पादक और लेखक हैं, या पत्रों के स्वामी। कितने ही अरबपति हैं, जिन्होंने अपनी सम्पत्ति की नींव पत्रों पर ही खड़ी की थी...

ईश्वरचंद्र सिद्ध करना चाहते थे कि धन, ख्याति और सम्मान प्राप्त करने का पत्र-संचालन से उत्तम और कोई साधन नहीं है, और सबसे बड़ी बात तो यह है कि इस जीवन में सत्य और न्याय की रक्षा करने के सच्चे अवसर मिलते हैं, परन्तु मानकी पर इस वक्तृता का जरा भी असर न हुआ। स्थूल दृष्टि को दूर की चीजें साफ नहीं दिखती। मानकी के सामने सफल सम्पादक का कोई उदाहरण न था।

3

16 वर्ष गुजर गए। ईश्वरचंद्र ने सम्पादकीय जगत् में खूब नाम पैदा किया, जातीय आन्दोलनों में अग्रसर हुए, पुस्तकें लिखी, एक दैनिक पत्र निकाला, अधिकारियों के भी सम्मान पात्र हुए। बड़ा लड़का बीए. में जा पहुंचा, छोटे लड़के नीचे के दर्जों में थे। एक लड़की का विवाह भी एक धन-संपन्न कुल में किया है। विदित यही होता था कि उनका जीवन बड़ा ही सुखमय है, मगर उनकी आर्थिक दशा अब भी संतोषजनक, न थी। खर्च आमदनी से बढ़ा हुआ था। घर की कई हजार की जायदाद हाथ से निकल गयी, इस पर बैंक का कुछ-न-कुछ देना सिर पर सवार रहता था। बाजार में भी उनकी साख न थी। कभी-कभी तो यहां तक नौबत आ जाती कि उन्हें बाजार का रास्ता छोड़ना पड़ता। अब वह अक्सर अपनी युवावस्था की अदूरदर्शिता पर अफसोस करते थे। जातीय सेवा का भाव अब भी उनके हृदय में तरंग मरता था लेकिन वह देखते थे कि काम तो मैं तय करता हूं और यश वकीलों और सेठों के हिस्से में आ जाता था। उनकी गिनती अभी तक छुटभैया में थी। यद्यपि सारा नगर जानता था कि यहां के सार्वजनिक जीवन के प्राण वहीं है, पर यह भाव कभी व्यक्त न होता था। इन्हीं कारणों से ईश्वरचन्द्र को सम्पादन कार्य से अरुचि होती थी। दिनों-दिन उत्साह क्षीण होता जाता था लेकिन इस जाल से निकलने का कोई उपाय न सूझता था। उनकी रचना में सजीवता न थी, न लेखनी में शक्ति। उनके पत्र और पत्रिका, दोनों ही से उदासीनता का भाव झलकता था। उन्होंने सारा भार सहायक पर छोड़ दिया था, खुद बहुत कम काम करते थे। हां, दोनों पत्रों की जड़ जम चुकी थी, इसलिए ग्राहक संख्या कम न होने पाती थी। वे अपने नाम पर चलते थे।

लेकिन इस संघर्ष और संग्राम के काल में उदासीनता का निर्वाह कहां। 'गौरव' के प्रतियोगी खड़े कर दिए, जिनके नवीन उत्साह ने 'गौरव' से बाजी मार ली। उसका बाजार ठंडा होने लगा। नये प्रतियोगियों का जनता ने बड़े हर्ष से स्वागत किया। उनकी उन्नति होने लगी। यद्यपि उनके सिद्धांत भी वहीं, लेखक भी वही थे लेकिन आगंतुकों ने उन्हीं पुरानी बातों में नयी जान डाल दी। उनका उत्साह देखकर ईश्वरचन्द्र को भी जोश आया कि एक बार फिर अपनी रुकी हुई गाड़ी में

जोर लगाएं लेकिन न अपने में सामर्थ्य थी, न कोई हाथ बटाने वाला नजर आता था। इधर-उधर निराश नेत्रों से देखकर हतोत्साह हो जाते थे। हां! मैंने अपना सारा जीवन सार्वजनिक कार्यों में व्यतीत किया, खेत को बोया, सींचा, दिन-को-दिन और रात-को-रात न समझा, धूप में जला, पानी से भीगा और इतने परिश्रम के बाद जब फसल काटने के दिन आयी तो मुझमें हंसिया पकड़ने का भी बूता नहीं। दूसरे लोग, जिनका उस समय कहीं पता न था, अनाज काट-काटकर खलिहान भरे लेते हैं और मैं खड़ा मुंह ताकता हूं। उन्हें पूरा विश्वास था कि अगर कोई उत्साहशील युवक मेरा शरीक हो जाता तो 'गौरव' अब भी अपने प्रतिद्वंद्वियों को परास्त कर सकता। सभ्य-समाज में उनकी धाक जमी हुई थी, परिस्थिति उनके अनुकूल थी। जरूरत केवल ताजे खून की थी। उन्हें अपने बड़े लड़के से ज्यादा उपयुक्त इस काम के लिए कोई न दिखता था। उसकी रुचि भी इस काम की ओर थी, पर मानकी के मय से वह इस विचार को जबान पर न ला सके थे।? इसी चिंता में दो साल गुजर गये और यहां तक नौबत पहुंची कि या तो 'गौरव' का टाट उलट दिया जाय या इसे पुन: उसके स्थान पर पहुंचाने के लिए कटिबद्ध हुआ जाये। ईश्वरचंद्र ने इसके पुनरुद्धार के लिए अंतिम उद्योग करने का दृढ़ निश्चय कर लिया। इनके सिवा और कोई उपाय न था। यह पत्रिका उनके जीवन का सर्वस्व थी। इससे उनके जीवन और मृत्यु का संबंध था। उसको बंद करने की वह बात भी न सोच सकते थे। यद्यपि उनका स्वास्थ्य अच्छा न था पर प्राणरक्षा की स्वाभाविक इच्छा ने उन्हें अपना सब कुछ अपनी पत्रिका पर न्यौछावर करने को उद्यत कर दिया। फिर दिन-के-दिन लिखने-पढ़ने में रत रहने लगे। एक क्षण के लिए भी सिर न उठाते। 'गौरव' के लेखों में फिर सजीवता का उद्भव हुआ, विद्वज्जनों में फिर उसकी चर्चा होने लगी,सहयोगियों ने फिर उसके लेखों को उद्धृत करना शुरू किया, पत्रिकाओं में फिर उसकी आलोचनाएं निकलने लगी। पुराने उस्ताद की ललकार फिर अखाड़े में गूंजने लगीं।

लेकिन पत्रिका के पुन: संस्कार के साथ उनका शरीर और भी जर्जर होने लगा। हृद्रोग के लक्षण दिखाई देने लगे। रक्त की न्यूनता से मुख पर पीलापन छा गया। ऐसी दशा में वह सुबह से शाम तक अपने काम में तल्लीन रहते धन और श्रम का संग्राम छिड़ा हुआ था। ईश्वरचंद्र की सदय प्रकृति ने उन्हें श्रम का सपक्षी बना दिया था। धनवादियों का खंडन और प्रतिवाद करते हुए उनके खून में गरमी आ जाती थी शब्दों से चिनगारियाँ निकलने लगती थीं यद्यपि यह चिनगारियाँ केंद्रस्थ गरमी को छिन्न किये देती थीं।

एक दिन रात के दस बज गये थे। सर्दी खूब पड़ रही थी। मानकी दबे पैर उनके कमरे में आयी। दीपक की ज्योति में उनके मुख का पीलापन और स्पष्ट हो गया था। वह हाथ में कलम लिये किसी विचार में मग्न थे। मानकी के आने उन्हें आहट न मिली। मानकी एक क्षण के लिए वेदनायुक्त नेत्रों से ताकती रही। तब बोली - 'अब तो यह पोथा बंद कर दो। आधी रात होने को आयी। खाना पानी हुआ जाता है।'

ईश्वरचन्द्र ने चौंक कर सिर उठाया ओर बोले - 'क्यों, क्या आधी रात हो गई? नहीं, अभी मुश्किल से दस बजे होंगे। मुझे अभी जरा भी भूख नहीं है।'

मानकी - 'कुछ थोड़ा-सा खा लो न।'

ईश्वर - 'एक ग्रास भी नहीं। मुझे इसी समय अपना लेख समाप्त करना है।'

मानकी - 'मैं देखती की तुम्हारी दशा दिन-दिन बिगड़ी जाती है। दवा क्यों नहीं करते? जान खपाकर थोड़े ही काम किया जाता है?'

ईश्वर - अपनी जान को देखूं या इस घोर संग्राम को देखूं जिसने समस्त देश में हलचल मचा रखी है। हजारों-लाखों जानों की हिमायत में एक जान भी न रहे तो क्या चिंता?'

मानकी - 'कोई सुयोग्य सहायक क्यों नहीं रख लेते?'

ईश्वरचन्द्र ने ठंडी सांस लेकर कहा - 'बहुत खोजता हूं पर कोई नहीं मिलता। एक विचार कई दिनों से मेरे मन में उठ रहा है, अगर तुम धैर्य से सुनना चाहो -तो कहूं।'

मानकी - कहो, सुनूगीं। मानने लायक होगी तो मानूंगी क्यों नहीं।

ईश्वरचंद्र-मैं चाहता हूँ कि कृष्णचंद्र को अपने काम में शरीक कर लूँ। अब तो वह एम.ए. भी हो गया। इस पेशे से उसे रुचि भी है मालूम होता है कि ईश्वर ने उसे इसी काम के लिए बनाया है।

मानकी ने अवहेलना-भाव से कहा-क्या अपने साथ उसे भी ले डूबने का इरादा है घर की सेवा करनेवाला भी कोई चाहिए कि सब देश की ही सेवा करेंगे

ईश्वर.-कृष्णचंद्र यहाँ किसी से बुरा न रहेगा।

मानकी-क्षमा कीजिए। बाज आयी। वह कोई दूसरा काम करेगा जहाँ चार पैसे मिलें। यह घर-फूँक काम आप ही को मुबारक रहे।

ईश्वर.-वकालत में भेजोगी पर देख लेना पछताना पड़ेगा। कृष्णचंद्र उस पेशे के लिए सर्वथा अयोग्य है।

मानकी - 'वह चाहे मजूरी करे, पर इस काम में न डालूंगी।'

ईश्वरचन्द्र - 'तुमने मुझे देखकर समझ लिया कि इस काम में घाटा ही घाटा है। पर इसी देश में ऐसे भाग्यवान लोग हैं जो पत्रों की बदौलत धन और कीर्ति से मालामाल हो रहे हैं।'

मानकी - 'इस काम में तो अगर कंचन भी बरसे तो मैं उसे न आने दूं। सारा जीवन वैराग्य में कट गया। अब कुछ भोग भी करना चाहती हूं।'

यह जाति का सच्चा सेवक अंत को जातीय कष्टों के साथ रोग के कष्टों को न सह सका। इस वार्तालाप के बाद मुश्किल से नौ महीने गुजरे थे कि ईश्वरचन्द्र ने संसार से प्रस्थान किया। उनका सारा जीवन सत्य के पोषण, न्याय की रक्षा और प्रजा के कष्टों के विरोध में कटा था। अपने सिद्धांतों के पालन में उन्हें कितनी ही बार अधिकारियों की तीव्र दृष्टि का भाजन बनना पड़ा था, पर उन्होंने अपनी आत्मा का कभी हनन नहीं किया। आत्मा के गौरव के सामने धन को कुछ न समझा।

इस शोक समाचार के फैलते ही सारे शहर में कुहराम मच गया। बाजार बंद हो गये, शोक के जलसे होने लगे, सहयोगी पत्रों ने प्रतिद्वंद्विता के भाव को त्याग दिया, चारों ओर से एक ध्वनि आती थी कि देश से एक स्वतंत्र, सत्यवादी और विचारशील सम्पादक तथा एक निर्भीक, त्यागी, देश-भक्त उठ गया और उसका स्थान चिरकाल तक खाली रहेगा। ईश्वरचंद्र इतने बहुजन प्रिय है, इसका उनके घरवालों को भान भी न था। उनका शव निकला तो सारा शहर, गण्य-अगण्य अर्थी के साथ थे। उनके स्मारक बनने लगे। कहीं छात्रवृत्तियां दी गयीं, कहीं उनके चित्र बनाये गये पर सबसे अधिक महत्त्वशाली वह मूर्ति थी जो श्रमजीवी की ओर से प्रतिष्ठित हुई थी।

मानकी को अपने पतिदेव का लोक-सम्मान देखकर सुखमय कुतूहल होता था। उसे अब खेद होता था कि मैंने उनके दिव्य गुणों को न पहचाना, उनके पवित्र भावों और उच्च-विचारों की कद्र न की। सारा नगर उनके लिए शोक मना रहा है। उनकी लेखनी ने अवश्य इनके ऐसे उपकार किये हैं जिन्हें ये भूल नहीं सकते और मैं अंत तक उनका मार्ग-कंटक बनी रही, सदैव तृष्ण के वश उनका दिल दुखाती रही। उन्होंने मुझे सोने में मढ़ दिया होता, एक भव्य भवन बनवाया होता, या कोई जायदाद पैदा कर ली होती, तो मैं खुश होती, अपना धन्य भाग्य समझती। लेकिन तब देश में कौन उनके लिए आंसू बहाता, कौन उनका यश गाता? यहीं एक-से-एक धनिक पुरुष पड़े हुए हैं। वे दुनिया से चले जाते हैं और किसी को खबर भी नहीं होती। सुनती हूं पतिदेव के नाम से छात्रों को वृत्ति दी जाएगी। जो लड़के वृत्ति पाकर विद्यालाभ करेंगे, वे मरते दम तक उनकी आत्मा को आशीर्वाद देंगे। शोक! मैंने उनके आत्म-त्याग का मर्म न जाना। स्वार्थ ने मेरी आंखों पर पर्दा डाल दिया था।

मानकी के हृदय में ज्यों-ज्यों ये भावनाएं जागृत होती थी, उसे पति में श्रद्धा बढ़ती जाती थी। वह गौरवशाली स्त्री थी। इस कीर्तिगान और जन-सम्मान से उसका मस्तक ऊंचा हो जाता था। इसके उपरान्त अब उसकी आर्थिक दशा पहले की-सी चिंता जनक न थी। कृष्णचन्द्र के असाधारण अध्यवसाय और बुद्धिबल ने उनकी वकालत को चमका दिया था। वह जातीय कामों में अवश्य भाग लेते थे, पत्रों में यथाशक्ति लेख भी लिखते थे, इस काम से उन्हें विशेष प्रेम था। लेकिन मानकी हमेशा इन कामों से दूर रखने की चेष्टा करती थी। कृष्णचन्द्र अपने ऊपर जब्र करते थे। मां का दिल दुखाना मंजूर न था।

ईश्वरचन्द्र की पहली बरसी थी। शाम को ब्रह्मभोज था। आधी रात तक गरीबों को खाना दिया गया। प्रात:काल मानकी अपनी सेज गाड़ी पर बैठकर गंगा नहाने गयी। यह उसकी चिरसंचित अभिलाषा थी जो अब पुत्र की मातृ-भक्ति मैं पूरी कर दी थी। वह उधर से लौट रही थी कि उसके कानों में बैंड की आवाज आयी और एक क्षण के बाद एक जुलूस आता हुआ दिखाई दिया। पहले कोतल घोड़ों की माला थी, उसके उसके पीछे अश्वरोही स्वयंसेवकों की सेना। उसके पीछे सैकड़ों सवारी गाड़ियां थी। सबके पीछे एक सजे हुए रथ पर किसी देवता की मूर्ति थी। कितने ही आदमी इस विमान को खींच रहे थे, मानकी सोचने लगी- यह किस देवता का विमान है? न तो रामलीला के ही दिन हैं, न रथ यात्रा के !' सहसा उसका दिल जोर से उछल पड़ा। यह ईश्वरचन्द्र की मूर्ति थी जो श्रमजीवियों की ओर से बनवायी गयी थी और लोग उसे बड़े मैदान में

स्थापित करने के लिए जाते थे। वही स्वरूप था, वही वस्त्र, वहीं मुखाकृति। मूर्तिकार ने विलक्षण कौशल दिखाया था। मानकी का हृदय बांसों उछलने लगा। उत्कंठा हुई कि परदे से निकल इस मूर्ति के सम्मुख पति-चरणों पर गिर पड़ू। पत्थर की मूर्ति मानव शरीर से अधिक श्रद्धास्पद होती है। फिर कौन-सा मुंह लेकर मूर्ति के सामने जाऊं? उसकी आत्मा ने कभी उसका इतना तिरस्कार न किया था। मेरी धनलिप्सा उनके पैरों की बेड़ी न बनती तो वह व जाने किस सम्मान-पद पर पहुंचते। मेरे कारण इन्हें कितना क्षोभ हुआ। घरवालों की सहानुभूति बाहर वालों के सम्मान से कहीं उत्साह जनक होती है। मैं इन्हें क्या कुछ न बना सकती थी, पर कभी उभरने न दिया। स्वामीजी, मुझे क्षमा करो, मैं तुम्हारी अपराधिनी हूं मैंने तुम्हारे पवित्र भावों की हत्या की है, मैंने तुम्हारी आत्मा को दु:खित किया है। मैंने बाज को पिंजड़े में बंद करके रखा था। शोक!

सारे दिन मानकी को वही पश्चाताप होता रहा। शाम को उससे न रहा गया। वह अपनी कहारिन को लेकर पैदल उस देवता के दर्शन को चली निकली आत्मा को उसने दु:ख पहुंचाया था!

संध्या का समय था। आकाश पर लालिमा छायी थी। अस्ताचल की ओर कुछ बादल भी हो आये थे। सूर्यदेव कभी मेघों में छिप जाते थे, कभी बाहर निकल आते थे। इस धूप छांह में ईश्वरचन्द्र की मूर्ति दूर से कभी प्रभात की भांति प्रसन्न-मुख और कभी संध्या की भांति मलिन दिख पड़ती थी। मानकी उसके निकट गई, पर उसके मुख की ओर न देख सकी। उन आंखों में करुण-वेदना थी। मानकी को ऐसा मालूम हुआ, मानों वह मेरी ओर तिरस्कारपूर्ण भाव से देख रही हैं। उसकी आंखों से ग्लानि और लज्जा के आंसू बहने लगे। वह मूर्ति के चरणों पर गिर पड़ी और मुंह ढांपकर रोने लगी। मन के भाव द्रवित हो गये।

वह घर आयी तो नौ बज गये थे। कृष्ण उसे देख कर बोले-अम्माँ आज आप इस वक्त कहाँ गयी थीं।

मानकी ने हर्ष से कहा-गयी थी तुम्हारे बाबू जी की प्रतिमा के दर्शन करने। ऐसा मालूम होता है वही साक्षात् खड़े हैं।

कृष्ण-जयपुर से बन कर आयी है।

मानकी-पहले तो लोग उनका इतना आदर न करते थे

कृष्ण-उनका सारा जीवन सत्य और न्याय की वकालत में गुजरा है। ऐसे ही महात्माओं की पूजा होती है।

मानकी-लेकिन उन्होंने वकालत कब की

कृष्ण-हाँ यह वकालत नहीं की जो मैं और मेरे हजारों भाई कर रहे हैं जिससे न्याय और धर्म का खून हो रहा है। उनकी वकालत उच्चकोटि की थी।

मानकी-अगर ऐसा है तो तुम भी वही वकालत क्यों नहीं करते

कृष्ण-बहुत कठिन है। दुनिया का जंजाल अपने सिर लीजिए दूसरों के लिए रोइए दीनों की रक्षा के लिए लट्ठ लिये फिरिए और इस कष्ट अपमान और यंत्रणा का पुरस्कार क्या है अपनी जीवनाभिलाषाओं की हत्या।

मानकी-लेकिन यश तो होता है।

कृष्ण-हाँ यश होता है। लोग आशीर्वाद देते हैं।

मानकी-जब इतना यश मिलता है तो तुम भी वही काम करो। हम लोग उस पवित्र आत्मा की और कुछ सेवा नहीं कर सकते तो उसी वाटिका को चलाते जायँ जो उन्होंने अपने जीवन में इतने उत्सर्ग और भक्ति से लगायी। इससे उनकी आत्मा को शांति होगी।

कृष्णचन्द्र ने माता को श्रद्धामय नेत्रों से देख कर कहा-करूँ तो मगर संभव है तब यह टीम-टाम न निभ सके। शायद फिर वही पहले की-सी दशा हो जाय।

मानकी-कोई हरज नहीं। संसार में यश तो होगा आज तो अगर धन की देवी भी मेरे सामने आये तो मैं आँखें न नीची करूँ।

* * *

पाप का अग्निकुंड

कुँवर पृथ्वीसिंह महाराज यशवंतसिंह के पुत्र थे। रूप गुण और विद्या में प्रसिद्ध थे। ईरान मिस्र श्याम आदि देशों में परिभ्रमण कर चुके थे और कई भाषाओं के पंडित समझे जाते थे। इनकी एक बहिन थी जिसका नाम राजनंदिनी था। यह भी जैसी सुरूपवती और सर्वगुणसंपन्ना थी वैसी ही प्रसन्नवदना और मृदुभाषिणी भी थी। कड़वी बात कह कर किसी का जी दुखाना उसे पसंद नहीं था। पाप को तो वह अपने पास भी नहीं फटकने देती थी। यहाँ तक कि कई बार महाराज यशवंत से भी वाद-विवाद कर चुकी थी और जब कभी उन्हें किसी बहाने कोई अनुचित काम करते देखती तो उसे यथाशक्ति रोकने की चेष्टा करती। इसका ब्याह कुँवर धर्मसिंह से हुआ था। यह एक छोटी रियासत का अधिकारी और महाराज यशवंतसिंह की सेना का उच्च पदाधिकारी था। धर्मसिंह बड़ा उदार और कर्मवीर था। इसे होनहार देख कर महाराज ने राजनंदिनी को इसके साथ ब्याह दिया था और दोनों बड़े प्रेम से अपना वैवाहिक जीवन बिताते थे। धर्मसिंह अधिकतर जोधपुर में ही रहता था। पृथ्वीसिंह उसके गाढ़े मित्र थे। इनमें जैसी मित्रता थी वैसी भाइयों में भी नहीं होती। जिस प्रकार इन दोनों राजकुमारों में मित्रता थी उसी प्रकार दोनों राजकुमारियाँ भी एक दूसरी पर जान देती थीं। पृथ्वीसिंह की स्त्री दुर्गाकुँवरि बहुत सुशीला और चतुर थी। ननद-भावज में अनबन होना लोक-रीति है पर इन दोनों में इतना स्नेह था कि एक के बिना दूसरी को कभी कल नहीं पड़ता था। दोनों स्त्रियाँ संस्कृत से प्रेम रखती थीं।

एक दिन दोनों राजकुमारियाँ बाग की सैर में मग्न थीं कि एक दासी ने राजनंदिनी के हाथ में एक कागज ला कर रख दिया। राजनंदिनी ने उसे खोला तो वह संस्कृत का एक पत्र था। उसे पढ़ कर उसने दासी से कहा कि उन्हें भेज दे। थोड़ी देर में एक स्त्री सिर से पैर तक चादर ओढ़े आती दिखायी दी। इसकी उम्र 25 साल से अधिक न थी पर रंग पीला था। आँखें बड़ी और ओंठ सूखे। चाल-ढाल में कोमलता थी और उसके डील-डौल की गठन बहुत मनोहर थी। अनुमान से जान पड़ता था कि समय ने इसकी वह दशा कर रखी है। पर एक समय वह भी होगा जब यह बड़ी सुंदर होगी। इस स्त्री ने आ कर चौखट चूमी और आशीर्वाद दे कर फर्श पर बैठ गयी। राजनंदिनी ने इसे सिर से पैर तक बड़े ध्यान से देखा और पूछा तुम्हारा नाम क्या है

उसने उत्तर दिया मुझे ब्रजविलासिनी कहते हैं।

कहाँ रहती हो

यहाँ से तीन दिन की राह पर एक गाँव विक्रमनगर है वहाँ मेरा घर है।

संस्कृत कहाँ पढ़ी है

मेरे पिता जी संस्कृत के बड़े पंडित थे उन्होंने थोड़ी-बहुत पढ़ा दी है।

तुम्हारा ब्याह तो हो गया है न

ब्याह का नाम सुनते ही ब्रजविलासिनी की आँखों से आँसू बहने लगे। वह आवाज सम्हाल कर बोली-इसका जवाब मैं फिर कभी दूँगी मेरी रामकहानी बड़ी दु:खमय है। उसे सुन कर आपको दु:ख होगा इसलिए इस समय क्षमा कीजिए।

आज से ब्रजविलासिनी वहीं रहने लगी। संस्कृत-साहित्य में उसका बहुत प्रवेश था। वह राजकुमारियों को प्रतिदिन रोचक कविता पढ़ कर सुनाती थी। उसके रंग रूप और विद्या ने धीरे-धीरे राजकुमारियों के मन में उसके प्रति प्रेम और प्रतिष्ठा उत्पन्न कर दी। यहाँ तक कि राजकुमारियों और ब्रजविलासिनी के बीच बड़ाई-छोटाई उठ गयी और वे सहेलियों की भाँति रहने लगीं।

2

कई महीने बीत गये। कुँवर पृथ्वीसिंह और धर्मसिंह दोनों महाराज के साथ अफगानिस्तान की मुहीम पर गये हुए थे। यह विरह की घड़ियाँ मेघदूत और रघुवंश के पढ़ने में कटीं। ब्रजविलासिनी को कालिदास के देवता से बहुत प्रेम था और वह उसके काव्यों की व्याख्या उत्तमता से करती और उसमें ऐसी बारीकियाँ निकालती कि दोनों राजकुमारियाँ मुग्ध हो जातीं।

एक दिन संध्या का समय था दोनों राजकुमारियाँ फुलवाड़ी में सैर करने गयीं तो देखा कि ब्रजविलासिनी हरी-हरी घास पर लेटी हुई है और उसकी आँखों से आँसू बह रहे हैं। राजकुमारियों के अच्छे बर्ताव और स्नेहपूर्ण बातचीत से उसकी सुंदरता कुछ चमक गयी थी। इनके साथ अब वह भी राजकुमारी जान पड़ती थी पर इन सभी बातों के रहते भी वह बेचारी बहुधा एकांत में बैठ कर रोया करती। उसके दिल पर एक ऐसी चोट थी कि वह उसे दम भर भी चैन नहीं लेने देती थी। राजकुमारियाँ उस समय उसे रोती देख कर बड़ी सहानुभूति के साथ उसके पास बैठ गयीं। राजनंदिनी ने उसका सिर अपनी जाँघ पर रख लिया और उसके गुलाब-से गालों को थपथपाकर कहा-सखी तुम अपने दिल का हाल हमें न बताओगी क्या अब भी हम गैर हैं तुम्हारा यों अकेले दु:ख की आग में जलना हमसे नहीं देखा जाता।

ब्रजविलासिनी आवाज सम्हाल कर बोली-बहन मैं अभागिनी हूँ। मेरा हाल मत सुनो।

राज.-अगर बुरा न मानो तो एक बात पूछूँ।

ब्रज.-क्या कहो

राज.-वही जो मैंने पहले दिन पूछा था तुम्हारा ब्याह हुआ है कि नहीं

ब्रज.-इसका जवाब मैं क्या दूँ अभी नहीं हुआ।

राज.-क्या किसी का प्रेम-बाण हृदय में चुभा हुआ है

ब्रज.-नहीं बहन ईश्वर जानता है।

राज.-तो इतनी उदास क्यों रहती हो क्या प्रेम का आनंद उठाने को जी चाहता है

ब्रज.-नहीं दु:ख के सिवा मन में प्रेम को स्थान ही नहीं।

राज.-हम प्रेम का स्थान पैदा कर देंगी।

ब्रजविलासिनी इशारा समझ गयी और बोली-बहन इन बातों की चर्चा न करो।

राज.-मैं अब तुम्हारा ब्याह रचाऊँगी। दीवान जयचंद को तुमने देखा है

ब्रजविलासिनी आँखों में आँसू भर कर बोली-राजकुमारी मैं व्रतधारिणी हूँ और अपने व्रत को पूरा करना ही मेरे जीवन का उद्देश्य है। प्रण को निभाने के लिए मैं जीती हूँ नहीं तो मैंने ऐसी आफतें झेली हैं कि जीने की इच्छा अब नहीं रही। मेरे बाप विक्रमनगर के जागीरदार थे। मेरे सिवा उनके कोई संतान न थी। वे मुझे प्राणों से अधिक प्यार करते थे। मेरे ही लिए उन्होंने बरसों संस्कृत-साहित्य पढ़ा था। युद्ध-विद्या में वे बड़े निपुण थे और कई बार लड़ाइयों पर गये थे।

एक दिन गोधूलि-बेला में जब गायें जंगल से लौट रही थीं मैं अपने द्वार पर खड़ी थी। इतने में एक जवान बाँकी पगड़ी बाँधे हथियार सजाये झूमता आता दिखायी दिया। मेरी प्यारी मोहिनी इस समय जंगल से लौटी थी और उसका बच्चा इधर किलोलें कर रहा था। संयोगवश बच्चा उस नौजवान से टकरा गया। गाय उस आदमी पर झपटी। राजपूत बड़ा साहसी था। उसने शायद सोचा कि भागता हूँ तो कलंक का टीका लगता है तुरंत तलवार म्यान से खींच ली और वह गाय पर झपटा। गाय झल्लायी हुई तो थी ही कुछ भी न डरी। मेरी आँखों के सामने उस राजपूत ने उस प्यारी गाय को जान से मार डाला। देखते-देखते सैकड़ों आदमी जमा हो गये और उसको टेढ़ी-सीधी सुनाने लगे। इतने में पिता जी भी आ गये। वे संध्या करने गये थे। उन्होंने आ कर देखा कि द्वार पर सैकड़ों आदमियों की भीड़ लगी है गाय तड़प रही है और उसका बच्चा खड़ा रो रहा है। पिता जी की आहट सुनते ही गाय कराहने लगी और उनकी ओर उसने कुछ ऐसी दृष्टि से देखा कि उन्हें क्रोध आ गया। मेरे बाद उन्हें वह गाय ही प्यारी थी। वे ललकार कर बोले-मेरी गाय किसने मारी है नौजवान लज्जा से सिर झुकाये सामने आया और बोला-मैंने।

पिताजी-तुम क्षत्रिय हो

राजपूत-हाँ !

पिताजी-तो किसी क्षत्रिय से हाथ मिलाते

राजपूत का चेहरा तमतमा गया। बोला-कोई क्षत्रिय सामने आ जाय। हजारों आदमी खड़े थे पर किसी का साहस न हुआ कि उस राजपूत का सामना करे। यह देख कर पिताजी ने तलवार खींच ली और वे उस पर टूट पड़े। उसने भी तलवार निकाल ली और दोनों आदमियों में तलवारें चलने लगीं। पिता जी बूढ़े थे सीने पर जखम गहरा लगा। गिर पड़े। उठा कर लोग घर पर लाये। उनका चेहरा पीला था पर उनकी आँखों से चिनगारियाँ निकल रही थीं। मैं रोती हुई उनके सामने आयी। मुझे देखते ही उन्होंने सब आदमियों को वहाँ से हट जाने का संकेत किया। जब मैं और पिता जी अकेले रह गये तो वे बोले-बेटी तुम राजपूतानी हो

मैं-जी हाँ।

पिता जी-राजपूत बात के धनी होते हैं

मैं-जी हाँ।

पिता जी-इस राजपूत ने मेरी गाय की जान ली है इसका बदला तुम्हें लेना होगा।

मैं-आपकी आज्ञा का पालन करूँगी।

पिता जी-अगर मेरा बेटा जीता होता तो मैं यह बोझ तुम्हारी गर्दन पर न रखता।

मैं-आपकी जो कुछ आज्ञा होगी मैं सिर-आँखों से पूरी करूँगी।

पिता जी-तुम प्रतिज्ञा करती हो

मैं-जी हाँ।

पिता जी-इस प्रतिज्ञा को पूरा कर दिखाओगी।

मैं-जहाँ तक मेरा वश चलेगा मैं निश्चय यह प्रतिज्ञा पूरी करूँगी।

पिता जी-यह मेरी तलवार लो। जब तक तुम यह तलवार उस राजपूत के कलेजे में न भोंक दो तब तक भोग-विलास न करना।

यह कहते-कहते पिता जी के प्राण निकल गये। मैं उसी दिन से तलवार को कपड़ों में छिपाये उस नौजवान राजपूत की तलाश में घूमने लगी। वर्षों बीत गये। मैं कभी बस्तियों में जाती कभी पहाड़ों-जंगलों की खाक छानती पर उस नौजवान का कहीं पता न मिलता। एक दिन मैं बैठी हुई अपने फूटे भाग पर रो रही थी कि वही नौजवान आदमी आता हुआ दिखाई दिया। मुझे देखकर उसने पूछा तू कौन है मैंने कहा मैं दुखिया ब्राह्मणी हूँ आप मुझ पर दया कीजिए और मुझे कुछ खाने को दीजिए। राजपूत ने कहा अच्छा मेरे साथ आ !

मैं उठ खड़ी हुई। वह आदमी बेसुध था। मैंने बिजली की तरह लपक कर कपड़ों में से तलवार निकाली और उसके सीने में भोंक दी। इतने में कई आदमी आते दिखायी पड़े। मैं तलवार छोड़कर भागी। तीन वर्ष तक पहाड़ों और जंगलों में छिपी रही। बार-बार जी में आया कि कहीं डूब मरूँ पर जान बड़ी प्यारी होती है। न जाने क्या-क्या मुसीबतें और कठिनाइयाँ भोगनी हैं जिनको भोगने को अभी तक जीती हूँ। अंत में जब जंगल में रहते-रहते जी उकता गया तो जोधपुर चली आयी। यहाँ आपकी दयालुता की चर्चा सुनी। आपकी सेवा में आ पहुँची और तब से आपकी कृपा से मैं आराम से जीवन बिता रही हूँ। यही मेरी रामकहानी है।

राजनंदिनी ने लम्बी साँस ले कर कहा-दुनिया में कैसे-कैसे लोग भरे हुए हैं। खैर तुम्हारी तलवार ने उसका काम तो तमाम कर दिया

ब्रजविलासिनी-कहाँ बहन ! वह बच गया जखम ओछा पड़ा था। उसी शकल के एक नौजवान राजपूत को मैंने जंगल में शिकार खेलते देखा था। नहीं मालूम वह था या और कोई शकल बिलकुल मिलती थी।

3

कई महीने बीत गये। राजकुमारियों ने जब से ब्रजविलासिनी की रामकहानी सुनी है उसके साथ वे और भी प्रेम और सहानुभूति का बर्ताव करने लगी हैं। पहले बिना संकोच कभी-कभी छेड़छाड़ हो जाती थी पर अब दोनों हरदम उसका दिल बहलाया करती हैं। एक दिन बादल घिरे हुए थे राजनंदिनी ने कहा-आज बिहारीलाल की सतसई सुनने को जी चाहता है। वर्षाऋतु पर उसमें बहुत अच्छे दोहे हैं।

दुर्गाकुँवरि-बड़ी अनमोल पुस्तक है। सखी तुम्हारी बगल में जो आलमारी रखी है उसी में वह पुस्तक है जरा निकालना। ब्रजविलासिनी ने पुस्तक उतारी और उसका पहला पृष्ठ खोला था कि उसके हाथ से पुस्तक छूट कर गिर पड़ी। उसके पहले पृष्ठ पर एक तसवीर लगी हुई थी। वह उसी निर्दय युवक की तसवीर थी जो उसके बाप का हत्यारा था। ब्रजविलासिनी की आँखें लाल हो गयीं। त्योरी पर बल पड़ गये। अपनी प्रतिज्ञा याद आ गयी पर उसके साथ ही यह विचार उत्पन्न हुआ कि इस आदमी का चित्र यहाँ कैसे आया और इसका इन राजकुमारियों से क्या सम्बन्ध है कहीं ऐसा न हो कि मुझे इतना कृतज्ञ हो कर अपनी प्रतिज्ञा तोड़नी पड़े। राजनंदिनी ने उसकी सूरत देख कर कहा-सखी क्या बात है यह क्रोध क्यों ब्रजविलासिनी ने सावधानी से कहा-कुछ नहीं न जाने क्यों चक्कर आ गया था।

आज से ब्रजविलासिनी के मन में एक और चिन्ता उत्पन्न हुई-क्या मुझे राजकुमारियों का कृतज्ञ हो कर अपना प्रण तोड़ना पड़ेगा

पूरे सोलह महीने के बाद अफगानिस्तान से पृथ्वीसिंह और धर्मसिंह लौटे। बादशाह की सेना को बड़ी-बड़ी कठिनाइयों का सामना करना पड़ा। बर्फ अधिकता से पड़ने लगी। पहाड़ों के दर बर्फ से ढक गये। आने-जाने के रास्ते बंद हो गये। रसद के सामान कम मिलने लगे। सिपाही भूखों मरने लगे। अब अफगानों ने समय पा कर रात को छापे मारने शुरू किये। आखिर शहजादे मुहीउद्दीन को हिम्मत हार कर लौटना पड़ा।

दोनों राजकुमार ज्यों-ज्यों जोधपुर के निकट पहुँचते थे उत्कंठा से उनके मन उमड़ आते थे। इतने दिनों के वियोग के बाद फिर भेंट होगी। मिलने की तृष्णा बढ़ती जाती है। रात-दिन मंजिल काटते चले आते हैं न थकावट मालूम होती है न माँदगी। दोनों घायल हो रहे हैं पर फिर भी मिलने की खुशी में जखमों की तकलीफ भूले हुए हैं। पृथ्वीसिंह दुर्गाकुँवरि के लिए एक अफगानी कटार लाये हैं। धर्मसिंह ने राजनन्दिनी के लिए काश्मीर का एक बहुमूल्य शाल जोड़ा मोल लिया है। दोनों के दिल उमंग से भरे हुए हैं।

राजकुमारियों ने जब सुना कि दोनों वीर वापस आते हैं तो वे फूले अंगों न समायीं। श्रृंगार किया जाने लगा माँगें मोतियों से भरी जाने लगीं उनके चेहरे खुशी से दमकने लगे। इतने दिनों के बिछोह के बाद फिर मिलाप होगा खुशी आँखों से उबली पड़ती है। एक-दूसरे को छेड़ती हैं और खुश हो कर गले मिलती हैं।

अगहन का महीना था बरगद की डालियों में मूँगे के दाने लगे हुए थे। जोधपुर के किले से सलामियों की घनगरज आवाजें आने लगीं। सारे नगर में धूम मच गयी कि कुँवर पृथ्वीसिंह सकुशल अफगानिस्तान से लौट आये। दोनों राजकुमारियाँ थाली में आरती के सामान लिये दरवाजे पर खड़ी थीं। पृथ्वीसिंह दरबारियों के मुजरे लेते हुए महल में आये। दुर्गाकुँवरि ने आरती उतारी और दोनों एक-दूसरे को देख कर खुश हो गये। धर्मसिंह भी प्रसन्नता से ऐंठते हुए अपने महल में पहुँचे पर भीतर पैर रखने न पाये थे कि छींक हुई और बायीं आँख फड़कने लगी। राजनन्दिनी आरती का थाल ले कर लपकी पर उसका पैर फिसल गया और थाल हाथ से छूट कर गिर पड़ा। धर्मसिंह का माथा ठनका और राजनन्दिनी का चेहरा पीला हो गया। यह असगुन क्यों

ब्रजविलासिनी ने दोनों राजकुमारों के आने का समाचार सुन कर उन दोनों को देने के लिए दो अभिनन्दन-पत्र बनवा रखे थे। सबेरे जब कुँवर पृथ्वीसिंह संध्या आदि नित्य-क्रिया से निपट कर बैठे तो वह उनके सामने आयी और उसने एक सुन्दर कुश की चँगेली में अभिनन्दन-पत्र रख दिया। पृथ्वीसिंह ने उसे प्रसन्नता से ले लिया। कविता यद्यपि उतनी बढ़िया न थी पर वह नयी और वीरता से भरी हुई थी। वे वीररस के प्रेमी थे उसको पढ़ कर बहुत खुश हुए और उन्होंने मोतियों का हार उपहार दिया।

ब्रजविलासिनी यहाँ से छुट्टी पा कर कुँवर धर्मसिंह के पास पहुँची। वे बैठे हुए राजनन्दिनी को लड़ाई की घटनाएँ सुना रहे थे पर ज्यों ही ब्रजविलासिनी की आँख उन पर पड़ी वह सन्न होकर पीछे हट गयी। उसको देख कर धर्मसिंह के चेहरे का भी रंग उड़ गया होंठ सूख गये और हाथ-पैर सनसनाने लगे। ब्रजविलासिनी तो उलटे पाँव लौटी पर धर्मसिंह ने चारपाई पर लेट कर दोनों हाथों से मुँह ढँक लिया। राजनन्दिनी ने यह दृश्य देखा और उसका फूल-सा बदन पसीने से तर हो गया। धर्मसिंह सारे दिन पलंग पर चुपचाप पड़े करवटें बदलते रहे। उनका चेहरा ऐसा कुम्हला गया जैसे वे बरसों के रोगी हों। राजनन्दिनी उनकी सेवा में लगी हुई थी। दिन तो यों कटा रात को कुँवर साहब संध्या ही से थकावट का बहाना करके लेट गये। राजनन्दिनी हैरान थी कि माजरा क्या है। ब्रजविलासिनी इन्हीं के खून की प्यासी है क्या यह सम्भव है कि मेरा प्यारा मेरा मुकुट धर्मसिंह ऐसा कठोर हो नहीं नहीं ऐसा नहीं हो सकता। वह यद्यपि चाहती है कि अपने भावों से उनके मन का बोझ हलका करे पर नहीं कर सकती। अन्त को नींद ने उसको अपनी गोद में ले लिया।

4

रात बहुत बीत गयी है। आकाश में अँधेरा छा गया है। सारस की दु:ख से भरी बोली कभी-कभी सुनायी दे जाती है और रह-रह कर किले के संतरियों की आवाज कान में आ पड़ती है। राजनंदिनी की आँख एकाएक खुली तो उसने धर्मसिंह को पलंग पर न पाया। चिंता हुई वह झट उठ कर ब्रजविलासिनी के कमरे की ओर चली और दरवाजे पर खड़ी हो कर भीतर की ओर देखने लगी। संदेह पूरा हो गया। क्या देखती है कि ब्रजविलासिनी हाथ में तेगा लिये खड़ी है और

धर्मसिंह दोनों हाथ जोड़े उसके सामने दीनों की तरह घुटने टेके बैठे हैं। वह दृश्य देखते ही राजनंदिनी का खून सूख गया और उसके सिर में चक्कर आने लगा पैर लड़खड़ाने लगे। जान पड़ता था कि गिरी जाती है। वह अपने कमरे में आयी और मुँह ढँक कर लेट रही पर उसकी आँखों से आँसू की एक बूँद भी न निकली।

दूसरे दिन पृथ्वीसिंह बहुत सबेरे ही कुँवर धर्मसिंह के पास गये और मुस्करा कर बोले-भैया मौसम बड़ा सुहावना है शिकार खेलने चलते हो

धर्मसिंह-हाँ चलो।

दोनों राजकुमारों ने घोड़े कसवाये और जंगल की ओर चल दिये। पृथ्वीसिंह का चेहरा खिला हुआ था जैसे कमल का फूल। एक-एक अंग से तेजी और चुस्ती टपकी पड़ती थी पर कुँवर धर्मसिंह का चेहरा मैला हो गया था मानो बदन में जान ही नहीं है। पृथ्वीसिंह ने उन्हें कई बार छेड़ा पर जब देखा कि वे बहुत दु:खी हैं तो चुप हो गये। चलते-चलते दोनों आदमी झील के किनारे पहुँचे। एकाएक धर्मसिंह ठिठके और बोले-मैंने आज रात को एक दृढ़ प्रतिज्ञा की है। यह कहते-कहते उनकी आँखों में पानी आ गया। पृथ्वीसिंह ने घबरा कर पूछा-कैसी प्रतिज्ञा

तुमने ब्रजविलासिनी का हाल सुना है मैंने प्रतिज्ञा की है कि जिस आदमी ने उसके बाप को मारा है उसे भी जहन्नुम में पहुँचा दूँ।

तुमने सचमुच वीर-प्रतिज्ञा की है।

हाँ यदि मैं पूरी कर सकूँ। तुम्हारे विचार में ऐसा आदमी मारने योग्य है या नहीं

ऐसे निर्दयी की गर्दन गुट्ठल छुरी से काटनी चाहिए।

बेशक यही मेरा भी विचार है। यदि मैं किसी कारण यह काम न कर सकूँ तो तुम मेरी प्रतिज्ञा पूरी कर दोगे

बड़ी खुशी से। उसे पहचानते हो न

हाँ अच्छी तरह।

तो अच्छा होगा यह काम मुझको ही करने दो तुम्हें शायद उस पर दया आ जाय।

बहुत अच्छा पर यह याद रखो कि वह आदमी बड़ा भाग्यशाली है ! कई बार मौत के मुँह से बच कर निकला है। क्या आश्चर्य है कि तुमको भी उस पर दया आ जाय। इसलिए तुम प्रतिज्ञा करो कि उसे जरूर जहन्नुम पहुँचाओगे।

मैं दुर्गा की शपथ खा कर कहता हूँ कि उस आदमी को अवश्य मारूँगा।

बस तो हम दोनों मिल कर कार्य सिद्ध कर लेंगे। तुम अपनी प्रतिज्ञा पर दृढ़ रहोगे न

क्यों क्या मैं सिपाही नहीं हूँ एक बार जो प्रतिज्ञा की समझ लो कि वह पूरी करूँगा चाहे इसमें अपनी जान ही क्यों न चली जाय।

सब अवस्थाओं में

हाँ सब अवस्थाओं में।

यदि वह तुम्हारा कोई बंधु हो तो

पृथ्वीसिंह ने धर्मसिंह को विचारपूर्वक देख कर कहा-कोई बंधु हो तो

धर्मसिंह-हाँ सम्भव है कि तुम्हारा कोई नातेदार हो।

पृथ्वीसिंह-(जोश में) कोई हो यदि मेरा भाई भी हो तो भी जीता चुनवा दूँ।

धर्मसिंह घोड़े से उतर पड़े। उनका चेहरा उतरा हुआ था और ओंठ काँप रहे थे। उन्होंने कमर से तेगा खोल कर जमीन पर रख दिया और पृथ्वीसिंह को ललकार कर कहा-पृथ्वीसिंह तैयार हो जाओ। वह दुष्ट मिल गया। पृथ्वीसिंह ने चौंक कर इधर-उधर देखा तो धर्मसिंह के सिवाय और कोई दिखायी न दिया।

धर्मसिंह-तेगा खींचो।

पृथ्वीसिंह-मैंने उसे नहीं देखा।

धर्मसिंह-वह तुम्हारे सामने खड़ा है। वह दुष्ट कुकर्मी धर्मसिंह ही है।

पृथ्वीसिंह-(घबरा कर) ऐं तुम !..... मैं ....

धर्मसिंह-राजपूत अपनी प्रतिज्ञा पूरी करो।

इतना सुनते ही पृथ्वीसिंह ने बिजली की तरह अपने कमर से तेगा खींच लिया और उसे धर्मसिंह के सीने में चुभा दिया। मूठ तक तेगा चुभ गया। खून का फव्वारा बह निकला। धर्मसिंह जमीन पर गिर कर धीरे से बोले-पृथ्वीसिंह मैं तुम्हारा बहुत कृतज्ञ हूँ। तुम सच्चे वीर हो। तुमने पुरुष का कर्त्तव्य पुरुष की भाँति पालन किया।

पृथ्वीसिंह यह सुन कर जमीन पर बैठ गये और रोने लगे।

5

अब राजनंदिनी सती होने जा रही है। उसने सोलहों श्रृंगार किये हैं और माँग मोतियों से भरवायी है। कलाई में सोहाग का कंगन है पैरों में महावर लगायी है और लाल चुनरी ओढ़ी है। उसके अंग से सुगंधि उड़ रही है क्योंकि आज वह सती होने जाती है।

राजनंदिनी का चेहरा सूर्य की भाँति प्रकाशमान है। उसकी ओर देखने से आँखों में चकाचौंध लग जाती है। प्रेम-मद से उसका रोआँ-रोआँ मस्त हो गया है उसकी आँखों से अलौकिक प्रकाश निकल रहा है। वह आज स्वर्ग की देवी जान पड़ती है। उसकी चाल बड़ी मदमाती है। वह अपने प्यारे पति का सिर अपनी गोद में लेती है और उस चिता में बैठ जाती है जो चंदन खस आदि से बनायी गयी है।

सारे नगर के लोग यह दृश्य देखने के लिए उमड़े चले आते हैं। बाजे बज रहे हैं फूलों की वृष्टि हो रही है। सती चिता पर बैठ चुकी थी कि इतने में कुँवर पृथ्वीसिंह आये और हाथ जोड़कर बोले-महारानी मेरा अपराध क्षमा करो।

सती ने उत्तर दिया-क्षमा नहीं हो सकता। तुमने एक नौजवान राजपूत की जान ली है तुम भी जवानी में मारे जाओगे।

सती के वचन कभी झूठे हुए हैं एकाएक चिता में आग लग गयी। जयजयकार के शब्द गूँजने लगे। सती का मुख आग में यों चमकता था जैसे सबेरे की ललाई में सूर्य चमकता है। थोड़ी देर में वहाँ राख के ढेर के सिवा और कुछ न रहा।

इस सती के मन में कैसा सत था ! परसों जब उसने ब्रजविलासिनी को झिझक कर धर्मसिंह के सामने जाते देखा था उसी समय से उसके दिल में संदेह हो गया था। पर जब रात को उसने देखा कि मेरा पति इसी स्त्री के सामने दुखिया की तरह बैठा हुआ है तब वह संदेह निश्चय की सीमा तक पहुँच गया और यही निश्चय अपने साथ सत लेता आया था। सबेरे जब धर्मसिंह उठे तब राजनंदिनी ने कहा था कि मैं ब्रजविलासिनी के शत्रु का सिर चाहती हूँ तुम्हें लाना होगा। और ऐसा ही हुआ। अपने सती होने के सब कारण राजनंदिनी ने जान-बूझ कर पैदा किये थे क्योंकि उसके मन में सत था। पाप की आग कैसे तेज होती है एक पाप ने कितनी जानें लीं राजवंश के दो राजकुमार और दो कुमारियाँ देखते-देखते इस अग्निकुंड में स्वाहा हो गयीं। सती का वचन सच हुआ। सात ही सप्ताह के भीतर पृथ्वीसिंह दिल्ली में कत्ल किये गये और दुर्गाकुमारी सती हो गयी।

* * *

आभूषण

आभूषणों की निंदा करना हमारा उद्देश्य नहीं है। हम असहयोग का उत्पीड़न सह सकते हैं पर ललनाओं के निर्दय घातक वाक्बाणों को नहीं ओढ़ सकते। तो भी इतना अवश्य कहेंगे कि इस तृष्णा की पूर्ति के लिए जितना त्याग किया जाता है उसका सदुपयोग करने से महान् पद प्राप्त हो सकता है।

यद्यपि हमने किसी रूप-हीना महिला को आभूषणों की सजावट से रूपवती होते नहीं देखा तथापि हम यह भी मान लेते हैं कि रूप के लिए आभूषणों की उतनी ही जरूरत है जितनी घर के लिए दीपक की। किन्तु शारीरिक शोभा के लिए हम तन को कितना मलिन चित्त को कितना अशांत और आत्मा को कितना कलुषित बना लेते हैं इसका हमें कदाचित् ज्ञान ही नहीं होता। इस दीपक की ज्योति में आँखें धुँधली हो जाती हैं। यह चमक-दमक कितनी ईर्ष्या कितने द्वेष कितनी प्रतिस्पर्धा कितनी दुश्चिंता और कितनी दुराशा का कारण है इसकी केवल कल्पना से ही रोंगटे खड़े हो जाते हैं। इन्हें भूषण नहीं दूषण कहना अधिक उपयुक्त है। नहीं तो यह कब हो सकता था कि कोई नववधू पति के घर आने के तीसरे दिन अपने पति से कहती कि मेरे पिता ने तुम्हारे पल्ले बाँध कर मुझे तो कुएँ में ढकेल दिया। शीतला आज अपने गाँव के ताल्लुकेदार कुँवर सुरेशसिंह की नवविवाहिता वधू को देखने गयी थी। उसके सामने ही वह मंत्रमुग्ध-सी हो गयी। बहू के रूप-लावण्य पर नहीं उसके आभूषणों की जगमगाहट पर उसकी टकटकी लगी रही। और वह जब से लौट कर घर आयी उसकी छाती पर साँप लोटता रहा। अंत को ज्यों ही उसका पति आया वह उस पर बरस पड़ी और दिल में भरा हुआ गुबार पूर्वोक्त शब्दों में निकल पड़ा। शीतला के पति का नाम विमलसिंह था। उनके पुरखे किसी जमाने में इलाकेदार थे। इस गाँव पर भी उन्हीं का सोलहों आने अधिकार था। लेकिन अब इस घर की दशा हीन हो गयी है। सुरेशसिंह के पिता जमींदारी के काम में दक्ष थे। विमलसिंह का सब इलाका किसी न किसी प्रकार से उनके हाथ आ गया। विमल के पास सवारी का टट्टू भी न था उसे दिन में दो बार भोजन भी मुश्किल से मिलता था। उधर सुरेश के पास हाथी मोटर और कई घोड़े थे दस-पाँच बाहर के आदमी नित्य द्वार पर पड़े रहते थे। पर इतनी विषमता होने पर भी दोनों में भाईचारा निभाया जाता था। शदी-ब्याह में मुंडन-छेदन में परस्पर आना-जाना होता रहता था। सुरेश विद्या-प्रेमी थे। हिंदुस्तान में ऊँची शिक्षा समाप्त करके वह यूरोप चले गये और सब लोगों की शंकाओं के विपरीत वहाँ से आर्य-सभ्यता के परम भक्त बन कर लौटे। वहाँ के जड़वाद कृत्रिम भोगलिप्सा और अमानुषिक मदांधता ने उनकी आँखें खोल दी थीं। पहले वह घरवालों के बहुत जोर देने पर भी विवाह करने को राजी नहीं हुए थे। लड़की से पूर्व-परिचय हुए बिना प्रणय नहीं कर सकते थे। पर यूरोप से लौटने पर उनके वैवाहिक विचारों में बहुत बड़ा परिवर्तन हो गया।

उन्होंने उसी पहले की कन्या से बिना उसके आचार-विचार जाने हुए विवाह कर लिया। अब वह विवाह को प्रेम का बंधन नहीं धर्म का बंधन समझते थे। उसी सौभाग्यवती वधू को देखने के लिए आज शीतला अपनी सास के साथ सुरेश के घर गयी थी। उसी के आभूषणों की छटा देख कर वह मर्माहत-सी हो गयी है। विमल ने व्यथित हो कर कहा-तो माता-पिता से कहा होता सुरेश से ब्याह कर देते। वह तुम्हें गहनों से लाद सकते थे।

शीतला-तो गाली क्यों देते हो

विमल-गाली नहीं देता बात कहता हूँ। तुम जैसी सुंदरी को उन्होंने नाहक मेरे साथ ब्याहा।

शीतला-लजाते तो हो नहीं उलटे और ताने देते हो।

विमल-भाग्य मेरे वश में नहीं है। इतना पढ़ा भी नहीं हूँ कि कोई बड़ी नौकरी करके रुपये कमाऊँ।

शीतला-यह क्यों नहीं कहते कि प्रेम ही नहीं है। प्रेम हो तो कंचन बरसने लगे।

विमल-तुम्हें गहनों से बहुत प्रेम है

शीतला-सभी को होता है। मुझे भी है।

विमल-अपने को अभागिनी समझती हो

शीतला-हूँ ही समझना कैसा नहीं तो क्या दूसरे को देख कर तरसना पड़ता

विमल-गहने बनवा दूँ तो अपने को भाग्यवती समझने लगोगी

शीतला-(चिढ़ कर) तुम तो इस तरह पूछ रहे हो जैसे सुनार दरवाजे पर बैठा है !

विमल-नहीं सच कहता हूँ बनवा दूँगा। हाँ कुछ दिन सबर करना पड़ेगा।

2

समर्थ पुरुषों को बात लग जाती है तो प्राण ले लेते हैं। सामर्थ्यहीन पुरुष अपनी ही जान पर खेल जाता है। विमलसिंह ने घर से निकल जाने की ठानी। निश्चय किया या तो इसे गहनों से ही लाद दूँगा या वैधव्य-शोक से। या तो आभूषण ही पहनेगी या सेंदुर को भी तरसेगी।

दिन भर वह चिंता में डूबा पड़ा रहा। शीतला को उसने प्रेम से संतुष्ट करना चाहा था। आज अनुभव हुआ कि नारी का हृदय प्रेमपाश से नहीं बँधता कंचन के पाश ही से बँध सकता है। पहर रात जाते-जाते वह घर से चल खड़ा हुआ। पीछे फिर कर कभी न देखा। ज्ञान से जागे हुए विराग में चाहे मोह का संस्कार हो पर नैराश्य से जागा हुआ विराग अचल होता है। प्रकाश में इधर की वस्तुओं को देख कर मन विचलित हो सकता है। पर अंधकार में किसका साहस है जो लीक से जौ भर हट सके।

विमल के पास विद्या न थी कला-कौशल भी न था। उसे केवल अपने कठिन परिश्रम और कठिन आत्म-त्याग ही का आधार था। वह पहले कलकत्ते गया। वहाँ कुछ दिन तक एक सेठ

की अगवानी करता रहा। वहाँ जो सुन पाया कि रंगून में मजदूरी अच्छी मिलती है तो वह रंगून जा पहुँचा और बंदर पर माल चढ़ाने-उतारने का काम करने लगा।

कुछ तो कठिन श्रम कुछ खाने-पीने के असंयम और कुछ जलवायु की खराबी के कारण वह बीमार हो गया। शरीर दुर्बल हो गया मुख की कांति जाती रही फिर भी उससे ज्यादा मेहनती मजदूर बंदर पर दूसरा न था। और मजदूर थे पर यह मजदूर तपस्वी था। मन में जो कुछ ठान लिया था उसे पूरा करना उसके जीवन का एकमात्र उद्देश्य था।

उसने घर को अपना कोई समाचार न भेजा। अपने मन से तर्क किया घर में मेरा कौन हितू है गहनों के सामने मुझे कौन पूछता है उसकी बुद्धि यह रहस्य समझने में असमर्थ थी कि आभूषणों की लालसा रहने पर भी प्रणय का पालन किया जा सकता है। और मजदूर प्रात:काल सेरों मिठाई खा कर जलपान करते थे। दिन भर दम-दम भर पर गाँजे-चरस और तमाखू के दम लगाते थे। अवकाश पाते तो बाजार की सैर करते थे। कितनों ही को शराब का भी शौक था। पैसों के बदले रुपये कमाते थे तो पैसों की जगह रुपये खर्च भी कर डालते थे। किसी की देह पर साबुत कपड़े न थे पर विमल उन गिनती के दो-चार मजदूरों में था जो संयम से रहते थे जिनके जीवन का उद्देश्य खा-पी कर मर जाने के सिवा कुछ और भी था। थोड़े ही दिनों में उसके पास थोड़ी-सी संपत्ति हो गयी। धन के साथ और मजदूरों पर दबाव भी बढ़ने लगा। यह प्राय: सभी जानते थे कि विमल जाति का कुलीन ठाकुर है। सब ठाकुर ही कह कर उसे पुकारते थे। संयम और आचार सम्मान-सिद्धि के मंत्र हैं। विमल मजदूरों का नेता और महाजन हो गया।

विमल को रंगून में काम करते हुए तीन वर्ष हो चुके थे। संध्या हो गयी थी। वह कई मजदूरों के साथ समुद्र के किनारे बैठा बातें कर रहा था।

एक मजदूर ने कहा-यहाँ की सभी स्त्रियाँ निठुर होती हैं। बेचारा झींगुर 10 बरस से उसी बर्मी स्त्री के साथ रहता था। कोई अपनी ब्याही जोरू से भी इतना प्रेम न करता होगा। उस पर इतना विश्वास करता था कि जो कुछ कमाता सो उसके हाथ में रख देता था। तीन लड़के थे। अभी कल तक दोनों साथ-साथ खा कर लेटे थे। न कोई लड़ाई न बात न चीत। रात को औरत न जाने कहाँ चली गयी। लड़कों को छोड़ गयी। बेचारा झींगुर रो रहा है। सबसे बड़ी मुश्किल तो छोटे बच्चे की है। अभी कुल छह महीने का है। कैसे जियेगा भगवान् ही जानें।

विमलसिंह ने गंभीर भाव से कहा-गहने बनवाता था कि नहीं

मजदूर-रुपये-पैसे तो औरत ही के हाथ में थे। गहने बनवाती उसका हाथ कौन पकड़ता

दूसरे मजदूर ने कहा-गहनों से तो लदी हुई थी। जिधर से निकल जाती थी छम्-छम् की आवाज से कान भर जाते थे।

विमल-जब गहने बनवाने पर भी निठुराई की तो यही कहना पड़ेगा कि यह जाति ही बेवफा होती है।

इतने में एक आदमी आ कर विमलसिंह से बोला-चौधरी अभी मुझे एक सिपाही मिला था। वह तुम्हारा नाम गाँव और बाप का नाम पूछ रहा था। कोई बाबू सुरेशसिंह हैं।

विमल ने सशंक हो कर कहा-हाँ हैं तो। मेरे गाँव के इलाकेदार और बिरादरी के भाई हैं।

आदमी-उन्होंने थाने में कोई नोटिस छपवाया है कि जो विमलसिंह का पता लगावेगा उसे 1000 रुपये का इनाम मिलेगा।

विमल-तो तुमने सिपाही को सब ठीक-ठीक बता दिया

आदमी-चौधरी मैं कोई गँवार हूँ क्या समझ गया कुछ दाल में काला है नहीं तो कोई इतने रुपये क्यों खरच करता। मैंने कह दिया कि उनका नाम विमलसिंह नहीं जसोदा पाँडे है। बाप का नाम सुक्खू बताया और घर जिला झाँसी में। पूछने लगा यहाँ कितने दिन से रहता है मैंने कहा कोई दस साल से। तब कुछ सोच कर चला गया। सुरेश बाबू से तुमसे कोई अदावत है क्या चौधरी

विमल-अदावत तो नहीं थी मगर कौन जाने उनकी नीयत बिगड़ गयी हो। मुझ पर कोई अपराध लगा कर मेरी जगह-जमीन पर हाथ बढ़ाना चाहते हों। तुमने बड़ा अच्छा किया कि सिपाही को उड़नझाँईं बतायी।

आदमी-मुझसे कहता था कि ठीक-ठीक बता दो तो 50 रु. तुम्हें भी दिला दूँ। मैंने सोचा-आप तो हजार की गठरी मारेगा और मुझे 50 रु. दिलाने को कहता है। फटकार बता दी।

एक मजदूर-मगर जो 200 रु. देने को कहता तो तुम सब ठीक-ठीक नाम-ठिकाना बता देते। (क्यों धत् तेरे लालची की !)

आदमी-(लज्जित होकर) 200 रु. नहीं 2000 रु. भी देता तो न बताता। मुझे ऐसा विश्वासघात करनेवाला मत समझो। जब जी चाहे परख लो।

मजदूरों में यों वाद-विवाद होता ही रहा विमल आकर अपनी कोठरी में लेट गया। वह सोचने लगा-अब क्या करूँ जब सुरेश-जैसे सज्जन की नीयत बदल गयी तो अब किसका भरोसा करूँ ! नहीं अब बिना घर गये काम नहीं चलेगा। कुछ दिन और न गया तो फिर कहीं का न हूँगा। दो साल और रह जाता तो पास में पूरे 5000 रु. हो जाते। शीतला की इच्छा कुछ पूरी हो जाती। अभी तो सब मिलाकर 3000 रु. ही होंगे। इतने में उसकी अभिलाषा न पूरी होगी। खैर अभी चलूँ छह महीने में फिर लौट आऊँगा। अपनी जायदाद तो बच जायगी। नहीं छह महीने तक रहने का क्या है। जाने-आने का एक महीना लग जायगा। घर में 15 दिन से ज्यादा न रहूँगा। वहाँ कौन पूछता है आऊँ या रहूँ मरूँ या जिऊँ वहाँ तो गहनों से प्रेम है।

इस तरह मन में निश्चय करके वह दूसरे दिन रंगून से चल पड़ा।

संसार कहता है कि गुण के सामने रूप की कोई हस्ती नहीं। हमारे नीतिशास्त्रा के आचार्यों का भी यही कथन है पर वास्तव गें यह कितना भ्रममूलक है ! कुँवर सुरेशसिंह की नववधू मंगलाकुमारी गृह-कार्य में निपुण पति के इशारे पर प्राण देनेवाली अत्यंत विचारशीला

मधुरभाषिणी और धर्म-भीरु स्त्री थी पर सौंदर्यविहीन होने के कारण पति की आँखों में काँटे के समान खटकती थी। सुरेशसिंह बात-बात पर उस पर झुँझलाते पर घड़ी भर में पश्चात्ताप के वशीभूत हो कर उससे क्षमा माँगते किंतु दूसरे ही दिन वही कुत्सित व्यापार शुरू हो जाता। विपत्ति यह थी कि उनके आचरण अन्य रईसों की भाँति भ्रष्ट न थे। वह दाम्पत्य जीवन ही में आनंद सुख शांति विश्वास प्राय: सभी ऐहिक और पारमार्थिक उद्देश्य पूरा करना चाहते थे। और दाम्पत्य सुख से वंचित हो कर उन्हें अपना समस्त जीवन नीरस स्वाद-हीन और कुंठित जान पड़ता था। फल यह हुआ कि मंगला को अपने ऊपर विश्वास न रहा। वह अपने मन से कोई काम करते हुए डरती कि स्वामी नाराज होंगे। स्वामी को खुश रखने के लिए अपनी भूलों को छिपाती बहाने करती झूठ बोलती। नौकरों को अपराध लगा कर आत्मरक्षा करना चाहती। पति को प्रसन्न रखने के लिए उसने अपने गुणों की अपनी आत्मा की अवहेलना की पर उठने के बदले वह पति की नजरों से गिरती ही गयी। नित्य नये श्रृंगार करती पर लक्ष्य से दूर होती जाती थी। पति की एक मधुर मुस्कान के लिए उनके अधरों के एक मीठे शब्द के लिए उसका प्यासा हृदय तड़प-तड़प कर रह जाता था। लावण्य-विहीन स्त्री वह भिक्षुक नहीं है जो चंगुल भर आटे से संतुष्ट हो जाय। वह भी पति का सम्पूर्ण अखंड प्रेम चाहती है और कदाचित् सुन्दरियों से अधिक क्योंकि वह इसके लिए असाधारण प्रयत्न और अनुष्ठान करती है। मंगला इस प्रयत्न में निष्फल हो कर और भी संतप्त होती थी।

धीरे-धीरे पति पर से उसकी श्रद्धा उठने लगी। उसने तर्क किया कि ऐसे क्रूर हृदय-शून्य कल्पनाहीन मनुष्य से मैं भी उसी का-सा व्यवहार करूँगी। जो पुरुष रूप का भक्त है वह प्रेम-भक्ति के योग्य नहीं। इस प्रत्याघात ने समस्या और भी जटिल कर दी।

मगर मंगला को केवल अपनी रूपहीनता ही का रोना न था। शीतला का अनुपम रूपलालित्य भी उसकी कामनाओं का बाधक था बल्कि यह उसकी आशालताओं पर पड़नेवाला तुषार था। मंगला सुन्दरी न सही पर पति पर जान देती थी। जो अपने को चाहे उससे हम विमुख नहीं हो सकते। प्रेम की शक्ति अपार है पर शीतला की मूर्ति सुरेश के हृदय-द्वार पर बैठी हुई मंगला को अंदर न जाने देती थी चाहे वह कितना ही वेष बदल कर आवे। सुरेश इस मूर्ति को हटाने की चेष्टा करते थे उसे बलात् निकाल देना चाहते थे किंतु सौंदर्य का आधिपत्य धन के आधिपत्य से कम दुर्निवार नहीं होता। जिस दिन शीतला इस घर में मंगला का मुख देखने आयी थी उसी दिन सुरेश की आँखों ने उसकी मनोहर छवि की एक झलक देख ली थी। वह एक झलक मानो एक क्षणिक क्रिया थी जिसने एक ही धावे में समस्त हृदय-राज्य को जीत लिया उस पर अपना आधिपत्य जमा लिया।

सुरेश एकांत में बैठे हुए शीतला के चित्र को मंगला से मिलाते यह निश्चय करने के लिए कि उनमें क्या अंतर है एक क्यों मन को खींचती है दूसरी क्यों उसे हटाती है पर उसके मन का यह खिंचाव केवल एक चित्रकार या कवि का रसास्वादन-मात्र था। वह पवित्र और वासनाओं से रहित था। वह मूर्ति केवल उसके मनोरंजन की सामग्री-मात्र थी। यह अपने मन को बहुत समझाते संकल्प करते कि अब मंगला को प्रसन्न रखूँगा। यदि वह सुन्दर नहीं है तो उसका क्या

दोष पर उनका यह सब प्रयास मंगला के सम्मुख जाते ही विफल हो जाता था। वह बड़ी सूक्ष्म दृष्टि से मंगला के मन के बदलते हुए भावों को देखते थे पर एक पक्षाघात-पीड़ित मनुष्य की भाँति घी के घड़े को लुढ़कते देख कर भी रोकने का कोई उपाय न कर सकते थे। परिणाम क्या होगा यह सोचने का उन्हें साहस ही न होता था। पर जब मंगला ने अंत को बात-बात में उनकी तीव्र आलोचना करना शुरू कर दिया वह उनसे उच्छृङ्खलता का व्यवहार करने लगी तो उसके प्रति उनका वह उतना सौहार्द भी विलुप्त हो गया घर में आना-जाना छोड़ दिया।

एक दिन संध्या के समय बड़ी गरमी थी। पंखा झलने से आग और भी दहकती थी। कोई सैर करने बगीचों में भी न जाता था। पसीने की भाँति शरीर से सारी स्फूर्ति बह गयी थी जो जहाँ था वहीं मुर्दा-सा पड़ा था। आग से सेंके हुए मृदंग की भाँति लोगों के स्वर कर्कश हो गये थे। साधारण बातचीत में भी लोग उत्तेजित हो जाते थे जैसे साधारण संघर्षण से वन के वृक्ष जल उठते हैं। सुरेशसिंह कभी चार कदम टहलते थे फिर हाँफ कर बैठ जाते थे। नौकरों पर झुँझला रहे थे कि जल्द-जल्द छिड़काव क्यों नहीं करते। सहसा उन्हें अंदर से गाने की आवाज सुनायी दी। चौंके फिर क्रोध आया। मधुर गान कानों को अप्रिय जान पड़ा। यह क्या बेवक्त की शहनाई है ! यहाँ गरमी के मारे दम निकल रहा है और इन सबको गाने की सूझी है ! मंगला ने बुलाया होगा और क्या। लोग नाहक कहते हैं कि स्त्रियों का जीवन का आधार प्रेम है। उनके जीवन का आधार वही भोजन-निद्रा राग-रंग आमोद-प्रमोद है जो समस्त प्राणियों का है। घंटे भर तो सुन चुका। यह गीत कभी बंद भी होगा या नहीं। सब व्यर्थ में गला फाड़-फाड़ कर चिल्ला रही हैं।

अंत को न रहा गया। जनानखाने में आ कर बोले-यह तुम लोगों ने क्या काँव-काँव मचा रखी है यह गाने-बजाने का कौन-सा समय है बाहर बैठना मुश्किल हो गया !

सन्नाटा छा गया। जैसे शोरगुल मचानेवाले बालकों में मास्टर पहुँच जाय। सभी ने सिर झुका लिये और सिमट गयीं।

मंगला तुरंत उठकर सामने वाले कमरे में चली गयी। पति को बुलाया और आहिस्ते से बोली-क्यों इतना बिगड़ रहे हो

मैं इस वक्त गाना नहीं सुनना चाहता।

तुम्हें सुनाता ही कौन है क्या मेरे कानों पर भी तुम्हारा अधिकार है

फजूल की बमचख...

तुमसे मतलब

मैं अपने घर में यह कोलाहल न मचने दूँगा

तो मेरा घर कहीं और है

सुरेशसिंह इसका उत्तर न देकर बोले-इन सबसे कह दो फिर किसी वक्त आयें।

मंगला-इसलिए कि तुम्हें इनका आना अच्छा नहीं लगता

हाँ इसीलिए।

तुम क्या सदा वही करते हो जो मुझे अच्छा लगे तुम्हारे यहाँ मित्र आते है हँसी-ठट्ठे की आवाज अंदर सुनायी देती है। मैं कभी नहीं कहती कि इन लोगों का आना बंद कर दो। तुम मेरे कामों में दस्तंदाजी क्यों करते हो

सुरेश ने तेज हो कर कहा-इसलिए कि मैं घर का स्वामी हूँ।

मंगला-तुम बाहर के स्वामी हो यहाँ मेरा अधिकार है।

सुरेश-क्यों व्यर्थ की बक-बक करती हो मुझे चिढ़ाने से क्या मिलेगा

मंगला जरा देर चुपचाप खड़ी रही। वह पति के मनोगत भावों की मीमांसा कर रही थी। फिर बोली-अच्छी बात है। जब इस घर में मेरा कोई अधिकार नहीं तो न रहूँगी। अब तक भ्रम में थी। आज तुमने वह भ्रम मिटा दिया। मेरा इस घर पर अधिकार कभी नहीं था। जिस स्त्री का पति के हृदय पर अधिकार नहीं उसका उसकी सम्पत्ति पर भी कोई अधिकार नहीं हो सकता।

सुरेश ने लज्जित होकर कहा-बात का बतंगड़ क्यों बनाती हो ! मेरा यह मतलब न था। कुछ का कुछ समझ गयी।

मंगला-मन की बात आदमी के मुँह से अनायास ही निकल जाती है। सावधान हो कर हम अपने भावों को छिपा लेते हैं !

सुरेश को अपनी असज्जनता पर दु:ख तो हुआ पर इस भय से कि मैं इसे जितना ही मनाऊँगा उतना ही यह और जली-कटी सुनायेगी उसे वहीं छोड़ कर बाहर चले आये।

प्रात:काल ठंडी हवा चल रही थी। सुरेश खुमारी में पड़े हुए स्वप्न देख रहे थे कि मंगला सामने से चली जा रही है। चौंक पड़े। देखा द्वार पर सचमुच मंगला खड़ी है। घर की नौकरानियाँ आँचल से आँखें पोंछ रही हैं। कई नौकर आस-पास खड़े हैं। सभी की आँखें सजल और मुख उदास हैं। मानो बहू विदा हो रही है।

सुरेश समझ गये कि मंगला को कल की बात लग गयी। पर उन्होंने उठ कर कुछ पूछने की मनाने की या समझाने की चेष्टा नहीं की। यह मेरा अपमान कर रही है मेरा सिर नीचा कर रही है। जहाँ चाहे जाय। मुझसे कोई मतलब नहीं। यों बिना कुछ पूछे-गाछे चले जाने का अर्थ यह है कि मैं इसका कोई नहीं। फिर मैं इसे रोकनेवाला कौन !

वह यों ही जड़वत् पड़े रहे और मंगला चली गयी। उनकी तरफ मुँह उठा कर भी न ताका।

3

मंगला पाँव-पैदल चली जा रही थी। एक बड़े ताल्लुकेदार की औरत के लिए यह मामूली बात न थी। हर किसी को हिम्मत न पड़ती थी कि उससे कुछ कहे। पुरुष उसकी राह छोड़ कर किनारे खड़े हो जाते थे। नारियाँ द्वार पर खड़ी करुण-कौतूहल से देखती थीं और आँखों से कहती थीं-हा निर्दयी पुरुष ! इतना भी न हो सका कि एक डोला पर तो बैठा देता !

इस गाँव से निकल कर उस गाँव में पहुँची जहाँ शीतला रहती थी। शीतला सुनते ही द्वार पर आ कर खड़ी हो गयी और मंगला से बोली-बहन जरा आ कर दम ले लो।

मंगला ने अंदर जा कर देखा तो मकान जगह-जगह से गिरा हुआ था। दालान में एक वृद्धा खाट पर पड़ी थी। चारों ओर दरिद्रता के चिह्न दिखायी देते थे।

शीतला ने पूछा-यह क्या हुआ

मंगला-जो भाग्य में लिखा था।

शीतला-कुँवर जी ने कुछ कहा-सुना था

मंगला-मुँह से कुछ न कहने पर भी तो मन की बात छिपी नहीं रहती।

शीतला-अरे तो क्या अब यहाँ तक नौबत आ गयी

दु:ख की अंतिम दशा संकोचहीन होती है। मंगला ने कहा-चाहती तो अब भी पड़ी रहती। उसी घर में जीवन कट जाता। पर जहाँ प्रेम नहीं पूछ नहीं मान नहीं वहाँ अब नहीं रह सकती।

शीतला-तुम्हारा मैका कहाँ है

मंगला-मैके कौन मुँह ले कर जाऊँगी

शीतला-तब कहाँ जाओगी

मंगला-ईश्वर के दरबार में। पूछूँगी कि तुमने मुझे सुन्दरता क्यों नहीं दी बदसूरत क्यों बनाया बहन स्त्री के लिए इससे अधिक दुर्भाग्य की बात नहीं कि वह रूपहीन हो। शायद पहले जनम की पिशाचिनियाँ ही बदसूरत औरतें होती हैं। रूप से प्रेम मिलता है और प्रेम से दुर्लभ कोई वस्तु नहीं है।

यह कह कर मंगला उठ खड़ी हुई। शीतला ने उसे रोका नहीं। सोचा-इसे क्या खिलाऊँगी। आज तो चूल्हा जलने की भी कोई आशा नहीं।

उसके जाने के बाद वह देर तक बैठी सोचती रही मैं कैसी अभागिन हूँ। जिस प्रेम को न पा कर यह बेचारी जीवन को त्याग रही है उसी प्रेम को मैंने पाँव से ठुकरा दिया। इसे जेवर की क्या कमी थी क्या ये सारे जड़ाऊ जेवर इसे सुखी रख सके इसने उन्हें पाँव से ठुकरा दिया। उन्हीं आभूषणों के लिए मैंने अपना सर्वस्व खो दिया। हा ! न जाने वह (विमलसिंह) कहाँ हैं किस दशा में हैं !

अपनी लालसा को तृष्णा को वह कितनी ही बार धिक्कार चुकी थी। मंगला की दशा देख कर आज उसे आभूषणों से घृणा हो गयी।

विमल को घर छोड़े दो साल हो गये थे। शीतला को अब उनके बारे में भाँति-भाँति की शंकाएँ होने लगी थीं। आठों पहर उसके चित्त में ग्लानि और क्षोभ की आग सुलगा करती थी।

देहात के छोटे-मोटे जमींदारों का काम डाँट-डपट छीन-झपट ही से चला करता है। विमल की खेती बेगार में होती थी। उसके जाने के बाद सारे खेत परती रह गये। कोई जोतनेवाला न मिला। इस खयाल से साझे पर भी किसी ने न जोता कि बीच में कहीं विमलसिंह आ गये तो साझेदार को अँगूठा दिखा देंगे। असामियों ने लगान न दिया। शीतला ने महाजन से रुपये उधार ले कर काम चलाया। दूसरे वर्ष भी यही कैफियत रही। अबकी महाजन ने रुपये नहीं दिये। शीतला के गहनों के सिर गयी। दूसरा साल समाप्त होते-होते घर की सब लेई-पूँजी निकल गयी। फाके होने लगे। बूढ़ी सास छोटा देवर ननद और आप-चार प्राणियों का खर्च था। नात-हित भी आते ही रहते थे। उस पर यह और मुसीबत हुई कि मैके में एक फौजदारी हो गयी। पिता और बड़े भाई उसमें फँस गये। दो छोटे भाई एक बहन और माता चार प्राणी और सर पर आ डटे। गाड़ी पहले मुश्किल से चलती थी जब जमीन में धँस गयी।

प्रात:काल से कलह आरंभ हो जाता। समधिन समधिन से साले बहनोई से गुथ जाते। कभी तो अन्न के अभाव से भोजन ही न बनता कभी भोजन बनने पर भी गाली-गलौज के कारण खाने की नौबत न आती। लड़के दूसरों के खेतों में जा कर गन्ने और मटर खाते बुढ़िया दूसरों के घर जा कर अपना दुखड़ा रोती और ठकुरसोहाती करती पुरुष की अनुपस्थिति में स्त्री के मैकेवालों का प्राधान्य हो जाता है। इस संग्राम में प्राय: विजय-पताका मैकेवालों ही के हाथ में रहती है। किसी भाँति घर अनाज आ जाता तो उसे पीसे कौन शीतला की माँ कहती चार दिन के लिए आयी हूँ तो क्या चक्की चलाऊँ सास कहती खाने की बेर तो बिल्ली की तरह लपकेंगी पीसते क्यों जान निकलती है विवश हो कर शीतला को अकेले पीसना पड़ता। भोजन के समय वह महाभारत मचता कि पड़ोसवाले तंग आ जाते। शीतला कभी माँ के पैरों पड़ती कभी सास के चरण पकड़ती लेकिन दोनों ही उसे झिड़क देतीं। माँ कहती तूने यहाँ बुलाकर हमारा पानी उतार लिया। सास कहती मेरी छाती पर सौत ला कर बैठा दी अब बातें बनाती है इस घोर विवाद में शीतला अपना विरह-शोक भूल गयी। सारी अमंगल शंकाएँ इस विरोधाग्नि में शांत हो गयीं। बस अब यही चिंता थी कि इस दशा से छुटकारा कैसे हो माँ और सास दोनों ही का यमराज के सिवा और कोई ठिकाना न था पर यमराज उनका स्वागत करने के लिए बहुत उत्सुक नहीं जान पड़ते थे। सैकड़ों उपाय सोचती पर उस पथिक की भाँति जो दिन भर चल कर भी अपने द्वार ही पर खड़ा हो उसकी सोचने की शक्ति निश्चल हो गयी थी। चारों तरफ निगाहें दौड़ाती कि कहीं कोई शरण का स्थान है पर कहीं निगाह न जमती।

एक दिन वह इसी नैराश्य की अवस्था में द्वार पर खड़ी थी। मुसीबत में चित्त की उद्विग्नता में इंतजार में द्वार से हमें प्रेम हो जाता है। सहसा उसने बाबू सुरेशसिंह को सामने से घोड़े पर जाते देखा। उनकी आँखें उसकी ओर फिरीं। आँखें मिल गयीं। वह झिझक कर पीछे हट गयी। किवाड़ें बंद कर लिये। कुँवर साहब आगे बढ़ गये। शीतला को खेद हुआ कि उन्होंने मुझे देख लिया।

मेरे सिर पर साड़ी फटी हुई थी चारों तरफ उसमें पैबंद लगे हुए थे। वह अपने मन में न जाने क्या कहते होंगे

कुँवर साहब को गाँववालों से विमलसिंह के परिवार के कष्टों की खबर मिली थी। वह गुप्त रूप से उनकी कुछ सहायता करना चाहते थे। पर शीतला को देखते ही संकोच ने उन्हें ऐसा दबाया कि द्वार पर एक क्षण भी न रुक सके। मंगला के गृह-त्याग के तीन महीने पीछे आज वह पहली बार घर से निकले थे। मारे शर्म के बाहर बैठना छोड़ दिया था।

इसमें संदेह नहीं कि कुँवर साहब मन में शीतला के रूप-रस का आस्वादन करते थे। मंगला के जाने के बाद उनके हृदय में एक विचित्र दुष्कामना जाग उठी। क्या किसी उपाय से यह सुंदरी मेरी नहीं हो सकती विमल का मुद्दत से पता नहीं। बहुत सम्भव है कि वह अब संसार में न हो। किंतु वह इस दुष्कल्पना को विचार से दबाते रहते थे। शीतला की विपत्ति की कथा सुन कर भी वह उसकी सहायता करते हुए डरते थे। कौन जाने वासना यही वेष धर कर मेरे विचार और विवेक पर कुठाराघात करना चाहती हो। अंत को लालसा की कपट-लीला उन्हें भुलावा दे ही गयी। वह शीतला के घर उसका हालचाल पूछने गये। मन में तर्क किया-यह कितना घोर अन्याय है कि एक अबला ऐसे संकट में हो और मैं उसकी बात भी न पूछूँ पर वहाँ से लौटे तो बुद्धि और विवेक की रस्सियाँ टूट गयी थीं और नौका मोह-वासना के अपार सागर में डुबकियाँ खा रही थी। आह ! यह मनोहर छवि ! यह अनुपम सौंदर्य !

एक क्षण में उन्मत्तों की भाँति बकने लगे-यह प्राण और यह शरीर तेरी भेंट करता हूँ। संसार हँसेगा हँसे। महापाप है हो। कोई चिंता नहीं। इस स्वर्गीय आनंद से मैं अपने को वंचित नहीं कर सकता वह मुझसे भाग नहीं सकती। इस हृदय को छाती से निकाल कर उसके पैरों पर रख दूँगा। विमल गर गया। नहीं मरा तो अब मरेगा पाप क्या है पता नहीं। कमल कितना कोमल कितना प्रफुल्ल कितना ललित है क्या उसके अधरों-

अकस्मात् वह ठिठक गये जैसे कोई भूली हुई बात याद आ जाय। मनुष्य में बुद्धि के अंतर्गत एक अज्ञात बुद्धि होती है। जैसे रणक्षेत्र में हिम्मत हार कर भागनेवाले सैनिकों को किसी गुप्त स्थान से आनेवाली कुमक सँभाल लेती है वैसे ही इस अज्ञात बुद्धि ने सुरेश को सचेत कर दिया। वह सँभल गये। ग्लानि से उनकी आँखें भर आयीं। वह कई मिनट तक किसी दंडित कैदी की भाँति क्षुब्ध खड़े सोचते रहे। फिर विजय-ध्वनि से कह उठे-कितना सरल है। इस विकार के हाथी को सिंह से नहीं चिंउटी से मारूँगा। शीतला को एक बार बहन कह देने से ही यह सब विकार शांत हो जायगा। शीतला ! बहन ! मैं तेरा भाई हूँ !

उसी क्षण उन्होंने शीतला को पत्र लिखा-बहन तुमने इतने कष्ट झेले पर मुझे खबर तक न दी ! मैं कोई गैर न था। मुझे इसका दु:ख है। खैर अब ईश्वर ने चाहा तो तुम्हें कष्ट न होगा। इस पत्र के साथ उन्होंने अनाज और रुपये भेजे।

शीतला ने उत्तर दिया-भैया क्षमा करो जब तक जिऊँगी तुम्हारा यश गाऊँगी। तुमने मेरी डूबती नाव पार लगा दी।

4

कई महीने बीत गये। संध्या का समय था। शीतला अपनी मैना को चारा चुगा रही थी। उसे सुरेश नैपाल से उसी के वास्ते लाये थे। इतने में सुरेश आ कर आँगन में बैठ गये।

शीतला ने पूछा-कहाँ से आते हो भैया

सुरेश-गया था जरा थाने। कुछ पता नहीं चला। रंगून में पहले कुछ पता मिला था। बाद को मालूम हुआ कि वह कोई और आदमी है। क्या करूँ इनाम और बढ़ा दूँ

शीतला-तुम्हारे पास रुपये बढ़े हैं फूँको। उनकी इच्छा होगी तो आप ही आवेंगे।

सुरेश-एक बात पूछूँ बताओगी किस बात पर तुमसे रूठे थे

शीतला-कुछ नहीं मैंने यही कहा कि मुझे गहने बनवा दो। कहने लगे मेरे पास है क्या मैंने कहा (लजा कर) तो ब्याह क्यों किया बस बातों ही बातों में तकरार हो गयी।

इतने में शीतला की सास आ गयी। सुरेश ने शीतला की माँ और भाइयों को उनके घर पहुँचा दिया था इसलिए यहाँ अब शांति थी। सास ने बहू की बात सुन ली थी। कर्कश स्वर से बोली-बेटा तुमसे क्या परदा है। यह महारानी देखने ही को गुलाब की फूल है अन्दर सब काँटे हैं। यह अपने बनाव-सिंगार के आगे विमल की बात ही न पूछती थी। बेचारा इस पर जान देता था पर इसका मुँह ही न सीधा होता था। प्रेम तो इसे छू नहीं गया। अन्त को उसे देश से निकाल कर इसने दम लिया।

शीतला ने रुष्ट हो कर कहा-क्या वही अनोखे धन कमाने घर से निकले हैं देश-विदेश जाना मरदों का काम ही है।

सुरेश-यूरोप में तो धनभोग के सिवा स्त्री-पुरुष में कोई सम्बन्ध ही नहीं होता। बहन ने यूरोप में जन्म लिया होता तो हीरे-जवाहिर से जगमगाती होती। शीतला अब तुम ईश्वर से यही कहना कि सुंदरता देते हो तो यूरोप में जन्म दो।

शीतला ने व्यथित हो कर कहा-जिनके भाग्य में लिखा है वे यहीं सोने से लदी हुई हैं। मेरी भाँति सभी के करम थोड़े ही फूट गये हैं !

सुरेशसिंह को ऐसा जान पड़ा कि शीतला की मुखकांति मलिन हो गयी है। पतिवियोग में भी गहनों के लिए इतनी लालायित है ! बोले-अच्छा मैं तुम्हें गहने बनवा दूँगा।

यह वाक्य कुछ अपमानसूचक स्वर में कहा गया था पर शीतला की आँखें आनन्द से सजल हो आयीं कंठ गद्‌गद हो गया। उसके हृदय-नेत्रों के सामने मंगला के रत्न-जटित आभूषणों का

चित्र खिंच गया। उसने कृतज्ञतापूर्ण दृष्टि से सुरेश को देखा। मुँह से कुछ न बोली पर उसका प्रत्येक अंग कह रहा था-मैं तुम्हारी हूँ !

5

कोयल आम की डालियों पर बैठ कर मछली शीतल निर्मल जल में क्रीड़ा करके और मृग-शावक विस्तृत हरियालियों में छलाँगें भर कर इतने प्रसन्न नहीं होते जितना मंगला के आभूषणों को पहन कर शीतला प्रसन्न हो रही है। उसके पैर जमीन पर नहीं पड़ते। वह दिन भर आईने के सामने खड़ी रहती है कभी केशों को सँवारती है कभी सुरमा लगाती है। कुहरा फट गया है और निर्मल स्वच्छ चाँदनी निकल आयी है। वह घर का एक तिनका भी नहीं उठाती। उसके स्वभाव में एक विचित्र गर्व का संचार हो गया है।

लेकिन शृंगार क्या है सोयी हुई काम-वासना को जगाने का घोर नाद उद्दीपन का मंत्र। शीतला जब नख-शिख से सज कर बैठती है तो उसे प्रबल इच्छा होती है कि मुझे कोई देखे। वह द्वार पर आ कर खड़ी हो जाती है। गाँव की स्त्रियों की प्रशंसा से उसे संतोष नहीं होता। गाँव के पुरुषों को वह शृंगाररस-विहीन समझती है। इसलिए सुरेशसिंह को बुलाती है। पहले वह दिन में एक बार आ जाते थे अब शीतला के बहुत अनुनय-विनय करने पर भी नहीं आते।

पहर रात गयी थी। घरों के दीपक बुझ चुके थे। शीतला के घर में दीपक जल रहा था। उसने कुँवर साहब के बगीचे से बेले के फूल मँगवाये थे और बैठी हार गूँथ रही थी-अपने लिए नहीं सुरेश के लिए। प्रेम के सिवा एहसान का बदला देने के लिए उसके पास और था ही क्या

एकाएक कुत्तों के भूँकने की आवाज सुनायी दी और दम भर में विमलसिंह ने मकान के अंदर कदम रखा। उनके एक हाथ में संदूक था दूसरे हाथ में एक गठरी। शरीर दुर्बल कपड़े मैले दाढ़ी के बाल बढ़े हुए मुख पीला जैसे कोई कैदी जेल से निकल कर आया हो। दीपक का प्रकाश देखकर वह शीतला के कमरे की तरफ चले। मैना पिंजरे में तड़फड़ाने लगी। शीतला ने चौंक कर सिर उठाया। घबरा कर बोली कौन फिर पहचान गयी। तुरंत फूलों को एक कपड़े से छिपा दिया। उठ खड़ी हुई और सिर झुका कर पूछा-इतनी जल्दी सुध ली

विमल ने कुछ जवाब न दिया। विस्मित हो-हो कर कभी शीतला को देखता और कभी घर को मानो किसी नये संसार में पहुँच गया है। यह वह अध-खिला फूल न था जिसकी पंखुड़ियाँ अनुकूल जलवायु न पा कर सिमट गयी थीं। यह पूर्ण विकसित कुसुम था-ओस के जल-कणों से जगमगाता और वायु के झोंकों से लहराता हुआ। विमल उसकी सुंदरता पर पहले भी मुग्ध था पर यह ज्योति वह अग्निज्वाला थी जिससे हृदय में ताप और आँखों में जलन होती थी। ये आभूषण ये वस्त्र यह सजावट ! उसके सिर में एक चक्कर-सा आ गया। जमीन पर बैठ गया। इस सूर्यमुखी के सामने बैठते हुए उसे लज्जा आती थी। शीतला अभी तक स्तंभित खड़ी थी। वह पानी लाने नहीं दौड़ी उसने पति के चरण नहीं धोये उसको पंखा तक नहीं झला। हतबुद्धि-सी हो

गयी थी। उसने कल्पनाओं की कैसी सुरम्य वाटिका लगाई थी ! उस पर तुषार पड़ गया। वास्तव में इस मलिनवदन अर्ध-नग्न पुरुष से उसे घृणा हो रही थी। यह घर का जमींदार विमल न था। वह मजदूर हो गया था। मोटा काम मुखाकृति पर असर डाले बिना नहीं रहता। मजदूर सुंदर वस्त्रों में भी मजदूर ही रहता है।

सहसा विमल की माँ चौंकी। शीतला के कमरे में आयी तो विमल को देखते ही मातृ-स्नेह से विह्वल हो कर उसे छाती से लगा लिया। विमल ने उसके चरणों पर सिर रखा। उसकी आँखों से आँसुओं की गरम-गरम बूँदें निकल रही थीं। माँ पुलकित हो रही थी। मुख से बात न निकलती थी !

एक क्षण में विमल ने कहा-अम्माँ !

कंठ-ध्वनि ने उसका आशय प्रकट कर दिया।

माँ ने प्रश्न समझ कर कहा-नहीं बेटा यह बात नहीं है।

विमल-यह देखता क्या हूँ

माँ-स्वभाव ही ऐसा है तो कोई क्या करे

विमल-सुरेश ने मेरा हुलिया क्यों लिखाया था

माँ-तुम्हारी खोज लेने के लिए। उन्होंने दया न की होती तो आज घर में किसी को जीता न पाते।

विमल-बहुत अच्छा होता।

शीतला ने ताने से कहा-अपनी ओर से तुमने सबको मार ही डाला था। फूलों की सेज नहीं बिछा गये थे !

विमल-अब तो फूलों की सेज ही बिछी हुई देखता हूँ।

शीतला-तुम किसी के भाग्य के विधाता हो

विमलसिंह उठकर क्रोध से काँपता हुआ बोला-अम्माँ मुझे यहाँ से ले चलो। मैं इस पिशाचिनी का मुँह नहीं देखना चाहता। मेरी आँखों में खून उतरता चला आता है। मैंने इस कुल-कलंकिनी के लिए तीन साल तक जो कठिन तपस्या की है उससे ईश्वर मिल जाता पर इसे न पा सका !

यह कह कर वह कमरे से निकल आया और माँ के कमरे में लेट रहा। माँ ने तुरंत उसका मुँह और हाथ-पैर धुलाये। वह चूल्हा जला कर पूरियाँ पकाने लगी। साथ-साथ घर की विपत्ति-कथा भी कहती जाती थी। विमल के हृदय में सुरेश के प्रति जो विरोधाग्नि प्रज्वलित हो रही थी वह शांत हो गयी लेकिन हृदय-दाह ने रक्त-दाह का रूप धारण किया। जोर का बुखार चढ़

आया। लंबी यात्र की थकान और कष्ट तो था ही बरसों के कठिन श्रम और तप के बाद यह मानसिक संताप और भी दुस्सह हो गया।

सारी रात वह अचेत पड़ा रहा। माँ बैठी पंखा झलती और रोती थी। दूसरे दिन भी वह बेहोश पड़ा रहा। शीतला उसके पास एक क्षण के लिए भी न आयी। इन्होंने मुझे कौन-से सोने के कौर खिला दिये हैं जो इनकी धौंस सहूँ यहाँ तो जैसे कंता घर रहे वैसे रहे विदेश। किसी की फूटी कौड़ी नहीं जानती। बहुत ताव दिखा कर तो गये थे क्या लाद लाये !

संध्या के समय सुरेश को खबर मिली। तुरंत दौड़े हुए आये। आज दो महीने के बाद उन्होंने उस घर में कदम रखा। विमल ने आँखें खोलीं पहचान गया। आँखों से आँसू बहने लगे। सुरेश के मुखारविन्द पर दया की ज्योति झलक रही थी। विमल ने उसके बारे में जो अनुचित संदेह किया था उसके लिए वह अपने को धिक्कार रहा था।

शीतला ने ज्यों ही सुना कि सुरेशसिंह आये हैं तुरंत शीशे के सामने गयी। केश छिटका लिये और बिपत की मूर्ति बनी हुई विमल के कमरे में आयी। कहाँ तो विमल की आँखें बंद थीं मूर्च्छित-सा पड़ा था कहाँ शीतला के आते ही आँखें खुल गयीं। अग्निमय नेत्रों से उसकी ओर देख कर बोला-अभी आयी है आज के तीसरे दिन आना। कुँवर साहब से उस दिन फिर भेंट हो जायगी।

शीतला उलटे पाँव चली गयी। सुरेश पर घड़ों पानी पड़ गया। मन में सोचा कितना रूप-लावण्य है पर कितना विषाक्त ! हृदय की जगह केवल श्रृंगार-लालसा !

आतंक बढ़ता गया। सुरेश ने डाक्टर बुलवाये पर मृत्यु-देव ने किसी की न मानी। उनका हृदय पाषाण है। किसी भाँति नहीं पसीजता। कोई अपना हृदय निकाल कर रख दे आँसुओं की नदी बहा दे पर उन्हें दया नहीं आती। बसे हुए घर को उजाड़ना लहराती हुई खेती को सुखाना उनका काम है। और उनकी निर्दयता कितनी विनोदमय है ! यह नित्य नये रूप बदलते रहते हैं। कभी दामिनी बन जाते हैं तो कभी पुण्य-माला। कभी सिंह बन जाते हैं तो कभी सियार। कभी अग्नि के रूप में दिखायी देते हैं तो कभी जल के रूप में।

तीसरे दिन पिछली रात को विमल की मानसिक पीड़ा और हृदय-ताप का अंत हो गया। चोर दिन को कभी चोरी नहीं करता। यम के दूत प्राय: रात ही को सबकी नजर बचा कर आते हैं और प्राण-रत्न को चुरा ले जाते हैं। आकाश के फूल मुरझाये हुए थे। वृक्षसमूह स्थिर थे पर शोक में मग्न सिर झुकाये हुए। रात शोक का बाह्य रूप है। रात मृत्यु का क्रीड़ा-क्षेत्र है। उसी समय विमल के घर से आर्तनाद सुनायी दिया-वह नाद जिसे सुनने के लिए मृत्यु-देव विकल रहते हैं।

शीतला चौंक पड़ी और घबरायी हुई मरण-शय्या की ओर चली। उसने मृतदेह पर निगाह डाली और भयभीत हो कर एक पग पीछे हट गयी। उसे जान पड़ा विमलसिंह उसकी ओर

अत्यंत तीव्र दृष्टि से देख रहे हैं। बुझे हुए दीपक में उसे भयंकर ज्योति दिखायी पड़ी। वह मारे भय के वहाँ ठहर न सकी। द्वार से निकल ही रही थी कि सुरेशसिंह से भेंट हो गयी। कातर स्वर में बोली-मुझे यहाँ डर लगता है। उसने चाहा कि रोती हुई इनके पैरों पर गिर पड़ूँ पर वह अलग हट गये।

6

जब किसी पथिक को चलते-चलते ज्ञात होता है कि मैं रास्ता भूल गया हूँ तो वह सीधे रास्ते पर आने के लिए बड़े वेग से चलता है ! झुँझलाता है कि मैं इतना असावधान क्यों हो गया सुरेश भी अब शांति-मार्ग पर आने के लिए विकल हो गये। मंगला की स्नेहमयी सेवाएँ याद आने लगीं। हृदय में वास्तविक सौंदर्योपासना का भाव उदय हुआ। उसमें कितना प्रेम कितना त्याग कितनी क्षमा थी ! उसकी अतुल पति-भक्ति को याद करके कभी-कभी वह तड़प जाते। आह ! मैंने घोर अत्याचार किया। ऐसे उज्ज्वल रत्न का आदर न किया। मैं यों ही जड़वत् पड़ा रहा और मेरे सामने ही लक्ष्मी घर से निकल गयी ! मंगला ने चलते-चलते शीतला से जो बातें कहीं वे उन्हें मालूम थीं पर उन बातों पर विश्वास न होता था। मंगला शांत प्रकृति की थी। वह इतनी उद्दंडता नहीं कर सकती। उसमें क्षमा थी वह इतना विद्वेष नहीं कर सकती। उनका मन कहता था कि वह जीती है और कुशल से है। उसके मैकेवालों को कई पत्र लिखे पर वहाँ व्यंग्य और कटुवाक्यों के सिवा और क्या रखा था अंत को उन्होंने लिखा-अब उस रत्न की खोज में स्वयं जाता हूँ। या तो ले कर ही आऊँगा या कहीं मुँह में कालिख लगा कर डूब मरूँगा।

इस पत्र का उत्तर आया-अच्छी बात है जाइए पर यहाँ से होते हुए जाइएगा। यहाँ से भी कोई आपके साथ चला जायगा।

सुरेशसिंह को इन शब्दों में आशा की झलक दिखायी दी। उसी दिन प्रस्थान कर दिया। किसी को साथ नहीं लिया।

ससुराल में किसी ने उनका प्रेममय स्वागत नहीं किया। सभी के मुँह फूले हुए थे। ससुर जी ने तो उन्हें पति-धर्म पर एक लम्बा उपदेश दिया।

रात को जब वह भोजन करके लेटे तो छोटी साली आ कर बैठ गयी और मुस्करा कर बोली-जीजा जी कोई सुंदरी अपने रूपहीन पुरुष को छोड़ दे उसका अपमान करे तो आप उसे क्या कहेंगे

सुरेश-(गंभीर स्वर से) कुटिला !

साली-और ऐसे पुरुष को जो अपनी रूपहीन स्त्री को त्याग दे

सुरेश-पशु !

साली-और जो पुरुष विद्वान् हो

सुरेश-पिशाच !

साली-(हँस कर) तो मैं भागती हूँ। मुझे आपसे डर लगता है।

सुरेश-पिशाचों का प्रायश्चित्त भी तो स्वीकार हो जाता है।

साली-शर्त यह है कि प्रायश्चित्त सच्चा हो।

सुरेश-यह तो वह अंतर्यामी ही जान सकते हैं।

साली-सच्चा होगा तो उसका फल भी अवश्य मिलेगा। मगर दीदी को ले कर इधर ही से लौटिएगा।

सुरेश की आशा-नौका फिर डगमगायी। गिड़गिड़ा कर बोले-प्रभा ईश्वर के लिए मुझ पर दया करो। मैं बहुत दु:खी हूँ। साल भर से ऐसा कोई दिन नहीं गया कि मैं रो कर न सोया हूँ।

प्रभा ने उठ कर कहा-अपने किये का क्या इलाज जाती हूँ आराम कीजिए।

एक क्षण में मंगला की माता आकर बैठ गयी और बोली-बेटा तुमने तो बहुत पढ़ा-लिखा है देश-विदेश घूम आये हो सुंदर बनने की कोई दवा कहीं नहीं देखी

सुरेश ने विनयपूर्वक कहा-माता जी अब ईश्वर के लिए और लज्जित न कीजिए।

माता-तुमने तो मेरी प्यारी बेटी के प्राण ले लिये ! मैं क्या तुम्हें लज्जित करने से भी गयी जी में तो था कि ऐसी-ऐसी सुनाऊँगी कि तुम भी याद करोगे पर मेहमान हो क्या जलाऊँ आराम करो।

सुरेश आशा और भय की दशा में पड़े करवटें बदल रहे थे कि एकाएक द्वार पर किसी ने धीरे से कहा-जाती क्यों नहीं जागते तो हैं किसी ने जवाब दिया-लाज आती है।

सुरेश ने आवाज पहचानी। प्यासे को पानी मिल गया। एक क्षण में मंगला उनके सम्मुख आयी और सिर झुका कर खड़ी हो गयी। सुरेश को उसके मुख पर एक अनूठी छवि दिखायी दी जैसे कोई रोगी स्वास्थ्य-लाभ कर चुका हो।

रूप वही था पर आँखें और थीं।

* * *

जुगनू की चमक

पंजाब के सिंह राजा रणजीतसिंह संसार से चल चुके थे और राज्य के वे प्रतिष्ठित पुरुष जिनके द्वारा उनका उत्तम प्रबंध चल रहा था परस्पर के द्वेष और अनबन के कारण मर मिटे थे। राजा रणजीतसिंह का बनाया हुआ सुंदर किंतु खोखला भवन अब नष्ट हो चुका था। कुँवर दिलीपसिंह अब इंगलैंड में थे और रानी चंद्रकुँवरि चुनार के दुर्ग में। रानी चंद्रकुँवरि ने विनष्ट होते हुए राज्य को बहुत सँभालना चाहा किंतु शासन-प्रणाली न जानती थी और कूटनीति ईर्ष्या की आग भड़काने के सिवा और क्या करती

रात के बारह बज चुके थे। रानी चंद्रकुँवरि अपने निवास-भवन के ऊपर छत पर खड़ी गंगा की ओर देख रही थी और सोचती थी-लहरें क्यों इस प्रकार स्वतंत्र हैं उन्होंने कितने गाँव और नगर डुबाये हैं कितने जीव-जंतु तथा द्रव्य निगल गयी हैं किंतु फिर भी वे स्वतंत्र हैं। कोई उन्हें बंद नहीं करता। इसीलिए न कि वे बंद नहीं रह सकतीं वे गरजेंगी बल खायेंगी-और बाँध के ऊपर चढ़कर उसे नष्ट कर देंगी अपने जोर से उसे बहा ले जायेंगी।

यह सोचते-विचारते रानी गादी पर लेट गयी। उसकी आँखों के सामने पूर्वावस्था की स्मृतियाँ मनोहर स्वप्न की भाँति आने लगीं। कभी उसकी भौंह की मरोड़ तलवार से भी अधिक तीव्र थी और उसकी मुस्कराहट वसंत की सुगंधित समीर से भी अधिक प्राण-पोषक किंतु हाय अब इनकी शक्ति हीनावस्था को पहुँच गयी। रोये तो अपने को सुनाने के लिए हँसे तो अपने को बहलाने के लिए। यदि बिगड़े तो किसी का क्या बिगाड़ सकती है और प्रसन्न हो तो किसी का क्या बना सकती है रानी और बाँदी में कितना अंतर है रानी की आँखों से आँसू की बूँदें झरने लगीं जो कभी विष से अधिक प्राणनाशक और अमृत से अधिक अनमोल थीं वह इसी भाँति अकेली निराश कितनी बार रोयी जब कि आकाश के तारों के सिवा और कोई देखनेवाला न था।

2

इसी प्रकार रोते-रोते रानी की आँखें लग गयीं। उसका प्यारा कलेजे का टुकड़ा कुँवर दिलीपसिंह जिसमें उसके प्राण बसते थे उदास मुख आ कर खड़ा हो गया। जैसे गाय दिन भर जंगलों में रहने के पश्चात् संध्या को घर आती है और अपने बछड़े को देखते ही प्रेम और उमंग से मतवाली होकर स्तनों में दूध भरे पूँछ उठाये दौड़ती है उसी भाँति चंद्रकुँवरि अपने दोनों हाथ फैलाये अपने प्यारे कुँवर को छाती से लपटाने के लिए दौड़ी। परंतु आँखें खुल गयीं और जीवन की आशाओं की भाँति वह स्वप्न विनष्ट हो गया। रानी ने गंगा की ओर देखा और कहा-मुझे भी अपने साथ लेती चलो। इसके बाद रानी तुरंत छत से उतरी। कमरे में एक लालटेन जल रही थी।

उसके उजाले में उसने एक मैली साड़ी पहनी गहने उतार दिये रत्नों के एक छोटे-से बक्स को और एक तीव्र कटार को कमर में रखा। जिस समय वह बाहर निकली नैराश्यपूर्ण साहस की मूर्ति थी।

संतरी ने पुकारा-कौन

रानी ने उत्तर दिया-मैं हूँ झंगी।

कहाँ जाती है

गंगाजल लाऊँगी। सुराही टूट गयी है रानी जी पानी माँग रही हैं।

संतरी कुछ समीप आ कर बोला-चल मैं भी तेरे साथ चलता हूँ जरा रुक जा।

झंगी बोली-मेरे साथ मत आओ। रानी कोठे पर हैं। देख लेंगी।

संतरी को धोखा दे कर चंद्रकुँवरि गुप्त द्वार से होती हुई अँधेरे में काँटों से उलझती चट्टानों से टकराती गंगा के किनारे पर जा पहुँची।

रात आधी से अधिक जा चुकी थी। गंगा जी में संतोषदायिनी शांति विराज रही थी। तरंगें तारों को गोद में लिये सो रही थीं। चारों ओर सन्नाटा था।

रानी नदी के किनारे-किनारे चली जाती थी और मुड़-मुड़ कर पीछे देखती थी। एकाएक एक डोंगी खूँटे से बँधी हुई देख पड़ी। रानी ने उसे ध्यान से देखा तो मल्लाह सोया हुआ था। उसे जगाना काल को जगाना था। वह तुरंत रस्सी खोल कर नाव पर सवार हो गयी। नाव धीरे-धीरे धार के सहारे चलने लगी शोक और अंधकारमय स्वप्न की भाँति जो ध्यान की तरंगों के साथ बहा चला जाता हो। नाव के हिलने से मल्लाह चौंक कर उठ बैठा। आँखें मलते-मलते उसने सामने देखा तो पटरे पर एक स्त्री हाथ में डाँड़ लिये बैठी है। घबरा कर पूछा-तैं कौन है रे नाव कहाँ लिये जाती है रानी हँस पड़ी। भय के अन्त को साहस कहते हैं। बोली-सच बताऊँ या झूठ

मल्लाह कुछ भयभीत-सा हो कर बोला-सच बताया जाय।

रानी बोली-अच्छा तो सुनो। मैं लाहौर की रानी चन्द्रकुँवरि हूँ। इसी किले में कैद थी। आज भागी जाती हूँ। मुझे जल्दी बनारस पहुँचा दे। तुझे निहाल कर दूँगी और शरारत करेगा तो देख कटार से सिर काट दूँगी। सबेरा होने से पहले मुझे बनारस पहुँचना चाहिए।

यह धमकी काम कर गयी। मल्लाह ने विनीत भाव से अपना कम्बल बिछा दिया और तेजी से डाँड़ चलाने लगा। किनारे के वृक्ष और ऊपर जगमगाते हुए तारे साथ-साथ दौड़ने लगे।

3

प्रात:काल चुनार के दुर्ग में प्रत्येक मनुष्य अचम्भित और व्याकुल था। संतरी चौकीदार और लौंडियाँ सब सिर नीचे किये दुर्ग के स्वामी के सामने उपस्थित थे। अन्वेषण हो रहा था परन्तु कुछ पता न चलता था।

उधर रानी बनारस पहुँची। परन्तु वहाँ पहले से ही पुलिस और सेना का जाल बिछा हुआ था। नगर के नाके बन्द थे। रानी का पता लगानेवाले के लिए एक बहुमूल्य पारितोषिक की सूचना दी गयी थी।

बन्दीगृह से निकल कर रानी को ज्ञात हो गया कि वह और दृढ़ कारागार में है। दुर्ग में प्रत्येक मनुष्य उसका आज्ञाकारी था। दुर्ग का स्वामी भी उसे सम्मान की दृष्टि से देखता था। किंतु आज स्वतंत्र हो कर भी उसके ओंठ बन्द थे। उसे सभी स्थानों में शत्रु देख पड़ते थे। पंखरहित पक्षी को पिंजरे के कोने में ही सुख है।

पुलिस के अफसर प्रत्येक आने-जानेवालों को ध्यान से देखते थे किंतु उस भिखारिनी की ओर किसी का ध्यान नहीं जाता था जो एक फटी हुई साड़ी पहने यात्रियों के पीछे-पीछे धीरे-धीरे सिर झुकाये गंगा की ओर चली आ रही है। न वह चौंकती है न हिचकती है न घबराती है। इस भिखारिनी की नसों में रानी का रक्त है।

यहाँ से भिखारिनी ने अयोध्या की राह ली। वह दिन भर विकट मार्गों में चलती और रात को किसी सुनसान स्थान पर लेट रहती थी। मुख पीला पड़ गया था। पैरों में छाले थे। फूल-सा बदन कुम्हला गया था।

वह प्राय: गाँवों में लाहौर की रानी के चरचे सुनती। कभी-कभी पुलिस के आदमी भी उसे रानी की टोह में दत्तचित्त देख पड़ते। उन्हें देखते ही भिखारिनी के हृदय में सोयी हुई रानी जाग उठती। वह आँखें उठा कर उन्हें घृणा-दृष्टि से देखती और शोक तथा क्रोध से उसकी आँखें जलने लगतीं। एक दिन अयोध्या के समीप पहुँच कर रानी एक वृक्ष के नीचे बैठी हुई थी। उसने कमर से कटार निकाल कर सामने रख दी थी। वह सोच रही थी कि कहाँ जाऊँ मेरी यात्र का अंत कहाँ है क्या इस संसार में अब मेरे लिए कहीं ठिकाना नहीं है वहाँ से थोड़ी दूर पर आमों का एक बहुत बड़ा बाग था। उसमें बड़े-बड़े डेरे और तम्बू गड़े हुए थे। कई एक संतरी चमकीली वर्दियाँ पहने टहल रहे थे कई घोड़े बँधे हुए थे। रानी ने इस राजसी ठाट-बाट को शोक की दृष्टि से देखा। एक बार वह भी काश्मीर गयी थी। उसका पड़ाव इससे कहीं बढ़ गया था।

बैठे-बैठे संध्या हो गयी। रानी ने वहीं रात काटने का निश्चय किया ! इतने में एक बूढ़ा मनुष्य टहलता हुआ आया और उसके समीप खड़ा हो गया। ऐंठी हुई दाढ़ी थी शरीर में सटी हुई चपकन थी कमर में तलवार लटक रही थी। इस मनुष्य को देखते ही रानी ने तुरन्त कटार उठा कर कमर में खोंस ली। सिपाही ने उसे तीव्र दृष्टि से देख कर पूछा-बेटी कहाँ से आती हो

रानी ने कहा-बहुत दूर से।

कहाँ जाओगी

यह नहीं कह सकती बहुत दूर।

सिपाही ने रानी की ओर फिर ध्यान से देखा और कहा-जरा अपनी कटार दिखाओ। रानी कटार सँभाल कर खड़ी हो गयी और तीव्र स्वर से बोली-मित्र हो या शत्रु ठाकुर ने कहा-मित्र।

सिपाही के बातचीत करने के ढंग में और चेहरे में कुछ ऐसी विलक्षणता थी जिससे रानी को विवश हो कर विश्वास करना पड़ा।

वह बोली-विश्वासघात न करना। यह देखो।

ठाकुर ने कटार हाथ में ली। उसको उलट-पुलट कर देखा और बड़े नम्र भाव से उसे आँखों से लगाया। तब रानी के आगे विनीत भाव से सिर झुका कर वह बोला-महारानी चन्द्रकुँवरि

रानी ने करुण स्वर से कहा-नहीं अनाथ भिखारिनी। तुम कौन हो

सिपाही ने उत्तर दिया-आपका एक सेवक !

रानी ने उसकी ओर निराश दृष्टि से देखा और कहा-दुर्भाग्य के सिवा इस संसार में मेरा कोई नहीं।

सिपाही ने कहा-महारानी जी ऐसा न कहिए। पंजाब के सिंह की महारानी के वचन पर अब भी सैकड़ों सिर झुक सकते हैं। देश में ऐसे लोग विद्यमान हैं जिन्होंने आपका नमक खाया है और उसे भूले नहीं हैं।

रानी-अब इसकी इच्छा नहीं। केवल एक शांत-स्थान चाहती हूँ जहाँ पर एक कुटी के सिवा कुछ न हो।

सिपाही-ऐसा स्थान पहाड़ों में ही मिल सकता है। हिमालय की गोद में चलिए वहीं आप उपद्रव से बच सकती हैं।

रानी-(आश्चर्य से) शत्रुओं में जाऊँ नेपाल कब हमारा मित्र रहा है

सिपाही-राणा जंगबहादुर दृढ़प्रतिज्ञ राजपूत हैं।

रानी-किंतु वही जंगबहादुर तो है जो अभी-अभी हमारे विरुद्ध लार्ड डलहौजी को सहायता देने पर उद्यत था

सिपाही (कुछ लज्जित-सा हो कर)-तब आप महारानी चंद्रकुँवरि थीं आज आप भिखारिनी हैं। ऐश्वर्य के द्वेषी और शत्रु चारों ओर होते हैं। लोग जलती हुई आग को पानी से बुझाते हैं पर राख माथे पर चढ़ायी जाती है। आप जरा भी सोच-विचार न करें नेपाल में अभी धर्म का लोप नहीं हुआ है। आप भय-त्याग करें और चलें। देखिए वह आपको किस भाँति सिर और आँखों पर बिठाता है।

रानी ने रात इसी वृक्ष की छाया में काटी। सिपाही भी वहीं सोया। प्रात:काल वहाँ दो तीव्रगामी घोड़े देख पड़े। एक पर सिपाही सवार था और दूसरे पर एक अत्यंत रूपवान युवक। यह रानी चंद्रकुँवरि थी जो अपने रक्षास्थान की खोज में नेपाल जाती थी। कुछ देर पीछे रानी ने पूछा-यह पड़ाव किसका है सिपाही ने कहा-राणा जंगबहादुर का। वे तीर्थयात्र करने आये हैं किन्तु हमसे पहले पहुँच जायेंगे।

रानी-तुमने उनसे मुझे यहीं क्यों न मिला दिया। उनका हार्दिक भाव प्रकट हो जाता।

सिपाही-यहाँ उनसे मिलना असम्भव था। आप जासूसों की दृष्टि से न बच सकतीं।

उस समय यात्र करना प्राण को अर्पण कर देना था। दोनों यात्रियों को अनेक बार डाकुओं का सामना करना पड़ा। उस समय रानी की वीरता उसका युद्ध-कौशल तथा फुर्ती देख कर बूढ़ा सिपाही दाँतों तले अँगुली दबाता था। कभी उनकी तरह तलवार काम कर जाती और कभी घोड़े की तेज चाल।

यात्र बड़ी लम्बी थी। जेठ का महीना मार्ग में ही समाप्त हो गया। वर्षा ऋतु आयी। आकाश में मेघ-माला छाने लगी। सूखी नदियाँ उतरा चलीं। पहाड़ी नाले गरजने लगे। न नदियों में नाव न नालों पर घाट किंतु घोड़े सधे हुए थे। स्वयं पानी में उतर जाते और डूबते-उतराते बहते भँवर खाते पार पहुँच जाते। एक बार बिच्छू ने कछुए की पीठ पर नदी की यात्र की थी। यह यात्र उससे कम भयानक न थी।

कहीं ऊँचे-ऊँचे साखू और महुए के जंगल थे और कहीं हरे-भरे जामुन के वन। उनकी गोद में हाथियों और हिरनों के झुंड किलोलें कर रहे थे। धान की क्यारियाँ पानी से भरी हुई थीं। किसानों की स्त्रियाँ धान रोपती थीं और सुहावने गीत गाती थीं। कहीं उन मनोहारी ध्वनियों के बीच में खेत की मेड़ों पर छाते की छाया में बैठे हुए जमींदारों के कठोर शब्द सुनायी देते थे।

इसी प्रकार यात्र के कष्ट सहते अनेकानेक विचित्र दृश्य देखते दोनों यात्री तराई पार करके नेपाल की भूमि में प्रविष्ट हुए।

4

प्रात:काल का सुहावना समय था। नेपाल के महाराज सुरेंद्रविक्रमसिंह का दरबार सजा हुआ। राज्य के प्रतिष्ठित मंत्री अपने-अपने स्थान पर बैठे हुए थे। नेपाल ने एक बड़ी लड़ाई के पश्चात् तिब्बत पर विजय पायी थी। इस समय संधि की शर्तों पर विवाद छिड़ा था। कोई युद्ध-व्यय का इच्छुक था कोई राज्य-विस्तार का। कोई-कोई महाशय वार्षिक कर पर जोर दे रहे थे। केवल राणा जंगबहादुर के आने की देर थी। वे कई महीनों के देशाटन के पश्चात् आज ही रात को लौटे थे और यह प्रसंग जो उन्हीं के आगमन की प्रतीक्षा कर रहा था अब मंत्रि-सभा में उपस्थित किया गया था। तिब्बत के यात्री आशा और भय की दशा में प्रधानमंत्री के मुख से अंतिम निर्णय सुनने को उत्सुक हो रहे थे। नियत समय पर चोबदार ने राणा के आगमन की सूचना दी। दरबार के लोग उन्हें सम्मान देने के लिए खड़े हो गये। महाराज को प्रणाम करने के पश्चात् वे अपने सुसज्जित आसन पर बैठ गये। महाराज ने कहा-राणा जी आप संधि के लिए कौन प्रस्ताव करना चाहते थे।

राणा ने नम्र भाव से कहा-मेरी अल्प बुद्धि में तो इस समय कठोरता का व्यवहार करना अनुचित है। शोकाकुल शत्रु के साथ दयालुता का आचरण करना सर्वदा हमारा उद्देश्य रहा है। क्या इस अवसर पर स्वार्थ के मोह में हम अपने बहुमूल्य उद्देश्य को भूल जायेंगे हम ऐसी संधि

चाहते हैं जो हमारे हृदय को एक कर दे। यदि तिब्बत का दरबार हमें व्यापारिक सुविधाएं प्रदान करने को कटिबद्ध हो तो हम संधि करने के लिए सर्वथा उद्यत हैं।

मंत्रिमंडल में विवाद आरम्भ हुआ। सबकी सम्मति इस दयालुता के अनुसार न थी किंतु महाराज ने राणा का समर्थन किया। यद्यपि अधिकांश सदस्यों को शत्रु के साथ ऐसी नरमी पसंद न थी तथापि महाराज के विपक्ष में बोलने का किसी को साहस न हुआ।

यात्रियों के चले जाने के पश्चात् राणा जंगबहादुर ने खड़े हो कर कहा-सभा में उपस्थित सज्जनो आज नेपाल के इतिहास में एक नयी घटना होनेवाली है जिसे मैं आपकी जातीय नीतिमत्ता की परीक्षा समझता हूँ इसमें सफल होना आपके ही कर्त्तव्य पर निर्भर है। आज राज-सभा में आते समय मुझे यह आवेदनपत्र मिला है जिसे मैं आप सज्जनों की सेवा में उपस्थित करता हूँ। निवेदक ने तुलसीदास की यह चौपाई लिख दी है-

"आपत-काल परखिये चारी।
धीरज धर्म मित्र अरु नारी।।"

महाराज ने पूछा-यह पत्र किसने भेजा है

एक भिखारिनी ने।

भिखारिनी कौन है

महारानी चंद्रकुँवरि।

कड़बड़ खत्री ने आश्चर्य से पूछा-जो हमारी मित्र अँग्रेजी सरकार के विरुद्ध हो कर भाग आयी हैं

राणा जंगबहादुर ने लज्जित हो कर कहा-जी हाँ। यद्यपि हम इसी विचार को दूसरे शब्दों में प्रकट कर सकते हैं।

कड़बड़ खत्री-अँग्रेजों से हमारी मित्रता है और मित्र के शत्रु की सहायता करना मित्रता की नीति के विरुद्ध है।

जनरल शमशेर बहादुर-ऐसी दशा में इस बात का भय है कि अँग्रेजी सरकार से हमारे सम्बन्ध टूट न जायँ।

राजकुमार रणवीरसिंह-हम यह मानते हैं कि अतिथि-सत्कार हमारा धर्म है किंतु उसी समय तक जब तक कि हमारे मित्रों को हमारी ओर से शंका करने का अवसर न मिले।

इस प्रसंग पर यहाँ तक मतभेद तथा वाद-विवाद हुआ कि एक शोर-सा मच गया और कई प्रधान यह कहते हुए सुनायी दिये कि महारानी का इस समय आना देश के लिए कदापि मंगलकारी नहीं हो सकता।

तब राणा जंगबहादुर उठे। उनका मुख लाल हो गया था। उनका सद्विचार क्रोध पर अधिकार जमाने के लिए व्यर्थ प्रयत्न कर रहा था। वे बोले-भाइयो यदि इस समय मेरी बातें आप लोगों को अत्यंत कड़ी जान पड़ें तो मुझे क्षमा कीजिएगा क्योंकि अब मुझमें अधिक श्रवण करने की शक्ति नहीं है। अपनी जातीय साहसहीनता का यह लज्जाजनक दृश्य अब मुझसे नहीं देखा जाता। यदि नेपाल के दरबार में इतना भी साहस नहीं कि वह अतिथि-सत्कार और सहायता की नीति को निभा सके तो मैं इस घटना के सम्बन्ध में सब प्रकार का भार अपने ऊपर लेता हूँ। दरबार अपने को इस विषय में निर्दोष समझे और इसकी सर्वसाधारण में घोषणा कर दे।

कड़बड़ खत्री गर्म हो कर बोले-केवल यह घोषणा देश को भय से रहित नहीं कर सकती।

राणा जंगबहादुर ने क्रोध से ओंठ चबा लिया किंतु सँभल कर कहा-देश का शासन-भार अपने ऊपर लेनेवालों की ऐसी अवस्थाएँ अनिवार्य हैं। हम उन नियमों से जिन्हें पालन करना हमारा कर्त्तव्य है मुँह नहीं मोड़ सकते। अपनी शरण में आये हुओं का हाथ पकड़ना-उनकी रक्षा करना राजपूतों का धर्म है। हमारे पूर्व-पुरुष सदा इस नियम पर-धर्म पर प्राण देने को उद्यत रहते थे। अपने माने हुए धर्म को तोड़ना एक स्वतंत्र जाति के लिए लज्जास्पद है। अँग्रेज हमारे मित्र हैं और अत्यन्त हर्ष का विषय है कि बुद्धिशाली मित्र हैं। महारानी चंद्रकुँवरि को अपनी दृष्टि में रखने से उनका उद्देश्य केवल यह था कि उपद्रवी लोगों के गिरोह का कोई केन्द्र शेष न रहे। यदि उनका यह उद्देश्य भंग न हो तो हमारी ओर से शंका होने का न उन्हें कोई अवसर है और न हमें उनसे लज्जित होने की कोई आवश्यकता।

कड़बड़ खत्री-महारानी चंद्रकुँवरि यहाँ किस प्रयोजन से आयी हैं

राणा जंगबहादुर-केवल एक शांति-प्रिय सुख-स्थान की खोज में जहाँ उन्हें अपनी दुरवस्था की चिन्ता से मुक्त होने का अवसर मिले। वह ऐश्वर्यशाली रानी जो रंगमहलों में सुख-विलास करती थी जिसे फूलों की सेज पर भी चैन न मिलता था आज सैकड़ों कोस से अनेक प्रकार के कष्ट सहन करती नदी-नाले पहाड़-जंगल छानती यहाँ केवल एक रक्षित स्थान की खोज में आयी हैं। उमड़ी हुई नदियों और उबलते हुए नाले बरसात के दिन। इन दुखों को आप लोग जानते हैं और यह सब उसी एक रक्षित स्थान के लिए उसी एक भूमि के टुकड़े की आशा में। किन्तु हम ऐसे स्थानहीन हैं कि उनकी यह अभिलाषा भी पूरी नहीं कर सकते। उचित तो यह था कि उतनी-सी भूमि के बदले हम अपना हृदय फैला देते। सोचिए कितने अभिमान की बात है कि एक आपदा में फँसी हुई रानी अपने दुःख के दिनों में जिस देश को याद करती हैं यह वही पवित्र देश है। महारानी चंद्रकुँवरि को हमारे इस अभयप्रद स्थान पर-हमारी शरणागतों की रक्षा पर पूरा भरोसा था और वही विश्वास उन्हें यहाँ तक लाया है। इसी आशा पर कि पशुपतिनाथ की शरण में मुझे शांति मिलेगी वह यहाँ तक आयी हैं। आपको अधिकार है चाहे उनकी आशा पूर्ण करें या धूल में मिला दें। चाहे रक्षणता के-शरणागतों के साथ सदाचरण के-नियमों को निभा कर इतिहास के पृष्ठों पर अपना नाम छोड़ जायँ या जातीयता तथा सदाचार-सम्बन्धी नियमों को मिटा कर स्वयं अपने को पतित समझें। मुझे विश्वास नहीं है कि यहाँ एक भी मनुष्य ऐसा निरभिमान

है कि जो इस अवसर पर शरणागत-पालन-धर्म को विस्तृत करके अपना सिर ऊँचा कर सके। अब मैं आपके अंतिम निपटारे की प्रतीक्षा करता हूँ। कहिए आप अपनी जाति और देश का नाम उज्ज्वल करेंगे या सर्वदा के लिए अपने माथे पर अपयश का टीका लगायेंगे

राजकुमार ने उमंग से कहा-हम महारानी के चरणों तले आँखें बिछायेंगे।

कप्तान विक्रमसिंह बोले-हम राजपूत हैं और अपने धर्म का निर्वाह करेंगे।

जनरल वनवीरसिंह-हम उनको ऐसी धूम से लायेंगे कि संसार चकित हो जायगा।

राणा जंगबहादुर ने कहा-मैं अपने मित्र कड़बड़ खत्री के मुख से उसका फैसला सुनना चाहता हूँ।

कड़बड़ खत्री एक प्रभावशाली पुरुष थे और मंत्रिमंडल में वे राणा जंगबहादुर के विरुद्ध मंडली के प्रधान थे। वे लज्जा भरे शब्दों में बोले-यद्यपि मैं महारानी के आगमन को भयरहित नहीं समझता किन्तु इस अवसर पर हमारा धर्म यही है कि हम महारानी को आश्रय दें। धर्म से मुँह मोड़ना किसी जाति के लिए मान का कारण नहीं हो सकता।

कई ध्वनियों ने उमंग-भरे शब्दों में इस प्रसंग का समर्थन किया।

महाराजा सुरेंद्रविक्रमसिंह-इस निपटारे पर बधाई देता हूँ। तुमने जाति का नाम रख लिया। पशुपति इस उत्तम कार्य में तुम्हारी सहायता करें।

सभा विसर्जित हुई। दुर्ग से तोपें छूटने लगीं। नगर भर में खबर गूँज उठी कि पंजाब की रानी चन्द्रकुँवरि का शुभागमन हुआ है। जनरल रणवीरसिंह और जनरल रणधीरसिंह बहादुर 50 000 सेना के साथ महारानी की अगवानी के लिए चले।

अतिथि-भवन की सजावट होने लगी। बाजार अनेक भाँति की उत्तम सामग्रियों से सज गये।

ऐश्वर्य की प्रतिष्ठा व सम्मान सब कहीं होता है किंतु किसी ने भिखारिनी का ऐसा सम्मान देखा है सेनाएँ बैंड बजाती और पताका फहराती हुई एक उमड़ी नदी की भाँति जाती थीं। सारे नगर में आनन्द ही आनन्द था। दोनों ओर सुंदर वस्त्रभूषणों से सजे दर्शकों का समूह खड़ा था। सेना के कमांडर आगे-आगे घोड़ों पर सवार थे। सबके आगे राणा जंगबहादुर जातीय अभिमान के मद में लीन अपने सुवर्णखचित हौदे में बैठे हुए थे। यह उदारता का एक पवित्र दृश्य था। धर्मशाला के द्वार पर यह जुलूस रुका। राणा हाथी से उतरे। महारानी चंद्रकुँवरि कोठरी से बाहर निकल आयीं। राणा ने झुक कर वन्दना की। रानी उनकी ओर आश्चर्य से देखने लगीं। यह वही उनका मित्र बूढ़ा सिपाही था।

आँखें भर आयीं। मुस्करायीं। खिले हुए फूल पर से ओस की बूँदें टपकीं। रानी बोलीं-मेरे बूढ़े ठाकुर मेरी नाव पार लगानेवाले किस भाँति तुम्हारा गुण गाऊँ

राणा ने सिर झुका कर कहा-आपके चरणारविंद से हमारे भाग्य उदय हो गये।

5

नेपाल की राजसभा ने पच्चीस हजार रुपये से महारानी के लिए एक उत्तम भवन बनवा दिया और उनके लिए दस हजार रुपया मासिक नियत कर दिया।

वह भवन आज तक वर्तमान है और नेपाल की शरणागतप्रियता तथा प्रणपालन-तत्परता का स्मारक है। पंजाब की रानी को लोग आज तक याद करते हैं।

यह वह सीढ़ी है जिससे जातियाँ यश के सुनहले शिखर पर पहुँचती हैं।

ये ही घटनाएँ हैं जिनसे जातीय इतिहास प्रकाश और महत्त्व को प्राप्त होता है।

पोलिटिकल रेजीडेंट ने गवर्नमेंट को रिपोर्ट की। इस बात की शंका थी कि गवर्नमेंट ऑफ इंडिया और नेपाल के बीच कुछ खिंचाव हो जाय किंतु गवर्नमेंट को राणा जंगबहादुर पर पूर्ण विश्वास था। और जब नेपाल की राजसभा ने विश्वास और संतोष दिलाया कि महारानी चंद्रकुँवरि को किसी शत्रु भाव का अवसर न दिया जायगा तो भारत सरकार को संतोष हो गया। इस घटना को भारतीय इतिहास की अँधेरी रात में जुगुनू की चमक कहना चाहिए।

* * *

गृह-दाह

सत्यप्रकाश के जन्मोत्सव में लाला देवप्रकाश ने बहुत रुपये खर्च किये थे। उसका विद्यारम्भ-संस्कार भी खूब धूम-धाम से किया गया। उसके हवा खाने को एक छोटी-सी गाड़ी थी। शाम को नौकर उसे टहलाने ले जाता था। एक नौकर उसे पाठशाला पहुंचाने जाता। दिन भर वहीं बैठा रहता और उसे साथ लेकर घर आता। कितना सुशील होनहार बालक था। गोरा मुखड़ा, बड़ी-बड़ी आंखें, ऊंचा मस्तक, पतले-पतले लाल अधर, भरे हुए पांव। उसे देखकर सहसा मुंह से निकल पड़ता था - 'भगवान इसे निर्मला दें, प्रतापी मनुष्य होगा।' उसकी बल-बुद्धि की प्रखरता पर लोगों को आश्चर्य होता था। नित्य उसके मुखचंद्र पर हंसी खेलती रहती थी। किसी ने उसे हठ करते या रोते नहीं देखा।

वर्षा के दिन थे। देवप्रकाश पत्नी को लेकर गंगा-स्नान करने गए। नदी खूब चढ़ी हुई थी मानो अनाथ की आंखें हों। उनकी पत्नी निर्मला जल में बैठकर जल-क्रीड़ा करने लगी। कभी आगे जाती, कभी पीछे जाती, कभी डुबकी मारती, कभी अंजुली से छींटे उड़ाती। देवप्रकाश ने कहा - 'अच्छा, अब निकलो, सरदी हो जायेगी।' निर्मला ने कहा - 'कहो, मैं छाती तक पानी में चली जाऊं?'

देवप्रकाश - 'और जो कहीं पैर फिसल जाये?'

निर्मला - 'पैर क्या फिसलेगा?'

यह कहकर वह छाती तक पानी में चली गयी। पति ने कहा - 'अच्छा, अब आगे पैर न रखना।' किंतु निर्मला के सिर पर मौत खेल रही थी। यह जल क्रीड़ा नहीं मृत्यु-क्रीड़ा थी। उसने एक पग और आगे बढ़ाया और फिसल गयी। मुंह से एक चीख निकली, दोनों हाथ सहारे के लिए ऊपर उठे और फिर जलमग्न हो गये। एक पल में प्यासी नदी उसे पी गयी। देवप्रकाश खड़े तौलिया से देह पोंछ रहे थे। तुरंत पानी में कूदे, साथ का कहार भी कूदा। दो अल्लाह भी कूद पड़े। सबने डुबकी मारी, टटोला पर निर्मला का पता न चला। तब डोंगी मंगवायी गयी। अल्लाह ने बार-बार खोते मारे पर लाश हाथ न आयी। देवप्रकाश शोक में डूबे घर आये। सत्यप्रकाश किसी उपहार की आशा में दौड़ा। पिता ने गोद में उठा लिया और बड़े यत्न पर भी अपनी सिसकी को न रोक सके। सत्यप्रकाश ने पूछा - 'अम्मा कहां है।'

देव - बेटा, गंगा ने उन्हें नेवता खाने के लिए रोक लिया।

सत्यप्रकाश ने उनके मुख की ओर जिज्ञासा के भाव से देखा और आशय समझ गया। अम्मा-अम्मा कहकर रोने लगा।

2

मातृहीन बालक संसार का सबसे करुणाजनक प्राणी है। दीन से दीन प्राणियों को भी ईश्वर का आधार होता है, जो उनके हृदय को सम्हालता रहता है। मातृहीन बालक इस आधार से वंचित होता है। माता ही उनके जीवन का एकमात्र आधार होती है। माता बिना वह पंखहीन पक्षी है।

सत्यप्रकाश को एकांत से प्रेम हो गया। अकेला बैठ रहता। वृक्षों में उसे कुछ-कुछ सहानुभूति का अज्ञात अनुभव होता था, जो घर के प्राणियों में उसे न मिलती थी। माता का प्रेम था, तो सभी प्रेम करते थे, माता का प्रेम उठ गया तो सभी निष्ठुर हो गये। पिता की आंखों में भी वह प्रेम-ज्योति न रही। दीन को कौन भिक्षा देता है?

छह महीने बीत गये। सहसा एक दिन उसे मालूम हुआ, मेरी नयी माता आने वाली है। दौड़ा पिता के पास गया और पूछा - 'क्या मेरी नयी माता आयेगी।'

पिता ने कहा - 'हां बेटा, वे आकर तुम्हें प्यार करेंगी।'

सत्य - 'क्या मेरी नयी मां स्वर्ग से आ जायेंगी?'

देव. - 'हां, वही माता आ जायेगी।'

सत्य - 'मुझे उसी तरह प्यार करेंगी?'

देवप्रकाश इसका क्या उत्तर देते? मगर सत्यप्रकाश उसी दिन से प्रसन्न मन रहने लगा। अम्मा आने वाली है।

विवाह के दिन आये। घर में तैयारियां होने लगी। सत्यप्रकाश खुशी से फूला न समाता। मेरी नयी अम्मा आयेंगी। बारात में वह भी गया। नये-नये कपड़े मिले। पालकी पर बैठा। नानी ने अन्दर बुलाया और उसे गोद में लेकर एक अशर्फी दी। वहीं उसे नयी माता के दर्शन हुए। नानी ने नयी माता से कहा - 'बेटी, कैसा सुन्दर बालक है! इसे प्यार करना।'

सत्यप्रकाश ने नयी माता को देखा और मुग्ध हो गया। बच्चे भी रूप के उपासक होते हैं। एक लावण्यमयी मूर्ति आभूषणों से लदी सामने खड़ी थी। उसने दोनों हाथों से उसका आंचल पकड़कर कहा - 'अम्मा!'

कितना अरुचिकर शब्द था, कितना लज्जायुक्त, कितना अप्रिय! वह ललना जो 'देवप्रिया' नाम से सम्बोधित होती थी, वह उत्तरदायित्व, त्याग और क्षमा का सम्बोधन न सह सकी। अभी वह प्रेम और विलास का सुख-स्वप्न देख रही थी - यौवन काल की मदमय वायु तरंगों से आंदोलित हो रही थी। इस शब्द ने उसके स्वप्न को भंग कर दिया। कुछ रुष्ट होकर बोली - 'मुझे अम्मा मत कहो।'

सत्यप्रकाश ने विस्मित नेत्रों से देखा। उसका बाल-स्वप्न भंग हो गया। आंखें डबडबा गयीं।

नानी ने कहा - 'बेटी देखो, लड़के का दिल छोटा हो गया। वह क्या जाने, क्या कहना चाहिए। अम्मा कह दिया तो तुझे कौन-सी चोट लग गयी?

देवप्रिया ने कहा - 'मुझे अम्मा न कहे।'

3

सौत का पुत्र विमाता की आंखों में क्यों इतना खटकता है? इसका निर्णय आज तक किसी मनोभाव के पंडित ने नहीं किया। हम किस गिनती में हैं। देवप्रिया जब तक गर्भिणी न हुई, वह सत्यप्रकाश से कभी-कभी बातें करती, कहानियां सुनाती किंतु गर्भिणी होते ही उसका व्यवहार कठोर हो गया, और प्रसवकाल ज्यों-क्यों निकट आता था, उसकी क्रूरता बढ़ती ही जाती थी। जिस दिन उसकी गोद में एक चांद से बच्चे का आगमन हुआ, सत्यप्रकाश खूब उछला-कूदा और सौर-गृह में दौड़ा हुआ बच्चे को देखने लगा। बच्चा देवप्रिया की गोद में सो रहा था। सत्यप्रकाश ने बड़ी उत्सुकता से बच्चे को विमाता की गोद से उठाना चाहा कि सहसा देवप्रिया ने रोष स्वर में कहा - 'खबरदार, इसे मत छूना, नहीं तो कान पकड़कर उखाड़ लूंगी।'

बालक उलटे पांव लौट आया और कोठे की छत पर जाकर खूब रोया। कितना सुन्दर बच्चा है! मैं उसे गोद में लेकर बैठता, तो कैसा मजा आता। मैं उसे गिराता थोड़े ही, फिर इन्होंने क्यों मुझे झिड़क दिया? भोला बालक क्या जानता था कि झिड़की का कारण माता की सावधानी नहीं, कुछ और ही है।

एक दिन शिशु सो रहा था। उसका नाम ज्ञानप्रकाश रखा गया था। देवप्रिया स्नानागार में थी। सत्यप्रकाश चुपके से आया और बच्चे का ओढ़ना हटाकर उसे अनुरागमय नेत्रों से देखने लगा। उसका जी कितना चाहा कि उसे गोद में लेकर प्यार करूं, पर डर के मारे उसने उसे उठाया नहीं, केवल उसके कपोलों को चूमने लगा। इतने में देवप्रिया निकल आयी। सत्यप्रकाश को बच्चे को चूमते देखकर आग हो गयी। दूर ही से डांटा, हट जा वहां से!

सत्यप्रकाश माता को दीन नेत्रों से देखता हुआ बाहर निकल आया।

संध्या समय उसके पिता ने पूछा - 'तुम लल्ला को क्यों रुलाया करते हो?'

सत्य! - 'मैं तो उसे कभी नहीं रुलाता। अम्मा खिलाने को नहीं देती।'

देव० - 'झूठ बोलते हो। आज तुमने बच्चे को चुटकी काटी।'

सत्य - 'जी नहीं, मैं तो उसकी मुर्च्छियां ले रहा था।'

देव - 'झूठ बोलता है।'

सत्य - 'झूठ नहीं बोलता।'

देवप्रकाश को क्रोध आ गया। लड़के को दो-तीन तमाचे लगाये। पहली बार यह ताड़ना मिली और निरपराध। इसने उसके जीवन की कायापलट कर दी।

4

उस दिन से सत्यप्रकाश के स्वभाव में एक विचित्र परिवर्तन दिखाई देने लगा। वह घर में बहुत काम आता। पिता आते, तो उनसे मुंह छिपाता फिरता। कोई खाना खाने को बुलाने आता तो चोरों की भ्रांति दुबका हुआ जाकर खा लेता, न कुछ बोलता। पहले अत्यंत कुशाग्रबुद्धि थी। उसकी सफाई, सलीके और फुरती पर लोग मुग्ध हो जाते थे। अब वह पढ़ने से जी चुराता, मैले-कुचैले कपड़े पहने रहता। घर में कोई प्रेम करने वाला न था। बाजार के लड़कों के साथ गली-गली घूमता, कनकौवे लूटता, गालियां बकना भी सीख गया। शरीर दुर्बल हो गया। चेहरे की कांति भी गायब हो गयी। देवप्रकाश को अब आये दिन उसकी शरारतों के उलाहने मिलने लगे और सत्यप्रकाश नित्य घुड़कियां और तमाचे खाने लगा। यहां तक कि अगर वह घर में किसी काम से चला जाता, तो सब लोग दुर-दुर कर के दौड़ाते। ज्ञानप्रकाश को पढ़ाने के लिए मास्टर आता था। देवप्रकाश उसे रोज सैर कराने साथ ले जाते। हंसमुख लड़का था। देवप्रिया उसे सत्यप्रकाश के साथ से बचाती रहती थी। दोनों लड़कों में कितना अंतर था। एक साफ-सुथरा, सुन्दर कपड़े पहिने, शील और विजय का पुतला, सच बोलने वाला देखने वालों के मुंह से अनायास ही दुआ निकल आती थी। दूसरा मैला, नटखट चोरों की तरह मुंह छिपाये हुए, मुंह-फट, बात-बात पर गालियां बकने वाला। एक हरा-भरा पौधा था, प्रेम से प्लावित, स्नेह से सिंचित, दूसरा सूखा हुआ टेढ़ा, पल्लवहीन नव वृक्ष था, जिसकी जड़ों को एक मुद्दत से पानी नहीं नसीब हुआ। एक को देखकर पिता की छाती ठंडी होती थी, दूसरे को देखकर देह में आग लग जाती थी।

5

आश्चर्य यह था कि सत्यप्रकाश को अपने छोटे भाई से लेशमात्र भी ईर्ष्या न थी। अगर उसके हृदय में कोई कोमल भाव शेष रह गया था, तो वह अपने भाई के प्रति स्नेह था। उस मरुभूमि में यही एक हरियाली थी। ईर्ष्या साम्यभाव की द्योतक है। सत्यप्रकाश अपने भाई को अपने से कहीं ऊंचा, कहीं भाग्यशाली समझता था। उसमें ईर्ष्या का भाव ही लोप हो गया था।

घृणा-से-घृणा उत्पन्न होती है। प्रेम-से-प्रेम। ज्ञान प्रकाश भी बड़े भाई को चाहता था। कभी-कभी उसका पक्ष लेकर अपनी मां से विवाद कर बैठता। कहता, 'भैया की अचकन फट गयी है, आप नयी अचकन क्यों नहीं बनवा देती?' मां उत्तर देती - 'उसके लिए वह अचकन अच्छी है। अभी क्या, अभी तो वह नंगा फिरेगा।' ज्ञानप्रकाश बहुत चाहता था कि अपने जेब-खर्चे से बचा कर अपने भाई को दे, पर सत्यप्रकाश कभी इसे स्वीकार न करता था। वास्तव में जितनी देर वह छोटे भाई के साथ रहता, उतनी देर उसे एक शांतिमय आनन्द का अनुभव होता। थोड़ी देर के लिए वह सद्भावों के साम्राज्य में विचरने लगता। उसके मुख से कोई भी भद्दी और अप्रिय बात न निकलती एक क्षण के लिए उसकी सोयी हुई आत्मा जाग उठती।

एक बार कई दिन तक सत्यप्रकाश मदरसे न गया। पिता ने पूछा - 'तुम आज कल पढ़ने नहीं जाते? क्या सोच रखा है कि मैंने तुम्हारी जिन्दगी भर की ठेका ले रखा है?'

सत्य - 'मेरे ऊपर जुर्माना और फीस के कई रुपये हो गये हैं। जाता हूं तो दरवाजे से निकाल दिया जाता हूं।'

देव. - 'फीस क्यों बाकी है। तुम तो महीने-महीने ले लिया करते हो न?'

सत्य. - 'आये-दिन चंदे लगा करते हैं, फीस के रुपये चंदे में दिये।'

देव. - 'और जुर्माना क्यों हुआ?'

सत्य. - 'फीस न देने के कारण।'

देव. - 'तुमने चन्दा क्यों दिया?'

सत्य - 'ज्ञानू ले चंदा दिया तो मैंने भी दिया।'

देव. - 'तुम ज्ञानू से जलते हो?'

सत्य. - 'मैं ज्ञानू से क्यों जलने लगा। यहां हम और वह दो हैं, बाहर हम और वह एक समझे जाते हैं। मैं यह नहीं कहना चाहता कि मेरे पास कुछ नहीं है।'

देव. - 'क्यों कहते शर्म आती है?'

सत्य. - 'जी हां, आपकी बदनामी होगी।'

देव. - अच्छा, तो आप मेरी मान-रक्षा करते हैं। यह क्यों नहीं कहते कि पढ़ना अब तुझे मंजूर नहीं है। मेरे पास इतना रुपया नहीं कि तुम्हें एक एक क्लास में तीन-तीन साल पढ़ाऊं और ऊपर से तुम्हारे खर्च के लिए भी प्रति मास कुछ दूं। ज्ञानबाबू कितना छोटा है, लेकिन तुमसे एक ही दर्जा नीचे है। तुम इस साल जरूर ही फेल होगे और वह जरूर ही पास होकर अगले साल तुम्हारे साथ हो जायेगा। तब तो तुम्हारे मुंह में कालिख लगेगी?'

सत्य. - 'विद्या मेरे भाग्य ही में नहीं है।'

देव. - 'तुम्हारे भाग्य में क्या है?'

सत्य. - 'भीख मांगना।'

देव. - 'तो फिर भीख मांगो। मेरे घर से निकल जाओ।'

देवप्रिया - भी आ गयी। बोली - 'शरमाता तो नहीं और बातों का जवाब देता है।'

देवप्रिया - 'ये जली कटी बातें अब मुझसे न सही जायेंगी। मैं खून का घूंट पी-पीकर रह जाती हूं।'

देवप्रकाश - 'बेहया है। कल से उसका नाम कटवा दूंगा। भीख मांगनी है तो भीख ही मांगे।'

6

दूसरे दिन सत्यप्रकाश ने घर से निकलने की तैयारी कर दी। उसकी उम्र अब 6 साल की हो गयी थी। इतनी बात सुनने के बाद अब उसे घर में रहना असह्य हो गया। जब हाथ-पांव न थे,

किशोरावस्था की असमर्थता थी, तब तक अवहेलना, निरादर, निष्ठुरता, भर्त्सना सब कुछ सहकर घर में रहता था। अब हाथ-पांव हो गये थे, उस बंधन में क्यों रहता। आत्माभिमान आशा की भांति बहुत चिरजीवी होता है।

गर्मी के दिन थे। दोपहर का समय। घर के सब प्राणी सो रहे थे। सत्यप्रकाश ने अपनी धोती बगल में दबायी, छोटा-सा बैग हाथ में लिया और चाहता था कि चुपके से बैठक से निकल जाये कि ज्ञानू आ गया और उसे कहीं जाने को तैयार देखकर बोला - 'कहां जाते हो भैया?'

सत्य. - 'जाता हूं कहीं नौकरी करूंगा।'

ज्ञानू. - 'मैं जाकर अम्मा से कहे देता हूं।'

सत्य. - 'तो फिर मैं तुमसे छुपकर चला जाऊंगा।'

ज्ञानू. - क्यों चले जाओगे? तुम्हें मेरी जरा भी मुहब्बत नहीं है।'

सत्यप्रकाश ने भाई को गले लगाकर कहा - 'तुम्हें छोड़कर जाने को जी तो नहीं चाहता, लेकिन जहां कोई पूछने वाला नहीं है, वहां पड़े रहना बेहयाई है। कहीं दस-पांच की नौकरी कर लूंगा और पेट पालता रहूंगा और किस लायक हूं?'

ज्ञानू. - 'तुमसे अम्मा क्यों इतना चिढ़ती हैं? मुझे तुमसे मिलने को मना किया करती हैं?'

सत्य - 'मेरे नसीब खोटे हैं, और क्या।'

ज्ञानू. - 'तुम लिखने-पढ़ने में जी नहीं लगाते?'

सत्य. - लगता ही नहीं, कैसे लगाऊं? जब कोई परवाह नहीं करता तो मैं भी सोचता हूं - उंह, यही न होगा, ठोकर खाऊंगा। बला से!'

ज्ञानू - 'मुझे भूल तो न जाओगे? मैं तुम्हारे पास खत लिखा करूंगा, मुझे भी एक बार अपने यहां बुलाना।'

सत्य. - 'तुम्हारे स्कूल के पते से चिट्ठी लिखूंगा।'

ज्ञानू. - (रोते-रोते) 'मुझे न जाने क्यों तुम्हारी बड़ी मुहब्बत लगती है।'

सत्य. - 'मैं तुम्हें सदैव याद रखूंगा।'

यह कहकर उसने फिर भाई को गले से लगाया और घर से निकल पड़ा। पास एक कौड़ी भी न थी और वह कलकत्ते जा रहा था।

7

सत्यप्रकाश कलकत्ते क्योंकर पहुंचा, इसका वृत्तांत लिखना व्यर्थ है। युवकों में दुस्साहस की मात्रा अधिक होती है। वे हवा में किले बना सकते हैं, धरती पर नाव चला सकते हैं। कठिनाइयों की उन्हें कोई परवाह नहीं होती। अपने ऊपर असीम विश्वास होता है। कलकत्ते पहुंचना ऐसा कष्टसाध्य न था। सत्यप्रकाश चतुर युवक था। पहिले ही उसने निश्चय कर लिया था कि

कलकत्ते में क्या करूंगा, कहां रहूंगा। उसके बैग में लिखने की सामग्री मौजूद थी। बड़े शहर में जीविका का प्रश्न कठिन भी है और सरल भी है। सरल है उनके लिए, जो हाथ से काम कर सकते हैं, कठिन है उनके लिए, जो कलम से काम करते हैं। सत्यप्रकाश मजदूरी करना नीच काम समझता था। उसने एक धर्मशाला में असबाब रखा। बाद में शहर के मुख्य स्थानों का निरीक्षण करके एक डाकघर के सामने लिखने का सामान लेकर बैठ गया और अनपढ़ मजदूरों की चिट्ठियां, मनीऑर्डर आदि लिखने का व्यवसाय करने लगा। पहले दिन तो उसको इतने पैसे भी न मिले कि भर-पेट भोजन करता, लेकिन धीरे-धीरे आमदनी होने लगी। वह मजदूरों से इतने विनय के साथ बातें करता और उनके समाचार इतने विस्तार से लिखता कि बस वे पत्र को सुनकर बहुत प्रसन्न होते। अशिक्षित लोग एक ही बात को दो-दो, तीन-तीन बार लिखते हैं। उनकी दशा ठीक रोगियों की-सी होती है, जो वैद्य से अपनी व्यथा और वेदना का वृत्तांत कहते नहीं थकते। सत्यप्रकाश सूत्र को व्याख्या का रूप देकर मजदूरों को मुग्ध कर देता था। एक संतुष्ट होकर जाता, तो अपने कई अन्य भाइयों को खोज लाता। एक ही महीने में उसे एक रुपया रोज मिलने लगा। उसने धर्मशाला से निकलकर शहर से बाहर 5 रुपए महीने पर एक छोटी-सी कोठरी ले ली। एक जून खाता। बर्तन अपने आप धोता, जमीन पर सोता। उसे अपने निर्वासन पर जरा भी खेद और दु:ख न था। घर के लोगों की कभी याद न आती। वह अपनी दशा पर संतुष्ट था। केवल ज्ञानप्रकाश की प्रेमयुक्त बातें न भूलती। अंधकार में यही एक प्रकाश था। विदाई का अंतिम दृश्य आंखों के सामने फिरा करता। जीविका से निश्चिंत होकर उसने ज्ञानप्रकाश को एक पत्र लिखा। उत्तर आया तो उसके आनंद की सीमा न रही। ज्ञान मुझे याद करके रोता है, मेरे पास आना चाहता है, स्वास्थ्य भी अच्छा नहीं है। प्यासे को पानी से जो तृप्ति होती है यही तृप्ति इस पत्र से सत्यप्रकाश को हुई। मैं अकेला नहीं हूं कोई मुझे भी चाहता है - मुझे भी याद करता है।

उसी दिन से सत्यप्रकाश को यह चिंता हुई कि ज्ञान के लिए कोई उपहार भेजूं। युवकों को मित्र बहुत जल्द मिल जाते हैं। सत्यप्रकाश की भी कई युवकों से मित्रता हो गयी थी। उनके साथ कई बार सिनेमा देखने गया। कई बार बूटी-भंग शराब-कबाब की भी ठहरी। आइना, तेल, कंघी का शौक भी पैदा हुआ, जो कुछ पाता, उड़ा देता। बड़े वेग से नैतिक पतन और शारीरिक विनाश की ओर दौड़ा चला जाता था। इस प्रेम-पत्र ने उसके पैर पकड़ लिए। उपहार के प्रयास ने दस दुर्व्यसनों को तिरोहित करना शुरू किया। सिनेमा का चस्का छूटा, मित्रों को हील-हवाले करके टालने लगा। भोजन भी रूखा-सूखा खाने लगा। धन-संचय की चिंता ने सारी इच्छाओं को परास्त कर दिया। उसने निश्चय किया कि अच्छी-सी घड़ी भेजूं। उसका दाम कम-से-कम 40 रुपये होगा। अगर तीन महीने तक एक कौड़ी का भी अपव्यय न करूं, तो घड़ी मिल सकती है। ज्ञानू घड़ी देखकर कैसा खुश होगा! अम्मा और बाबूजी भी देखेंगे। उन्हें मालूम हो जायेगा कि मैं भूखों नहीं मर रहा हूं। किफायत की धुन में वह बहुधा दिया-बत्ती न करता। बड़े सवेरे काम करने चला जाता और सारे दिन दो-चार पैसों की मिठाई खाकर काम करता रहता। उसके ग्राहकों की संख्या दिन-दूनी होती जाती थी। चिट्ठी-पत्री के अतिरिक्त अब उसने तार लिखने का भी अभ्यास कर लिया था। दो ही महीने में उसके पास 50 रुपये एकत्र हो गए और जब घड़ी के

साथ सुनहरी चेन का पार्सल बना ज्ञानू के नाम भेज दिया, तो उसका चित्त इतना उत्साहित था मानो किसी निस्संतान पुरुष के बालक हुआ हो।

8

'घर' कितनी कोमल, पवित्र, मनोहर स्मृतियों को जागृत कर देता है। यह प्रेम का निवास-स्थान है। प्रेम ने बहुत तपस्या करके यह वरदान पाया है।

किशोरावस्था में 'घर' माता-पिता, भाई-बहन, सखी-सहेली के प्रेम की याद दिलाता है, प्रौढ़ावस्था में गृहिणी और बाल-बच्चों के प्रेम की। यही वह लहर है जो मानव-जीवन को स्थिर रखता है, उसे समुद्र की वेगवती लहरों में बहने और चट्टानों से टकराने से बचाता है। यही वह मंडप है, जो जीवन को समस्त-बाधाओं से सुरक्षित रखता है।

सत्यप्रकाश का 'घर' कहां था? वह कौन-सी शक्ति थी, जो कलकत्ते के विराट् प्रलोभनों से उसकी रक्षा करती थी? - माता का प्रेम, पिता का स्नेह, बाल-बच्चों की चिंता? - नहीं, उसका रक्षक, उद्धारक उसका परितोषक केवल ज्ञानप्रकाश का स्नेह था। उसी के निमित्त वह एक-एक पैसे की किफायत करता था, उसी के लिए वह कठिन परिश्रम करता था और धनोपार्जन के नये-नये उपाय सोचता था। उसे ज्ञानप्रकाश के पत्रों से मालूम हुआ था कि इन दिनों देवप्रकाश की आर्थिक स्थिति अच्छी नहीं है। वे एक घर बना रहे हैं जिसमें व्यय अनुमान से अधिक हो जाने के कारण ऋण लेना पड़ा है, इसलिए अब ज्ञानप्रकाश को पढ़ाने के लिए घर पर मास्टर नहीं आता। तब से सत्यप्रकाश प्रतिमास ज्ञानू के पास कुछ-न-कुछ अवश्य भेज देता था। वह अब केवल पत्र-लेखक न था, लिखने के सामान की एक छोटी-सी दुकान भी उसने खोल ली थी। इससे अच्छी आमदनी हो जाती थी। इस तरह पांच वर्ष बीत गये। रसिक मित्रों ने जब देखा कि अब वह हत्थे नहीं चढ़ता, तो उसके पास आना-जाना छोड़ दिया।

9

संध्या का समय था। देवप्रकाश अपने मकान में बैठे देवप्रिया से ज्ञान प्रकाश के विवाह के संबंध में बातें कर रहे थे। ज्ञानू अब 17 वर्ष का सुंदर युवक था। बाल-विवाह के विरोधी होने पर भी देवप्रकाश अब इस शुभमुहूर्त को न टाल सकते थे। विशेषत: जब कोई महाशय 5,000 रुपया दहेज देने को प्रस्तुत हो।

देवप्रकाश - 'मैं तो तैयार हूं लेकिन तुम्हारा लड़का भी तैयार हो।'

देवप्रिया - 'तुम बातचीत पक्की कर लो, वह तैयार हो ही जायेगा। सभी लड़के पहले नहीं करते हैं।'

देव - 'ज्ञानू का इंकार केवल संकोच का इंकार नहीं है, वह सिद्धांत का इंकार है। वह साफ-साफ कह रहा है कि जब तक भैया का विवाह न होगा, मैं अपना विवाह करने पर राजी नहीं हूं।'

देवप्रिया - 'उसकी कौन चलावे, वहां कोई रख ली होगी, विवाह क्यों करेगा? का कोई देखने जाता है?'

देव. - (झुंझला कर) रख ली होती तो तुम्हारे लड़के को 40 रुपये महीने न भेजता और न वे चीजें ही देता, जो पहले महीने से अब तक बराबर देता चला आ रहा है। न जाने क्यों तुम्हारा मन उसकी ओर से इतना मैला हो गया है! चाहे वह जान निकालकर भी दे दे, लेकिन तुम न पसीजोगी। देवप्रिया नाराज होकर चली गयी। देवप्रकाश उससे यही कहलाना चाहते थे कि पहले सत्यप्रकाश का विवाह करना उचित है किंतु वह कभी इस प्रसंग को आने ही न देती थी। स्वयं देवप्रकाश की यह हार्दिक इच्छा थी कि पहिले बड़े लड़के का विवाह करें, पर उन्होंने भी आज तक सत्यप्रकाश को कोई पत्र नहीं लिखा। पहले इतने दिनों तक चुपचाप रहने के लिए क्षमा मांगी, तब उसे एक बार बार घर आने का प्रेमाग्राह किया। लिखा, अब मैं कुछ ही दिनों का मेहमान हूं। मेरी अभिलाषा है कि तुम्हारा और तुम्हारे छोटे भाई का विवाह देख लूं। मुझे बहुत दुःख. होगा, यदि तुम मेरी विनय स्वीकार न करोगे। ज्ञानप्रकाश के असमंजस की बात भी लिखी, अन्त में इस बात पर जोर दिया कि किसी और विचार से नहीं, तो ज्ञानू के प्रेम के नाते ही तुम्हें इस बंधन में पड़ना होगा।

सत्यप्रकाश को यह पत्र मिला, तो उसे बहुत खेद हुआ। मेरे भ्रातृ स्नेह का यह परिणाम होगा, मुझे न मालूम था। इसके साथ ही उसे यह ईर्ष्यामय आनन्द हुआ कि अम्मा और दादा को अब तो कुछ मानसिक पीड़ा होगी। मेरी उन्हें क्या चिंता थी? मैं तो मर भी जाऊं तो भी उनकी आंखों में आंसू न आयें। 7 वर्ष हो गये, कभी भूलकर भी पत्र न लिखा कि-मरा है या जीता है। अब कुछ चेतावनी मिलेगी। ज्ञान प्रकाश अंत में विवाह करने पर राजी तो हो ही जायेगा, लेकिन सहज में नहीं। कुछ न हो तो मुझे तो एक बार अपने इंकार के कारण लिखने का अवसर मिला। ज्ञानू को मुझसे प्रेम है, लेकिन उसके कारण मैं पारिवारिक अन्याय का दोषी न बनूंगा। हमारा पारिवारिक जीवन संपूर्णता अन्यायमय है। यह कुमति और वैमनस्य, क्रूरता और नृशंसता का बीजारोपण करता है। इसी माया में फंसकर मनुष्य अपनी संतान का शत्रु हो जाता है। न, मैं आंखों देखकर यह मक्खी न निगलूंगा। मैं ज्ञानू को समझाऊंगा अवश्य। मेरे पास जो कुछ जमा है, वह सब उसके विवाह के निमित्त अर्पण भी कर दूंगा। बस, इससे ज्यादा मैं और कुछ नहीं कर सकता। अगर ज्ञानू भी अविवाहित रहे, तो संसार कौन सूना हो जायेगा। ऐसे पिता का पुत्र क्या वंश-परम्परा का पालन न करेगा। क्या उसके जीवन में फिर वही अभिमान न दुहराया जायेगा, जिसने मेरा सर्वनाश कर दिया?

दूसरे दिन सत्यप्रकाश ने 500 रुपये पिता के पास भेजे और पत्र लिखा कि मेरा अहोभाग्य जो आपने मुझे याद किया। ज्ञानू का विवाह निश्चिंत हो गया, इसकी बधाई! इन रुपयों से नववधू के लिए आभूषण बनवा दीजिएगा। रही मेरे विवाह की बात। मैंने अपनी आंखों से जो कुछ देखा है और मेरे सिर पर जो कुछ बीता है, उस पर ध्यान देते हुए यदि मैं कुटुम्ब-पाश में फंसू तो मुझसे बड़ा उल्लू इस संसार में न होगा। मुझे आशा है, आप मुझे क्षमा करेंगे। विवाह की चर्चा ही से मेरे हृदय में आघात पहुंचता है।

दूसरा पत्र ज्ञान प्रकाश को लिखा है कि माता-पिता की आज्ञा को शिरोधार्य करो। मैं अनपढ़, मूर्ख, बुद्धिहीन आदमी हूं। मुझे विवाह करने का कोई अधिकार नहीं है। मैं तुम्हारे विवाह के शुभोत्सव में सम्मिलित न हो सकूंगा, लेकिन मेरे लिए इससे बढ़कर आनन्द और संतोष का विषय नहीं हो सकता।

10

देवप्रकाश यह पढ़कर अवाक् रह गये। फिर आग्रह करने का साहस न हुआ । देवप्रिया ने नाक सिकुड़कर कहा - 'यह सड़का देखने ही को सीधा है, है जहर का बुझाया हुआ! कैसा सौ कोस से बैठा हुआ बरछियों से छेद कर रहा है।

किंतु ज्ञानप्रकाश ने वह पत्र पढ़ा, तो उसे मर्माघात पहुंचा। दादा और अम्मा के अन्याय ने ही उन्हें यह भीषण व्रत धारण करने पर बाध्य किया है। इन्हीं ने उन्हें निर्वासित किया है, और शायद सदा के लिए। न जाने अम्मा को उनसे क्यों इतनी जलन हुई। मुझे तो अब याद आता है कि किशोरावस्था से ही आज्ञाकारी, विनयशील और गंभीर थे। अम्मा की बातों का उन्हें जवाब देते नहीं सुना। मैं अच्छे-से-अच्छा खाता था, फिर भी उनके तेवर मैले न हुए, हालांकि उन्हें जलना चाहिए था। ऐसी दशा में अगर उन्हें गृहस्थ-जीवन से घृणा हो गयी, तो आश्चर्य ही क्या? फिर मैं ही क्यों इस विपत्ति में फंसू। कौन जाने मुझे भी ऐसी ही परिस्थिति का सामना करना पड़े। भैया ने बहुत सोच-समझ कर यह धारणा की है।

संध्या समय जब उसके माता-पिता बैठे हुए इसी समस्या पर विचार कर रहे थे। ज्ञानप्रकाश ने आकर कहा - 'मैं कल भैया से मिलने जाऊंगा।'

देवप्रिया - 'क्या कलकत्ते जाओगे?'

ज्ञान - 'जी हां।'

देवप्रिया - 'उन्हीं को क्यों नहीं बुलाते?'

ज्ञान - 'मैं कौन मुंह लेकर उन्हें बुलाऊं? आप लोगों ने तो पहिले ही मेरे मुंह पर कालिख पोत दी है। ऐसा देव-पुरुष आप लोगों के कारण विदेश में ठोकर खा रहा है और मैं इतना निर्लज्ज हो जाऊं कि...

देवप्रिया-अच्छा चुप रह नहीं ब्याह करना है न कर जले पर लोन मत छिड़क ! माता-पिता का धर्म है इसलिए कहती हूँ नहीं तो यहाँ ठेंगे की परवा नहीं है। तू चाहे ब्याह कर चाहे क्वाँरा रह पर मेरी आँखों से दूर हो जा।

ज्ञान.-क्या मेरी सूरत से भी घृणा हो गयी

देवप्रिया-जब तू हमारे कहने ही में नहीं तो जहाँ चाहे रह। हम भी समझ लेंगे कि भगवान् ने लड़का ही नहीं दिया।

देव.-क्यों व्यर्थ में ऐसे कटुवचन बोलती हो

ज्ञान.-अगर आप लोगों की यही इच्छा है तो यही होगा। देवप्रकाश ने देखा कि बात का बतंगड़ हुआ चाहता है ज्ञानप्रकाश को इशारे से टाल दिया और पत्नी के क्रोध को शांत करने की चेष्टा करने लगे। मगर देवप्रिया फूट-फूट कर रो रही थी और बार-बार कहती थी मैं इसकी सूरत नहीं देखूँगी। अंत में देवप्रकाश ने चिढ़ कर कहा-तो तुम्हीं ने तो कटुवचन कह कर उसे उत्तेजित कर दिया।

देवप्रिया-यह सब विष उसी चांडाल ने बोया है जो यहाँ से सात समुद्र पार बैठा मुझे मिट्टी में मिलाने का उपाय कर रहा है। मेरे बेटे को मुझसे छीनने के लिए उसने यह प्रेम का स्वाँग भरा है। मैं उसकी नस-नस पहिचानती हूँ। उसका यह मंत्र मेरी जान ले कर छोड़ेगा नहीं तो मेरा ज्ञानू जिसने कभी मेरी बात का जवाब नहीं दिया यों मुझे न जलाता !

देव.-अरे तो क्या वह विवाह ही न करेगा ! अभी गुस्से में अनाप- शनाप बक गया है। जरा शांत हो जायगा तो मैं समझा कर राजी कर दूँगा।

देवप्रिया-मेरे हाथ से निकल गया।

देवप्रिया की आशंका सत्य निकली। देवप्रकाश ने बेटे को बहुत समझाया। कहा-तुम्हारी माता इस शोक से मर जायगी किंतु कुछ असर न हुआ। उसने एक बार नहीं करके हाँ न की। निदान पिता भी निराश हो कर बैठ रहे।

तीन साल तक प्रतिवर्ष विवाह के दिनों में यह प्रश्न उठता रहा पर ज्ञानप्रकाश अपनी प्रतिज्ञा पर अटल रहा। माता का रोना-धोना निष्फल हुआ। हाँ उसने माता की एक बात मान ली-वह भाई से मिलने कलकत्ता न गया।

तीन साल में घर में बड़ा परिवर्तन हो गया। देवप्रिया की तीनों कन्याओं का विवाह हो गया। अब घर में उसके सिवा कोई स्त्री न थी। सूना घर उसे फाड़े खाता था। जब वह नैराश्य और क्रोध से पागल हो जाती तो सत्यप्रकाश को खूब जी भर कर कोसती ! मगर दोनों भाइयों में प्रेम-पत्रव्यवहार बराबर होता रहता था।

देवप्रकाश के स्वभाव में एक विचित्र उदासीनता प्रकट होने लगी। उन्होंने पेंशन ले ली थी और प्राय: धर्मग्रंथों का अध्ययन किया करते थे। ज्ञानप्रकाश ने भी आचार्य की उपाधि प्राप्त कर ली थी और एक विद्यालय में अध्यापक हो गये थे। देवप्रिया अब संसार में अकेली थी।

देवप्रिया अपने पुत्र को गृहस्थी की ओर खींचने के लिए नित्य टोने-टोटके किया करती। बिरादरी में कौन-सी कन्या सुन्दरी है गुणवती है सुशिक्षिता है-उसका बखान किया करती पर ज्ञानप्रकाश को इन बातों के सुनने की भी फुरसत न थी।

मोहल्ले के और घरों में नित्य ही विवाह होते रहते थे। बहुएँ आती थीं उनकी गोद में बच्चे खेलने लगते थे घर गुलजार हो जाता था। कहीं बिदाई होती थी कहीं बधाइयाँ आती थीं कहीं गाना-बजाना होता था कहीं बाजे बजते थे। यह चहल-पहल देख कर देवप्रिया का चित्त चंचल हो जाता। उसे मालूम होता मैं ही संसार में सबसे अभागिनी हूँ। मेरे ही भाग्य में यह सुख भोगना नहीं

बदा है। भगवान् ऐसा भी कोई दिन आयेगा कि मैं अपनी बहू का मुखचंद्र देखूँगी उसके बालकों को गोद में खिलाऊँगी। वह भी कोई दिन होगा कि मेरे घर में भी आनन्दोत्सव के मधुर गान की तानें उठेंगी ! रात-दिन ये ही बातें सोचते-सोचते देवप्रिया की दशा उन्मादिनी की-सी हो गयी। आप ही आप सत्यप्रकाश को कोसने लगती। वही मेरे प्राणों का घातक है। तल्लीनता उन्माद का प्रधान गुण है। तल्लीनता अत्यंत रचनाशील होती है। वह आकाश में देवताओं के विमान उड़ाने लगती है। अगर भोजन में नमक तेज हो गया तो यह शत्रु ने कोई रोड़ा रख दिया होगा। देवप्रिया को अब कभी-कभी धोखा हो जाता कि सत्यप्रकाश घर में गया है वह मुझे मारना चाहता है ज्ञानप्रकाश को विष खिलाये देता है। एक दिन उसने सत्यप्रकाश के नाम एक पत्र लिखा और उसे जितना कोसते बना उतना कोसा। तू मेरे प्राणों का वैरी है मेरे कुल का घातक है हत्यारा है। वह कौन दिन आयेगा कि तेरी मिट्टी उठेगी। तूने मेरे लड़के पर वशीकरण-मंत्र चला दिया है। दूसरे दिन फिर ऐसा ही एक पत्र लिखा। यहाँ तक कि यह उसका नित्य का कर्म हो गया। जब तक एक चिट्ठी में सत्यप्रकाश को गालियाँ न दे लेती उसे चैन ही न आता था। इन पत्रों को वह कहारिन के हाथ डाकघर भिजवा दिया करती थी।

11

ज्ञानप्रकाश का अध्यापक होना सत्यप्रकाश के लिए घातक हो गया। परदेश में उसे यही संतोष था कि मैं संसार में निराधार नहीं हूँ। अब यह अवलम्ब भी जाता रहा। ज्ञानप्रकाश ने जोर दे कर लिखा अब आप मेरे हेतु कोई कष्ट न उठायें। मुझे अपनी गुजर करने के लिए काफी से ज्यादा मिलने लगा है।

यद्यपि सत्यप्रकाश की दूकान खूब चलती थी लेकिन कलकत्ते-जैसे शहर में एक छोटे-से दूकानदार का जीवन बहुत सुखी नहीं होता। 60-70 रु. की मासिक आमदनी होती ही क्या है अब तक जो कुछ बचाता था वह वास्तव में बचत न थी बल्कि त्याग था। एक वक्त रूखा-सूखा खा कर एक तंग आर्द्र कोठरी में रह कर 25-30 रु. बचे रहते थे। अब दोनों वक्त भोजन करने लगा। कपड़े भी जरा साफ पहिनने लगा। मगर थोड़े ही दिनों में उसके खर्च में औषधियों की एक मद बढ़ गयी और फिर वही पहिले की-सी दशा हो गयी। बरसों तक शुद्ध वायु प्रकाश और पुष्टिकर भोजन से वंचित रह कर अच्छे से अच्छा स्वास्थ्य भी नष्ट हो सकता है। सत्यप्रकाश को भी अरुचि मंदाग्नि आदि रोगों ने आ घेरा। कभी-कभी ज्वर भी आ जाता। युवावस्था में आत्मविश्वास होता है किसी अवलम्ब की परवा नहीं होती। वयोवृद्धि दूसरों का मुँह ताकती है आश्रय ढूँढ़ती है। सत्यप्रकाश पहिले सोता तो एक ही करवट में सबेरा हो जाता। कभी बाजार से पूरियाँ ले कर खा लेता कभी मिठाइयों पर टाल देता। पर अब रात को अच्छी तरह नींद न आती बाजारी भोजन से घृणा होती रात को घर आता तो थक कर चूर-चूर हो जाता था। उस वक्त चूल्हा जलाना भोजन पकाना बहुत अखरता। कभी-कभी वह अपने अकेलेपन पर रोता। रात को जब किसी तरह नींद न आती तो उसका मन किसी से बातें करने को लालायित होने लगता। पर वहाँ निशांधकार के सिवा और कौन था दीवालों के कान चाहे हों मुँह नहीं होता। इधर ज्ञानप्रकाश के पत्र भी अब कम आते थे और वे भी रूखे। उनमें अब हृदय के सरल उद्गारों का

लेश भी न होता। सत्यप्रकाश अब भी वैसे ही भावमय पत्र लिखता था पर एक अध्यापक के लिए भावुकता कब शोभा देती है। शनैः-शनैः सत्यप्रकाश को भ्रम होने लगा कि ज्ञानप्रकाश भी मुझसे निष्ठुरता करने लगा नहीं तो क्या मेरे पास दो-चार दिन के लिए आना असम्भव था मेरे लिए तो घर का द्वार बंद है पर उसे कौन-सी बाधा है उस गरीब को क्या मालूम कि यहाँ ज्ञानप्रकाश ने माता से कलकत्ते न जाने की कसम खा ली है। इस भ्रम ने उसे और भी हताश कर दिया।

शहरों में मनुष्य बहुत होते हैं पर मनुष्यता बिरले ही में होती है। सत्यप्रकाश उस बहुसंख्यक स्थान में भी अकेला था। उसके मन में अब एक नयी आकांक्षा अंकुरित हुई। क्यों न घर लौट चलूँ किसी संगिनी के प्रेम में क्यों न शरण लूँ वह सुख और शांति और कहाँ मिल सकती है। मेरे जीवन के निराशांधकार को और कौन ज्योति आलोकित कर सकती है वह इस आवेश को अपनी सम्पूर्ण विचारशक्ति से रोकता जिस भाँति किसी बालक को घर में रखी हुई मिठाइयों की याद बार-बार खेल से घर खींच लाती है उसी तरह उसका चित्त भी बार-बार उन्हीं मधुर चिंताओं में मग्न हो जाता था। वह सोचता-मुझे विधाता ने सब सुख से वंचित कर दिया है नहीं तो मेरी दशा ऐसी हीन क्यों होती मुझे ईश्वर ने बुद्धि न दी थी क्या क्या मैं श्रम से जी चुराता था अगर बालपन में ही मेरे उत्साह और अभिरुचि पर तुषार न पड़ गया होता मेरी बुद्धि-शक्तियों का गला न घोंट दिया गया होता तो मैं आज आदमी होता। पेट पालने के लिए इस विदेश में न पड़ा रहता। नहीं मैं अपने ऊपर यह अत्याचार न करूँगा।

महीनों तक सत्यप्रकाश के मन और बुद्धि में यह संग्राम होता रहा। एक दिन वह दूकान से आ कर चूल्हा जलाने जा रहा था कि डाकिये ने पुकारा। ज्ञानप्रकाश के सिवा उसके पास और किसी के पत्र न आते थे। आज ही उसका पत्र आ चुका था। यह दूसरा पत्र क्यों किसी अनिष्ट की आशंका हुई। पत्र ले कर पढ़ने लगा। एक क्षण में पत्र उसके हाथ से छूट कर गिर पड़ा और वह सिर थाम कर बैठ गया कि जमीन पर न गिर पड़े। यह देवप्रिया की विषयुक्त लेखनी से निकला हुआ जहर का प्याला था जिसने एक पल में संज्ञाहीन कर दिया। उसकी सारी मर्मांतक व्यथा-क्रोध नैराश्य कृतघ्नता ग्लानि-केवल एक ठंडी साँस में समाप्त हो गयी।

वह जा कर चारपाई पर लेटा रहा। मानसिक व्यथा आग से पानी हो गयी। हां ! सारा जीवन नष्ट हो गया ! मैं ज्ञानप्रकाश का शत्रु हूँ। मैं इतने दिनों से केवल उसके जीवन को मिट्टी में मिलाने के लिए ही प्रेम का स्वाँग भर रहा हूँ। भगवान् ! इसके तुम्हीं साक्षी हो !

दूसरे दिन फिर देवप्रिया का पत्र पहुँचा। सत्यप्रकाश ने उसे ले कर फाड़ डाला पढ़ने की हिम्मत न पड़ी।

एक ही दिन पीछे तीसरा पत्र पहुँचा। उसका भी वही अंत हुआ। फिर वह एक नित्य का कर्म हो गया। पत्र आता और फाड़ दिया जाता। किंतु देवप्रिया का अभिप्राय बिना पढ़े ही पूरा हो जाता था-सत्यप्रकाश के मर्मस्थान पर एक चोट और पड़ जाती थी।

एक महीने की भीषण हार्दिक वेदना के बाद सत्यप्रकाश को जीवन से घृणा हो गयी। उसने दूकान बंद कर दी बाहर आना-जाना छोड़ दिया। सारे दिन खाट पर पड़ा रहता। वे दिन याद आते जब माता पुचकार कर गोद में बिठा लेती और कहती बेटा ! पिता भी संध्या समय दफ्तर से आकर गोद में उठा लेते और कहते भैया ! माता की सजीव मूर्ति उसके सामने आ खड़ी होती ठीक वैसी ही जब वह गंगा-स्नान करने गयी थी। उसकी प्यार-भरी बातें कानों में आने लगतीं। फिर वह दृश्य सामने आ जाता जब उसने नववधू माता को अम्माँ कहकर पुकारा था। तब उसके कठोर शब्द याद आ जाते उसके क्रोध से भरे हुए विकराल नेत्र आँखों के सामने आ जाते। उसे अब अपना सिसक-सिसक कर रोना याद आ जाता। फिर सौरगृह का दृश्य सामने आता। उसने कितने प्रेम से बच्चे को गोद में लेना चाहा था ! तब माता के वज्र के-से शब्द कानों में गूँजने लगते। हाय ! उसी वज्र ने मेरा सर्वनाश कर दिया ! फिर ऐसी कितनी ही घटनाएँ याद आतीं। अब बिना किसी अपराध के माँ डाँट बताती। पिता का निर्दय निष्ठुर व्यवहार याद आने लगता। उनका बात-बात पर तिउरियाँ बदलना माता के मिथ्यापवादों पर विश्वास करना-हाय ! मेरा सारा जीवन नष्ट हो गया ! तब वह करवट बदल लेता और फिर वही दृश्य आँखों में फिरने लगते। फिर करवट बदलता और चिल्ला कर कहता-इस जीवन का अन्त क्यों नहीं हो जाता।

इस भाँति पड़े-पड़े उसे कई दिन हो गये। संध्या हो गयी थी कि सहसा उसे द्वार पर किसी के पुकारने की आवाज सुनायी पड़ी। उसने कान लगाकर सुना और चौंक पड़ा। किसी परिचित मनुष्य की आवाज थी। दौड़ा द्वार पर आया तो देखा ज्ञानप्रकाश खड़ा है। कितना रूपवान पुरुष था ! वह उसके गले से लिपट गया। ज्ञानप्रकाश ने उसके पैरों को स्पर्श किया। दोनों भाई घर में आये। अंधकार छाया हुआ था। घर की यह दशा देख कर ज्ञानप्रकाश जो अब तक अपने कंठ के आवेग को रोके हुए था रो पड़ा। सत्यप्रकाश ने लालटेन जलायी। घर क्या था भूत का डेरा था। सत्यप्रकाश ने जल्दी से एक कुरता गले में डाल लिया। ज्ञानप्रकाश भाई का जर्जर शरीर पीला मुख बुझी हुई आँखें देखता था और रोता था।

सत्यप्रकाश ने कहा-मैं आजकल बीमार हूँ।

ज्ञानप्रकाश-वह तो देख ही रहा हूँ।

सत्य.-तुमने अपने आने की सूचना भी न दी मकान का पता कैसे चला

ज्ञान.-सूचना तो दी थी आपको पत्र न मिला होगा।

सत्य.-अच्छा हाँ दी होगी पत्र दूकान में डाल गया होगा। मैं इधर कई दिनों से दूकान नहीं गया। घर पर सब कुशल है

ज्ञान.-माता जी का देहांत हो गया।

सत्य.-अरे ! क्या बीमार थीं

ज्ञान.-जी नहीं। मालूम नहीं क्या खा लिया। इधर उन्हें उन्माद-सा हो गया था पिता जी ने कुछ कटुवचन कहे थे शायद इसी पर कुछ खा लिया।

सत्य.-पिता जी तो कुशल से हैं

ज्ञान.-हाँ अभी मरे नहीं हैं।

सत्य.-अरे ! क्या बहुत बीमार हैं

ज्ञान.-माता ने विष खा लिया तो वे उनका मुँह खोल कर दवा पिला रहे थे। माता जी ने जोर से उनकी दो उँगलियाँ काट लीं। वही विष उनके शरीर में पहुँच गया। तब से सारा शरीर सूज आया है। अस्पताल में पड़े हुए हैं किसी को देखते हैं तो काटने दौड़ते हैं। बचने की आशा नहीं है।

सत्य.-तब तो घर ही चौपट हो गया।

ज्ञान.-ऐसे घर को अबसे बहुत पहले चौपट हो जाना चाहिए था।

तीसरे दिन दोनों भाई प्रात:काल कलकत्ते से बिदा हो कर चल दिये।

* * *

धोखा

सतीकुण्ड में खिले हुए कमल वसंत के धीमे-धीमे झोंकों से लहरा रहे थे और प्रात:काल की मंद-मंद सुनहरी किरणें उनसे मिल-मिल कर मुस्कराती थीं। राजकुमारी प्रभा कुण्ड के किनारे हरी-हरी घास पर खड़ी सुन्दर पक्षियों का कलरव सुन रही थी। उसका कनक वर्ण तन इन्हीं फूलों की भाँति दमक रहा था। मानो प्रभात की साक्षात् सौम्य मूर्ति है जो भगवान् अंशुमाली के किरणकरों द्वारा निर्मित हुई थी।

प्रभा ने मौलसिरी के वृक्ष पर बैठी हुई एक श्यामा की ओर देख कर कहा-मेरा जी चाहता है कि मैं भी एक चिड़िया होती।

उसकी सहेली उमा ने मुस्करा कर पूछा-क्यों

प्रभा ने कुण्ड की ओर ताकते हुए उत्तर दिया-वृक्ष की हरी-भरी डालियों पर बैठी हुई चहचहाती मेरे कलरव से सारा बाग गूँज उठता।

उमा ने छेड़ कर कहा-नौगढ़ की रानी ऐसी कितनी ही पक्षियों का गाना जब चाहे सुन सकती है।

प्रभा ने संकुचित हो कर कहा-मुझे नौगढ़ की रानी बनने की अभिलाषा नहीं है। मेरे लिए किसी नदी का सुनसान किनारा चाहिए। एक वीणा और ऐसे ही सुन्दर सुहावने पक्षियों के संगीत की मधुर ध्वनि में मेरे लिए सारे संसार का ऐश्वर्य भरा हुआ है।

प्रभा का संगीत पर अपरिमित प्रेम था। वह बहुधा ऐसे ही सुख-स्वप्न देखा करती थी। उमा उत्तर देना ही चाहती थी कि इतने में बाहर से किसी के गाने की आवाज आयी-

कर गये थोड़े दिन की प्रीति।

प्रभा ने एकाग्र मन हो कर सुना और अधीर हो कर कहा-बहन इस वाणी में जादू है। मुझसे अब बिना सुने नहीं रहा जाता इसे भीतर बुला लाओ।

उस पर भी गीत का जादू असर कर रहा था। वह बोली-नि:संदेह ऐसा राग मैंने आज तक नहीं सुना खिड़की खोल कर बुलाती हूँ।

थोड़ी देर में रागिया भीतर आया-सुन्दर सजीले बदन का नौजवान था। नंगे पैर नंगे सिर कंधे पर एक मृगचर्म शरीर पर एक गेरुआ वस्त्र हाथों में एक सितार। मुखारविंद से तेज छिटक रहा था। उसने दबी हुई दृष्टि से दोनों कोमलांगी रमणियों को देखा और सिर झुका कर बैठ गया।

प्रभा ने झिझकती हुई आँखों से देखा और दृष्टि नीचे कर ली। उमा ने कहा-योगी जी हमारे बड़े भाग्य थे कि आपके दर्शन हुए हमको भी कोई पद सुना कर कृतार्थ कीजिए।

योगी ने सिर झुका कर उत्तर दिया-हम योगी लोग नारायण का भजन करते हैं। ऐसे-ऐसे दरबारों में हम भला क्या गा सकते हैं पर आपकी इच्छा है तो सुनिए-

कर गये थोड़े दिन की प्रीति।
कहाँ वह प्रीति कहाँ यह बिछरन कहाँ मधुबन की रीति
कर गये थोड़े दिन की प्रीति।

योगी का रसीला करुण स्वर सितार का सुमधुर निनाद उस पर गीत का माधुर्य प्रभा को बेसुध किये देता था। इसका रसज्ञ स्वभाव और उसका मधुर रसीला गान अपूर्व संयोग था। जिस भाँति सितार की ध्वनि गगनमंडल में प्रतिध्वनित हो रही थी उसी भाँति प्रभा के हृदय में लहरों की हिलोरें उठ रही थीं। वे भावनाएँ जो अब तक शांत थीं जाग पड़ीं। हृदय सुख स्वप्न देखने लगा। सतीकुण्ड के कमल तिलिस्म की परियाँ बन-बन कर मँडराते हुए भौंरों से कर जोड़ सजल नयन हो कहते थे-

कर गये थोड़े दिन की प्रीति।

सुर्ख और हरी पत्तियों से लदी हुई डालियाँ सिर झुकाये चहकते हुए पक्षियों से रो-रो कर कहती थीं-

कर गये थोड़े दिन की प्रीति।

और राजकुमारी प्रभा का हृदय भी सितार की मस्तानी तान के साथ गूँजता था-

कर गये थोड़े दिन की प्रीति।

2

प्रभा बघौली के राव देवीचंद की एकलौती कन्या थी। राव पुराने विचारों के रईस थे। कृष्ण की उपासना में लवलीन रहते थे इसलिए इनके दरबार में दूर-दूर के कलावंत और गवैये आया करते और इनाम-एकराम पाते थे। राव साहब को गाने से प्रेम था वे स्वयं भी इस विद्या में निपुण थे। यद्यपि अब वृद्धावस्था के कारण यह शक्ति नि:शेष हो चली थी पर फिर भी विद्या के गूढ़ तत्त्वों के पूर्ण जानकार थे। प्रभा बाल्यकाल से ही इनकी सोहबतों में बैठने लगी। कुछ तो पूर्व-जन्म का संस्कार और कुछ रात-दिन गाने की ही चर्चाओं ने उसे भी इस फन में अनुरक्त कर दिया था। इस समय उसके सौंदर्य की खूब चर्चा थी। रावसाहब ने नौगढ़ के नवयुवक और सुशील राजा हरिश्चंद्र से उसकी शादी तजवीज की थी। उभय पक्ष में तैयारियाँ हो रही थीं। राजा हरिश्चंद्र मेयो कालिज अजमेर के विद्यार्थी और नयी रोशनी के भक्त थे। उनकी आकांक्षा थी कि

उन्हें एक बार राजकुमारी प्रभा से साक्षात्कार होने और प्रेमालाप करने का अवसर दिया जाये किंतु रावसाहब इस प्रथा को दूषित समझते थे।

प्रभा राजा हरिश्चंद्र के नवीन विचारों की चर्चा सुन कर इस संबंध से बहुत संतुष्ट न थी। पर जब से उसने इस प्रेममय युवा योगी का गाना सुना था तब से तो वह उसी के ध्यान में डूबी रहती। उमा उसकी सहेली थी। इन दोनों के बीच कोई परदा न था परंतु इस भेद को प्रभा ने उससे भी गुप्त रखा। उमा उसके स्वभाव से परिचित थी ताड़ गयी। परंतु उसने उपदेश करके इस अग्नि को भड़काना उचित न समझा। उसने सोचा कि थोड़े दिनों में यह अग्नि आप से आप शांत हो जायगी। ऐसी लालसाओं का अंत प्राय: इसी तरह हो जाया करता है किंतु उसका अनुमान गलत सिद्ध हुआ। योगी की वह मोहिनी मूर्ति कभी प्रभा की आँखों से न उतरती उसका मधुर राग प्रतिक्षण उसके कानों में गूँजा करता। उसी कुण्ड के किनारे वह सिर झुकाये सारे दिन बैठी रहती। कल्पना में वही मधुर हृदयग्राही राग सुनती और वही योगी की मनोहारिणी मूर्ति देखती। कभी-कभी उसे ऐसा भास होता कि बाहर से यह आवाज आ रही है। वह चौंक पड़ती और तृष्णा से प्रेरित हो कर वाटिका की चहारदीवारी तक जाती और वहाँ से निराश हो कर लौट आती। फिर आप ही विचार करती-यह मेरी क्या दशा है ! मुझे यह क्या हो गया है ! मैं हिंदू कन्या हूँ माता-पिता जिसे सौंप दें उसकी दासी बन कर रहना धर्म है। मुझे तन-मन से उसकी सेवा करनी चाहिए। किसी अन्य पुरुष का ध्यान तक मन में लाना मेरे लिए पाप है ! आह ! यह कलुषित हृदय ले कर मैं किस मुँह से पति के पास जाऊँगी ! इन कानों से क्योंकर प्रणय की बातें सुन सकूँगी जो मेरे लिए व्यंग्य से भी अधिक कर्ण-कटु होंगी ! इन पापी नेत्रों से वह प्यारी-प्यारी चितवन कैसे देख सकूँगी जो मेरे लिए वज्र से भी हृदय-भेदी होगी ! इस गले में वे मृदुल प्रेमबाहु पड़ेंगे जो लौह-दंड से भी अधिक भारी और कठोर होंगे। प्यारे तुम मेरे हृदय मंदिर से निकल जाओ। यह स्थान तुम्हारे योग्य नहीं। मेरा वश होता तो तुम्हें हृदय की सेज पर सुलाती परंतु मैं धर्म की रस्सियों में बँधी हूँ।

इस तरह एक महीना बीत गया। ब्याह के दिन निकट आते जाते थे और प्रभा का कमल-सा मुख कुम्हलाया जाता था। कभी-कभी विरह वेदना एवं विचार-विप्लव से व्याकुल होकर उसका चित्त चाहता कि सती-कुण्ड की गोद में शांति लूँ किंतु रावसाहब इस शोक में जान ही दे देंगे यह विचार कर वह रुक जाती। सोचती मैं उनकी जीवन सर्वस्व हूँ मुझ अभागिनी को उन्होंने किस लाड़-प्यार से पाला है मैं ही उनके जीवन का आधार और अंतकाल की आशा हूँ। नहीं यों प्राण दे कर उनका आशाओं की हत्या न करूँगी। मेरे हृदय पर चाहे जो बीते उन्हें न कुढ़ाऊँगी ! प्रभा का एक योगी गवैये के पीछे उन्मत्त हो जाना कुछ शोभा नहीं देता। योगी का गान तानसेन के गानों से भी अधिक मनोहर क्यों न हो पर एक राजकुमारी का उसके हाथों बिक जाना हृदय की दुर्बलता प्रकट करता है रावसाहब के दरबार में विद्या की शौर्य की और वीरता से प्राण हवन करने की चर्चा न थी। यहाँ तो रात-दिन राग-रंग की धूम रहती थी। यहाँ इसी शास्त्र के आचार्य प्रतिष्ठा के मसनद पर विराजित थे और उन्हीं पर प्रशंसा के बहुमूल्य रत्न लुटाये जाते थे। प्रभा ने प्रारंभ ही से इसी जलवायु का सेवन किया था और उस पर इनका गाढ़ा रंग चढ़ गया था। ऐसी अवस्था में उसकी गान-लिप्सा ने यदि भीषण रूप धारण कर लिया तो आश्चर्य ही क्या है !

3

शादी बड़ी धूमधाम से हुई। रावसाहब ने प्रभा को गले लगा कर विदा किया। प्रभा बहुत रोयी। उमा को वह किसी तरह छोड़ती न थी।

नौगढ़ एक बड़ी रियासत थी और राजा हरिश्चंद्र के सुप्रबंध से उन्नति पर थी। प्रभा की सेवा के लिए दासियों की एक पूरी फौज थी। उसके रहने के लिए वह आनंद-भवन सजाया गया था जिसके बनाने में शिल्प विशारदों ने अपूर्व कौशल का परिचय दिया था। शृंगार चतुराओं ने दुलहिन को खूब सँवारा। रसीले राजा साहब अधरामृत के लिए विह्वल हो रहे थे। अंत:पुर में गये। प्रभा ने हाथ जोड़ कर सिर झुका कर उनका अभिवादन किया। उसकी आँखों से आँसू की नदी बह रही थी। पति ने प्रेम के मद में मत्त हो कर घूँघट हटा दिया दीपक था पर बुझा हुआ। फूल था पर मुरझाया हुआ।

दूसरे दिन से राजा साहब की यह दशा हुई कि भौंरे की तरह प्रतिक्षण इस फूल पर मँडराया करते। न राज-पाट की चिंता थी न सैर और शिकार की परवा। प्रभा की वाणी रसीला राग थी उसकी चितवन सुख का सागर और उसका मुख-चंद्र आमोद का सुहावना कुंज। बस प्रेम-मद में राजा साहब बिलकुल मतवाले हो गये थे उन्हें क्या मालूम था कि दूध में मक्खी है।

यह असम्भव था कि राजासाहब के हृदयहारी और सरस व्यवहार का जिसमें सच्चा अनुराग भरा हुआ था प्रभा पर कोई प्रभाव न पड़ता। प्रेम का प्रकाश अँधेरे हृदय को भी चमका देता है। प्रभा मन में बहुत लज्जित होती। वह अपने को इस निर्मल और विशुद्ध प्रेम के योग्य न पाती थी इस पवित्र प्रेम के बदले में उसे अपने कृत्रिम रँगे हुए भाव प्रकट करते हुए मानसिक कष्ट होता था। जब तक राजासाहब उसके साथ रहते वह उनके गले लता की भाँति लिपटी हुई घंटों प्रेम की बातें किया करती। वह उनके साथ सुमन-वाटिका में चुहल करती उनके लिए फूलों का हार गूँथती और उनके गले में हाथ डाल कर कहती-प्यारे देखना ये फूल मुरझा न जायें इन्हें सदा ताजा रखना। वह चाँदनी रात में उसके साथ नाव पर बैठ कर झील की सैर करती और उन्हें प्रेम का राग सुनाती। यदि उन्हें बाहर से आने में जरा भी देर हो जाती तो वह मीठा-मीठा उलाहना देती उन्हें निर्दय तथा निष्ठुर कहती। उनके सामने वह स्वयं हँसती उनकी आँखें हँसतीं और आँखों का काजल हँसता था। किंतु आह! जब वह अकेली होती उसका चंचल चित्त उड़ कर उसी कुंड के तट पर जा पहुँचता कुंड का वह नीला-नीला पानी उस पर तैरते हुए कमल और मौलसिरी की वृक्ष-पंक्तियों का सुंदर दृश्य आँखों के सामने आ जाता। उमा मुस्कराती और नजाकत से लचकती हुई आ पहुँचती तब रसीले योगी की मोहनी छवि आँखों में आ बैठती और सितार के सुलसित सुर गूँजने लगते-

कर गये थोड़े दिन की प्रीति।

तब वह एक दीर्घ नि:श्वास ले कर उठ बैठती और बाहर निकल कर पिंजरे में चहकते हुए पक्षियों के कलरव में शांति प्राप्त करती। इस भाँति यह स्वप्न तिरोहित हो जाता।

4

इस तरह कई महीने बीत गये। एक दिन राजा हरिश्चंद्र प्रभा को अपनी चित्रशाला में ले गये। उसके प्रथम भाग में ऐतिहासिक चित्र थे। सामने ही शूरवीर महाराणा प्रतापसिंह का चित्र नजर आया। मुखारविंद से वीरता की ज्योति स्फुटित हो रही थी। तनिक और आगे बढ़ कर दाहिनी ओर स्वामिभक्त जगमल वीरवर साँगा और दिलेर दुर्गादास विराजमान थे। बायीं ओर उदार भीमसिंह बैठे हुए थे। राणाप्रताप के सम्मुख महाराष्ट्र केसरी वीर शिवाजी का चित्र था। दूसरे भाग में कर्मयोगी कृष्ण और मर्यादा पुरुषोत्तम राम विराजते थे। चतुर चित्रकारों ने चित्र-निर्माण में अपूर्व कौशल दिखलाया था। प्रभा ने प्रताप के पाद-पद्मों को चूमा और वह कृष्ण के सामने देर तक नेत्रों में प्रेम और श्रद्धा के आँसू-भरे मस्तक झुकाये खड़ी रही। उसके हृदय पर इस समय कलुषित प्रेम का भय खटक रहा था। उसे मालूम होता था कि यह उन महापुरुषों के चित्र नहीं उनकी पवित्र आत्माएँ हैं। उन्हीं के चरित्र से भारतवर्ष का इतिहास गौरवान्वित है। वे भारत के बहुमूल्य जातीय रत्न उच्चकोटि के जातीय स्मारक और गगनभेदी जातीय तुमुल ध्वनि हैं। ऐसी उच्च आत्माओं के सामने खड़े होते उसे संकोच होता था। आगे बढ़ी दूसरा भाग सामने आया। यहाँ ज्ञानमय बुद्ध योग-साधन में बैठे हुए देख पड़े। उनकी दाहिनी ओर शास्त्राज्ञ शंकर थे और दार्शनिक दयानंद। एक ओर शांतिपथगामी कबीर और भक्त रामदास यथायोग्य खड़े थे। एक दीवार पर गुरु गोविंद अपने देश और जाति पर बलि चढ़नेवाले दोनों बच्चों के साथ विराजमान थे। दूसरी दीवार पर वेदांत की ज्योति फैलानेवाले स्वामी रामतीर्थ और विवेकानंद विराजमान थे। चित्रकारों की योग्यता एक-एक अवयव से टपकती थी। प्रभा ने इनके चरणों पर मस्तक टेका। वह उनके सामने सिर न उठा सकी। उसे अनुभव होता था कि उनकी दिव्य आँखें उसके दूषित हृदय में चुभी जाती हैं

इसके बाद तीसरा भाग आया। यह प्रतिभाशाली कवियों की सभा थी। सर्वोच्च स्थान पर आदिकवि वाल्मीकि और महर्षि वेदव्यास सुशोभित थे। दाहिनी ओर श्रृंगाररस के अद्वितीय कवि कालिदास थे बायीं तरफ गम्भीर भावों से पूर्ण भवभूति। निकट ही भर्तृहरि अपने संतोषाश्रम में बैठे हुए थे।

दक्षिण की दीवार पर राष्ट्रभाषा हिंदी के कवियों का सम्मेलन था। सहृदय कवि सूर तेजस्वी तुलसी सुकवि केशव और रसिक बिहारी यथाक्रम विराजमान थे। सूरदास से प्रभा का अगाध प्रेम था। वह समीप जा कर उनके चरणों पर मस्तक रखना ही चाहती थी कि अकस्मात् उन्हीं चरणों के सम्मुख सर झुकाये उसे एक छोटा-सा चित्र दीख पड़ा। प्रभा उसे देख कर चौंक पड़ी। यह वही चित्र था जो उसके हृदय पट पर खिंचा हुआ था। वह खुल कर उसकी तरफ ताक न सकी। दबी हुई आँखों से देखने लगी। राजा हरिश्चंद्र ने मुस्करा कर पूछा-इस व्यक्ति को तुमने कहीं देखा है

इस प्रश्न से प्रभा का हृदय काँप उठा। जिस तरह मृग-शावक व्याध के सामने व्याकुल हो कर इधर-उधर देखता है उसी तरह प्रभा अपनी बड़ी-बड़ी आँखों से दीवार की ओर ताकने लगी। सोचने लगी-क्या उत्तर दूँ इसको कहीं देखा है उन्होंने यह प्रश्न मुझसे क्यों किया कहीं ताड़ तो

नहीं गये हे नारायण मेरी पत तुम्हारे हाथ है क्योंकर इनकार करूँ मुँह पीला हो गया। सिर झुका कर क्षीण स्वर से बोली हाँ ध्यान आता है कि कहीं देखा है।

हरिश्चंद्र ने कहा-कहाँ देखा है

प्रभा के सिर में चक्कर-सा आने लगा। बोली-शायद एक बार यह गाता हुआ मेरी वाटिका के सामने जा रहा था। उमा ने बुला कर इसका गाना सुना था।

हरिश्चंद्र ने पूछा-कैसा गाना था

प्रभा के होश उड़े हुए थे। सोचती थी राजा के इन सवालों में जरूर कोई बात है। देखूँ लाज रहती है या नहीं। बोली-उसका गाना ऐसा बुरा न था।

हरिश्चंद्र ने मुस्करा कर कहा-क्या गाता था

प्रभा ने सोचा इस प्रश्न का उत्तर दे दूँ तो बाकी क्या रहता है। उसे विश्वास हो गया कि आज कुशल नहीं है। वह छत की ओर निरखती हुई बोली-सूरदास का कोई पद था।

हरिश्चंद्र ने कहा-यह तो नहीं-

कर गये थोड़े दिन की प्रीति।

प्रभा की आँखों के सामने अँधेरा छा गया। सिर घूमने लगा वह खड़ी न रह सकी बैठ गयी और हताश हो कर बोली-हाँ यही पद था। फिर उसने कलेजा मजबूत करके पूछा-आपको कैसे मालूम हुआ

हरिश्चंद्र बोले-वह योगी मेरे यहाँ अक्सर आया-जाया करता है। मुझे भी उसका गाना पसंद है। उसी ने मुझे यह हाल बताया था किंतु वह तो कहता था कि राजकुमारी ने मेरे गानों को बहुत परांद किया और पुनः आने के लिए आदेश किया।

प्रभा को अब सच्चा क्रोध दिखाने का अवसर मिल गया। वह बिगड़ कर बोली-यह बिलकुल झूठ है। मैंने उससे कुछ नहीं कहा।

हरिश्चंद्र बोले-यह तो मैं पहले ही समझ गया था कि यह उन महाशय की चालाकी है। डींग मारना गवैयों की आदत है परंतु इसमें तो तुम्हें इनकार नहीं कि उसका गान बुरा न था

प्रभा बोली-ना ! अच्छी चीज को बुरा कौन कहेगा

हरिश्चंद्र ने पूछा-फिर सुनना चाहो तो उसे बुलवाऊँ। सिर के बल दौड़ा आयेगा।

क्या उनके दर्शन फिर होंगे इस आशा से प्रभा का मुखमंडल विकसित हो गया। परंतु इन कई महीनों की लगातार कोशिश से जिस बात को भुलाने में वह किंचित् सफल हो चुकी थी उसके फिर नवीन हो जाने का भय हुआ। बोली-इस समय गाना सुनने को मेरा जी नहीं चाहता।

राजा ने कहा-यह मैं न मानूँगा कि तुम और गाना नहीं सुनना चाहती मैं उसे अभी बुलाये लाता हूँ।

यह कह कर राजा हरिश्चंद्र तीर की तरह कमरे से बाहर निकल गये। प्रभा उन्हें रोक न सकी। वह बड़ी चिंता में डूबी खड़ी थी। हृदय में खुशी और रंज की लहरें बारी-बारी से उठती थीं। मुश्किल से दस मिनट बीते होंगे कि उसे सितार के मस्ताने सुर के साथ योगी की रसीली तान सुनाई दी-

कर गये थोड़े दिन की प्रीति।

वही हृदयग्राही राग था वही हृदयभेदी प्रभाव वही मनोहरता और वही सब कुछ जो मन को मोह लेता है। एकक्षण में योगी की मोहिनी मूर्ति दिखायी दी। वही मस्तानापन वही मतवाले नेत्र वही नयनाभिराम देवताओं का-सा स्वरूप। मुखमंडल पर मंद-मंद मुस्कान थी। प्रभा ने उसकी तरफ सहमी हुई आँखों से देखा। एकाएक उसका हृदय उछल पड़ा। उसकी आँखों के आगे से एक पर्दा हट गया। प्रेम-विह्वल हो आँखों में आँसू-भरे वह अपने पति के चरणारविंदों पर गिर पड़ी और गद्गद कंठ से बोली-प्यारे ! प्रियतम !

राजा हरिश्चंद्र को आज सच्ची विजय प्राप्त हुई। उन्होंने प्रभा को उठा कर छाती से लगा लिया। दोनों आज एक प्राण हो गये। राजा हरिश्चंद्र ने कहा-जानती हो मैंने यह स्वाँग क्यों रचा था गाने का मुझे सदा से व्यसन है और सुना है तुम्हें भी इसका शौक है। तुम्हें अपना हृदय भेंट करने से प्रथम एक बार तुम्हारा दर्शन करना आवश्यक प्रतीत हुआ और उसके लिए सबसे सुगम उपाय यही सूझ पड़ा।

प्रभा ने अनुराग से देखकर कहा-योगी बन कर तुमने जो कुछ पा लिया वह राजा रह कर कदापि न पा सकते। अब तुम मेरे पति हो और प्रियतम भी हो पर तुमने मुझे बड़ा धोखा दिया और मेरी आत्मा को कलंकित किया। इसका उत्तरदाता कौन होगा ?

* * *

लाग-डांट

जोखू भगत और बेचन चौधरी में तीन पीढ़ियों से अदावत चली आती थी। कुछ डाँड़-मेंड़ का झगड़ा था। उनके परदादों में कई बार खून-खच्चर हुआ। बापों के समय से मुकदमेबाजी शुरू हुई। दोनों कई बार हाईकोर्ट तक गये। लड़कों के समय में संग्राम की भीषणता और भी बढ़ी यहाँ तक कि दोनों ही अशक्त हो गये। पहले दोनों इसी गाँव में आधे-आधे के हिस्सेदार थे। अब उनके पास उस झगड़नेवाले खेत को छोड़ कर एक अंगुल जमीन न थी। भूमि गयी धन गया मान-मर्यादा गयी लेकिन वह विवाद ज्यों का त्यों बना रहा। हाईकोर्ट के धुरंधर नीतिज्ञ एक मामूली-सा झगड़ा तय न कर सके।

इन दोनों सज्जनों ने गाँव को दो विरोधी दलों में विभक्त कर दिया था। एक दल की भंग-बूटी चौधरी के द्वार पर छनती तो दूसरे दल के चरस-गाँजे के दम भगत के द्वार पर लगते थे। स्त्रियों और बालकों के भी दो दल हो गये थे। यहाँ तक कि दोनों सज्जनों के सामाजिक और धार्मिक विचारों में भी विभाजक रेखा खिंची हुई थी। चौधरी कपड़े पहने सत्तू खा लेते और भगत को ढोंगी कहते। भगत बिना कपड़े उतारे पानी भी न पीते और चौधरी को भ्रष्ट बतलाते। भगत सनातनधर्मी बने तो चौधरी ने आर्यसमाज का आश्रय लिया। जिस बजाज पन्सारी या कुंजड़े से चौधरी सौदे लेते उसकी ओर भगतजी ताकना भी पाप समझते थे। और भगत जी की हलवाई की मिठाइयाँ उनके ग्वाले का दूध और तेली का तेल चौधरी के लिए त्याज्य थे। यहाँ तक कि उनके आरोग्यता के सिद्धांतों में भी भिन्नता थी। भगत जी वैद्यक के कायल थे चौधरी यूनानी प्रथा के माननेवाले। दोनों चाहे रोग से मर जाते पर अपने सिद्धांतों को न तोड़ते।

2

जब देश में राजनैतिक आंदोलन शुरू हुआ तो उसकी भनक उस गाँव में आ पहुँची। चौधरी ने आंदोलन का पक्ष लिया भगत उनके विपक्षी हो गये। एक सज्जन ने आ कर गाँव में किसान-सभा खोली। चौधरी उसमें शरीक हुए भगत अलग रहे। जागृति और बढ़ी स्वराज्य की चर्चा होने लगी। चौधरी स्वराज्यवादी हो गये भगत ने राजभक्ति का पक्ष लिया। चौधरी का घर स्वराज्यवादियों का अड्डा हो गया भगत का घर राजभक्तों का क्लब बन गया।

चौधरी जनता में स्वराज्यवाद का प्रचार करने लगे:

मित्रो स्वराज्य का अर्थ है अपना राज। अपने देश में अपना राज हो वह अच्छा है कि किसी दूसरे का राज हो वह

जनता ने कहा-अपना राज हो वह अच्छा है।

चौधरी-तो यह स्वराज्य कैसे मिलेगा आत्मबल से पुरुषार्थ से मेल से एक-दूसरे से द्वेष करना छोड़ दो। अपने झगड़े आप मिल कर निपटा लो।

एक शंका-आप तो नित्य अदालत में खड़े रहते हैं।

चौधरी-हाँ पर आज से अदालत जाऊँ तो मुझे गऊहत्या का पाप लगे। तुम्हें चाहिए कि तुम अपनी गाढ़ी कमाई अपने बाल-बच्चों को खिलाओ और बचे तो परोपकार में लगाओ वकील-मुखतारों की जेब क्यों भरते हो थानेदार को घूस क्यों देते हो अमलों की चिरौरी क्यों करते हो पहले हमारे लड़के अपने धर्म की शिक्षा पाते थे वह सदाचारी त्यागी पुरुषार्थी बनते थे। अब वह विदेशी मदरसों में पढ़ कर चाकरी करते हैं घूस खाते हैं शौक करते हैं अपने देवताओं और पितरों की निंदा करते हैं सिगरेट पीते हैं साल बनाते हैं और हाकिमों की गोड़धरिया करते हैं। क्या यह हमारा कर्त्तव्य नहीं है कि हम अपने बालकों को धर्मानुसार शिक्षा दें

जनता-चंदा करके पाठशाला खोलनी चाहिए।

चौधरी-हम पहले मदिरा का छूना पाप समझते थे। अब गाँव-गाँव और गली-गली में मदिरा की दूकानें हैं। हम अपनी गाढ़ी कमाई के करोड़ों रुपये गाँजे-शराब में उड़ा देते हैं।

जनता-जो दारू-भाँग पिये उसे डाँड़ लगाना चाहिए !

चौधरी-हमारे दादा-बाबा छोटे-बड़े सब गाढ़ा-गजी पहनते थे। हमारी दादियाँ-नानियाँ चरखा काता करती थीं। सब धन देश में रहता था हमारे जुलाहे भाई चैन की वंशी बजाते थे। अब हम विदेश के बने हुए महीन रंगीन कपड़ों पर जान देते हैं। इस तरह दूसरे देश वाले हमारा धन ढो ले जाते हैं बेचारे जुलाहे कंगाल हो गये। क्या हमारा यही धर्म है कि अपने भाइयों की थाली छीन कर दूसरों के सामने रख दें

जनता-गाढ़ा कहीं मिलता ही नहीं।

चौधरी-अपने घर का बना हुआ गाढ़ा पहनो अदालतों को त्यागो नशेबाजी छोड़ो अपने लड़कों को धर्म-कर्म सिखाओ मेल से रहो-बस यही स्वराज्य है। जो लोग कहते हैं कि स्वराज्य के लिए खून की नदी बहेगी वे पागल हैं-उनकी बातों पर ध्यान मत दो।

जनता यह बातें चाव से सुनती थी। दिनोंदिन श्रोताओं की संख्या बढ़ती जाती थी। चौधरी के सब श्रद्धाभाजन बन गये।

3

भगत जी भी राजभक्ति का उपदेश करने लगे-

भाइयो राजा का काम राज करना और प्रजा का काम उसकी आज्ञा का पालन करना है। इसी को राजभक्ति कहते हैं। और हमारे धार्मिक ग्रंथों में हमें इसी राजभक्ति की शिक्षा दी गई है। राजा ईश्वर का प्रतिनिधि है उसकी आज्ञा के विरुद्ध चलना महान पातक है। राजविमुख प्राणी नरक का भागी होता है।

एक शंका-राजा को भी तो अपने धर्म का पालन करना चाहिए

दूसरी शंका-हमारे राजा तो नाम के हैं असली राजा तो विलायत के बनिये-महाजन हैं।

तीसरी शंका-बनिये धन कमाना जानते हैं राज करना क्या जानें।

भगत-लोग तुम्हें शिक्षा देते हैं कि अदालतों में मत जाओ पंचायतों में मुकदमे ले जाओ लेकिन ऐसे पंच कहाँ हैं जो सच्चा न्याय करें दूध का दूध और पानी का पानी कर दें ! यहाँ मुँह-देखी बातें होंगी। जिनका कुछ दबाव है उनकी जीत होगी जिनका कुछ दबाव नहीं है वह बेचारे मारे जायँगे। अदालतों में सब कार्रवाई कानून पर होती है वहाँ छोटे-बड़े सब बराबर हैं शेर-बकरी एक घाट पर पानी पीते हैं।

दूसरी शंका-अदालतों का न्याय कहने ही को है जिसके पास बने हुए गवाह और दाँव-पेंच खेले हुए वकील होते हैं उसी की जीत होती है झूठे-सच्चे की परख कौन करता है हाँ हैरानी अलबत्ता होती है।

भगत-कहा जाता है कि विदेशी चीजों का व्यवहार मत करो। यह गरीबों के साथ घोर अन्याय है। हमको बाजार में जो चीज सस्ती और अच्छी मिले वह लेनी चाहिए। चाहे स्वेदशी हो या विदेशी। हमारा पैसा सेंत में नहीं आता है कि उसे रद्दी-भद्दी स्वदेशी चीजों पर फेंकें।

एक शंका-अपने देश में तो रहता है दूसरों के हाथ में तो नहीं जाता।

दूसरी शंका-अपने घर में अच्छा खाना न मिले तो क्या विजातियों के घर का अच्छा भोजन खाने लगेंगे

भगत-लोग कहते हैं लड़कों को सरकारी मदरसों में मत भेजो। सरकारी मदरसे में न पढ़ते तो आज हमारे भाई बड़ी-बड़ी नौकरियाँ कैसे पाते बड़े-बड़े कारखाने कैसे बना लेते बिना नयी विद्या पढ़े अब संसार में निबाह नहीं हो सकता पुरानी विद्या पढ़ कर पत्र देखने और कथा बाँचने के सिवाय और क्या आता है राज-काज क्या पट्टी-पोथी बाँचने वाले लोग करेंगे

एक शंका-हमें राज-काज न चाहिए। हम अपनी खेती-बारी ही में मगन हैं किसी के गुलाम तो नहीं।

दूसरी शंका-जो विद्या घमंडी बना दे उससे मूरख ही अच्छा यही नयी विद्या पढ़कर तो लोग सूट-बूट घड़ी-छड़ी हैट-कैट लगाने लगते हैं और अपने शौक के पीछे देश का धन विदेशियों के जेब में भरते हैं। ये देश के द्रोही हैं।

भगत-गाँजा-शराब की ओर आजकल लोगों की कड़ी निगाह है। नशा बुरी लत है इसे सब जानते हैं। सरकार को नशे की दूकानों से करोड़ों रुपये साल की आमदनी होती है। अगर दूकानों में न जाने से लोगों की नशे की लत छूट जाय तो बड़ी अच्छी बात है। वह दूकान पर न जायगा तो चोरी-छिपे किसी न किसी तरह दूने-चौगुने दाम दे कर सजा काटने पर तैयार हो कर अपनी लत पूरी करेगा। तो ऐसा काम क्यों करो कि सरकार का नुकसान अलग हो और गरीब रैयत का नुकसान अलग हो। और फिर किसी-किसी को नशा खाने से फायदा होता है। मैं ही एक दिन अफीम न खाऊँ तो गाँठों में दर्द होने लगे दम उखड़ जाय और सरदी पकड़ ले।

एक आवाज-शराब पीने से बदन में फुर्ती आ जाती है।

एक शंका-सरकार अधर्म से रुपया कमाती है। उसे यह उचित नहीं। अधर्मी के राज में रह कर प्रजा का कल्याण कैसे हो सकता है

दूसरी शंका-पहले दारू पिला कर पागल बना दिया। लत पड़ी तो पैसे की चाट हुई। इतनी मजूरी किसको मिलती है कि रोटी-कपड़ा भी चले और दारू-शराब भी उड़े या तो बाल-बच्चों को भूखों मारो या चोरी करो जुआ खेलो और बेईमानी करो। शराब की दूकान क्या है हमारी गुलामी का अड्डा है।

4

चौधरी के उपदेश सुनने के लिए जनता टूटती थी। लोगों को खड़े होने को जगह न मिलती। दिनोंदिन चौधरी का मान बढ़ने लगा। उनके यहाँ नित्य पंचायतों की राष्ट्रोन्नति की चर्चा रहती जनता को इन बातों में बड़ा आनंद और उत्साह होता। उनके राजनैतिक ज्ञान की वृद्धि होती। वह अपना गौरव और महत्त्व समझने लगे उन्हें अपनी सत्ता का अनुभव होने लगा। निरंकुशता और अन्याय पर अब उनकी तिउरियाँ चढ़ने लगीं। उन्हें स्वतंत्रता का स्वाद मिला। घर की रुई घर का सूत घर का कपड़ा घर का भोजन घर की अदालत न पुलिस का भय न अमला की खुशामद सुख और शांति से जीवन व्यतीत करने लगे। कितनों ही ने नशेबाजी छोड़ दी और सद्भावों की एक लहर-सी दौड़ने लगी।

लेकिन भगत जी इतने भाग्यशाली न थे। जनता को दिनोंदिन उनके उपदेशों से अरुचि होती जाती थी। यहाँ तक कि बहुधा उनके श्रोताओं में पटवारी चौकीदार मुदर्रिस और इन्हीं कर्मचारियों के मित्रों के अतिरिक्त और कोई न होता था। कभी-कभी बड़े हाकिम भी आ निकलते और भगत जी का बड़ा आदर-सत्कार करते। जरा देर के लिए भगत जी के आँसू पुँछ जाते लेकिन क्षण-भर का सम्मान आठों पहर के अपमान की बराबरी कैसे करता ! जिधर निकल जाते उधर ही उँगलियाँ उठने लगतीं। कोई कहता खुशामदी टट्टू है कोई कहता खुफिया पुलिस का भेदी है। भगत जी अपने प्रतिद्वंद्वी की बड़ाई और अपनी लोकनिंदा पर दाँत पीस-पीस कर रह जाते थे। जीवन में यह पहला ही अवसर था कि उन्हें सबके सामने नीचा देखना पड़ा। चिरकाल से जिस कुल-मर्यादा की रक्षा करते आये थे और जिस पर अपना सर्वस्व अर्पण कर चुके थे वह धूल में मिल गयी। यह दाहमय चिंता उन्हें एक क्षण के लिए चैन न लेने देती। नित्य समस्या सामने रहती कि अपना खोया हुआ सम्मान क्योंकर पाऊँ अपने प्रतिपक्षी को क्योंकर पददलित करूँ कैसे उसका गरूर तोड़ूँ

अंत में उन्होंने सिंह को उसी की माँद में पछाड़ने का निश्चय किया।

5

संध्या का समय था। चौधरी के द्वार पर एक बड़ी सभा हो रही थी। आस-पास के गाँवों के किसान भी आ गये हजारों आदमियों की भीड़ थी। चौधरी उन्हें स्वराज्य-विषयक उपदेश दे रहे थे। बार-बार भारतमाता की जयजयकार की ध्वनि उठती थी। एक ओर स्त्रियों का जमाव था। चौधरी ने अपना उपदेश समाप्त किया और अपनी जगह पर बैठे। स्वयंसेवकों ने स्वराज्य फंड के लिए चंदा जमा करना शुरू किया कि इतने में भगत जी न जाने किधर से लपके हुए आये और श्रोताओं के सामने खड़े हो कर उच्च स्वर से बोले:

भाइयो मुझे यहाँ देखकर अचरज मत करो मैं स्वराज्य का विरोधी नहीं हूँ। ऐसा पतित कौन प्राणी होगा जो स्वराज्य का निंदक हो लेकिन इसके प्राप्त करने का वह उपाय नहीं है जो चौधरी ने बताया है और जिस पर तुम लोग लट्टू हो रहे हो। जब आपस में फूट और रार है पंचायतों से क्या होगा जब विलासिता का भूत सिर पर सवार है तो नशा कैसे छूटेगा मदिरा की दूकानों का बहिष्कार कैसे होगा सिगरेट साबुन मोजे बनियान अद्धी तंजेब से कैसे पिंड छूटेगा जब रोब और हुकूमत की लालसा बनी हुई है तो सरकारी मदरसे कैसे छोड़ोगे विधर्मी शिक्षा की बेड़ी से कैसे मुक्त हो सकोगे स्वराज्य लेने का केवल एक ही उपाय है और वह आत्म-संयम है। यही महौषधि तुम्हारे समस्त रोगों को समूल नष्ट करेगी। आत्मा को बलवान् बनाओ इंद्रियों को साधो मन को वश में करो तुममें भातृभाव पैदा होगा तभी वैमनस्य मिटेगा तभी ईर्ष्या और द्वेष का नाश होगा तभी भोग-विलास से मन हटेगा तभी नशेबाजी का दमन होगा। आत्मबल के बिना स्वराज्य कभी

उपलब्ध न होगा। स्वयंसेवा सब पापों का मूल है यही तुम्हें अदालतों में ले जाता है यह तुम्हें विधर्मी शिक्षा का दास बनाये हुए है। इस पिशाच को आत्मबल से मारो और तुम्हारी कामना पूरी हो जायगी। सब जानते हैं मैं 40 साल से अफीम का सेवन करता हूँ। आज से मैं अफीम को गऊ का रक्त समझता हूँ। चौधरी से मेरी तीन पीढ़ियों की अदावत है। आज से चौधरी मेरे भाई हैं। आज से मुझे या मेरे घर के किसी प्राणी को घर के कते सूत से बुने हुए कपड़े के सिवाय कुछ और पहनते देखो तो मुझे जो दंड चाहो दो। बस मुझे यही कहना है परमात्मा हम सबकी इच्छा पूरी करे।

यह कह कर भगत जी घर की ओर चले कि चौधरी दौड़कर उनके गले से लिपट गये। तीन पुश्तों की अदावत एक क्षण में शांत हो गयी।

उस दिन से चौधरी और भगत साथ-साथ स्वराज्य का उपदेश करने लगे। उनमें गाढ़ी मित्रता हो गयी और यह निश्चय करना कठिन था कि दोनों में जनता किसका अधिक सम्मान करती है।

प्रतिद्वंद्विता वह चिनगारी थी जिसने दोनों पुरुषों के हृदय-दीपक को प्रकाशित कर दिया था।

* * *

अमावस्या की रात्रि

दीवाली की संध्या थी। श्रीनगर के घूरों और खँडहरों के भी भाग्य चमक उठे थे। कस्बे के लड़के और लड़कियाँ श्वेत थालियों में दीपक लिये मंदिर की ओर जा रही थीं। दीपों से उनके मुखारविंद प्रकाशमान थे। प्रत्येक गृह रोशनी से जगमगा रहा था। केवल पंडित देवदत्त का सतधारा भवन काली घटा के अंधकार में गंभीर और भयंकर रूप में खड़ा था। गंभीर इसलिए कि उसे अपनी उन्नति के दिन भूले न थे भयंकर इसलिए कि यह जगमगाहट मानो उसे चिढ़ा रही थी। एक समय वह था जबकि ईर्ष्या भी उसे देख-देखकर हाथ मलती थी और एक समय यह है जबकि घृणा भी उस पर कटाक्ष करती है। द्वार पर द्वारपाल की जगह अब मदार और एरंड के वृक्ष खड़े थे। दीवानखाने में एक मतंग साँड़ अकड़ता था। ऊपर के घरों में जहाँ सुन्दर रमणियाँ मनोहर संगीत गाती थीं वहाँ आज जंगली कबूतरों के मधुर स्वर सुनायी देते थे। किसी अँग्रेजी मदरसे के विद्यार्थी के आचरण की भाँति उसकी जड़ें हिल गयी थीं और उसकी दीवारें किसी विधवा स्त्री के हृदय की भाँति विदीर्ण हो रही थीं पर समय को हम कुछ नहीं कह सकते। समय की निंदा व्यर्थ और भूल है यह मूर्खता और अदूरदर्शिता का फल था।

अमावस्या की रात्रि थी। प्रकाश से पराजित हो कर मानो अंधकार ने उसी विशाल भवन में शरण ली थी। पंडित देवदत्त अपने अर्द्ध अंधकारवाले कमरे में मौन परंतु चिंता में निमग्न थे। आज एक महीने से उनकी पत्नी गिरिजा की जिंदगी को निर्दय काल ने खिलवाड़ बना लिया है। पंडित जी दरिद्रता और दु:ख को भुगतने के लिए तैयार थे। भाग्य का भरोसा उन्हें धैर्य बँधाता था किंतु यह नयी विपत्ति सहन-शक्ति से बाहर थी। बेचारे दिन के दिन गिरिजा के सिरहाने बैठे हुए उसके मुरझाये हुए मुख को देख कर कुढ़ते और रोते थे। गिरिजा जब अपने जीवन से निराश हो कर रोती तो वह उसे समझाते-गिरिजा रोओ मत शीघ्र ही अच्छी हो जाओगी।

पंडित देवदत्त के पूर्वजों का कारोबार बहुत विस्तृत था। वे लेन-देन किया करते थे। अधिकतर उनके व्यवहार बड़े-बड़े चकलेदारों और रजवाड़ों के साथ थे। उस समय ईमान इतना सस्ता नहीं बिकता था। सादे पत्रों पर लाखों की बातें हो जाती थीं। मगर सन् 57 ईस्वी के बलवे ने कितनी ही रियासतों और राज्यों को मिटा दिया और उनके साथ तिवारियों का यह अन्न-धन-पूर्ण परिवार भी मिट्टी में मिल गया। खजाना लुट गया बही-खाते पंसारियों के काम आये। जब कुछ शांति हुई रियासतें फिर सँभलीं तो समय पलट चुका था। वचन लेख के अधीन हो रहा था तथा लेख में भी सादे और रंगीन का भेद होने लगा था।

जब देवदत्त ने होश सँभाला तब उनके पास इस खँडहर के अतिरिक्त और कोई सम्पत्ति न थी। अब निर्वाह के लिए कोई उपाय न था। कृषि में परिश्रम और कष्ट था। वाणिज्य के लिए धन

और बुद्धि की आवश्यकता थी। विद्या भी ऐसी नहीं थी कि कहीं नौकरी करते परिवार की प्रतिष्ठा दान लेने में बाधक थी। अस्तु साल में दो-तीन बार अपने पुराने व्यवहारियों के घर बिना बुलाये पाहुनों की भाँति जाते और कुछ विदाई तथा मार्ग-व्यय पाते उसी पर गुजारा करते। पैतृक प्रतिष्ठा का चिह्न यदि कुछ शेष था तो वह पुरानी चिट्ठी-पत्रियों का ढेर तथा हुंडियों का पुलिंदा जिनकी स्याही भी उनके मंद भाग्य की भाँति फीकी पड़ गयी थी। पंडित देवदत्त उन्हें प्राणों से भी अधिक प्रिय समझते। द्वितीया के दिन जब घर-घर लक्ष्मी की पूजा होती है पंडित जी ठाट-बाट से इन पुलिंदों की पूजा करते। लक्ष्मी न सही लक्ष्मी का स्मारक-चिह्न ही सही। दूज का दिन पंडित जी के प्रतिष्ठा के श्रद्धा का दिन था। इसे चाहे विडंबना कहो चाहे मूर्खता परंतु श्रीमान् पंडित महाशय को उन पत्रों पर बड़ा अभिमान था। जब गाँव में कोई विवाद छिड़ जाता तो यह सड़े-गले कागजों की सेना ही बहुत काम कर जाती और प्रतिवादी शत्रु को हार माननी पड़ती। यदि सत्तर पीढ़ियों से शस्त्र की सूरत न देखने पर भी लोग क्षत्रिय होने का अभिमान करते हैं तो पंडित देवदत्त का उन लेखों पर अभिमान करना अनुचित नहीं कहा जा सकता जिसमें सत्तर लाख रुपयों की रकम छिपी हुई थी।

2

वही अमावस्या की रात्रि थी। किंतु दीपमालिका अपनी अल्प जीवनी समाप्त कर चुकी थी। चारों ओर जुआरियों के लिए यह शकुन की रात्रि थी क्योंकि आज की हार साल भर की हार होती है। लक्ष्मी के आगमन की धूम थी। कौड़ियों पर अशर्फियाँ लुट रही थीं। भट्ठियों में शराब के बदले पानी बिक रहा था। पंडित देवदत्त के अतिरिक्त कस्बे में कोई ऐसा मनुष्य नहीं था जो कि दूसरों की कमाई समेटने की धुन में न हो। आज भोर से ही गिरिजा की अवस्था शोचनीय थी। विषम ज्वर उसे एक-एक क्षण में मूर्च्छित कर रहा था। एकाएक उसने चौंक कर आँखें खोलीं और अत्यंत क्षीण स्वर में कहा-आज तो दीवाली है।

देवदत्त ऐसा निराश हो रहा था कि गिरिजा को चैतन्य देख कर भी उसे आनंद नहीं हुआ। बोला-हाँ आज दीवाली है।

गिरिजा ने आँसू-भरी दृष्टि से इधर-उधर देख कर कहा-हमारे घर में क्या दीपक न जलेंगे

देवदत्त फूट-फूट कर रोने लगा। गिरिजा ने फिर उसी स्वर में कहा-देखो आज बरस-भर के दिन भी घर अँधेरा रह गया। मुझे उठा दो मैं भी अपने घर दिये जलाऊँगी।

ये बातें देवदत्त के हृदय में चुभी जाती थीं। मनुष्य की अंतिम घड़ी लालसाओं और भावनाओं में व्यतीत होती है।

इस नगर में लाला शंकरदास अच्छे प्रसिद्ध वैद्य थे। अपने प्राणसंजीवन औषधालय में दवाओं के स्थान पर छापने का प्रेस रखे हुए थे। दवाइयाँ कम बनती थीं इश्तहार अधिक प्रकाशित होते थे।

वे कहा करते थे कि बीमारी केवल रईसों का ढकोसला है और पोलिटिकल एकानोमी के (राजनीतिक अर्थशास्त्र के) अनुसार इस विलास-पदार्थ से जितना अधिक सम्भव हो टैक्स लेना चाहिए। यदि कोई निर्धन है तो हो। यदि कोई मरता है तो मरे। उसे क्या अधिकार है कि बीमार पड़े और मुफ्त में दवा कराये भारतवर्ष की यह दशा अधिकतर मुफ्त दवा कराने से हुई है। इसने मनुष्यों को असावधान और बलहीन बना दिया है। देवदत्त महीने भर नित्य उनके निकट दवा लेने आता था परंतु वैद्य जी कभी उसकी ओर इतना ध्यान नहीं देते थे कि वह अपनी शोचनीय दशा प्रकट कर सके। वैद्य जी के हृदय के कोमल भाग तक पहुँचने के लिए देवदत्त ने बहुत कुछ हाथ-पैर चलाये। वह आँखों में आँसू भरे आता किन्तु वैद्य जी का हृदय ठोस था उसमें कोमल भाव था ही नहीं।

वही अमावस्या की डरावनी रात थी। गगन-मंडल में तारे आधी रात के बीतने पर और भी अधिक प्रकाशित हो रहे थे मानो श्रीनगर की बुझी हुई दीवाली पर कटाक्षयुक्त आनंद के साथ मुस्करा रहे थे। देवदत्त बेचैनी की दशा में गिरिजा के सिरहाने से उठे और वैद्य जी के मकान की ओर चले। वे जानते थे कि लाला जी बिना फीस लिये कदापि नहीं आयेंगे किंतु हताश होने पर भी आशा पीछा नहीं छोड़ती। देवदत्त कदम आगे बढ़ाते चले जाते थे।

3

हकीम जी उस समय अपने रामबाण बिदु का विज्ञापन लिखने में व्यस्त थे। उस विज्ञापन की भावप्रद भाषा तथा आकर्षण-शक्ति देख कर कह नहीं सकते कि वे वैद्य-शिरोमणि थे या सुलेखक विद्यावारिधि।

पाठक आप उनके उर्दू विज्ञापन का साक्षात् दर्शन कर लें-

नाजरीन आप जानते हैं कि मैं कौन हूँ आपका जर्द चेहरा आपका तने लागिर आपका जरा-सी मेहनत में बेदम हो जाना आपका लज्जात दुनिया में महरूम रहना आपका खाना तरीकी यह सब इस सवाल का नफी में जवाब देते हैं। सुनिए मैं कौन हूँ मैं वह शख्स हूँ जिसने इमराज इन्सानी को पर्दे दुनिया से गायब कर देने का बीड़ा उठाया है जिसने इश्तिहारबाज जा फरोश गंदुमनुमा बने हुए हकीमों को बेखबर व बुन से खोद कर दुनिया को पाक कर देने का अज्म विल् जज्म कर लिया है। मैं वह हैरतअंगेज इनसान जईफ-उल- बयान हूँ जो नाशाद को दिलशाद नामुराद को बामुराद भगोड़े को दिलेर गीदड़ को शेर बनाता है। और यह किसी जादू से नहीं मंत्र से नहीं वह मेरी ईजाद करदा अमृतबिंदु के अदना करिश्मे हैं। अमृतबिंदु क्या है इसे कुछ मैं ही जानता हूँ। महर्षि अगस्त ने धन्वन्तरि के कानों में इसका नुस्खा बतलाया था। जिस वक्त आप वी. पी. पार्सल खोलेंगे आप पर उसकी हकीकत रौशन हो जायगी। यह आबेहयात है। यह मर्दानगी का जौहर फरजानगी का अक्सीर अक्ल का मुरब्बा और जेहन का सकील है। अगर वर्षों की मुशायराबाजी ने भी आपको शायर नहीं बनाया अगर शबे रोज के रटंत पर भी आप इम्तहान में कामयाब नहीं हो सके अगर दल्लालों की खुशामद और मुवक्किलों की

नाजबर्दारी के बावजूद भी आप अहाते-अदालत में भूखे कुत्ते की तरह चक्कर लगाते फिरते हैं अगर आप गला फाड़-फाड़ चीखने मेज पर हाथ-पैर पटकने पर भी अपनी तकरीर से कोई असर पैदा नहीं कर सकते तो आप अमृतबिंदु का इस्तेमाल कीजिए। इसका सबसे बड़ा फायदा जो पहले ही दिन मालूम हो जायगा यह है कि आपकी आँखें खुल जायँगी और आप फिर कभी इश्तहारबाज हकीमों के दाम फरेब में न फँसेंगे।

वैद्य जी इस विज्ञापन को समाप्त कर उच्च स्वर से पढ़ रहे थे उनके नेत्रों में उचित अभिमान और आशा झलक रही थी कि इतने में देवदत्त ने बाहर से आवाज दी। वैद्य जी बहुत खुश हुए। रात के समय उनकी फीस दुगुनी थी। लालटेन लिये बाहर निकले तो देवदत्त रोता हुआ उनके पैरों से लिपट गया और बोला-वैद्य जी इस समय मुझ पर दया कीजिए। गिरिजा अब कोई सायत की पाहुनी है। अब आप ही उसे बचा सकते हैं। यों तो मेरे भाग्य में जो लिखा है वही होगा किंतु इस समय तनिक चल कर आप देख लें तो मेरे दिल का दाह मिट जायगा। मुझे धैर्य हो जायगा कि उसके लिए मुझसे जो कुछ हो सकता था मैंने किया। परमात्मा जानता है कि मैं इस योग्य नहीं हूँ कि आपकी कुछ सेवा कर सकूँ किंतु जब तक जीऊँगा आपका यश गाऊँगा और आपके इशारों का गुलाम बना रहूँगा !

हकीम जी को पहले कुछ तरस आया किंतु वह जुगुनू की चमक थी जो शीघ्र स्वार्थ के विशाल अंधकार में विलीन हो गयी।

4

वही अमावस्या की रात्रि थी। वृक्षों पर सन्नाटा छा गया था। जीतनेवाले अपने बच्चों को नींद से जगा कर इनाम देते थे। हारनेवाले अपनी रुष्ट और क्रोधित स्त्रियों से क्षमा के लिए प्रार्थना कर रहे थे। इतने में घंटी के लगातार शब्द वायु और अंधकार को चीरते हुए कान में आने लगे। उनकी सुहावनी ध्वनि इस निस्तब्ध अवस्था में अत्यंत भली प्रतीत होती थी। यह शब्द समीप हो गये और अंत में पंडित देवदत्त के समीप आ कर उस खँडहर में डूब गये। पंडित जी उस समय निराशा के अथाह समुद्र में गोते खा रहे थे। शोक में इस योग्य भी नहीं थे कि प्राणों से भी अधिक प्यारी गिरिजा का दवा-दरपन कर सकें। क्या करें इस निष्ठुर वैद्य को यहाँ कैसे लायें जालिम मैं सारी उमर तेरी गुलामी करता। तेरे इश्तिहार छापता। तेरी दवाइयाँ कूटता। आज पंडित जी को यह ज्ञात हुआ है कि सत्तर लाख की चिट्ठी-पत्रियाँ इतनी कौड़ियों के मोल भी नहीं। पैतृक प्रतिष्ठा का अहंकार अब आँखों से दूर हो गया। उन्होंने उस मखमली थैले को संदूक से बाहर निकाला और उन चिट्ठी-पत्रियों को जो बाप-दादों की कमाई का शेषांश थीं और प्रतिष्ठा की भाँति जिनकी रक्षा की जाती थी एक-एक करके दीया को अर्पण करने लगे। जिस तरह सुख और आनंद से पालित शरीर चिता की भेंट हो जाती है उसी प्रकार वह कागजी पुतलियाँ भी उस प्रज्वलित दीया के धधकते हुए मुँह का ग्रास बनती थीं। इतने में किसी ने बाहर से पंडित जी को पुकारा। उन्होंने चौंक कर सिर उठाया। वे नींद से अँधेरे में टटोलते हुए दरवाजे तक आये। देखा

कि कई आदमी हाथ में मशाल लिये हुए खड़े हैं और एक हाथी अपने सूँड से उन एरंड के वृक्षों को उखाड़ रहा है जो द्वार पर द्वारपालों की भाँति खड़े थे। हाथी पर एक सुंदर युवक बैठा है जिसके सिर पर केसरिया रंग की रेशमी पाग है। माथे पर अर्धचंद्राकार चंदन भाले की तरह तनी हुई नोकदार मूँछें मुखारविंद से प्रभाव और प्रकाश टपकता हुआ कोई सरदार मालूम पड़ता था। उसका कलीदार अँगरखा और चुनावदार पैजामा कमर में लटकती हुई तलवार और गर्दन में सुनहरे कंठे और जंजीर उसके सजीले शरीर पर अत्यंत शोभा पा रहे थे। पंडित जी को देखते ही उसने रकाब पर पैर रखा और नीचे उतर कर उनकी वंदना की। उसके इस विनीत भाव से कुछ लज्जित हो कर पंडित जी बोले-आपका आगमन कहाँ से हुआ

नवयुवक ने बड़े नम्र शब्दों में जवाब दिया। उसके चेहरे से भलमनसाहत बरसती थी-मैं आपका पुराना सेवक हूँ। दास का घर राजनगर है। मैं वहाँ का जागीरदार हूँ। मेरे पूर्वजों पर आपके पूर्वजों ने बड़े अनुग्रह किये हैं। मेरी इस समय जो कुछ प्रतिष्ठा तथा सम्पदा है सब आपके पूर्वजों की कृपा और दया का परिणाम है। मैंने अपने अनेक स्वजनों से आपका नाम सुना था और मुझे बहुत दिनों से आपके दर्शनों की आकांक्षा थी। आज वह सुअवसर भी मिल गया। अब मेरा जन्म सफल हुआ।

पंडित देवदत्त की आँखों में आँसू भर आये। पैतृक प्रतिष्ठा का अभिमान उनके हृदय का कोमल भाग था।

वह दीनता जो उनके मुख पर छायी हुई थी थोड़ी देर के लिए विदा हो गयी। वे गम्भीर भाव धारण करके बोले-यह आपका अनुग्रह है जो ऐसा कहते हैं। नहीं तो मुझ जैसे कपूत में तो इतनी भी योग्यता नहीं है जो अपने को उन लोगों की संतति कह सकूँ। इतने में नौकरों ने आँगन में फर्श बिछा दिया। दोनों आदमी उस पर बैठे और बातें होने लगीं वे बातें जिनका प्रत्येक शब्द पंडित जी के मुख को इस तरह प्रफुल्लित कर रहा था जिस तरह प्रात:काल की वायु फूलों को खिला देती है। पंडित जी के पितामह ने नवयुवक ठाकुर के पितामह को पच्चीस सह0 रुपये कर्ज दिये थे। ठाकुर अब गया में जा कर अपने पूर्वजों का श्राद्ध करना चाहता था इसलिए जरूरी था कि उसके जिम्मे जो कुछ ऋण हो उसकी एक-एक कौड़ी चुका दी जाय। ठाकुर को पुराने बहीखाते में यह ऋण दिखायी दिया। पच्चीस के अब पचहत्तर हजार हो चुके। वही ऋण चुका देने के लिए ठाकुर आया था। धर्म ही वह शक्ति है जो अंत:करण में ओजस्वी विचारों को पैदा करती है। हाँ इस विचार को कार्य में लाने के लिए पवित्र और बलवान् आत्मा की आवश्यकता है। नहीं तो वे ही विचार क्रूर और पापमय हो जाते हैं। अंत में ठाकुर ने कहा-आपके पास तो वे चिट्ठियाँ होंगी

देवदत्त का दिल बैठ गया। वे सँभल कर बोले-सम्भवत: हों। कुछ कह नहीं सकते।

ठाकुर ने लापरवाही से कहा-ढूँढ़िए यदि मिल जायँ तो हम लेते जायँगे।

पंडित देवदत्त उठे लेकिन हृदय ठंडा हो रहा था। शंका होने लगी कि कहीं भाग्य हरे बाग न दिखा रहा हो। कौन जाने वह पुर्जा जल कर राख हो गया या नहीं। यदि न मिला तो रुपये कौन देता है। शोक कि दूध का प्याला सामने आ कर हाथ से छूट जाता है ! हे भगवान् ! वह पत्री मिल जाय। हमने अनेक कष्ट पाये हैं अब हम पर दया करो। इस प्रकार आशा और निराशा की दशा में देवदत्त भीतर गये और दीया के टिमटिमाते हुए प्रकाश में बचे हुए पत्रों को उलट-पुलट कर देखने लगे। वे उछल पड़े और उमंग में भरे हुए पागलों की भाँति आनंद की अवस्था में दो-तीन बार कूदे। तब दौड़ कर गिरिजा को गले से लगा लिया और बोले-प्यारी यदि ईश्वर ने चाहा तो तू अब बच जायगी। उन्मत्तता में उन्हें एकदम यह नहीं जान पड़ा कि गिरिजा अब नहीं है केवल उसकी लोथ है।

देवदत्त ने पत्री को उठा लिया और द्वार तक वे इसी तेजी से आये मानो पाँवों में पर लग गये। परंतु यहाँ उन्होंने अपने को रोका और हृदय में आनंद की उमड़ती हुई तरंग को रोक कर कहा-यह लीजिए वह पत्री मिल गयी। संयोग की बात है नहीं तो सत्तर लाख के कागज दीमकों के आहार बन गये।

आकस्मिक सफलता में कभी-कभी संदेह बाधा डालता है। जब ठाकुर ने उस पत्री को लेने को हाथ बढ़ाया तो देवदत्त को संदेह हुआ कि कहीं वह उसे फाड़ कर फेंक न दे। यद्यपि यह संदेह निरर्थक था किंतु मनुष्य कमजोरियों का पुतला है। ठाकुर ने उनके मन के भाव को ताड़ लिया। उसने बेपरवाही से पत्री को लिया और मशाल के प्रकाश में देख कर कहा-अब मुझे विश्वास हुआ। यह लीजिए आपका रुपया आपके समक्ष है आशीर्वाद दीजिए कि मेरे पूर्वजों की मुक्ति हो जाय।

यह कह कर उसने अपनी कमर से एक थैला निकाला और उसमें से एक-एक हजार के पचहत्तर नोट निकाल कर देवदत्त को दे दिये। पंडित जी का हृदय बड़े वेग से धड़क रहा था। नाड़ी तीव्र-गति से कूद रही थी। उन्होंने चारों ओर चौकन्नी दृष्टि से देखा कि कहीं कोई दूसरा तो नहीं खड़ा है और तब काँपते हुए हाथों से नोटों को ले लिया। अपनी उच्चता प्रकट करने की व्यर्थ चेष्टा में उन्होंने नोटों की गणना भी नहीं की। केवल उड़ती हुई दृष्टि से देख कर उन्हें समेटा और जेब में डाल लिया।

5

वही अमावस्या की रात्रि थी। स्वर्गीय दीपक भी धुँधले हो चुके थे। उनकी यात्र सूर्यनारायण के आने की सूचना दे रही थी। उदयाचल फ़िरोजी बाना पहन चुका था। अस्ताचल में भी हलके श्वेत रंग की आभा दिखायी दे रही थी। पंडित देवदत्त ठाकुर को विदा करके घर चले। उस समय उनका हृदय उदारता के निर्मल प्रकाश से प्रकाशित हो रहा था। कोई प्रार्थी उस समय उनके घर से निराश नहीं जा सकता था। सत्यनारायण की कथा धूमधाम से सुनने का निश्चय हो चुका था। गिरिजा के लिए कपड़े और गहने के विचार ठीक हो गये। अंत:पुर में ही उन्होंने

शालिग्राम के सम्मुख मनसा-वाचा-कर्मणा सिर झुकाया और तब शेष चिट्ठी-पत्रियों को समेट कर उसी मखमली थैले में रख दिया। किंतु अब उनका यह विचार नहीं था कि संभवत: उन मुर्दों में भी कोई जीवित हो उठे। वरन् जीविका से निश्चिंत हो अब वे पैतृक प्रतिष्ठा पर अभिमान कर सकते थे। उस समय वे धैर्य और उत्साह के नशे में मस्त थे। बस अब मुझे जिंदगी में अधिक सम्पदा की जरूरत नहीं। ईश्वर ने मुझे इतना दे दिया है। इसमें मेरी और गिरिजा की जिंदगी आनंद से कट जायगी। उन्हें क्या खबर थी कि गिरिजा की जिंदगी पहले कट चुकी है। उनके दिल में यह विचार गुदगुदा रहा था कि जिस समय गिरिजा इस आनंद-समाचार को सुनेगी उस समय अवश्य उठ बैठेगी। चिंता और कष्ट ने ही उसकी ऐसी दुर्गति बना दी है। जिसे भरपेट कभी रोटी नसीब न हुई जो कभी नैराश्यमय धैर्य और निर्धनता के हृदय-विदारक बंधन से मुक्त न हुई उसकी दशा इसके सिवा और हो ही क्या सकती है यह सोचते हुए वे गिरिजा के पास गये और आहिस्ता से हिला कर बोले-गिरिजा आँखें खोलो। देखो ईश्वर ने तुम्हारी विनती सुन ली और हमारे ऊपर दया की। कैसी तबीयत है

किंतु जब गिरिजा तनिक भी न मिनकी तब उन्होंने चादर उठा दी और उसके मुँह की ओर देखा। हृदय से एक करुणात्मक ठंडी आह निकली। वे वहीं सिर थाम कर बैठ गये। आँखों से शोणित की बूँदें-सी टपक पड़ीं। आह क्या यह सम्पदा इतने महँगे मूल्य पर मिली है क्या परमात्मा के दरबार से मुझे इस प्यारी जान का मूल्य दिया गया है ईश्वर तुम खूब न्याय करते हो। मुझे गिरिजा की आवश्यकता है रुपयों की आवश्यकता नहीं। यह सौदा बड़ा महँगा है।

6

अमावस्या की अँधेरी रात गिरिजा के अंधकारमय जीवन की भाँति समाप्त हो चुकी थी। खेतों में हल चलाने वाले किसान ऊँचे और सुहावने स्वर से गा रहे थे। सर्दी से काँपते हुए बच्चे सूर्य देवता से बाहर निकलने की प्रार्थना कर रहे थे। पनघट पर गाँव की अलबेली स्त्रियाँ जमा हो गयी थीं। पानी भरने के लिए नहीं हँसने के लिए। कोई घड़े को कुएँ में डाले हुए अपनी पोपली सास की नकल कर रही थी कोई खम्भों से चिपटी हुई अपनी सहेली से मुस्करा कर प्रेमरहस्य की बातें करती थी। बूढ़ी स्त्रियाँ पोतों को गोद में लिये अपनी बहुओं को कोस रही थीं कि घंटे भर हुए अब तक कुएँ से नहीं लौटीं। किंतु राजवैद्य लाला शंकरदास अभी तक मीठी नींद ले रहे थे। खाँसते हुए बच्चे और कराहते हुए बूढ़े उनके औषधालय के द्वार पर जमा हो चले थे। इस भीड़-भभ्भड़ से कुछ दूर पर दो-तीन सुंदर किंतु मुरझाये हुए नवयुवक टहल रहे थे और वैद्य जी से एकांत में कुछ बातें किया चाहते थे। इतने में पंडित देवदत्त नंगे सिर नंगे बदन लाल आँखें डरावनी सूरत कागज का एक पुलिंदा लिये दौड़ते हुए आये और औषधालय के द्वार पर इतने जोर से हाँक लगाने लगे कि वैद्य जी चौंक पड़े और कहार को पुकार कर बोले कि दरवाजा खोल दे। कहार महात्मा बड़ी रात गये किसी बिरादरी की पंचायत से लौटे थे। उन्हें दीर्घ-निद्रा का रोग था जो वैद्य जी के लगातार भाषण और फटकार की औषधियों से भी कम न होता था। आप

ऐंठते हुए उठे और किवाड़ खोल कर हुक्का-चिलम की चिंता में आग ढूँढ़ने चले गये। हकीम जी उठने की चेष्टा कर रहे थे कि सहसा देवदत्त उनके सम्मुख जा कर खड़े हो गये और नोटों का पुलिंदा उनके आगे पटक कर बोले-वैद्य जी ये पचहत्तर हजार के नोट हैं। यह आपका पुरस्कार और आपकी फीस है। आप चल कर गिरिजा को देख लीजिए और ऐसा कुछ कीजिए कि वह केवल एक बार आँखें खोल दे। यह उसकी एक दृष्टि पर न्योछावर है-केवल एक दृष्टि पर। आपको रुपये मनुष्य की जान से प्यारे हैं। वे आपके समक्ष हैं। मुझे गिरिजा की एक चितवन इन रुपयों से कई गुनी प्यारी है।

वैद्य जी ने लज्जामय सहानुभूति से देवदत्त की ओर देखा और केवल इतना कहा-मुझे अत्यंत शोक है सदैव के लिए तुम्हारा अपराधी हूँ। किंतु तुमने मुझे शिक्षा दे दी। ईश्वर ने चाहा तो ऐसी भूल कदापि न होगी। मुझे शोक है। सचमुच है !

ये बातें वैद्य जी के अंत:करण से निकली थीं।

* * *

चकमा

सेठ चंदूमल जब अपनी दूकान और गोदाम में भरे हुए माल को देखते तो मुँह से ठंडी साँस निकल जाती। यह माल कैसे बिकेगा बैंक का सूद बढ़ रहा है दूकान का किराया चढ़ रहा है कर्मचारियों का वेतन बाकी पड़ता जाता है। ये सभी रकमें गाँठ से देनी पड़ेंगी। अगर कुछ दिन यही हाल रहा तो दिवाले के सिवा और किसी तरह जान न बचेगी। तिस पर भी धरनेवाले नित्य सिर पर शैतान की तरह सवार रहते हैं।

सेठ चंदूमल की दूकान चाँदनी चौक दिल्ली में थी। मुफस्सिल में भी कई दूकानें थीं। जब शहर काँग्रेस कमेटी ने उनसे बिलायती कपड़े की खरीद और बिक्री के विषय में प्रतीक्षा करानी चाही तो उन्होंने कुछ ध्यान न दिया। बाजार के कई आढ़तियों ने उनकी देखा-देखी प्रतिज्ञा-पत्र पर हस्ताक्षर करने से इनकार कर दिया। चंदूमल को जो नेतृत्व कभी न नसीब हुआ था वह इस अवसर पर बिना हाथ-पैर हिलाये ही मिल गया। वे सरकार के खैरख्वाह थे। साहब बहादुरों को समय-समय पर डालियाँ नजर देते थे। पुलिस से भी घनिष्ठता थी। म्युनिसिपैलिटी के सदस्य भी थे। काँग्रेस के व्यापारिक कार्यक्रम का विरोध करके अमनसभा के कोषाध्यक्ष बन बैठे। यह इसी खैरख्वाही की बरकत थी। युवराज का स्वागत करने के लिए अधिकारियों ने उनसे पचीस हजार के कपड़े खरीदे। ऐसा सामर्थी पुरुष काँग्रेस से क्यों डरे काँग्रेस है किस खेत की मूली पुलिसवालों ने भी बढ़ावा दिया- मुआहिदे पर हरगिज दस्तखत न कीजिएगा। देखें ये लोग क्या करते हैं। एक-एक को जेल न भिजवा दिया तो कहिएगा। लाला जी के हौसले बढ़े। उन्होंने काँग्रेस से लड़ने की ठान ली। उसी के फलस्वरूप तीन महीनों से उनकी दूकान पर प्रात:काल से 9 बजे रात तक पहरा रहता था। पुलिस-दलों ने उनकी दूकान पर वालंटियरों को कई बार गालियाँ दीं कई बार पीटा खुद सेठ जी ने भी कई बार उन पर बाण चलाये परंतु पहरेवाले किसी तरह न टलते थे। बल्कि इन अत्याचारों के कारण चंदूमल का बाजार और भी गिरता जाता। मुफस्सिल की दूकानों से मुनीम लोग और भी दुराशाजनक समाचार भेजते रहते थे। कठिन समस्या थी। इस संकट से निकलने का कोई उपाय न था। वे देखते थे कि जिन लोगों ने प्रतिज्ञा-पत्र पर हस्ताक्षर कर दिये हैं वे चोरी-छिपे कुछ-न-कुछ विदेशी माल लेते हैं। उनकी दूकानों पर पहरा नहीं बैठता। यह सारी विपत्ति मेरे ही सिर पर है।

उन्होंने सोचा पुलिस और हाकिमों की दोस्ती से मेरा भला क्या हुआ उनके हटाये ये पहरे नहीं हटते। सिपाहियों की प्रेरणा से ग्राहक नहीं आते ! किसी तरह पहरे बन्द हो जाते तो सारा खेल बन जाता।

इतने में मुनीम जी ने कहा-लाला जी यह देखिए कई व्यापारी हमारी तरफ आ रहे थे। पहरेवालों ने उनको न जाने क्या मंत्र पढ़ा दिया सब चले जा रहे हैं।

चंदूमल-अगर इन पापियों को कोई गोली मार देता तो मैं बहुत खुश होता। यह सब मेरा सर्वनाश करके दम लेंगे।

मुनीम-कुछ हेठी तो होगी यदि आप प्रतिज्ञा पर हस्ताक्षर कर देते तो यह पहरा उठ जाता। तब हम भी यह सब माल किसी न किसी तरह खपा देते।

चंदूमल-मन में तो मेरे भी यह बात आती है पर सोचो अपमान कितना होगा इतनी हेकड़ी दिखाने के बाद फिर झुका नहीं जाता। फिर हाकिमों की निगाहों में गिर जाऊँगा। और लोग भी ताने देंगे कि चले थे बच्चा काँग्रेस से लड़ने ! ऐसी मुँह की खायी कि होश ठिकाने आ गये। जिन लोगों को पीटा और पिटवाया जिनको गालियाँ दीं जिनकी हँसी उड़ायी अब उनकी शरण कौन मुँह ले कर जाऊँ मगर एक उपाय सूझ रहा है। अगर चकमा चल गया तो पौबारह है। बात तो तब है जब साँप को मारूँ मगर लाठी बचा कर। पहरा उठा दूँ पर बिना किसी की खुशामद किये।

2

नौ बज गये थे। सेठ चंदूमल गंगा-स्नान करके लौट आये थे और मसनद पर बैठ कर चिट्ठियाँ पढ़ रहे थे। अन्य दूकानों के मुनीमों ने अपनी विपत्ति-कथा सुनायी थी। एक-एक पत्र को पढ़ कर सेठ जी का क्रोध बढ़ता जाता था। इतने में दो वालंटियर गाड़ियाँ लिये हुए उनकी दूकान के सामने आ कर खड़े हो गये !

सेठ जी ने डाँट कर कहा-हट जाओ हमारी दूकान के सामने से।

एक वालंटियर ने उत्तर दिया-महाराज हम तो सड़क पर हैं। क्या यहाँ से भी चले जायँ

सेठ जी-मैं तुम्हारी सूरत नहीं देखना चाहता।

वालंटियर-तो आप काँग्रेस कमेटी को लिखिए। हमको तो वहाँ से यहाँ खड़े रह कर पहरा देने का हुक्म मिला है।

एक कान्सटेबिल ने आ कर कहा-क्या है सेठ जी यह लौंडा क्या टर्राता है।

चंदूमल बोले-मैं कहता हूँ कि दूकान के सामने से हट जाओ पर यह कहता है कि न हटेंगे न हटेंगे। जरा इसकी जबरदस्ती देखो।

कान्सटेबिल-(वालंटियरों से) तुम दोनों यहाँ से जाते हो कि आ कर गरदन नापूँ

वालंटियर-हम सड़क पर खड़े हैं दूकान पर नहीं।

कान्सटेबिल का अभीष्ट अपनी कारगुजारी दिखाना था। यह सेठ जी को खुश करके कुछ इनाम-इकराम भी लेना चाहता था। उसने वालंटियरों को अपशब्द कहे और जब उन्होंने उसकी कुछ परवा न की तो एक वालंटियर को इतने जोर से धक्का दिया कि वह बेचारा मुँह के बल जमीन पर गिर पड़ा। कई वालंटियर इधर-उधर से आ कर जमा हो गये। कई सिपाही भी आ पहुँचे। दर्शकवृन्द को ऐसी घटनाओं में मजा आता ही है। उनकी भीड़ लग गयी। किसी ने हाँक

लगायी महात्मा गाँधी की जय । औरों ने भी उसके सुर में सुर मिलाया देखते-देखते एक जनसमूह एकत्रित हो गया।

एक दर्शक ने कहा-क्या है लाला चंदूमल अपनी दूकान के सामने इन गरीबों की दुर्गति करा रहे हो और तुम्हें जरा भी लज्जा नहीं आती कुछ भगवान् का भी डर है या नहीं

सेठ जी ने कहा-मुझसे कसम ले लो जो मैंने किसी सिपाही से कुछ कहा हो। ये लोग अनायास बेचारों के पीछे पड़ गये। मुझे सेंत में बदनाम करते हैं।

एक सिपाही-लाला जी आप ही ने तो कहा था कि ये दोनों वालंटियर मेरे ग्राहकों को छेड़ रहे हैं। अब आप निकले जाते हैं

चंदूमल-बिलकुल झूठ सरासर झूठ सोलहों आना झूठ। तुम लोग अपनी कारगुजारी की धुन में इनसे उलझ पड़े। यह बेचारे तो दूकान से बहुत दूर खड़े थे। न किसी से बोलते थे न चालते थे। तुमने जबरदस्ती ही इन्हें गरदनी देनी शुरू की। मुझे अपना सौदा बेचना है कि किसी से लड़ना है

दूसरा सिपाही-लाला जी हो बड़े होशियार। मुझसे आग लगवा कर आप अलग हो गये। तुम न कहते तो हमें क्या पड़ी थी कि इन लोगों को धक्के देते दारोगा जी ने भी हमको ताकीद कर दी थी कि सेठ चन्दूमल की दूकान का विशेष ध्यान रखना। वहाँ कोई वालंटियर न आये। तब हम लोग आये थे। तुम फरियाद न करते तो दारोगा जी हमारी तैनाती ही क्यों करते

चंदूमल-दारोगा जी को अपनी कारगुजारी दिखानी होगी। मैं उनके पास क्यों फरियाद करने जाता सभी लोग काँग्रेस के दुश्मन हो रहे हैं। थाने वाले तो उनके नाम से ही जलते हैं। क्या मैं शिकायत करता तभी तुम्हारी तैनाती करते

इतने में किसी ने थाने में इत्तिला दी कि चन्दूमल की दूकान पर कांस्टेबिलों और वालंटियरों में मारपीट हो गयी। काँग्रेस के दफ्तर में भी खबर पहुँची। जरा देर में मय सशस्त्र पुलिस के थानेदार और इन्सपेक्टर साहब आ पहुँचे। उधर काँग्रेस के कर्मचारी भी दल-बल सहित दौड़े। समूह और बढ़ा। बार-बार जयकार की ध्वनि उठने लगी। काँग्रेस और पुलिस के नेताओं में वाद-विवाद होने लगा। परिणाम यह हुआ कि पुलिसवालों ने दोनों को हिरासत में लिया और थाने की ओर चले।

पुलिस अधिकारियों के जाने के बाद सेठ जी ने काँग्रेस के प्रधान से कहा-आज मुझे मालूम हुआ कि ये लोग वालंटियरों पर इतना घोर अत्याचार करते हैं।

प्रधान-तब तो दो वालंटियरों का फँसना व्यर्थ नहीं हुआ। इस विषय में अब तो आपको कोई शंका नहीं है हम कितने लड़ाकू कितने द्रोही कितने शांतिभंगकारी हैं यह तो आपको खूब मालूम हो गया होगा

चंदूमल-जी हाँ मालूम हो गया।

प्रधान-आपकी शहादत तो अवश्य ही होगी।

चंदूमल-होगी तो मैं भी साफ-साफ कह दूँगा चाहे बने या बिगड़े। पुलिस की सख्ती अब नहीं देखी जाती। मैं भी भ्रम में पड़ा हुआ था।

मंत्री-पुलिसवाले आपको दबायेंगे बहुत।

चंदूमल-एक नहीं सौ दबाव पड़ें मैं झूठ कभी न बोलूँगा। सरकार उस दरबार में साथ न जायगी।

मंत्री-अब तो हमारी लाज आपके हाथ है।

चंदूमल-मुझे आप देश का द्रोही न पायेंगे।

यहाँ से प्रधान और मंत्री तथा अन्य पदाधिकारी चले तो मंत्री जी ने कहा-आदमी सच्चा जान पड़ता है।

प्रधान-(संदिग्ध भाव से) कल तक आप ही सिद्ध हो जायगा।

3

शाम को इन्सपेक्टर-पुलिस ने लाला चन्दूमल को थाने में बुलाया और कहा-आपको शहादत देनी होगी। हम आपकी तरफ से बेफिक्र हैं।

चंदूमल बोले-हाजिर हूँ।

इन्स.-वालंटियरों ने कान्स्टेबिलों को गालियाँ दीं

चंदूमल-मैंने नहीं सुनी।

इन्स.-सुनी या न सुनी यह बहस नहीं है। आपको यह कहना होगा वह सब खरीदारों को धक्के दे कर हटा रहे थे हाथापाई करते थे मारने की धमकी देते थे ये सभी बातें कहनी होंगी। दारोगा जी वह बयान लाइए जो मैंने सेठ जी के लिए लिखवाया है।

चंदूमल-मुझसे भरी अदालत में झूठ न बोला जायगा। अपने हजारों जाननेवाले अदालत में होंगे। किस-किस से मुँह छिपाऊँगा कहीं निकलने को जगह भी चाहिए।

इन्स.-यह सब बातें निज के मुआमलों के लिए हैं। पोलिटिकल मुआमलों में झूठ-सच शर्म और हया किसी का भी खयाल नहीं किया जाता।

चंदूमल-मुँह में कालिख लग जायगी।

इन्स.-सरकार की निगाह में इज्जत चौगुनी हो जायगी।

चंदू-(सोच कर) जी नहीं गवाही न दे सकूँगा। कोई और गवाह बना लीजिए।

इन्स.-याद रखिए यह इज्जत खाक में मिल जायगी।

चंदू-मिल जाय मजबूरी है।

इन्स.-अमन-सभा के कोषाध्यक्ष का पद छिन जायगा।

चंदू-उससे कौन रोटियाँ चलती हैं

इन्स.-बंदूक का लाइसेंस छिन जायगा।

चंदू.-छिन जाय बला से !

इन्स.-इनकम टैक्स की जाँच फिर से होगी।

चंदू.-जरूर कराइए। यह तो मेरे मन की बात हुई।

इन्स.-बैठने को कुरसी न मिलेगी।

चंदू.-कुरसी ले कर चाटूँ दिवाला तो निकला जा रहा है।

इन्स.-अच्छी बात है। तशरीफ ले जाइए। कभी तो आप पंजे में आयेंगे।

4

दूसरे दिन इसी समय काँग्रेस के दफ्तर में कल के लिए कार्यक्रम निश्चित किया जा रहा था। प्रधान ने कहा-सेठ चंदूमल की दूकान पर धरना देने के लिए दो स्वयंसेवक भेजिए।

मंत्री-मेरे विचार में वहाँ अब धरना देने की कोई जरूरत नहीं।

प्रधान-क्यों उन्होंने अभी प्रतिज्ञा-पत्र पर हस्ताक्षर तो नहीं किये

मंत्री-हस्ताक्षर नहीं किये पर हमारे मित्र अवश्य हो गये। पुलिस की तरफ से गवाही न देना यही सिद्ध करता है। अधिकारियों का कितना दबाव पड़ा होगा इसका अनुमान किया जा सकता है। यह नैतिक साहस में परिवर्तन हुए बिना नहीं आ सकता।

प्रधान-हाँ कुछ परिवर्तन तो अवश्य हुआ है।

मंत्री-कुछ नहीं महाशय ! पूरी क्रांति कहना चाहिए। आप जानते हैं ऐसे मुआमलों में अधिकारियों की अवहेलना करने का क्या अर्थ है यह राजविद्रोह की घोषणा के समान है ! त्याग में संन्यास से इसका महत्त्व कम नहीं है। आज जिले के सारे हाकिम उनके खून के प्यासे हो रहे हैं। आश्चर्य नहीं कि गवर्नर महोदय को भी इसकी सूचना दी गयी हो।

प्रधान-और कुछ नहीं तो उन्हें नियम का पालन करने ही के लिए प्रतिज्ञा-पत्र पर हस्ताक्षर कर देना चाहिए था। किसी तरह उन्हें यहाँ बुलाइए। अपनी बात तो रह जाय।

मंत्री-वह बड़ा आत्माभिमानी है कभी न आयेगा। बल्कि हम लोगों की ओर से इतना अविश्वास देख कर सम्भव है कि फिर उस दल में मिलने की चेष्टा करने लगे।

प्रधान-अच्छी बात है आपको उन पर इतना विश्वास हो गया है तो उनकी दूकान छोड़ दीजिए। तब भी मैं यही कहूँगा कि आपको स्वयं मिलने के बहाने से उस पर निगाह रखनी होगी।

मंत्री-आप नाहक इतना शक करते हैं।

नौ बजे सेठ चंदूमल अपनी दूकान पर आये तो वहाँ एक भी वालंटियर न था। मुख पर मुस्कराहट की झलक आयी। मुनीम से बोले-कौड़ी चित्त पड़ी।

मुनीम-मालूम तो होता है। एक महाशय भी नहीं आये।

चंदूमल-न आये और न आयेंगे। बाजी अपने हाथ रही। कैसा दाँव खेला-चारों खाने चित।

चंदू.-आप भी बातें करते हैं इन्हें दोस्त बनाते कितनी देर लगती है। कहिए अभी बुला कर जूतियाँ सीधी करवाऊँ। टके के गुलाम हैं न किसी के दोस्त न किसी के दुश्मन। सच कहिए कैसा चकमा दिया है

मुनीम-बस यही जी चाहता है कि आपके हाथ चूम लें। साँप भी मरा और लाठी भी न टूटी। मगर काँग्रेसवाले भी टोह में होंगे।

चंदूमल-तो मैं भी तो मौजूद हूँ। वह डाल-डाल चलेंगे तो मैं पात-पात चलूँगा। विलायती कपड़े की गाँठ निकलवाइए और व्यापारियों को देना शुरू कीजिए। एक अठवारे में बेड़ा पार है।

* * *

पछतावा

पंडित दुर्गानाथ जब कालेज से निकले तो उन्हें जीवन-निर्वाह की चिंता उपस्थित हुई। वे दयालु और धार्मिक थे। इच्छा थी कि ऐसा काम करना चाहिए जिससे अपना जीवन भी साधारणत: सुखपूर्वक व्यतीत हो और दूसरों के साथ भलाई और सदाचरण का भी अवसर मिले। वे सोचने लगे-यदि किसी कार्यालय में क्लर्क बन जाऊँ तो अपना निर्वाह हो सकता है किन्तु सर्वसाधारण से कुछ भी सम्बन्ध न रहेगा। वकालत में प्रविष्ट हो जाऊँ तो दोनों बातें सम्भव हैं किंतु अनेकानेक यत्न करने पर भी अपने को पवित्र रखना कठिन होगा। पुलिस-विभाग में दीन-पालन और परोपकार के लिए बहुत-से अवसर मिलते रहते हैं किंतु एक स्वतंत्र और सद्विचार-प्रिय मनुष्य के लिए वहाँ की हवा हानिप्रद है। शासन-विभाग में नियम और नीतियों की भरमार रहती है। कितना ही चाहो पर वहाँ कड़ाई और डाँट-डपट से बचे रहना असम्भव है। इसी प्रकार बहुत सोच-विचार के पश्चात् उन्होंने निश्चय किया कि किसी जमींदार के यहाँ मुख्तारआम बन जाना चाहिए। वेतन तो अवश्य कम मिलेगा किंतु दीन खेतिहरों से रात-दिन सम्बन्ध रहेगा उनके साथ सद्व्यवहार का अवसर मिलेगा। साधारण जीवन-निर्वाह होगा और विचार दृढ़ होंगे।

कुँवर विशालसिंह जी एक सम्पत्तिशाली जमींदार थे। पं. दुर्गानाथ ने उनके पास जा कर प्रार्थना की कि मुझे भी अपनी सेवा में रख कर कृतार्थ कीजिए। कुँवर साहब ने इन्हें सिर से पैर तक देखा और कहा-पंडित जी आपको अपने यहाँ रखने में मुझे बड़ी प्रसन्नता होती किंतु आपके योग्य मेरे यहाँ कोई स्थान नहीं देख पड़ता।

दुर्गानाथ ने कहा-मेरे लिए किसी विशेष स्थान की आवश्यकता नहीं है। मैं हर एक काम कर सकता हूँ। वेतन आप जो कुछ प्रसन्नतापूर्वक देंगे मैं स्वीकार करूँगा। मैंने तो यह संकल्प कर लिया है कि सिवा किसी रईस के और किसी की नौकरी न करूँगा। कुँवर विशालसिंह ने अभिमान से कहा-रईस की नौकरी नौकरी नहीं राज्य है। मैं अपने चपरासियों को दो रुपया माहवार देता हूँ और वे तंजेब के अँगरखे पहन कर निकलते हैं। उनके दरवाजों पर घोड़े बँधे हुए हैं। मेरे कारिंदे पाँच रुपये से अधिक नहीं पाते किंतु शादी-विवाह वकीलों के यहाँ करते हैं। न जाने उनकी कमाई में क्या बरकत होती है। बरसों तनख्वाह का हिसाब नहीं करते। कितने ऐसे हैं जो बिना तनख्वाह के कारिंदगी या चपरासगिरी को तैयार बैठे हैं। परंतु अपना यह नियम नहीं। समझ लीजिए मुख्तारआम अपने इलाके में एक बड़े जमींदार से अधिक रोब रखता है उसका ठाट-बाट और उसकी हुकूमत छोटे-छोटे राजाओं से कम नहीं। जिसे इस नौकरी का चसका लग गया है उसके सामने तहसीलदारी झूठी है।

पंडित दुर्गानाथ ने कुँवर साहब की बातों का समर्थन किया जैसा कि करना उनकी सभ्यतानुसार उचित था। वे दुनियादारी में अभी कच्चे थे बोले-मुझे अब तक किसी रईस की नौकरी का चसका नहीं लगा है। मैं तो अभी कालेज से निकला आता हूँ। और न मैं इन कारणों से नौकरी करना चाहता हूँ जिनका कि आपने वर्णन किया। किंतु इतने कम वेतन में मेरा निर्वाह न होगा। आपके और नौकर असामियों का गला दबाते होंगे मुझसे मरते समय तक ऐसे कार्य न होंगे। यदि सच्चे नौकर का सम्मान होना निश्चय है तो मुझे विश्वास है कि बहुत शीघ्र आप मुझसे प्रसन्न हो जायँगे।

कुँवर साहब ने बड़ी दृढ़ता से कहा-हाँ यह तो निश्चय है कि सत्यवादी मनुष्य का आदर सब कहीं होता है किंतु मेरे यहाँ तनख्वाह अधिक नहीं दी जाती। जमीदंर के इस प्रतिष्ठा-शून्य उत्तर को सुन कर पंडित जी कुछ खिन्न हृदय से बोले-तो फिर मजबूरी है। मेरे द्वारा इस समय कुछ कष्ट आपको हो तो क्षमा कीजिएगा। किंतु मैं आप से कह सकता हूँ कि ईमानदार आदमी आपको सस्ता न मिलेगा।

कुँवर साहब ने मन में सोचा कि मेरे यहाँ सदा अदालत-कचहरी लगी ही रहती है सैकड़ों रुपये तो डिगरी और तजवीजों तथा और-और अँग्रेजी कागजों के अनुवाद में लग जाते हैं। एक अँग्रेजी का पूर्ण पंडित सहज ही में मिल रहा है। सो भी अधिक तनख्वाह नहीं देनी पड़ेगी। इसे रख लेना ही उचित है। लेकिन पंडित जी की बात का उत्तर देना आवश्यक था अत: कहा-महाशय सत्यवादी मनुष्य को कितना ही कम वेतन दिया जाये वह सत्य को न छोड़ेगा और न अधिक वेतन पाने से बेईमान सच्चा बन सकता है। सच्चाई का रुपये से कुछ सम्बन्ध नहीं। मैंने ईमानदार कुली देखे हैं और बेईमान बड़े-बड़े धनाढ्य पुरुष। परंतु अच्छा आप एक सज्जन पुरुष हैं। आप मेरे यहाँ प्रसन्नतापूर्वक रहिए। मैं आपको एक इलाके का अधिकारी बना दूँगा और आपका काम देख कर तरक्की भी कर दूँगा।

दुर्गानाथ जी ने 20 रु. मासिक पर रहना स्वीकार कर लिया। यहाँ से कोई ढाई मील पर कई गाँवों का एक इलाका चाँदपार के नाम से विख्यात था। पंडित जी इसी इलाके के कारिंदे नियत हुए।

2

पंडित दुर्गानाथ ने चाँदपार के इलाके में पहुँच कर अपने निवास-स्थान को देखा तो उन्होंने कुँवर साहब के कथन को बिलकुल सत्य पाया। यथार्थ में रियासत की नौकरी सुख-सम्पत्ति का घर है। रहने के लिए सुंदर बँगला है जिसमें बहुमूल्य बिछौना बिछा हुआ था सैकड़ों बीघे की सीर कई नौकर-चाकर कितने ही चपरासी सवारी के लिए एक सुंदर टाँगन सुख ठाट-बाट के सारे सामान उपस्थित। किंतु इस प्रकार की सजावट और विलास की सामग्री देख कर उन्हें उतनी प्रसन्नता न हुई। क्योंकि इसी सजे हुए बँगले के चारों ओर किसानों के झोंपड़े थे। फूस के घरों में मिट्टी के बरतनों के सिवा और सामान ही क्या था ! वहाँ के लोगों में वह बँगला कोट के नाम से विख्यात था। लड़के उसे भय की दृष्टि से देखते। उसके चबूतरे पर पैर रखने का उन्हें साहस न

पड़ता। इस दीनता के बीच में इतना बड़ा ऐश्वर्ययुक्त दृश्य उनके लिए अत्यंत हृदय-विदारक था। किसानों की यह दशा थी कि सामने आते हुए थर-थर काँपते थे। चपरासी लोग उनसे ऐसा बरताव करते थे कि पशुओं के साथ भी वैसा नहीं होता।

पहले ही दिन कई सौ किसानों ने पंडित जी को अनेक प्रकार के पदार्थ भेंट के रूप में उपस्थित किये किंतु जब वे सब लौटा दिये गये तो उन्हें बहुत आश्चर्य हुआ। किसान प्रसन्न हुए किंतु चपरासियों का रक्त उबलने लगा। नाई और कहार खिदमत को आये किंतु लौटा दिये गये। अहीरों के घरों से दूध से भरा हुआ मटका आया वह भी वापस हुआ। तमोली एक ढोली पान लाया किंतु वह भी स्वीकार न हुआ। असामी आपस में कहने लगे कि कोई धर्मात्मा पुरुष आये हैं। परंतु चपरासियों को तो ये नयी बातें असह्य हो गयीं। उन्होंने कहा-हुजूर अगर आपको ये चीजें पसंद न हों तो न लें मगर रस्म को तो न मिटायें। अगर कोई दूसरा आदमी यहाँ आयेगा तो उसे नये सिरे से यह रस्म बाँधने में कितनी दिक्कत होगी यह सब सुन कर पंडित जी ने केवल यही उत्तर दिया-जिसके सिर पर पड़ेगा वह भुगत लेगा। मुझे इसकी चिन्ता करने की क्या आवश्यकता एक चपरासी ने साहस बाँध कर कहा-इन असामियों को आप जितना गरीब समझते हैं उतने गरीब ये नहीं हैं। इनका ढंग ही ऐसा है। भेष बनाये रहते हैं। देखने में ऐसे सीधे-सादे मानो बेसींग की गाय हैं लेकिन सच मानिए इनमें का एक-एक आदमी हाईकोर्ट का वकील है।

चपरासियों के इस वाद-विवाद का प्रभाव पंडित जी पर कुछ न हुआ। उन्होंने प्रत्येक गृहस्थ से दयालुता और भाईचारे का आचरण करना आरम्भ किया। सबेरे से आठ बजे तक तो गरीबों को बिना दाम औषधियाँ देते फिर हिसाब-किताब का काम देखते। उनके सदाचरण ने असामियों को मोह लिया। मालगुजारी का रुपया जिसके लिए प्रति वर्ष कुरकी तथा नीलामी की आवश्यकता होती थी इस वर्ष एक इशारे पर वसूल हो गया। किसानों ने अपने भाग सराहे और वे मनाने लगे कि हमारे सरकार की दिनोंदिन बढ़ती हो।

3

कुँवर विशालसिंह अपनी प्रजा के पालन-पोषण पर बहुत ध्यान रखते थे। वे बीज के लिए अनाज देते और मजूरी और बैलों के लिए रुपये। फसल कटने पर एक का डेढ़ वसूल कर लेते ! चाँदपार के कितने ही असामी इनके ऋणी थे। चैत का महीना था। फसल कट-कट कर खलियानों में आ रही थी। खलियान में से कुछ अनाज घर में आने लगा था। इसी अवसर पर कुँवर साहब ने चाँदपारवालों को बुलाया और कहा-हमारा अनाज और रुपया बेबाक कर दो। यह चैत का महीना है। जब तक कड़ाई न की जाय तुम लोग डकार नहीं लेते। इस तरह काम नहीं चलेगा। बूढ़े मलूका ने कहा-सरकार भला असामी कभी अपने मालिक से बेबाक हो सकता है ! कुछ अभी ले लिया जाय कुछ फिर दे देंगे। हमारी गर्दन तो सरकार की मुट्ठी में है।

कुँवर साहब-आज कौड़ी-कौड़ी चुका कर यहाँ से उठने पाओगे। तुम लोग हमेशा इसी तरह हीला-हवाला किया करते हो।

मलूका (विनय के साथ)-हमारा पेट है सरकार की रोटियाँ हैं हमको और क्या चाहिए जो कुछ उपज है वह सब सरकार ही की है।

कुँवर साहब से मलूका की यह वाचालता सही न गयी। उन्हें इस पर क्रोध आ गया राजा-रईस ठहरे। उन्होंने बहुत कुछ खरी-खोटी सुनायी और कहा-कोई है जरा इस बुड्ढे का कान तो गरम करो वह बहुत बढ़-बढ़ कर बातें करता है। उन्होंने तो कदाचित् धमकाने की इच्छा से कहा किन्तु चपरासी कादिर खाँ ने लपक कर बूढ़े की गर्दन पकड़ी और ऐसा धक्का दिया कि बेचारा जमीन पर जा गिरा। मलूका के दो जवान बेटे वहाँ चुपचाप खड़े थे। बाप की ऐसी दशा देख कर उनका रक्त गरम हो उठा। वे दोनों झपटे और कादिर खाँ पर टूट पड़े। धमाधम शब्द सुनायी पड़ने लगा। खाँ साहब का पानी उतर गया साफा अलग जा गिरा। अचकन के टुकड़े-टुकड़े हो गये। किन्तु जबान चलती रही।

मलूका ने देखा बात बिगड़ गयी। वह उठा और कादिर खाँ को छुड़ा कर अपने लड़कों को गालियाँ देने लगा। जब लड़कों ने उसी को डाँटा तब दौड़ कर कुँवर साहब के चरणों पर गिर पड़ा। पर बात यथार्थ में बिगड़ गयी थी। बूढ़े के इस विनीत भाव का कुछ प्रभाव न हुआ। कुँवर साहब की आँखों से मानो आग के अंगारे निकल रहे थे। वे बोले-बेईमान आँखों के सामने से दूर हो जा। नहीं तो तेरा खून पी जाऊँगा।

बूढ़े के शरीर में रक्त तो अब वैसा न रहा था किन्तु कुछ गर्मी अवश्य थी। समझता था कि ये कुछ न्याय करेंगे परंतु यह फटकार सुन कर बोला-सरकार बुढ़ापे में आपके दरवाजे पर पानी उतर गया और तिस पर सरकार हमी को डाँटते हैं। कुँवर साहब ने कहा-तुम्हारी इज्जत अभी क्या उतरी है अब उतरेगी।

दोनों लड़के सरोष बोले-सरकार अपना रुपया लेंगे कि किसी की इज्जत लेंगे

कुँवर साहब (ऐंठ कर)-रुपया पीछे लेंगे पहले देखेंगे कि तुम्हारी इज्जत कितनी है !

4

चाँदपार के किसान अपने गाँव पर पहुँच कर पंडित दुर्गानाथ से अपनी रामकहानी कह ही रहे थे कि कुँवर साहब का दूत पहुँचा और खबर दी कि सरकार ने आपको अभी-अभी बुलाया है।

दुर्गानाथ ने असामियों को परितोष दिया और आप घोड़े पर सवार हो कर दरबार में हाजिर हुए।

कुँवर साहब की आँखें लाल थीं। मुख की आकृति भयंकर हो रही थी। कई मुख्तार और चपरासी बैठे हुए आग पर तेल डाल रहे थे। पंडित जी को देखते ही कुँवर साहब बोले-चाँदपारवालों की हरकत आपने देखी

पंडित जी ने नम्र भाव से कहा-जी हाँ सुन कर बहुत शोक हुआ। ये तो ऐसे सरकश न थे।

कुँवर साहब-यह सब आप ही के आगमन का फल है। आप अभी स्कूल के लड़के हैं। आप क्या जानें कि संसार में कैसे रहना होता है। यदि आपका बरताव असामियों के साथ ऐसा ही रहा तो फिर मैं जमींदारी कर चुका। यह सब आपकी करनी है। मैंने इसी दरवाजे पर असामियों को बाँध-बाँध कर उलटे लटका दिया है और किसी ने चूँ तक न की। आज उनका यह साहस कि मेरे ही आदमी पर हाथ चलायें।

दुर्गानाथ (कुछ दबते हुए)-महाशय इसमें मेरा क्या अपराध मैंने तो जब से सुना है तभी से स्वयं सोच में पड़ा हूँ।

कुँवर साहब-आपका अपराध नहीं तो किसका है आप ही ने तो इनको सिर चढ़ाया। बेगार बन्द कर दी आप ही उनके साथ भाईचारे का बरताव करते हैं उनके साथ हँसी-मजाक करते हैं। ये छोटे आदमी इस बरताव की कदर क्या जानें किताबी बातें स्कूलों ही के लिए हैं। दुनिया के व्यवहार का कानून दूसरा है। अच्छा जो हुआ सो हुआ। अब मैं चाहता हूँ कि इन बदमाशों को इस सरकशी का मजा चखाया जाय। असामियों को आपने मालगुजारी की रसीदें तो नहीं दी हैं

दुर्गानाथ (कुछ डरते हुए)-जी नहीं रसीदें तैयार हैं लेकिन आपके हस्ताक्षरों की देर है।

कुँवर साहब (कुछ संतुष्ट हो कर)-यह बहुत अच्छा हुआ। शकुन अच्छे हैं। अब आप इन रसीदों को चिरागअली के सिपुर्द कीजिए। इन लोगों पर बकाया लगान की नालिश की जायगी फसल नीलाम कर लूँगा। जब भूखे मरेंगे तब सूझेगी। जो रुपया अब तक वसूल हो चुका है वह बीज और ऋण के खाते में चढ़ा लीजिए। आपको केवल यह गवाही देनी होगी कि यह रुपया मालगुजारी के मद में नहीं कर्ज में वसूल हुआ है। बस !

दुर्गानाथ चिंतित हो गये। सोचने लगे कि क्या यहाँ भी उसी आपत्ति का सामना करना पड़ेगा जिससे बचने के लिए इतने सोच-विचार के बाद इस शांति-कुटीर को ग्रहण किया था क्या जान-बूझ कर इन गरीबों की गर्दन पर छुरी फेरूँ इसलिए कि मेरी नौकरी बनी रहे नहीं यह मुझसे न होगा। बोले-क्या मेरी शहादत बिना काम न चलेगा

कुँवर साहब (क्रोध से)-क्या इतना कहने में भी आपको कोई उज्र है

दुर्गानाथ (द्विविधा में पड़े हुए)-जी यों तो मैंने आपका नमक खाया है। आपकी प्रत्येक आज्ञा का पालन करना मुझे उचित है किंतु न्यायालय में मैंने गवाही नहीं दी है। संभव है कि यह कार्य मुझसे न हो सके अत: मुझे तो क्षमा ही कर दिया जाय।

कुँवर साहब (शासन के ढंग से)-यह काम आपको करना पड़ेगा इसमें हाँ-नहीं की कोई आवश्यकता नहीं। आग आपने लगायी है। बुझायेगा कौन

दुर्गानाथ (दृढ़ता के साथ)-मैं झूठ कदापि नहीं बोल सकता और न इस प्रकार की शहादत दे सकता हूँ !

कुँवर साहब (कोमल शब्दों में)-कृपानिधान यह झूठ नहीं है। मैंने झूठ का व्यापार नहीं किया है। मैं यह नहीं कहता कि आप रुपये का वसूल होना अस्वीकार कर दीजिए। जब असामी मेरे

ऋणी हैं तो मुझे अधिकार है कि चाहे रुपया ऋण की मद में वसूल करूँ या मालगुजारी की मद में। यदि इतनी-सी बात को आप झूठ समझते हैं तो आपकी जबरदस्ती है। अभी आपने संसार देखा नहीं। ऐसी सच्चाई के लिए संसार में स्थान नहीं। आप मेरे यहाँ नौकरी कर रहे हैं। इस सेवक-धर्म पर विचार कीजिए। आप शिक्षित और होनहार पुरुष हैं। अभी आपको संसार में बहुत दिन तक रहना है और बहुत काम करना है। अभी से आप यह धर्म और सत्यता धारण करेंगे तो अपने जीवन में आपको विपत्ति और निराशा के सिवा और कुछ प्राप्त न होगा। सत्यप्रियता अवश्य उत्तम वस्तु है किंतु उसकी भी सीमा है अति सर्वत्रवर्जयेत् ! अब अधिक सोच-विचार की आवश्यकता नहीं। यह अवसर ऐसा ही है।

कुँवर साहब पुराने खुर्राट थे। इस फैंकनैत से युवक खिलाड़ी हार गया।

5

इस घटना के तीसरे दिन चाँदपार के असामियों पर बकाया लगान की नालिश हुई। सम्मन आये। घर-घर उदासी छा गयी। सम्मन क्या थे यम के दूत थे। देवी-देवताओं की मिन्नतें होने लगीं। स्त्रियाँ अपने घरवालों को कोसने लगीं और पुरुष अपने भाग्य को। नियत तारीख के दिन गाँव के गँवार कंधे पर लोटा-डोर रखे और अँगोछे में चबेना बाँधे कचहरी को चले। सैकड़ों स्त्रियाँ और बालक रोते हुए उनके पीछे-पीछे जाते थे। मानो अब वे फिर उनसे न मिलेंगे।

पंडित दुर्गानाथ के तीन दिन कठिन परीक्षा के थे। एक ओर कुँवर साहब की प्रभावशालिनी बातें दूसरी ओर किसानों की हाय-हाय परन्तु विचार-सागर में तीन दिन निमग्न रहने के पश्चात् उन्हें धरती का सहारा मिल गया। उनकी आत्मा ने कहा-यह पहली परीक्षा है। यदि इसमें अनुत्तीर्ण रहे तो फिर आत्मिक दुर्बलता ही हाथ रह जायगी। निदान निश्चय हो गया कि मैं अपने लाभ के लिए इतने गरीबों को हानि न पहुँचाऊँगा।

दस बजे दिन का समय था। न्यायालय के सामने मेला-सा लगा हुआ था। जहाँ-तहाँ श्यामवस्त्रच्छादित देवताओं की पूजा हो रही थी। चाँदपार के किसान झुंड के झुंड एक पेड़ के नीचे आकर बैठे। उनसे कुछ दूर पर कुँवर साहब के मुख्तारआम सिपाहियों और गवाहों की भीड़ थी। ये लोग अत्यंत विनोद में थे। जिस प्रकार मछलियाँ पानी में पहुँच कर किलोलें करती हैं उसी भाँति ये लोग भी आनंद में चूर थे। कोई पान खा रहा था। कोई हलवाई की दूकान से पूरियों की पत्तल लिये चला आता था। उधर बेचारे किसान पेड़ के नीचे चुपचाप उदास बैठे थे कि आज न जाने क्या होगा कौन आफत आयेगी ! भगवान का भरोसा है। मुकदमे की पेशी हुई। कुँवर साहब की ओर के गवाह गवाही देने लगे कि असामी बड़े सरकश हैं। जब लगान माँगा जाता है तो लड़ाई-झगड़े पर तैयार हो जाते हैं। अबकी इन्होंने एक कौड़ी भी नहीं दी।

कादिर खाँ ने रो कर अपने सिर की चोट दिखायी। सबसे पीछे पंडित दुर्गानाथ की पुकार हुई। उन्हीं के बयान पर निपटारा होना था। वकील साहब ने उन्हें खूब तोते की भाँति पढ़ा रखा था किंतु उनके मुख से पहला वाक्य निकला ही था कि मैजिस्ट्रेट ने उनकी ओर तीव्र दृष्टि से देखा।

वकील साहब बगलें झाँकने लगे। मुख्तारआम ने उनकी ओर घूर कर देखा। अहलमद पेशकार आदि सबके सब उनकी ओर आश्चर्य की दृष्टि से देखने लगे।

न्यायाधीश ने तीव्र स्वर से कहा-तुम जानते हो कि मैजिस्ट्रेट के सामने खड़े हो

दुर्गानाथ (दृढ़तापूर्वक)-जी हाँ भली-भाँति जानता हूँ।

न्याया.-तुम्हारे ऊपर असत्य भाषण का अभियोग लगाया जा सकता है।

दुर्गानाथ-अवश्य यदि मेरा कथन झूठा हो।

वकील ने कहा-जान पड़ता है किसानों के दूध घी और भेंट आदि ने यह काया-पलट कर दी है। और न्यायाधीश की ओर सार्थक दृष्टि से देखा।

दुर्गानाथ-आपको इन वस्तुओं का अधिक तजुर्बा होगा। मुझे तो अपनी रूखी रोटियाँ ही अधिक प्यारी हैं।

न्यायाधीश-तो इन असामियों ने सब रुपया बेबाक कर दिया है

दुर्गानाथ-जी हाँ इनके जिम्मे लगान की एक कौड़ी भी बाकी नहीं है।

न्यायाधीश-रसीदें क्यों नहीं दीं

दुर्गानाथ-मेरे मालिक की आज्ञा।

6

मैजिस्ट्रेट ने नालिशें डिसमिस कर दीं। कुँवर साहब को ज्यों ही इस पराजय की खबर मिली उनके कोप की मात्र सीमा से बाहर हो गयी। उन्होंने पंडित दुर्गानाथ को सैकड़ों कुवाक्य कहे-नमकहराम विश्वासघाती दुष्ट। मैंने उसका कितना आदर किया किंतु कुत्ते की पूँछ कहीं सीधी हो सकती है ! अंत में विश्वासघात कर ही गया। यह अच्छा हुआ कि पं. दुर्गानाथ मैजिस्ट्रेट का फैसला सुनते ही मुख्तारआम को कुंजियाँ और कागजपत्र सुपुर्द कर चलते हुए। नहीं तो उन्हें इस कार्य के फल में कुछ दिन हल्दी और गुड़ पीने की आवश्यकता पड़ती।

कुँवर साहब का लेन-देन विशेष अधिक था। चाँदपार बहुत बड़ा इलाका था। वहाँ के असामियों पर कई सौ रुपये बाकी थे। उन्हें विश्वास हो गया कि अब रुपया डूब जायगा। वसूल होने की कोई आशा नहीं। इस पंडित ने असामियों को बिलकुल बिगाड़ दिया। अब उन्हें मेरा क्या डर अपने कारिंदों और मंत्रियों से सम्मति ली। उन्होंने भी यही कहा-अब वसूल होने की कोई सूरत नहीं। कागजात न्यायालय में पेश किये जायँ तो इनकम टैक्स लग जायगा। किंतु रुपया वसूल होना कठिन है। उजरदारियाँ होंगी। कहीं हिसाब में कोई भूल निकल आयी तो रही-सही साख भी जाती रहेगी और दूसरे इलाकों का रुपया भी मारा जायगा।

दूसरे दिन कुँवर साहब पूजा-पाठ से निश्चिंत हो अपने चौपाल में बैठे तो क्या देखते हैं कि चाँदपार के असामी झुंड के झुंड चले आ रहे हैं। उन्हें यह देख कर भय हुआ कि कहीं ये सब

कुछ उपद्रव तो न करेंगे किंतु किसी के हाथ में एक छड़ी तक न थी। मलूका आगे-आगे आता था। उसने दूर ही से झुक कर वंदना की। ठाकुर साहब को ऐसा आश्चर्य हुआ मानो वे कोई स्वप्न देख रहे हों।

7

मलूका ने सामने आ कर विनयपूर्वक कहा-सरकार हम लोगों से जो कुछ भूल-चूक हुई हो उसे क्षमा किया जाय। हम लोग सब हुजूर के चाकर हैं सरकार ने हमको पाला-पोसा है। अब भी हमारे ऊपर यही निगाह रहे।

कुँवर साहब का उत्साह बढ़ा। समझे कि पंडित के चले जाने से इन सबों के होश ठिकाने हुए हैं। आज किसका सहारा लेंगे। उसी खुर्राट ने इन सबों को बहका दिया था। कड़क कर बोले-वे तुम्हारे सहायक पंडित कहाँ गये वे आ जाते तो जरा उनकी खबर ली जाती।

यह सुन कर मलूका की आँखों में आँसू भर आये। वह बोला-सरकार उनको कुछ न कहें। वे आदमी नहीं देवता थे। जवानी की सौगंध है जो उन्होंने आपकी कोई निंदा की हो। वे बेचारे तो हम लोगों को बार-बार समझाते थे कि देखो मालिक से बिगाड़ करना अच्छी बात नहीं। हमसे कभी एक लोटा पानी के रवादार नहीं हुए। चलते-चलते हमसे कह गये कि मालिक का जो कुछ तुम्हारे जिम्मे निकले चुका देना। आप हमारे मालिक हैं। हमने आपका बहुत खाया-पिया है। अब हमारी यही विनती सरकार से है कि हमारा हिसाब-किताब देख कर जो कुछ हमारे ऊपर निकले बताया जाय। हम एक-एक कौड़ी चुका देंगे तब पानी पियेंगे।

कुँवर साहब प्रसन्न हो गये। इन्हीं रुपयों के लिए कई बार खेत कटवाने पड़े थे। कितनी बार घरों में आग लगवायी। अनेक बार मार-पीट की। कैसे-कैसे दंड दिये। आज ये सब आप से आप सारा हिसाब-किताब साफ करने आये हैं। यह क्या जादू है।

मुख्तारआम साहब ने कागजात खोले और असामियों ने अपनी-अपनी पोटलियाँ। जिसके जिम्मे जितना निकला बे-कान-पूँछ हिलाये उतना द्रव्य सामने रख दिया। देखते-देखते सामने रुपयों का ढेर लग गया। छः सौ रुपया बात की बात में वसूल हो गया। किसी के जिम्मे कुछ बाकी न रहा। यह सत्यता और न्याय की विजय थी। कठोरता और निर्दयता से जो काम कभी न हुआ वह धर्म और न्याय ने पूरा कर दिखाया।

जब से ये लोग मुकदमा जीत आये तभी से उनको रुपया चुकाने की धुन सवार थी। पंडित जी को वे यथार्थ में देवता समझते थे। रुपया चुका देने के लिए उनकी विशेष आज्ञा थी। किसी ने बैल किसी ने गहने बंधक रखे। यह सब कुछ सहन किया परंतु पंडित जी की बात न टाली। कुँवर साहब के मन में पंडित जी के प्रति जो बुरे विचार थे सब मिट गये। उन्होंने सदा से कठोरता से काम लेना सीखा था। उन्हीं नियमों पर वे चलते थे। न्याय तथा सत्यता पर उनका विश्वास न था। किंतु आज उन्हें प्रत्यक्ष देख पड़ा कि सत्यता और कोमलता में बहुत बड़ी शक्ति है।

ये असामी मेरे हाथ से निकल गये थे। मैं इनका क्या बिगाड़ सकता था अवश्य वह पंडित सच्चा और धर्मात्मा पुरुष था। उसमें दूरदर्शिता न हो काल-ज्ञान न हो किंतु इसमें संदेह नहीं कि वह निःस्पृह और सच्चा पुरुष था।

8

कैसी ही अच्छी वस्तु क्यों न हो जब तक हमको उसकी आवश्यकता नहीं होती तब तक हमारी दृष्टि में उसका गौरव नहीं होता। हरी दूब भी किसी समय अशर्फियों के मोल बिक जाती है। कुँवर साहब का काम एक निःस्पृह मनुष्य के बिना नहीं रुक सकता था। अतएव पंडित जी के इस सर्वोत्तम कार्य की प्रशंसा किसी कवि की कविता से अधिक न हुई। चाँदपार के असामियों ने तो अपने मालिक को कभी किसी प्रकार का कष्ट न पहुँचाया किंतु अन्य इलाकोंवाले असामी उसी पुराने ढंग से चलते थे। उन इलाकों में रगड़-झगड़ सदैव मची रहती थी। अदालत मार-पीट डाँट-डपट सदा लगी रहती थी। किंतु ये सब तो जमींदार के श्रृंगार हैं। बिना इन सब बातों के जमींदारी कैसी क्या दिन भर बैठे-बैठे वे मक्खियाँ मारें

कुँवर साहब इसी प्रकार पुराने ढंग से अपना प्रबंध सँभालते जाते थे। कई वर्ष व्यतीत हो गये। कुँवर साहब का कारोबार दिनोंदिन चमकता ही गया। यद्यपि उन्होंने पाँच लड़कियों के विवाह बड़ी धूमधाम के साथ किये परंतु तिस पर भी उनकी बढ़ती में किसी प्रकार की कमी न हुई। हाँ शारीरिक शक्तियाँ अवश्य कुछ-कुछ ढीली पड़ती गयीं। बड़ी भारी चिंता यही थी कि इतनी बड़ी सम्पत्ति और ऐश्वर्य को भोगनेवाला कोई उत्पन्न न हुआ। भानजे भतीजे और नवासे इस रियासत पर दाँत लगाये हुए थे।

कुँवर साहब का मन अब इन सांसारिक झगड़ों से फिरता जाता था। आखिर यह रोना-धोना किसके लिए अब उनके जीवन-नियम में एक परिवर्तन हुआ। द्वार पर कभी-कभी साधु-संत धूनी रमाये हुए देख पड़ते। स्वयं भगवद्गीता और विष्णु सहस्रनाम पढ़ते थे। पारलौकिक चिंता अब नित्य रहने लगी। परमात्मा की कृपा और साधु-संतों के आशीर्वाद से बुढ़ापे में उनको एक लड़का पैदा हुआ। जीवन की आशाएँ सफल हुईं पर दुर्भाग्यवश पुत्र के जन्म ही से कुँवर साहब शारीरिक व्याधियों से ग्रस्त रहने लगे। सदा वैद्यों और डाक्टरों का ताँता लगा रहता था लेकिन दवाओं का उल्टा प्रभाव पड़ता। ज्यों-त्यों करके उन्होंने ढाई वर्ष बिताये। अंत में उनकी शक्तियों ने जवाब दे दिया। उन्हें मालूम हो गया कि अब संसार से नाता टूट जायगा। अब चिंता ने और धर दबाया यह सारा माल-असबाब इतनी बड़ी सम्पत्ति किस पर छोड़ जाऊँ मन की इच्छाएँ मन ही मन रह गयीं। लड़के का विवाह भी न देख सका। उसकी तोतली बातें सुनने का भी सौभाग्य न हुआ। हाय अब इस कलेजे के टुकड़े को किसे सौंपूँ जो इसे अपना पुत्र समझे। लड़के की माँ स्त्री-जाति न कुछ जाने न समझे। उससे कारबार सँभलना कठिन है। मुख्तारआम गुमाश्ते कारिंदे कितने हैं परन्तु सब के सब स्वार्थी-विश्वासघाती। एक भी ऐसा पुरुष नहीं जिस पर मेरा विश्वास जमे ! कोर्ट आफ वार्ड्स के सुपुर्द करूँ तो वहाँ भी वे ही सब आपत्तियाँ। कोई इधर दबायेगा कोई उधर। अनाथ बालक को कौन पूछेगा हाय मैंने आदमी नहीं पहचाना। मुझे हीरा मिल गया

था मैंने उसे ठीकरा समझा ! कैसा सच्चा कैसा वीर दृढ़प्रतिज्ञ पुरुष था ! यदि वह कहीं मिल जाये तो इस अनाथ बालक के दिन फिर जायँ। उसके हृदय में करुणा है दया है। वह अनाथ बालक पर तरस खायगा। हाँ ! क्या मुझे उसके दर्शन मिलेंगे मैं उस देवता के चरण धो कर माथे पर चढ़ाता। आँसुओं से उसके चरण धोता। वही यदि हाथ लगाये तो यह मेरी डूबती नाव पार लगे।

9

ठाकुर साहब की दशा दिन पर दिन बिगड़ती गयी। अब अंतकाल आ पहुँचा। उन्हें पंडित दुर्गानाथ की रट लगी हुई थी। बच्चे का मुँह देखते और कलेजे से एक आह निकल जाती। बार-बार पछताते और हाथ मलते। हाय ! उस देवता को कहाँ पाऊँ जो कोई उसके दर्शन करा दे आधी जायदाद उस पर न्योछावर कर दूँ-प्यारे पंडित ! मेरे अपराध क्षमा करो। मैं अंधा था अज्ञानी था। अब मेरी बाँह पकड़ो। मुझे डूबने से बचाओ। इस अनाथ बालक पर तरस खाओ।

हितार्थी और सम्बन्धियों का समूह सामने खड़ा था। कुँवर साहब ने उनकी ओर अधखुली आँखों से देखा। सच्चा हितैषी कहीं देख न पड़ा। सबके चेहरे पर स्वार्थ की झलक थी। निराशा से आँखें मूँद लीं। उनकी स्त्री फूट-फूटकर रो रही थी। निदान उसे लज्जा त्यागनी पड़ी। वह रोती हुई पास जा कर बोली-प्राणनाथ मुझे और इस असहाय बालक को किस पर छोड़े जाते हो

कुँवर साहब ने धीरे से कहा-पंडित दुर्गानाथ पर। वे जल्द आयेंगे। उनसे कह देना कि मैंने सब कुछ उनको भेंट कर दिया। यह अंतिम वसीयत है।

* * *

आप-बीती

प्राय: अधिकांश साहित्य-सेवियों के जीवन में एक ऐसा समय आता है जब पाठकगण उनके पास श्रद्धा-पूर्ण पत्र भेजने लगते हैं। कोई उनकी रचना-शैली की प्रशंसा करता है कोई उनके सद्विचारों पर मुग्ध हो जाता है। लेखक को भी कुछ दिनों से यह सौभाग्य प्राप्त है। ऐसे पत्रों को पढ़ कर उसका हृदय कितना गद्‌गद हो जाता है इसे किसी साहित्य-सेवी ही से पूछना चाहिए। अपने फटे कंबल पर बैठा हुआ वह गर्व और आत्मगौरव की लहरों में डूब जाता है। भूल जाता है कि रात को गीली लकड़ी से भोजन पकाने के कारण सिर में कितना दर्द हो रहा था खटमलों और मच्छरों ने रात भर कैसे नींद हराम कर दी थी। मैं भी कुछ हूँ यह अहंकार उसे एक क्षण के लिए उन्मत्त बना देता है। पिछले साल सावन के महीने में मुझे एक ऐसा ही पत्र मिला। उसमें मेरी क्षुद्र रचनाओं की दिल खोल कर दाद दी गयी थी।

पत्र-प्रेषक महोदय स्वयं एक अच्छे कवि थे। मैं उनकी कविताएँ पत्रिकाओं में अक्सर देखा करता था। यह पत्र पढ़ कर फूला न समाया। उसी वक्त जवाब लिखने बैठा। उस तरंग में जो कुछ लिख गया इस समय याद नहीं। इतना जरूर याद है कि पत्र आदि से अंत तक प्रेम के उद्‌गारों से भरा हुआ था। मैंने कभी कविता नहीं की और न कोई गद्य-काव्य ही लिखा पर भाषा को जितना सँवार सकता था उतना सँवारा। यहाँ तक कि जब पत्र समाप्त करके दुबारा पढ़ा तो कविता का आनंद आया। सारा पत्र भाव-लालित्य से परिपूर्ण था। पाँचवें दिन कवि महोदय का दूसरा पत्र आ पहुँचा। वह पहले पत्र से भी कहीं अधिक मर्मस्पर्शी था। प्यारे भैया ! कह कर मुझे सम्बोधित किया गया था मेरी रचनाओं की सूची और प्रकाशकों के नाम-ठिकाने पूछे गये थे। अंत में यह शुभ समाचार है कि मेरी पत्नी जी को आपके ऊपर बड़ी श्रद्धा है। वह बड़े प्रेम से आपकी रचनाओं को पढ़ती हैं। वही पूछ रही हैं कि आपका विवाह कहाँ हुआ है। आपकी संतानें कितनी हैं तथा आपका कोई फोटो भी है हो तो कृपया भेज दीजिए। मेरी जन्म-भूमि और वंशावली का पता भी पूछा गया था। इस पत्र विशेषत: उसके अंतिम समाचार ने मुझे पुलकित कर दिया।

यह पहला ही अवसर था कि मुझे किसी महिला के मुख से चाहे वह प्रतिनिधि द्वारा ही क्यों न हो अपनी प्रशंसा सुनने का सौभाग्य प्राप्त हुआ। गरूर का नशा छा गया। धन्य है भगवान् ! अब रमणियाँ भी मेरे कृत्य की सराहना करने लगीं ! मैंने तुरंत उत्तर लिखा। जितने कर्णप्रिय शब्द मेरी स्मृति के कोष में थे सब खर्च कर दिये। मैत्री और बंधुत्व से सारा पत्र भरा हुआ था। अपनी वंशावली का वर्णन किया। कदाचित् मेरे पूर्वजों का ऐसा कीर्ति-गान किसी भाट ने भी न किया होगा। मेरे दादा एक जमींदार के कारिंदे थे मैंने उन्हें एक बड़ी रियासत का मैनेजर बतलाया। अपने पिता को जो एक दफ्तर में क्लर्क थे उस दफ्तर का प्रधानाध्यक्ष बना दिया। और

काश्तकारी को जमींदारी बना देना तो साधारण बात थी। अपनी रचनाओं की संख्या तो न बढ़ा सका पर उनके महत्त्व आदर और प्रचार का उल्लेख ऐसे शब्दों में किया जो नम्रता की ओट में अपने गर्व को छिपाते हैं। कौन नहीं जानता कि बहुधा तुच्छ का अर्थ उससे विपरीत होता है और दीन के माने कुछ और ही समझे जाते हैं। स्पष्ट से अपनी बड़ाई करना उच्छृंखलता है मगर सांकेतिक शब्दों से आप इसी काम को बड़ी आसानी से पूरा कर सकते हैं। खैर मेरा पत्र समाप्त हो गया और तत्क्षण लेटरबक्स के पेट में पहुँच गया।

इसके बाद दो सप्ताह तक कोई पत्र न आया। मैंने उस पत्र में अपनी गृहिणी की ओर से भी दो-चार समयोचित बातें लिख दी थीं। आशा थी घनिष्ठता और भी घनिष्ठ होगी। कहीं कविता में मेरी प्रशंसा हो जाय तो क्या पूछना ! फिर तो साहित्य-संसार में मैं ही नजर आऊँ ! इस चुप्पी से कुछ निराशा होने लगी लेकिन इस डर से कि कहीं कवि जी मुझे मतलबी अथवा सेंटिमेंटल न समझ लें कोई पत्र न लिख सका।

आश्विन का महीना था और तीसरा पहर। रामलीला की धूम मची हुई थी। मैं अपने एक मित्र के घर चला गया था। ताश की बाजी हो रही थी। सहसा एक महाशय मेरा नाम पूछते हुए आये और मेरे पास की कुरसी पर बैठ गये। मेरा उनसे कभी का परिचय न था। सोच रहा था यह कौन आदमी है और यहाँ कैसे आया यार लोग उन महाशय की ओर देख कर आपस में इशारेबाजियाँ कर रहे थे। उनके आकार-प्रकार में कुछ नवीनता अवश्य थी। श्यामवर्ण नाटा डील मुख पर चेचक के दाग नंगा सिर बाल सँवारे हुए सिर्फ सादी कमीज गले में फूलों की एक माला पैर में फुल-बूट और हाथ में एक मोटी-सी पुस्तक !

मैंने विस्मित हो कर नाम पूछा।

उत्तर मिला-मुझे उमापतिनारायण कहते हैं।

मैं उठ कर उनके गले से लिपट गया। यह वही कवि महोदय थे जिनके कई प्रेम-पत्र मुझे मिल चुके थे। कुशल-समाचार पूछा। पान-इलायची से खातिर की। फिर पूछा-आपका आना कैसे हुआ

उन्होंने कहा-मकान पर चलिए तो सब वृत्तांत कहूँगा। मैं आपके घर गया था। वहाँ मालूम हुआ आप यहाँ हैं। पूछता हुआ चला आया।

मैं उमापति जी के साथ घर चलने को उठ खड़ा हुआ ! जब वह कमरे के बाहर निकल गये तो मेरे मित्र ने पूछा-यह कौन साहब हैं

मैं-मेरे एक नये दोस्त हैं।

मित्र-जरा इनसे होशियार रहिएगा। मुझे तो उचक्के-से मालूम होते हैं।

मैं-आपका अनुमान गलत है। आप हमेशा आदमी को उसकी सजधज से परखा करते हैं। पर मनुष्य कपड़ों में नहीं हृदय में रहता है।

मित्र-खैर ये रहस्य की बातें तो आप जानें मैं आपको आगाह किये देता हूँ।

मैंने इसका कुछ जवाब नहीं दिया। उमापति जी के साथ घर पर आया। बाजार से भोजन मँगवाया। फिर बातें होने लगीं। उन्होंने मुझे अपनी कई कविताएँ सुनायीं। स्वर बहुत सरस और मधुर था।

कविताएँ तो मेरी समझ में खाक न आयीं पर मैंने तारीफों के पुल बाँध दिये। झूम-झूम कर वाह वाह करने लगा जैसे मुझसे बढ़ कर कोई काव्य रसिक संसार में न होगा। संध्या को हम रामलीला देखने गये। लौटकर उन्हें फिर भोजन कराया। अब उन्होंने अपना वृत्तांत सुनाना शुरू किया। इस समय वह अपनी पत्नी को लेने के लिए कानपुर जा रहे हैं। उसका मकान कानपुर ही में है। उनका विचार है कि एक मासिक पत्रिका निकालें। उनकी कविताओं के लिए एक प्रकाशक 1000 रु. देता है पर उनकी इच्छा तो यह है कि उन्हें पहले पत्रिका में क्रमश: निकाल कर फिर अपनी ही लागत से पुस्तकाकार छपवायें। कानपुर में उनकी जमींदारी भी है पर वह साहित्यिक जीवन व्यतीत करना चाहते हैं। जमींदारी से उन्हें घृणा है। उनकी स्त्री एक कन्या-विद्यालय में प्रधानाध्यापिका है। आधी रात तक बातें होती रहीं। अब उनमें से अधिकांश याद नहीं हैं। हाँ ! इतना याद है कि हम दोनों ने मिल कर अपने भावी जीवन का एक कार्यक्रम तैयार कर लिया था। मैं अपने भाग्य को सराहता था कि भगवान् ने बैठे-बैठाये ऐसा सच्चा मित्र भेज दिया। आधी रात बीत गयी तो सोये। उन्हें दूसरे दिन 8 बजे की गाड़ी से जाना था। मैं जब सो कर उठा तब 7 बज चुके थे। उमापति जी हाथ-मुँह धोये तैयार बैठे थे। बोले-अब आज्ञा दीजिए लौटते समय इधर ही से जाऊँगा। इस समय आपको कुछ कष्ट दे रहा हूँ। क्षमा कीजिएगा। मैं कल चला तो प्रात:काल के 4 बजे थे। दो बजे रात से पड़ा जाग रहा था कि कहीं नींद न आ जाये। बल्कि यों समझिए कि सारी रात जागना पड़ा क्योंकि चलने की चिंता लगी हुई थी। गाड़ी में बैठा तो झपकियाँ आने लगीं। कोट उतार कर रख दिया और लेट गया तुरंत नींद आ गयी। मुगलसराय में नींद खुली। कोट गायब ! नीचे-ऊपर चारों तरफ देखा कहीं पता नहीं। समझ गया किसी महाशय ने उड़ा दिया। सोने की सजा मिल गयी। कोट में 50 रु. खर्च के लिए रखे थे वे भी उसके साथ उड़ गये। आप मुझे 50 रु. दें। पत्नी को मैके से लाना है कुछ कपड़े वगैरह ले जाने पड़ेंगे। फिर ससुराल में सैकड़ों तरह के नेग-जोग लगने हैं। कदम-कदम पर रुपये खर्च होते हैं। न खर्च कीजिए तो हँसी हो। मैं इधर से लौटूँगा तो देता जाऊँगा।

मैं बड़े संकोच में पड़ गया। एक बार पहले भी धोखा खा चुका था। तुरंत भ्रम हुआ कहीं अबकी फिर वही दशा न हो। लेकिन शीघ्र ही मन के इस अविश्वास पर लज्जित हुआ। संसार में सभी मनुष्य एक-से नहीं होते। यह बेचारे इतने सज्जन हैं। इस समय संकट में पड़ गये हैं। और मिथ्या संदेह में पड़ा हुआ हूँ। घर में आकर पत्नी से कहा-तुम्हारे पास कुछ रुपये तो नहीं हैं

स्त्री-क्या करोगे।

मैं-मेरे मित्र जो कल आये हैं उनके रुपये किसी ने गाड़ी में चुरा लिये। उन्हें बीवी को बिदा कराने ससुराल जाना है। लौटती बार देते जायँगे।

पत्नी ने व्यंग्य करके कहा-तुम्हारे याँ जितने मित्र आते हैं सब तुम्हें ठगने ही आते हैं सभी संकट में पड़े रहते हैं। मेरे पास रुपये नहीं हैं।

मैंने खुशामद करते हुए कहा-लाओ दे दो बेचारे तैयार खड़े हैं। गाड़ी छूट जायगी।

स्त्री-कह दो इस समय घर में रुपये नहीं हैं।

मैं-यह कह देना आसान नहीं है। इसका अर्थ तो यह है कि मैं दरिद्र ही नहीं मित्र-हीन भी हूँ नहीं तो क्या मेरे लिए 50 रु. का इंतजाम न हो सकता। उमापति को कभी विश्वास न आयेगा कि मेरे पास रुपये नहीं हैं। इससे तो कहीं अच्छा हो कि साफ-साफ यह कह दिया जाय कि हमको आप पर भरोसा नहीं है हम आपको रुपये नहीं दे सकते। कम से कम अपना पर्दा तो ढका रह जायगा।

श्रीमती ने झुँझला कर संदूक की कुंजी मेरे आगे फेंक दी और कहा-तुम्हें जितना बहस करना आता है उतना कहीं आदमियों को परखना आता तो अब तक आदमी हो गये होते ! ले जाओ दे दो। किसी तरह तुम्हारी मरजाद तो बनी रहे। लेकिन उधार समझ कर मत दो यह समझ लो कि पानी में फेंके देते हैं।

मुझे आम खाने से काम था पेड़ गिनने से नहीं। चुपके से रुपये निकाले और ला कर उमापति को दे दिये। फिर लौटती बार आकर रुपये दे जाने का आश्वासन दे कर वह चल दिये।

सातवें दिन शाम को वह घर से लौट आये। उनकी पत्नी और पुत्री भी साथ थीं। मेरी पत्नी ने शक्कर और दही खिला कर उनका स्वागत किया। मुँह-दिखायी के 20 रु. दिये। उनकी पुत्री को भी मिठाई खाने को 2 रु. दिये। मैंने समझा था उमापति आते ही आते मेरे रुपये गिनने लगेंगे लेकिन उन्होंने पहर रात गये तक रुपयों का नाम भी नहीं लिया। जब मैं घर में सोने गया तो बीवी से कहा-इन्होंने तो रुपये नहीं दिये जी !

पत्नी ने व्यंग्य से हँस कर कहा-तो क्या सचमुच तुम्हें आशा थी कि वह आते ही आते तुम्हारे हाथ में रुपये रख देंगे मैंने तो तुमसे पहले ही कह दिया था कि फिर पाने की आशा से रुपये मत दो यही समझ लो कि किसी मित्र को सहायतार्थ दे दिये। लेकिन तुम भी विचित्र आदमी हो।

मैं लज्जित और चुप हो रहा। उमापति जी दो दिन रहे। मेरी पत्नी उनका यथोचित आदर-सत्कार करती रही। लेकिन मुझे उतना संतोष न था। मैं समझता था इन्होंने मुझे धोखा दिया।

तीसरे दिन प्रात:काल वह चलने को तैयार हुए। मुझे अब भी आशा थी कि वह रुपये दे कर जायेंगे। लेकिन जब उनकी नयी रामकहानी सुनी तो सन्नाटे में आ गया। वह अपना बिस्तर बाँधते हुए बोले-बड़ा ही खेद है कि मैं अबकी बार आपके रुपये न दे सका। बात यह है कि मकान पर पिता जी से भेंट ही नहीं हुई। वह तहसील-वसूल करने गाँव चले गये थे। और मुझे इतना अवकाश न था कि गाँव तक जाता। रेल का रास्ता नहीं है। बैलगाड़ियों पर जाना पड़ता है। इसीलिए मैं एक दिन मकान पर रहकर ससुराल चला गया। वहाँ सब रुपये खर्च हो गये।

बिदाई के रुपये न मिल जाते तो यहाँ तक आना कठिन था। अब मेरे पास रेल का किराया तक नहीं है। आप मुझे 25 रु. और दे दें। मैं वहाँ जाते ही भेज दूँगा। मेरे पास इक्के तक का किराया नहीं है।

जी में तो आया कि टका-सा जवाब दे दूँ पर इतनी अशिष्टता न हो सकी। फिर पत्नी के पास गया और रुपये माँगे। अबकी उन्होंने बिना कुछ कहे-सुने रुपये निकाल कर मेरे हवाले कर दिये। मैंने उदासीन भाव से रुपये उमापति जी को दिये। जब उनकी पुत्री और अर्धांगिनी जीने से उतर गयीं तो उन्होंने बिस्तर उठाया और मुझे प्रणाम किया। मैंने बैठे-बैठे सर हिला कर जवाब दिया। उन्हें सड़क तक पहुँचाने भी न गया।

एक सप्ताह के बाद उमापति जी ने लिखा-मैं कार्यवश बरार जा रहा हूँ। लौट कर रुपये भेजूँगा।

15 दिन के बाद एक पत्र लिख कर कुशल-समाचार पूछे। कोई उत्तर न आया। 15 दिन के बाद फिर रुपयों का तकाजा किया। उसका भी कुछ जवाब न मिला। एक महीने के बाद फिर तकाजा किया। उसका भी यही हाल ! एक रजिस्टरी पत्र भेजा। वह पहुँच गया इसमें संदेह नहीं लेकिन जवाब उसका भी न आया। समझ गया समझदार जोरू ने जो कुछ कहा था वह अक्षरश: सत्य था ! निराश हो कर चुप हो रहा।

इन पत्रों की मैंने पत्नी से चर्चा भी नहीं की और न उसी ने कुछ इस बारे में पूछा।

2

इस कपट-व्यवहार का मुझ पर वही असर पड़ा जो साधारणत: स्वाभाविक रूप से पड़ना चाहिए। कोई ऊँची और पवित्र आत्मा इस छल पर भी अटल रह सकती थी। उसे यह समझ कर संतोष हो सकता था कि मैंने अपने कर्त्तव्य को पूरा कर दिया। यदि ऋणी ने ऋण नहीं चुकाया तो मेरा क्या अपराध। पर मैं इतना उदार नहीं हूँ। यहाँ तो महीनों सिर खपाता हूँ कलम घिसता हूँ तब जा कर नगद-नारायण के दर्शन होते हैं।

इसी महीने की बात है। मेरे यंत्रलय में एक नया कंपोजीटर बिहार-प्रांत से आया। काम में चतुर जान पड़ता था। मैंने उसे 15 रु. मासिक पर नौकर रख लिया। पहले किसी अँग्रेजी स्कूल में पढ़ता था। असहयोग के कारण पढ़ना छोड़ बैठा था। घरवालों ने किसी प्रकार की सहायता देने से इनकार किया। विवश होकर उसने जीविका के लिए यह पेशा अख्तियार कर लिया। कोई 17-18 वर्ष की उम्र थी। स्वभाव में गंभीरता थी। बातचीत बहुत सलीके से करता था। यहाँ आने के तीसरे दिन बुखार आने लगा। दो-चार दिन तो ज्यों-त्यों करके काटे लेकिन जब बुखार न छूटा तो घबरा गया। घर की याद आयी। और कुछ न सही घरवाले क्या दवा-दरपन भी न करेंगे। मेरे पास आकर बोला-महाशय मैं बीमार हो गया हूँ। आप कुछ रुपये दे दें तो घर चला जाऊँ। वहाँ जाते ही रुपयों का प्रबंध करके भेज दूँगा। वह वास्तव में बीमार था। मैं उससे भली-

भाँति परिचित था। यह भी जानता था कि यहाँ रहकर वह कभी स्वास्थ्य-लाभ नहीं कर सकता। उसे सचमुच सहायता की जरूरत थी। पर मुझे शंका हुई कि कहीं यह भी रुपये हजम न कर जाय। जब एक विचारशील सुयोग्य विद्वान् पुरुष धोखा दे सकता है तो ऐसे अर्द्धशिक्षित नवयुवक से कैसे यह आशा की जाय कि वह अपने बचन का पालन करेगा

मैं कई मिनट तक घोर संकट में पड़ा रहा। अंत में बोला-भई मुझे तुम्हारी दशा पर बहुत दु:ख है। मगर मैं इस समय कुछ न कर सकूँगा। बिलकुल खाली हाथ हूँ। खेद है।

यह कोरा जवाब सुन कर उसकी आँखों से आँसू गिरने लगे। वह बोला-आप चाहें तो कुछ न कुछ प्रबंध अवश्य कर सकते हैं। मैं जाते ही आपके रुपये भेज दूँगा।

मैंने दिल में कहा-यहाँ तुम्हारी नीयत साफ है लेकिन घर पहुँच कर भी यही नीयत रहेगी इसका क्या प्रमाण है नीयत साफ रहने पर भी मेरे रुपये दे सकोगे या नहीं यह कौन जाने कम से कम तुमसे वसूल करने का मेरे पास कोई साधन नहीं है। प्रकट में कहा-इसमें मुझे कोई संदेह नहीं है लेकिन खेद है कि मेरे पास रुपये नहीं हैं। हाँ तुम्हारी जितनी तनख्वाह निकलती हो वह ले सकते हो।

उसने कुछ जवाब नहीं दिया किंकर्तव्यविमूढ़ की तरह एक बार आकाश की ओर देखा और चला गया। मेरे हृदय में कठिन वेदना हुई। अपनी स्वार्थपरता पर ग्लानि हुई। पर अंत को मैंने जो निश्चय किया था उसी पर स्थिर रहा। इस विचार से मन को संतोष हो गया कि मैं ऐसा कहाँ का धनी हूँ जो यों रुपये पानी में फेंकता फिरूँ।

यह है उस कपट का परिणाम जो मेरे कवि मित्र ने मेरे साथ किया।

मालूम नहीं आगे चल कर इस निर्बलता का क्या कुफल निकलता पर सौभाग्य से उसकी नौबत न आयी। ईश्वर को मुझे इस अपयश से बचाना मंजूर था। जब वह आँखों में आँसू-भरे मेरे पास से चला तो कार्यालय के एक क्लर्क पं. पृथ्वीनाथ से उसकी भेंट हो गयी। पंडित जी ने उससे हाल पूछा। पूरा वृत्तांत सुन लेने पर बिना किसी आगा-पीछा के उन्होंने 15 रु. निकाल कर उसे दे दिये। ये रुपये उन्हें कार्यालय के मुनीम से उधार लेने पड़े। मुझे यह हाल मालूम हुआ तो हृदय के ऊपर से एक बोझ-सा उतर गया। अब वह बेचारा मजे से अपने घर पहुँच जायगा। यह संतोष मुफ्त ही में प्राप्त हो गया। कुछ अपनी नीचता पर लज्जा भी आयी। मैं लंबे-लंबे लेखों में दया मनुष्यता और सद्व्यवहार का उपदेश किया करता था पर अवसर पड़ने पर साफ जान बचा कर निकल गया ! और यह बेचारा क्लर्क जो मेरे लेखों का भक्त था इतना उदार और दयाशील निकला ! गुरु गुड़ ही रहे चेला शक्कर हो गये। खैर उसमें भी एक व्यंग्य-पूर्ण संतोष था कि मेरे उपदेशों का असर मुझ पर न हुआ न सही दूसरों पर तो हुआ! चिराग के तले अँधेरा रहा तो क्या हुआ उसका प्रकाश तो फैल रहा है ! पर कहीं बेचारे को रुपये न मिले (और शायद ही मिलें इसकी बहुत कम आशा है) तो खूब छकेंगे। हजरत को आड़े हाथों लूँगा। किंतु मेरी यह अभिलाषा न पूरी हुई। पाँचवें दिन रुपये आ गये। ऐसी और आँखें खोल देनेवाली यातना

मुझे और कभी नहीं मिली थी। खैरियत यही थी कि मैंने इस घटना की चर्चा स्त्री से नहीं की थी नहीं तो मुझे घर में रहना भी मुश्किल हो जाता।

3

उपर्युक्त वृत्तांत लिख कर मैंने एक पत्रिका में भेज दिया। मेरा उद्देश्य केवल यह था कि जनता के सामने कपट-व्यवहार के कुपरिणाम का एक दृश्य रखूँ। मुझे स्वप्न में भी आशा न थी कोई प्रत्यक्ष फल निकलेगा। इसी से जब चौथे दिन अनायास मेरे पास 75 रु. का मनीआर्डर पहुँचा तो मेरे आनंद की सीमा न रही। प्रेषक वही महाशय थे-उमापति। कूपन पर केवल क्षमा लिखा हुआ था। मैंने रुपये ले जाकर पत्नी के हाथों में रख दिये और कूपन दिखलाया।

उसने अनमने भाव से कहा-इन्हें ले जा कर यत्न से अपने संदूक में रखो। तुम ऐसे लोभी प्रकृति के मनुष्य हो यह मुझे आज ज्ञात हुआ। थोड़े-से रुपयों के लिए किसी के पीछे पंजे झाड़ कर पड़ जाना सज्जनता नहीं है। जब कोई शिक्षित और विनयशील मनुष्य अपने वचन का पालन न करे तो यही समझना चाहिए कि वह विवश है। विवश मनुष्य को बार-बार तकाजों से लज्जित करना भलमनसी नहीं है। कोई मनुष्य जिसका सर्वथा नैतिक पतन नहीं हो गया है यथाशक्ति किसी को धोखा नहीं देता। इन रुपयों को मैं तब तक अपने पास नहीं रखूँगी जब तक उमापति का कोई पत्र नहीं आ जायगा कि क्यों रुपये भेजने में इतना विलंब हुआ।

पर इस समय मैं ऐसी उदार बातें सुनने को तैयार न था। डूबा हुआ धन मिल गया इसकी खुशी से फूला नहीं समाता था।

* * *

राज्य-भक्ति

संध्या का समय था। लखनऊ के बादशाह नासिरुद्दीन अपने मुसाहबों और दरबारियों के साथ बाग की सैर कर रहे थे। उनके सिर पर रत्नजटित मुकुट की जगह अँग्रेजी टोपी थी। वस्त्र भी अँग्रेजी ही थे। मुसाहबों में पाँच अँग्रेज थे। उनमें से एक के कन्धे पर सिर रख कर बादशाह चल रहे थे। तीन-चार हिंदुस्तानी भी थे। उनमें से एक राजा बख्तावरसिंह थे। वह बादशाही सेना के अध्यक्ष थे। उन्हें सब लोग जेनरल कहा करते थे। वह अधेड़ आदमी थे। शरीर खूब गठा हुआ था। लखनवी पहनावा उन पर बहुत सजता था। मुख से विचारशीलता झलक रही थी। दूसरे महाशय का नाम रोशनुद्दौला था। यह राज्य के प्रधानमंत्री थे। बड़ी-बड़ी मूँछें और नाटा डील था जिसे ऊँचा करने के लिए वह तन कर चलते थे। नेत्रों से गर्व टपक रहा था। शेष लोगों में एक कोतवाल था और दो बादशाह के रक्षक। यद्यपि अभी 19वीं शताब्दी का आरंभ ही था पर बादशाह ने अँग्रेजी रहन-सहन अख्तियार कर ली थी। भोजन भी प्राय: अँग्रेजी ही करते थे। अँग्रेजों पर उनका असीम विश्वास था। वह सदैव उनका पक्ष लिया करते थे। मजाल न थी कि कोई बड़े-से-बड़ा राजा या राजकर्मचारी किसी अँग्रेज से बराबरी करने का साहस कर सके।

अगर किसी में यह हिम्मत थी तो वह राजा बख्तावरसिंह थे। उनसे कंपनी का बढ़ता हुआ अधिकार न देखा जाता था कंपनी की उस सेना की संख्या जो उसने अवध के राज्य की रक्षा के लिए लखनऊ में नियुक्त की थी दिन-दिन बढ़ती जाती थी। उसी परिणाम से सेना का व्यय भी बढ़ रहा था। राजदरबार उसे चुका न सकने के कारण कंपनी का ऋणी होता जाता था। बादशाही सेना की दशा हीन से हीनतर होती जाती थी। उसमें न संगठन था न बल। बरसों तक सिपाहियों का वेतन न मिलता था। शस्त्र सभी पुराने थे। वर्दी फटी हुई। कवायद का नाम नहीं। कोई उनका पूछनेवाला न था। अगर राजा बख्तावरसिंह वेतन-वृद्धि या नये शस्त्रों के सम्बन्ध में कोई प्रयत्न करते तो कम्पनी का रेजीडेंट उसका घोर विरोध और राज्य पर विद्रोहात्मक शक्ति-संचार का दोषारोपण करता था। उधर से डाँट पड़ती तो बादशाह अपना गुस्सा राजा साहब पर उतारते। बादशाह के सभी अँग्रेज मुसाहब राजासाहब से शंकित रहते और उनकी जड़ खोदने का प्रयास किया करते थे। पर वह राज्य का सेवक एक ओर अवहेलना और दूसरी ओर से घोर विरोध सहते हुए भी अपने कर्त्तव्य का पालन करता जाता था। मजा यह कि सेना भी उनसे संतुष्ट न थी। सेना में अधिकांश लखनऊ के शोहदे और गुंडे भरे हुए थे। राजासाहब जब उन्हें हटा कर अच्छे-अच्छे जवानों की भरती करने की चेष्टा करते तो सारी सेना में हाहाकार मच जाता। लोगों को शंका होती कि यह राजपूतों की सेना बना कर कहीं राज्य ही पर तो हाथ नहीं बढ़ाना चाहते इसलिए मुसलमान भी उनसे बदगुमान रहते थे। राजा साहब के मन में बार-बार प्रेरणा होती कि इस पद को त्याग कर चले जायँ पर यह भय उन्हें रोकता था कि मेरे हटते ही अँग्रेजों की बन

आयेगी और बादशाह उनके हाथों में कठपुतली बन जायँगे रही-सही सेना के साथ अवध-राज्य का अस्तित्व भी मिट जायगा। अतएव इतनी कठिनाइयों के होते हुए भी चारों ओर से वैर-विरोध से घिरे होने पर भी वह अपने पद से हटने का निश्चय न कर सकते थे। सबसे कठिन समस्या यह थी कि रोशनुद्दौला भी राजा साहब से खार खाता था। उसे सदैव शंका रहती कि यह मराठों से मैत्री करके अवध-राज्य को मिटाना चाहते हैं। इसलिए वह राजा साहब के प्रत्येक कार्य में बाधा डालता रहता था। उसे अब भी आशा थी कि अवध का मुसलमानी राज्य अगर जीवित रह सकता है तो अँग्रेजों के संरक्षण में अन्यथा वह अवश्य हिंदुओं की बढ़ती हुई शक्ति का ग्रास बन जायगा।

वास्तव में बख्तावरसिंह की दशा अत्यंत करुण थी। वह अपनी चतुराई से जिह्वा की भाँति दाँतों के बीच में पड़े हुए अपना काम किये जाते थे। यों तो वह स्वभाव के अक्खड़ थे अपना काम निकालने के लिए मधुरता और मृदुलता शील और विनय का आवाहन करते रहते थे। इससे उनके व्यवहार में कृत्रिमता आ जाती थी और वह शत्रुओं को उनकी ओर से और भी सशंक बना देती थी।

बादशाह ने एक अँग्रेज मुसाहब से पूछा-तुमको मालूम है मैं तुम्हारी कितनी खातिर करता हूँ मेरी सल्तनत में किसी की मजाल नहीं कि वह किसी अँग्रेज को कड़ी निगाहों से देख सके।

अँग्रेज मुसाहब ने सिर झुका कर कहा-हम हुजूर की इस मिहरबानी को कभी नहीं भूल सकते।

बा.-इमामहुसैन की कसम अगर यहाँ कोई आदमी तुम्हें तकलीफ दे तो मैं उसे फौरन जिंदा दीवार में चुनवा दूँ।

बादशाह की आदत थी कि वह बहुधा अपनी अँग्रेजी टोपी हाथ में ले कर उसे उँगली पर नचाने लगते थे। रोज-रोज नचाते-नचाते टोपी में उँगली का घर हो गया था। इस समय जो उन्होंने टोपी उठा कर उँगली पर रखी तो टोपी में छेद हो गया। बादशाह का ध्यान अँग्रेजों की तरफ था। बख्तावरसिंह बादशाह के मुँह से ऐसी बात सुन कर कबाब हुए जाते थे। उक्त कथन में कितनी खुशामद कितनी नीचता और अवध की प्रजा तथा राजों का कितना अपमान था ! और लोग तो टोपी का छिद्र देख कर हँसने लगे पर राजा बख्तावरसिंह के मुँह से अनायास निकल गया-हुजूर ताज में सुराख हो गया।

राजा साहब के शत्रुओं ने तुरंत कानों पर उँगलियाँ रख लीं। बादशाह को भी ऐसा मालूम हुआ कि राजा ने मुझ पर व्यंग्य किया। उनके तेवर बदल गये। अँग्रेजों और अन्य सभासदों ने इस प्रकार कानाफूसी शुरू की जैसे कोई महान् अनर्थ हो गया। राजा साहब के मुँह से अनर्गल शब्द अवश्य निकले। इसमें कोई संदेह नहीं था। संभव है उन्होंने जान-बूझ कर व्यंग्य न किया हो उनके दु:खी हृदय ने साधारण चेतावनी को यह तीव्र रूप दे दिया पर बात बिगड़ जरूर गयी थी। अब उनके शत्रु उन्हें कुचलने के ऐसे सुन्दर अवसर को हाथ से क्यों जाने देते

राजा साहब ने सभा का यह रंग देखा तो खून सर्द हो गया। समझ गये आज शत्रुओं के पंजे में फँस गया और ऐसा बुरा फँसा कि भगवान् ही निकालें तो निकल सकता हूँ।

बादशाह ने कोतवाल से लाल आँखें करके कहा-इस नमकहराम को कैद कर लो और इसी वक्त इसका सिर उड़ा दो। इसे मालूम हो जाय कि बादशाहों से बेअदबी करने का क्या नतीजा होता है।

कोतवाल को सहसा जेनरल पर हाथ बढ़ाने की हिम्मत न पड़ी। रोशनुद्दौला ने उससे इशारे से कहा-खड़े सोचते क्या हो पकड़ लो नहीं तो तुम भी इसी आग में जल जाओगे।

तब कोतवाल ने आगे बढ़ कर बख्तावरसिंह को गिरफ्तार कर लिया। एक क्षण में उनकी मुश्कें कस दी गयीं। लोग उन्हें चारों ओर से घेर कर कत्ल करने ले चले।

बादशाह ने मुसाहबों से कहा-मैं भी वहीं चलता हूँ। जरा देखूँगा कि नमकहरामों की लाश क्योंकर तड़पती है।

कितनी घोर पशुता थी ! यही प्राण जरा देर पहले बादशाह का विश्वासपात्र था !

एकाएक बादशाह ने कहा-पहले इस नमकहराम की खिलअत उतार लो। मैं नहीं चाहता कि मेरी खिलअत की बेइज्जती हो।

किसकी मजाल थी जो जरा भी जबान हिला सके। सिपाहियों ने राजा साहब के वस्त्र उतारने शुरू किये। दुर्भाग्यवश उनके एक जेब से पिस्तौल निकल आयी। उसकी दोनों नालियाँ भरी हुई थीं। पिस्तौल देखते ही बादशाह की आँखों से चिनगारियाँ निकलने लगीं। बोले-कसम है हजरत इमामहुसैन की अब इसकी जाँबख्शी नहीं करूँगा। मेरे साथ भरी हुई पिस्तौल की क्या जरूरत ! जरूर इसकी नीयत में फितूर था। अब मैं इसे कुत्तों से नुचवाऊँगा। (मुसाहबों की तरफ देख कर) देखा तुम लोगों ने इसकी नीयत ! मैं अपनी आस्तीन में साँप पाले हुए था। आप लोगों के खयाल में इसके पास भरी हुई पिस्तौल का निकलना क्या माने रखता है

अँग्रेजों को केवल राजा साहब को नीचा दिखाना मंजूर था। वे उन्हें अपना मित्र बना कर जितना काम निकाल सकते थे उतना उनके मारे जाने से नहीं। इसी से एक अँग्रेज मुसाहब ने कहा-मुझे तो इसमें कोई गैरमुनासिब बात नहीं मालूम होती। जेनरल आपका बाडीगार्ड (रक्षक) है। उसे हमेशा हथियारबन्द रहना चाहिए। खासकर जब आपकी खिदमत में हो। नहीं मालूम किस वक्त इसकी जरूरत आ पड़े।

दूसरे अंग्रेज मुसाहबों ने भी इस विचार की पुष्टि की। बादशाह के क्रोध की ज्वाला कुछ शांत हुई। अगर ये ही बातें किसी हिंदुस्तानी मुसाहब की जबान से निकली होतीं तो उसकी जान की खैरियत न थी। कदाचित् अँग्रेजों को अपनी न्यायपरकता का नमूना दिखाने ही के लिए उन्होंने यह प्रश्न किया था। बोले-कसम हजरत इमाम की तुम सबके सब शेर के मुँह से उसका शिकार छीनना चाहते हो ! पर मैं एक न मानूँगा बुलाओ कप्तान साहब को। मैं उनसे यही सवाल करता हूँ। अगर उन्होंने भी तुम लोगों के खयाल की ताईद की तो इसकी जान न लूँगा। और अगर

उनकी राय इसके खिलाफ हुई तो इस मक्कार को इसी वक्त जहन्नुम भेज दूँगा। मगर खबरदार कोई उनकी तरफ किसी तरह का इशारा न करे। वरना मैं जरा भी रू-रिआयत न करूँगा। सबके सब सिर झुकाये बैठे रहें।

कप्तान साहब थे तो राजा साहब के आउरदे पर इन दिनों बादशाहों की उन पर विशेष कृपा थी। वह उन सच्चे राजभक्तों में थे जो अपने को राजा का नहीं राज्य का सेवक समझते हैं। वह दरबार से अलग रहते थे। बादशाह उनके कामों से बहुत संतुष्ट थे। एक आदमी तुरन्त कप्तान साहब को बुला लाया। राजा साहब की जान उनकी मुट्ठी में थी। रोशनुद्दौला को छोड़ कर ऐसा शायद एक व्यक्ति भी न था जिसका हृदय आशा और निराशा से न धड़क रहा हो। सब मन में भगवान् से यही प्रार्थना कर रहे थे कि कप्तान साहब किसी तरह से इस समस्या को समझ जायँ। कप्तान साहब आये और उड़ती हुई दृष्टि से सभा की ओर देखा। सभी की आँखें नीचे झुकी हुई थीं। वह कुछ अनिश्चित भाव से सिर झुका कर खड़े हो गये।

बादशाह ने पूछा-मेरे मुसाहबों को अपनी जेब में भरी हुई पिस्तौल रखना मुनासिब है या नहीं

दरबारियों की नीरवता उनके आशंकित चेहरे और उनकी चिंतायुक्त अधीरता देख कर कप्तान साहब को वर्तमान समस्या की कुछ टोह मिल गयी। वह निर्भीक भाव से बोले-हुजूर मेरे खयाल में तो यह उनका फर्ज है। बादशाह के दोस्त-दुश्मन सभी होते हैं। अगर मुसाहब लोग उनकी रक्षा का भार न लेंगे तो कौन लेगा उन्हें सर्फ पिस्तौल ही नहीं और भी छिपे हुए हथियारों से लैस रहना चाहिए। न जाने कब हथियारों की जरूरत आ पड़े तो वह ऐन वक्त पर कहाँ दौड़ते फिरेंगे

राजा साहब के जीवन के दिन बाकी थे। बादशाह ने निराश होकर कहा-रोशन इसे कत्ल मत करना काल कोठरी में कैद कर दो। मुझसे पूछे बगैर इसे दाना-पानी कुछ न दिया जाय। जा कर इसके घर का सारा माल-असबाब जब्त कर लो और सारे खानदान को जेल में बंद कर दो। इसके मकान की दीवारें जमींदोज करा देना। घर में एक फूटी हाँड़ी भी न रहने पाये।

इससे तो यही कहीं अच्छा था कि राजा साहब ही की जान जाती। खानदान की बेइज्जती तो न होती महिलाओं का अपमान तो न होता दरिद्रता की चोटें तो न सहनी पड़तीं ! विकार को निकलने का मार्ग नहीं मिलता तो वह सारे शरीर में फैल जाता है। राजा के प्राण तो बचे पर सारे खानदान को विपत्ति में डाल कर !

रोशनुद्दौला को मुँहमाँगी मुराद मिली। उसकी ईर्ष्या कभी इतनी संतुष्ट न हुई थी। वह मगन था कि आज वह काँटा निकल गया जो बरसों से हृदय में चुभा हुआ था। आज हिन्दू-राज्य का अंत हुआ। अब मेरा सिक्का चलेगा। अब मैं समस्त राज्य का विधाता हूँगा। संध्या से पहले ही राजा साहब की सारी स्थावर और जंगम संपत्ति कुर्क हो गयी। वृद्ध माता-पिता सुकोमल रमणियाँ छोटे-छोटे बालक सबके सब जेल में कैद कर दिये गये। कितनी करुण दशा थी। वे महिलाएँ जिन पर कभी देवताओं की भी निगाह न पड़ी थी खुले मुँह नंगे पैर पाँव घसीटती शहर की भरी हुई सड़कों और गलियों से होती हुई सिर झुकाये शोक-चित्रों की भाँति जेल की तरफ चली

जाती थीं। सशस्त्र सिपाहियों का एक बड़ा दल साथ था। जिस पुरुष के एक इशारे पर कई घंटे पहले सारे शहर में हलचल मच जाती उसी के खानदान की यह दुर्दशा !

2

राजा बख्तावरसिंह को बंदी-गृह में रहते हुए एक मास बीत गया। वहाँ उन्हें सभी प्रकार के कष्ट दिये जाते थे। यहाँ तक कि भोजन भी यथासमय न मिलता था। उनके परिवार को भी असह्य यातनाएँ दी जाती थीं। लेकिन राजा साहब को बंदी-गृह में एक प्रकार की शांति का अनुभव होता था। वहाँ प्रति-क्षण यह खटका तो न रहता था कि बादशाह मेरी किसी बात से नाराज न हो जायँ मुसाहब लोग कहीं मेरी शिकायत तो नहीं कर रहे हैं। शारीरिक कष्टों का सहना उतना कठिन नहीं जितना कि मानसिक कष्टों का। यहाँ सब तकलीफें थीं पर सिर पर तलवार तो नहीं लटक रही थी। उन्होंने मन में निश्चय किया कि अब चाहे बादशाह मुझे मुक्त भी कर दें मगर मैं राज-काज से अलग ही रहूँगा। इस राज्य का सूर्य अस्त होनेवाला है कोई मानवी शक्ति उसे विनाश-दिशा में लीन होने से नहीं रोक सकती। ये उसी पतन के लक्षण हैं। नहीं तो क्या मेरी राज-भक्ति का यही पुरस्कार मिलना चाहिए था मैंने अब तक कितनी कठिनाइयों से राज्य की रक्षा की है यह भगवान् ही जानते हैं। एक ओर तो बादशाह की निरंकुशता दूसरी ओर बलवान् और युक्ति- संपन्न शत्रुओं की कूटनीति-इस शिला और भँवर के बीच में राज्य की नौका को चलाते रहना कितना कष्टसाध्य था ! शायद ही ऐसा कोई दिन गुजरा होगा जिस दिन मेरा चित्त प्राण-शंका से आंदोलित न हुआ हो। इस सेवा भक्ति और तल्लीनता का यह पुरस्कार है ! मेरे मुख से व्यंग्य-शब्द अवश्य निकले लेकिन उनके लिए इतना कठोर दंड इससे तो यह कहीं अच्छा था कि मैं कत्ल कर दिया गया होता अपनी आँखों से अपने परिवार की यह दुर्गति तो न देखता सुनता हूँ पिता जी को सोने के लिए चटाई नहीं दी गयी है ! न जाने स्त्रियों पर कैसे-कैसे अत्याचार हो रहे होंगे। लेकिन इतना जानता हूँ कि प्यारी सुखदा अंत तक अपने सतीत्व की रक्षा करेगी अन्यथा प्राण त्याग देगी। मुझे बेड़ियों की परवाह नहीं। पर सुनता हूँ लड़कों के पैरों में भी बेड़ियाँ डाली गयी हैं। यह सब इसी कुटिल रोशनुद्दौला की शरारत है। जिसका जी चाहे इस समय सता ले कुचल ले मुझे किसी से कोई शिकायत नहीं। भगवान् से यही प्रार्थना है कि अब संसार से उठा ले। मुझे अपने जीवन में जो कुछ करना था कर चुका और उसका खूब फल पा चुका। मेरे-जैसे आदमी के लिए संसार में स्थान नहीं है।

राजा इन्हीं विचारों में डूबे थे। सहसा उन्हें अपनी काल कोठरी की ओर किसी के आने की आहट मिली। रात बहुत जा चुकी थी। चारों ओर सन्नाटा छाया था और उस अंधकारमय सन्नाटे में किसी के पैरों की चाप स्पष्ट सुनायी देती थी। कोई बहुत पाँव दबा-दबा कर चला आ रहा था। राजा साहब का कलेजा धक्-धक् करने लगा। वह उठ कर खड़े हो गये। हम नि:शस्त्र और प्रतिकार के लिए असमर्थ होने पर भी बैठे-बैठे वारों का निशाना नहीं बनना चाहते। खड़े हो जाना आत्मरक्षा का अंतिम प्रयत्न है। कोठरी में ऐसी कोई वस्तु न थी जिससे वह अपनी रक्षा कर सकते। समझ गये अंतिम समय आ गया। शत्रुओं ने इस तरह मेरे प्राण लेने की ठानी है। अच्छा है जीवन के साथ इस विपत्ति का भी अंत हो जायगा।

एक क्षण में उनके सम्मुख एक आदमी आ कर खड़ा हो गया। राजा साहब ने पूछा-कौन है

उत्तर मिला-मैं हूँ आपका सेवक।

राजा-ओ हो तुम हो कप्तान ! मैं शंका में पड़ा हुआ था कि कहीं शत्रुओं ने मेरा वध करने के लिए कोई दूत न भेजा हो !

कप्तान-शत्रुओं ने कुछ और ही ठानी है। आज बादशाह-सलामत की जान बचती नहीं नजर आती।

राजा-अरे ! यह क्योंकर !

कप्तान-जब से आपको यहाँ नजरबंद किया गया है सारे राज्य में हाहाकार मचा हुआ है। स्वार्थी कर्मचारियों ने लूट मचा रखी है। अँग्रेजों की खुदाई फिर रही है। जो जी में आता है करते हैं किसी की मजाल नहीं कि चूँ कर सके। इस एक महीने में शहर के सैकड़ों बड़े-बड़े रईस मिट गये। रोशनुद्दौला की बादशाही है। बाजारों का भाव चढ़ता जाता है। बाहर से व्यापारी लोग डर के मारे कोई चीज ही नहीं लाते। दूकानदारों से मनमानी रकमें महसूल के नाम पर वसूल की जा रही हैं। गल्ले का भाव इतना चढ़ गया है कि कितने ही घरों में चूल्हा जलने की नौबत नहीं आती। सिपाहियों को अभी तक तनख्वाह नहीं मिली। वे जा कर दूकानदारों को लूटते हैं। सारे राज्य में बदअमनी हो रही है। मैंने कई बार यह कैफियत बादशाह-सलामत के कानों तक पहुँचाने की कोशिश की मगर वह यह तो कह देते हैं कि मैं इसकी तहकीकात करूँगा और फिर बेखबर हो जाते हैं। आज शहर के बहुत-से दूकानदार फरियाद ले कर आये थे कि हमारे हाल पर निगाह न की गयी तो हम शहर छोड़ कर कहीं और चले जायँगे। क्रिस्तानों ने उनको सख्त कहा धमकाया लेकिन उन्होंने जब तक अपनी सारी मुसीबत न बयान कर ली वहाँ से न हटे। आखिर बादशाह-सलामत ने उनको दिलासा दिया तो चले गये।

राजा-बादशाह पर इतना असर हुआ मुझे तो यही ताज्जुब है !

कप्तान-असर-वसर कुछ नहीं हुआ। यह भी उनकी एक दिल्लगी है। शाम को खास मुसाहबों को बुला कर हुक्म दिया है कि आज मैं भेष बदल कर शहर का गश्त करूँगा तुम लोग भी भेष बदले हुए मेरे साथ रहना। मैं देखना चाहता हूँ कि रिआया क्यों इतनी घबरायी हुई है। सब लोग मुझसे दूर रहें किसी को न मालूम हो कि मैं कौन हूँ। रोशनुद्दौला और पाँचों अँग्रेज मुसाहिब साथ रहेंगे।

राजा-तुम्हें क्योंकर यह बात मालूम हो गयी

कप्तान-मैंने उसी अँग्रेज हज्जाम को मिला रखा है। दरबार में जो कुछ होता है उसका पता मुझे मिल जाता है। उसी की सिफारिश से आपकी खिदमत में हाजिर होने का मौका मिला। (घड़ियाल में 10 बजते हैं) ग्यारह बजे चलने की तैयारी है। बारह बजते-बजते लखनऊ का तख्त खाली हो जायगा।

राजा (घबरा कर)-क्या इन सबों ने उन्हें कत्ल करने की साजिश कर रखी है

कप्तान-जी नहीं कत्ल करने से उनका मंशा पूरा न होगा। बादशाह को बाजार की सैर कराते हुए गोमती की तरफ ले जायेंगे। वहाँ अँग्रेज सिपाहियों का एक दस्ता तैयार रहेगा। वह बादशाह को फौरन एक गाड़ी में बिठा कर रेजिडेंसी में ले जायगा। वहाँ रेजिडेंट साहब बादशाह-सलामत को सल्तनत से इस्तीफा देने पर मजबूर करेंगे। उसी वक्त उनसे इस्तीफा लिखा लिया जायगा और इसके बाद रातों-रात उन्हें कलकत्ते भेज दिया जायगा।

राजा-बड़ा गजब हो गया। अब तो वक्त बहुत कम है बादशाह-सलामत निकल पड़े होंगे

कप्तान-गजब क्या हो गया इनकी जात से किसे आराम था। दूसरी हुकूमत चाहे कितनी ही खराब हो इससे अच्छी ही होगी।

राजा-अँग्रेजों की हुकूमत होगी

कप्तान-अँग्रेज इनसे कहीं बेहतर इंतजाम करेंगे।

राजा-(करुण स्वर से)-कप्तान ! ईश्वर के लिए ऐसी बातें न करो। तुमने मुझसे जरा देर पहले क्यों न यह कैफियत बयान की

कप्तान (आश्चर्य से)-आपके साथ तो बादशाह ने कोई अच्छा सलूक नहीं किया !

राजा-मेरे साथ कितना ही बुरा सलूक किया हो लेकिन एक राज्य की कीमत एक आदमी या एक खानदान की जान से कहीं ज्यादा होती है। तुम मेरे पैरों की बेड़ियाँ खुलवा सकते हो

कप्तान-सारे अवध-राज्य में एक भी ऐसा आदमी न निकलेगा जो बादशाह को सच्चे दिल से दुआ देता हो। दुनिया उनके जुल्म से तंग आ गयी है।

राजा-मैं अपनों के जुल्म को गैरों की बंदगी से कहीं बेहतर खयाल करता हूँ। बादशाह की यह हालत गैरों ही के भरोसे पर हुई है। वह इसीलिए किसी की परवाह नहीं करते कि अँग्रेजों की मदद का यकीन है। मैं इन फिरंगियों की चालों को गौर से देखता आया हूँ। बादशाह के मिजाज को उन्होंने बिगाड़ा है। उनका मंशा यही था जो हुआ। रिआया के दिल से बादशाह की इज्जत और मुहब्बत उठ गयी। आज सारा मुल्क बगावत करने पर आमादा है। ये लोग इसी मौके का इंतजार कर रहे थे। वह जानते हैं कि बादशाह की माजूली (गद्दी से हटाये जाने) पर एक आदमी भी आँसू न बहावेगा। लेकिन मैं जताये देता हूँ कि अगर इस वक्त तुमने बादशाह को दुश्मनों के हाथों से न बचाया तो तुम हमेशा के लिए अपने ही वतन में गुलामी की जंजीरों में बँध जाओगे। किसी गैर कौम के चाकर बन कर अगर तुम्हें आफियत (शांति) भी मिली तो वह आफियत न होगी मौत होगी। गैरों के बेरहम पैरों के नीचे पड़ कर तुम हाथ भी न हिला सकोगे और यह उम्मीद कि कभी हमारे मुल्क में आईनी सल्तनत (वैध शासन) कायम होगी हसरत का दाग बन कर रह जायगी। नहीं मुझमें अभी मुल्क की मुहब्बत बाकी है। मैं अभी इतना बेजान नहीं हुआ हूँ। मैं इतनी आसानी से सल्तनत को हाथ से न जाने दूँगा अपने को इतने सस्ते दामों गैर के हाथों न बेचूँगा मुल्क की इज्जत को न मिटने दूँगा चाहे इस कोशिश में मेरी जान ही क्यों न जाय। कुछ और नहीं कर सकता तो अपनी जान तो दे ही सकता हूँ। मेरी बेड़ियाँ खोल दो।

कप्तान-मैं आपका खादिम हूँ मगर मुझे यह मजाज नहीं है।

राजा-(जोश में आ कर) जालिम यह इन बातों का वक्त नहीं है। एक-एक पल हमें तबाही की तरफ लिये जा रहा है। खोल दे ये बेड़ियाँ। जिस घर में आग लगी है उसके आदमी खुदा को नहीं याद करते कुएँ की तरफ दौड़ते हैं।

कप्तान-आप मेरे मुहसिन हैं। आपके हुक्म से मुँह नहीं मोड़ सकता। लेकिन-

राजा-जल्दी करो जल्दी करो। अपनी तलवार मुझे दे दो। अब इन तकल्लुफ की बातों का मौका नहीं है।

कप्तान साहब निरुत्तर हो गये। सजीव उत्साह में बड़ी संक्रामक शक्ति होती है। यद्यपि राजा साहब के नीतिपूर्ण वार्तालाप ने उन्हें माकूल नहीं किया तथापि वह अनिवार्य रूप से उनकी बेड़ियाँ खोलने पर तत्पर हो गये। उसी वक्त जेल के दारोगा को बुला कर कहा-साहब ने हुक्म दिया है कि राजा साहब को फौरन आजाद कर दिया जाय। इसमें एक पल की भी ताखीर (विलंब) हुई तो तुम्हारे हक में अच्छा न होगा।

दारोगा को मालूम था कि कप्तान साहब और मि...में गाढ़ी मैत्री है। अगर साहब नाराज हो जायेंगे तो रोशनुद्दौला की कोई सिफारिश मेरी रक्षा न कर सकेगी। उसने राजा साहब की बेड़ियाँ खोल दीं।

राजा साहब जब तलवार हाथ में ले कर जेल से निकले तो उनका हृदय राज्य-भक्ति की तरंगों से आंदोलित हो रहा था। उसी वक्त घड़ियाल ने 11 बजाये।

3

आधी रात का समय था। मगर लखनऊ की तंग गलियों में खूब चहल-पहल थी। ऐसा मालूम होता था कि अभी 9 बजे होंगे। सराफे में सबसे ज्यादा रौनक थी। मगर आश्चर्य यह था कि किसी दूकान पर जवाहरात या गहने नहीं दिखायी देते थे। केवल आदमियों के आने-जाने की भीड़ थी। जिसे देखो पाँचों शस्त्रों से सुसज्जित मूँछें खड़ी किये ऐंठता हुआ चला जाता था। बाजार के मामूली दूकानदार भी निःशस्त्र न थे।

सहसा एक आदमी भारी साफा बाँधे पैर की घुटनियों तक नीची कबा पहने कमर में पटका बाँधे आ कर एक सराफ की दूकान पर खड़ा हो गया। जान पड़ता था कोई ईरानी सौदागर है। उन दिनों ईरान के व्यापारी लखनऊ में बहुत आते-जाते थे। इस समय ऐसे आदमी का आ जाना असाधारण बात न थी।

सराफ का नाम माधोदास था। बोला-कहिए मीर साहब कुछ दिखाऊँ

सौदागर-सोने का क्या निर्ख है

माधो-(सौदागर के कान के पास मुँह ले जाकर) निर्ख की कुछ न पूछिए। आज करीब एक महीना से बाजार का निर्ख बिगड़ा हुआ है। माल बाजार में आता ही नहीं। लोग दबाये हुए हैं।

बाजार में खौफ के मारे नहीं लाते। अगर आपको ज्यादा माल की दरकार हो तो मेरे साथ गरीबखाने तक तकलीफ कीजिए। जैसा माल चाहिए लीजिए। निर्ख मुनासिब ही होगा। इसका इतमीनान रखिए।

सौदागर-आजकल बाजार का निर्ख क्यों बिगड़ा हुआ है

माधो-क्या आप हाल ही में वारिद हुए हैं

सौदागर-हाँ मैं आज ही आया हूँ। कहीं पहले की-सी रौनक नहीं नजर आती। कपड़े का बाजार भी सुस्त था। ढाके का एक कीमती थान बहुत तलाश करने पर भी न मिला।

माधो-इसके बड़े किस्से हैं कुछ ऐसा ही मुआमला है।

सौदागर-डाकुओं का जोर तो नहीं है पहले तो यहाँ इस किस्म की वारदातें न होती थीं।

माधो-अब वह कैफियत नहीं है। दिनदहाड़े डाके पड़ते हैं। उन्हें कोतवाल क्या बादशाह-सलामत भी गिरफ्तार नहीं कर सकते। अब और क्या कहूँ। दीवार के भी कान होते हैं। कहीं कोई सुन ले तो लेने के देने पड़ जायँ।

सौदागर-सेठ जी आप तो पहेलियाँ बुझवाने लगे। मैं परदेसी आदमी हूँ यहाँ किससे कहने जाऊँगा। आखिर बात क्या है बाजार क्यों इतना बिगड़ा हुआ है नाज की मंडी की तरफ गया था। सन्नाटा छाया हुआ है। मोटी जिंस भी दूने दामों पर बिक रही थी।

माधो (इधर-उधर चौकन्नी आँखों से देख कर)-एक महीना हुआ रोशनुद्दौला के हाथ में सियाह-सफेद का अख्तियार आ गया है। यह सब उन्हीं की बदइंतजामी का फल है। उनके पहले राजा बख्तावरसिंह हमारे मालिक थे। उनके वक्त में किसी की मजाल न थी कि व्यापारियों को टेढ़ी आँख से देख सके। उनका रोब सभी पर छाया हुआ था। फिरंगियों पर उनकी कड़ी निगाह रहती थी। हुक्म था कि कोई फिरंगी बाजार में आवे तो थाने का सिपाही उसकी देखभाल करता रहे। इसी वजह से फिरंगी उनसे जला करते थे। आखिर सबों ने रोशनुद्दौला को मिला कर बख्तावरसिंह को बेकसूर कैद करा दिया। बस तब से बाजार में लूट मची हुई है। सरकारी अमले अलग लूटते हैं। फिरंगी अलग नोचते-खसोटते हैं। जो चीज चाहते हैं उठा ले जाते हैं। दाम माँगो तो धमकियाँ देते हैं। शाही दरबार में फरियाद करो तो उलटे सजा होती है। अभी हाल ही में हम-सब मिल कर बादशाह-सलामत की खिदमत में हाजिर हुए थे। पहले तो वह बहुत नाराज हुए पर आखिर रहम आ गया। बादशाहों का मिजाज ही तो है। हमारी सब शिकायतें सुनीं और तसकीन दी कि हम तहकीकात करेंगे। मगर अभी तक वही लूट-खसोट जारी है।

इतने में तीन आदमी राजपूती ढंग की मिर्जई पहने आ कर दूकान के सामने खड़े हो गये। माधोदास उनका रंग-ढंग देख कर चौंका। शाही फौज के सिपाही बहुधा इसी सज-धज से निकलते थे। तीनों आदमी सौदागर को देख कर ठिठके पर उसने उन्हें कुछ ऐसी निगाहों से देखा कि तीनों आगे चले गये। तब सौदागर ने माधोदास से पूछा-इन्हें देख कर तुम क्यों चौंके

माधोदास ने कहा-ये फौज के सिपाही हैं। जब से राजा बख्तावरसिंह नजरबंद हुए हैं इन पर किसी की दाब ही नहीं रही। खुले साँड़ की तरह बाजारों में चक्कर लगाया करते हैं। सरकार से तलब मिलने का कुछ ठीक तो नहीं है। बस नोच-खसोट करके गुजर करते हैं। -हाँ तो फिर अगर मरजी हो तो मेरे साथ घर तक चलिए आपको माल दिखाऊँ।

सौदागर-नहीं भाई इस वक्त नहीं। सुबह आऊँगा। देर हो गयी है और मुझे भी यहाँ की हालत देख कर खौफ मालूम होने लगा है।

यह कह कर सौदागर उसी तरफ चला गया जिधर वे तीनों राजपूत गये थे। थोड़ी देर में तीन आदमी और सराफे में आये। एक तो पंडितों की तरह नीची चपकन पहने हुए था सिर पर गोल पगिया थी और कंधे पर जरी के काम का शाल। उसके दोनों साथी खिदमतगारों के-से कपड़े पहने हुए थे। तीनों इस तरह इधर-उधर ताक रहे थे मानो किसी को खोज रहे हों। यों ताकते हुए तीनों आगे चले गये। ईरानी सौदागर तीव्र नेत्रों से इधर-उधर देखता हुआ एक मील चला गया। वहाँ एक छोटा-सा बाग था। एक पुरानी मसजिद भी थी। सौदागर वहाँ ठहर गया। एकाएक तीनों राजपूत मसजिद से बाहर निकल आये और बोले-हुजूर तो बहुत देर तक सराफ की दूकान पर बैठे रहे। क्या बातें हुईं।

सौदागर ने अभी कुछ जवाब न दिया था कि पीछे से पंडित और उनके दोनों खिदमतगार भी आ पहुँचे। सौदागर ने पंडित को देखते ही भर्त्सनापूर्ण शब्दों में कहा-मियाँ रोशनुद्दौला मुझे इस वक्त तुम्हारे ऊपर इतना गुस्सा आ रहा है कि तुम्हें कुत्तों से नुचवा दूँ। नमकहराम कहीं का ! दगाबाज ! तूने मेरी सल्तनत को तबाह कर दिया ! सारा शहर तेरे जुल्म का रोना रो रहा है ! मुझे आज मालूम हुआ कि तूने क्यों राजा बख्तावरसिंह को कैद कराया। मेरी अकल पर न जाने क्यों पत्थर पड़ गये थे कि मैं तेरी चिकनी-चुपड़ी बातों में आ गया। इस नमकहरामी की तुझे वह सजा दूँगा कि देखनेवालों को भी इबरत (शिक्षा) हो।

रोशनुद्दौला ने निर्भीकता से उत्तर दिया-आप मेरे बादशाह हैं इसलिए आपका अदब करता हूँ वरना इसी वक्त बदजबानी का मजा चखा देता। खुद आप तो महल में हसीनों के साथ ऐश किया करते हैं दूसरों को क्या गरज पड़ी है कि सल्तनत की फिक्र से दुबले हों खूब हम अपना खून जलायें और आप जशन मनायें ! ऐसे अहमक कहीं और रहते होंगे।

बादशाह (क्रोध से काँपते हुए)-मि...मैं तुम्हें हुक्म देता हूँ कि इस नमकहराम को अभी गोली मार दो। मैं इसकी सूरत नहीं देखना चाहता। और इसी वक्त जा कर इसकी सारी जायदाद जब्त कर लो। इसके खानदान का एक बच्चा भी जिंदा न रहने पाये।

रोशन-मि...मैं तुमको हुक्म देता हूँ कि इस मुल्क और कौम के दुश्मन रैयत के कातिल और बदकार आदमी को फौरन गिरफ्तार कर लो। यह इस काबिल नहीं कि ताज और तख्त का मालिक बने।

इतना सुनते ही पाँचों अँग्रेज मुसाहबों ने जो भेष बदले हुए साथ थे बादशाह के दोनों हाथ पकड़ लिये और खींचते हुए गोमती नदी की तरफ ले चले। तब बादशाह की आँखें खुलीं। समझ गये कि पहले ही से यह षड्यंत्र रचा गया था। इधर-उधर देखा कोई आदमी नहीं। शोर मचाना व्यर्थ था। बादशाही का नशा उतर गया। दुरवस्था ही वह परीक्षाग्नि है जो मुलम्मे और रोगन को उतार कर मनुष्य का यथार्थ रूप दिखा देती है। ऐसे ही अवसरों पर विदित होता है कि मानव-हृदय पर कृत्रिम भावों का कितना गहरा रंग चढ़ा होता है। एक क्षण में बादशाह की उद्दंडता और घमंड ने दीनता और विनयशीलता का आश्रय लिया। बोले-मैंने तो आप लोगों की मरजी के खिलाफ ऐसा कोई काम नहीं किया जिसकी यह सजा मिले। मैंने आप लोगों को हमेशा अपना दोस्त समझा है।

रोशन-तो हम लोग जो कुछ कर रहे हैं वह भी आपके फायदे ही के लिए कर रहे हैं। हम आपके सिर से सल्तनत का बोझ उतार कर आपको आजाद कर देंगे। तब आपके ऐश में खलल न पड़ेगा। आप बेफिक्र हो कर हसीनों के साथ जिंदगी की बहार लूटिएगा।

बादशाह-तो क्या आप लोग मुझे तख्त से उतारना चाहते हैं

रोशन-नहीं आपको बादशाही की जिम्मेदारियों से आजाद कर देना चाहते हैं।

बादशाह-हजरत इमाम की कसम मैं यह जिल्लत न बर्दाश्त करूँगा। मैं अपने बुजुर्गों का नाम न डुबाऊँगा।

रोशन-आपके बुजुर्गों के नाम की फिक्र हमें आपसे ज्यादा है। आपकी ऐश परस्ती बुजुर्गों का नाम रोशन नहीं कर रही है।

बादशाह (दीनता से)-वादा करता हूँ कि आइंदा से आप लोगों को शिकायत का कोई मौका न दूँगा।

रोशन-नशेबाजों के वादों पर कोई दीवाना ही यकीन कर सकता है।

बादशाह-तुम मुझे जबरदस्ती तख्त से नहीं उतार सकते।

रोशन-इन धमकियों की जरूरत नहीं। चुपचाप चले चलिए आगे आपको सेजगाड़ी मिल जायगी। हम आपको इज्जत के साथ रुखसत करेंगे।

बादशाह-आप जानते हैं रिआया पर इसका क्या असर होगा

रोशन-खूब जानता हूँ ! आपकी हिमायत में एक उँगली भी न उठेगी। कल सारी सल्तनत में घी के चिराग जलेंगे।

इतनी देर में सब लोग उस स्थान पर आ पहुँचे जहाँ बादशाह को ले जाने के लिए सवारी तैयार खड़ी थी। लगभग 25 सशस्त्र गोरे सिपाही भी खड़े थे। बादशाह सेजगाड़ी को देखकर मचल गये। उनके रुधिर की गति तीव्र हो गयी भोग और विलास के नीचे दबी हुई मर्यादा सजग हो गयी। उन्होंने जोर से झटका दे कर अपना हाथ छुड़ा लिया और नैराश्यपूर्ण दुस्साहस के साथ

परिणाम-भय को त्याग कर उच्च स्वर से बोले-ऐ लखनऊ के बसनेवालो ! तुम्हारा बादशाह यहाँ दुश्मनों के हाथों कत्ल किया जा रहा है। उसे इनके हाथ से बचाओ दौड़ो वरना पछताओगे!

यह आर्त पुकार आकाश की नीरवता को चीरती हुई गोमती की लहरों में विलीन नहीं हुई बल्कि लखनऊवालों के हृदयों में जा पहुँची। राजा बख्तावरसिंह बंदी-गृह से निकल कर नगर-निवासियों को उत्तेजित करते और प्रतिक्षण रक्षाकारियों के दल को बढ़ाते बड़े वेग से दौड़े चले आ रहे थे। एक पल का विलम्ब भी षड्यंत्रकारियों के घातक विरोध को सफल कर सकता था। देखते-देखते उनके साथ दो-तीन हजार सशस्त्र मनुष्यों का दल हो गया था। यह सामूहिक शक्ति बादशाह का और लखनऊ राज्य का उद्धार कर सकती थी। समय सब कुछ था। बादशाह गोरी सेना के पंजे में फँस गये तो फिर समस्त लखनऊ भी उन्हें मुक्त न कर सकता था। राजा साहब ज्यों-ज्यों आगे बढ़ते जाते थे नैराश्य से दिल बैठा जाता था। विफल मनोरथ होने की शंका से उत्साह भंग हुआ जाता था। अब तक कहीं उन लोगों का पता नहीं ! अवश्य हम देर में पहुँचे। विद्रोहियों ने अपना काम पूरा कर लिया। लखनऊ राज्य की स्वाधीनता सदा के लिए विसर्जित हो गयी !

ये लोग निराश हो कर लौटना ही चाहते थे कि अचानक बादशाह का आर्तनाद सुनायी दिया। कई हजार कंठों से आकाश-भेदी ध्वनि निकली-हुजूर को खुदा सलामत रखे। हम फिदा होने को आ पहुँचे!

समस्त दल एक ही प्रबल इच्छा से प्रेरित हो कर वेगवती जलधारा की भाँति घटनास्थल की ओर दौड़ा। अशक्त लोग भी सशक्त हो गये। पिछड़े हुए लोग आगे निकल जाना चाहते थे। आगे के लोग चाहते थे कि उड़ कर जा पहुँचें !

इन आदमियों की आहट पाते ही गोरों ने बंदूकें भरीं और 25 बंदूकों की बाढ़ सर हो गयी। रक्षाकारियों में कितने ही लोग गिर पड़े मगर कदम पीछे न हटे। वीर मद ने और भी मतवाला कर दिया। एक क्षण में दूसरी बाढ़ आयी कुछ लोग फिर वीर-गति को प्राप्त हुए लेकिन कदम आगे बढ़ते ही गये। तीसरी बाढ़ छूटने ही वाली थी कि लोगों ने विद्रोहियों को पा लिया। गोरे भागे।

जब लोग बादशाह के पास पहुँचे तो अद्भुत दृश्य देखा। बादशाह रोशनुद्दौला की छाती पर सवार थे। जब गोरे जान ले कर भागे तो बादशाह ने इस नरपिशाच को पकड़ लिया और उसे बलपूर्वक भूमि पर गिरा कर उसकी छाती पर बैठ गये। अगर उनके हाथों में हथियार होता तो इस वक्त रोशन की लाश तड़फती हुई दिखायी देती।

राजा बख्तावरसिंह आगे बढ़ कर बादशाह को आदाब बजा लाये। लोगों की जय-ध्वनि से आकाश हिल उठा। कोई बादशाह के पैरों को चूमता था। कोई उन्हें आशीर्वाद देता था और रोशनुद्दौला का शरीर तो लातों और घूसों का लक्ष्य बना हुआ था। कुछ बिगड़े दिल ऐसे भी थे जो उसके मुँह पर थूकने में भी संकोच न करते थे।

4

प्रात:काल था। लखनऊ में आनन्दोत्सव मनाया जा रहा था। बादशाही महल के सामने लाखों आदमी जमा थे। सब लोग बादशाह को यथायोग्य नजर देने आये थे। जगह-जगह गरीबों को भोजन कराया जा रहा था। शाही नौबतखाने में नौबत बज रही थी।

दरबार सजा। बादशाह हीरे और जवाहर से जगमगाते रत्नजटित आभूषणों से सजे हुए सिंहासन पर बिराजे। रईसों और अमीरों से नजरें गुजारीं। कविजनों ने कसीदे पढ़े। एकाएक बादशाह ने पूछा-राजा बख्तावरसिंह कहाँ हैं कप्तान ने जवाब दिया-कैदखाने में।

बादशाह ने उसी वक्त कई कर्मचारियों को भेजा कि राजा साहब को जेलखाने से इज्जत के साथ लायें। जब थोड़ी देर के बाद राजा ने आ कर बादशाह को सलाम किया तो वे तख्त से उतर कर उनसे गले मिले और उन्हें अपनी दाहिनी ओर सिंहासन पर बैठाया। फिर दरबार में खड़े होकर उनकी सुकीर्ति और राज-भक्ति की प्रशंसा करने के उपरांत अपने ही हाथों से उन्हें खिलअत पहनायी। राजा साहब के कुटुम्ब के प्राणी आदर और सम्मान के साथ बिदा किये गये।

अन्त को जब दोपहर के समय दरबार बर्खास्त होने लगा तो बादशाह ने राजा साहब से कहा-आपने मुझ पर और मेरी सल्तनत पर जो एहसान किया है उसका सिला (पुरस्कार) देना मेरे इमकान से बाहर है। मेरी आपसे यही इल्तिजा (अनुरोध) है कि आप वजरत का कलमदान अपने हाथ में लीजिए और सल्तनत का जिस तरह मुनासिब समझिए इन्तजाम कीजिए। मैं आपके किसी काम में दखल न दूँगा। मुझे एक गोशे में पड़ा रहने दीजिए। नमकहराम रोशन को भी मैं आपके सुपुर्द किये देता हूँ। आप इसे जो सजा चाहें दें। मैं इसे कब का जहन्नुम भेज चुका होता पर यह समझ कर कि यह आपका शिकार है इसे छोड़े हुए हूँ।

लेकिन बख्तावरसिंह बादशाह के उच्छृंखल स्वभाव से भली-भाँति परिचित थे वह जानते थे बादशाह की ये सदिच्छाएँ थोड़े ही दिनों की मेहमान हैं ! मानवचरित्र में आकस्मिक परिवर्तन बहुत कम हुआ करते हैं। दो-चार महीने में दरबार का फिर वही रंग हो जायगा इसलिए मेरा तटस्थ रहना ही अच्छा है। राज्य के प्रति मेरा जो कुछ कर्त्तव्य था वह मैंने पूरा कर दिया। मैं दरबार में रह कर कदापि नहीं कर सकता। हितैषी मित्र का जितना सम्मान होता है स्वामिभक्त सेवक का उतना नहीं हो सकता।

वह विनीत भाव से बोले-हुजूर मुझे इस ओहदे से मुआफ रखें। मैं यों ही आपका खादिम हूँ। इस मनसब पर किसी लायक आदमी को माशूर फरमाइए (नियुक्त कीजिए)। मैं अक्खड़ राजपूत हूँ। मुल्की इन्तजाम करना क्या जानूँ।

बादशाह-मुझे तो आपसे ज्यादा लायक और वफादार आदमी नजर नहीं आता।

मगर राजा साहब उनकी बातों में न आये। आखिर मजबूर होकर बादशाह ने उन्हें ज्यादा न दबाया। क्षण भर बाद जब रोशनुद्दौला को सजा देने का प्रश्न उठा तब दोनों आदमियों में इतना मतभेद हुआ कि वाद-विवाद की नौबत आ गयी। बादशाह आग्रह करते थे कि इसे कुत्तों से

नुचवा दिया जाय। राजा साहब इस बात पर अड़े हुए थे कि इसे जान से न मारा जाय केवल नजरबन्द कर दिया जाय। अन्त में बादशाह ने क्रुद्ध होकर कहा-यह एक दिन आपको जरूर दगा देगा !

राजा-इस खौफ से मैं इसकी जान न लूँगा।

बादशाह-तो जनाब आप चाहें इसे मुआफ कर दें मैं कभी मुआफ नहीं कर सकता।

राजा-आपने तो इसे मेरे सुपुर्द कर दिया था। दी हुई चीज को आप वापस कैसे लेंगे

बादशाह ने कहा-तुमने मेरे निकलने का कहीं रास्ता ही नहीं रखा।

रोशनुद्दौला की जान बच गयी। वजारत का पद कप्तान साहब को मिला। मगर सबसे विचित्र बात यह थी कि रेजिडेंट ने इस षड्यन्त्र से पूर्ण अनभिज्ञता प्रकट की और साफ लिख दिया कि बादशाह-सलामत अपने अँग्रेज मुसाहबों को जो सजा चाहें दें कोई आपत्ति न होगी। मैं उन्हें पाता तो स्वयं बादशाह की खिदमत में भेज देता लेकिन पाँचों महानुभावों में से एक का भी पता न चला। शायद वे सबके सब रातों-रात कलकत्ते भाग गये।

इतिहास में उक्त घटना का कहीं उल्लेख नहीं किया गया लेकिन किंवदंतियाँ जो इतिहास से अधिक विश्वसनीय हैं उसकी सत्यता की साक्षी हैं।

* * *

अधिकार-चिन्ता

टामी यों देखने में तो बहुत तगड़ा था। भूँकता तो सुननेवाले के कानों के परदे फट जाते। डील-डौल भी ऐसा कि अँधेरी रात में उस पर गधे का भ्रम हो जाता। लेकिन उसकी श्वानोचित वीरता किसी संग्रामक्षेत्र में प्रमाणित न होती थी। दो-चार दफे जब बाजार के लेडियों ने उसे चुनौती दी तो वह उनका गर्व-मर्दन करने के लिए मैदान में आया और देखनेवालों का कहना है कि जब तक लड़ा जीवट से लड़ा नखों और दाँतों से ज्यादा चोटें उसकी दुम ने की। निश्चित रूप से नहीं कहा जा सकता कि मैदान किसके हाथ रहा किंतु जब उस दल को कुमक मँगानी पड़ी तो रण-शास्त्रा के नियमों के अनुसार विजय का श्रेय टामी ही को देना उचित न्यायानुकूल जान पड़ता है। टामी ने उस अवसर पर कौशल से काम लिया और दाँत निकाल दिये जो संधि की याचना थी। किंतु तब से उसने ऐसे सन्नीति-विहीन प्रतिद्वंद्वियों के मुँह लगना उचित न समझा।

इतना शांतिप्रिय होने पर भी टामी के शत्रुओं की संख्या दिनोंदिन बढ़ती जाती थी। उसके बराबरवाले उससे इसलिए जलते कि वह इतना मोटा-ताजा हो कर इतना भीरु क्यों है। बाजारी दल इसलिए जलता कि टामी के मारे घूरों पर की हड्डियाँ भी न बचने पाती थीं। वह घड़ी-रात रहे उठता और हलवाइयों की दूकानों के सामने के दोने और पत्तल कसाईखाने के सामने की हड्डियाँ और छीछड़े चबा डालता। अतएव इतने शत्रुओं के बीच में रह कर टामी का जीवन संकटमय होता जाता था। महीनों बीत जाते और पेट भर भोजन न मिलता। दो-तीन बार उसे मनमाने भोजन करने की ऐसी प्रबल उत्कंठा हुई कि उसने संदिग्ध साधनों द्वारा उसको पूरा करने की चेष्टा की पर जब परिणाम आशा के प्रतिकूल हुआ और स्वादिष्ट पदार्थों के बदले अरुचिकर दुर्ग्राह्य वस्तुएँ भरपेट खाने को मिलीं-जिससे पेट के बदले कई दिन तक पीठ में विषम वेदना होती रही-तो उसने विवश हो कर फिर सन्मार्ग का आश्रय लिया। पर डंडों से पेट चाहे भर गया हो वह उत्कंठा शांत न हुई। वह किसी ऐसी जगह जाना चाहता था जहाँ खूब शिकार मिले खरगोश हिरन भेड़ों के बच्चे मैदानों में विचर रहे हों और उनका कोई मालिक न हो जहाँ किसी प्रतिद्वंद्वी की गंध तक न हो आराम करने को सघन वृक्षों की छाया हो पीने को नदी का पवित्र जल। वहाँ मनमाना शिकार करूँ खाऊँ और मीठी नींद सोऊँ। वहाँ चारों ओर मेरी धाक बैठ जाय सब पर ऐसा रोब छा जाय कि मुझी को अपना राजा समझने लगें और धीरे-धीरे मेरा ऐसा सिक्का बैठ जाय कि किसी द्वेषी को वहाँ पैर रखने का साहस ही न हो।

संयोगवश एक दिन वह इन्हीं कल्पनाओं के सुख स्वप्न देखता हुआ सिर झुकाये सड़क छोड़ कर गलियों से चला जा रहा था कि सहसा एक सज्जन से उसकी मुठभेड़ हो गयी। टामी ने चाहा कि बच कर निकल जाऊँ पर वह दुष्ट इतना शांतिप्रिय न था। उसने तुरंत झपट कर टामी का टेटुआ पकड़ लिया। टामी ने बहुत अनुनय-विनय की गिड़गिड़ा कर कहा-ईश्वर के लिए मुझे

यहाँ से चले जाने दो कसम ले लो जो इधर पैर रखूँ। मेरी शामत आयी थी कि तुम्हारे अधिकार क्षेत्र में चला आया। पर उस मदांध और निर्दयी प्राणी ने जरा भी रिआयत न की। अंत में हार कर टामी ने गर्दभ स्वर में फरियाद करनी शुरू की। यह कोलाहल सुन कर मोहल्ले के दो-चार नेता लोग एकत्र हो गये पर उन्होंने भी दीन पर दया करने के बदले उलटे उसी पर दंत-प्रहार करना शुरू किया। इस अन्यायपूर्ण व्यवहार ने टामी का दिल तोड़ दिया। वह जान छुड़ा कर भागा। उन अत्याचारी पशुओं ने बहुत दूर तक उसका पीछा किया यहाँ तक कि मार्ग में एक नदी पड़ गयी और टामी ने उसमें कूद कर अपनी जान बचायी।

कहते हैं एक दिन सबके दिन फिरते हैं। टामी के दिन भी नदी में कूदते ही फिर गये। कूदा था जान बचाने के लिए हाथ लग गये मोती। तैरता हुआ उस पार पहुँचा तो वहाँ उसकी चिर-संचित अभिलाषाएँ मूर्तिमती हो रही थीं।

2

यह एक विस्तृत मैदान था। जहाँ तक निगाह जाती थी हरियाली की छटा दिखायी देती थी। कहीं नालों का मधुर कलरव था कहीं झरनों का मंद गान कहीं वृक्षों के सुखद पुंज थे कहीं रेत के सपाट मैदान। बड़ा सुरम्य मनोहर दृश्य था।

यहाँ बड़े तेज नखोंवाले पशु थे जिनकी सूरत देख कर टामी का कलेजा दहल उठता था पर उन्होंने टामी की कुछ परवा न की। वे आपस में नित्य लड़ा करते थे नित्य खून की नदी बहा करती थी। टामी ने देखा यहाँ इन भयंकर जंतुओं से पेश न पा सकूँगा। उसने कौशल से काम लेना शुरू किया। जब दो लड़नेवाले पशुओं में एक घायल और मुर्दा होकर गिर पड़ता तो टामी लपक कर मांस का कोई टुकड़ा ले भागता और एकांत में बैठ कर खाता। विजयी पशु विजय के उन्माद में उसे तुच्छ समझ कर कुछ न बोलता।

अब क्या था टामी के पौ-बारह हो गये। सदा दीवाली रहने लगी। न गुड़ की कमी थी न गेहूँ की। नित्य नये पदार्थ उड़ाता और वृक्षों के नीचे आनंद से सोता। उसने ऐसे सुख स्वर्ग की कल्पना भी न की थी। वह मर कर नहीं जीते जी स्वर्ग पा गया।

थोड़े ही दिनों में पौष्टिक पदार्थों के सेवन से टामी की चेष्टा ही कुछ और हो गयी। उसका शरीर तेजस्वी और सुगठित हो गया। अब वह छोटे-मोटे जीवों पर स्वयं हाथ साफ करने लगा। जंगल के जंतु अब चौंके और उसे वहाँ से भगा देने का यत्न करने लगे। टामी ने एक नयी चाल चली। वह कभी किसी पशु से कहता तुम्हारा फलाँ शत्रु तुम्हें मार डालने की तैयारी कर रहा है किसी से कहता फलाँ तुमको गाली देता था। जंगल के जंतु उसके चकमे में आ कर आपस में लड़ जाते और टामी की चाँदी हो जाती। अंत में यहाँ तक नौबत पहुँची कि बड़े-बड़े जंतुओं का नाश हो गया। छोटे-मोटे पशुओं का उससे मुकाबला करने का साहस न होता था। उसकी उन्नति और शक्ति देख कर उन्हें ऐसा प्रतीत होने लगा मानो यह विचित्र जीव आकाश से हमारे ऊपर शासन करने के लिए भेजा गया है। टामी भी अब अपनी शिकारबाजी के जौहर दिखा कर उनकी इस भ्रांति को पुष्ट किया करता था। बड़े गर्व से कहता- परमात्मा ने मुझे तुम्हारे ऊपर

राज्य करने के लिए भेजा है। यह ईश्वर की इच्छा है। तुम आराम से अपने घर में पड़े रहो। मैं तुमसे कुछ न बोलूँगा केवल तुम्हारी सेवा करने के पुरस्कारस्वरूप तुममें से एकाध का शिकार कर लिया करूँगा। आखिर मेरे भी तो पेट है बिना आहार के कैसे जीवित रहूँगा और कैसे तुम्हारी रक्षा करूँगा। वह अब बड़ी शान से जंगल में चारों ओर गौरवान्वित दृष्टि से ताकता हुआ विचरा करता।

टामी को अब कोई चिंता थी तो यह कि इस देश में मेरा कोई मुद्दई न उठ खड़ा हो। वह सजग और सशस्त्र रहने लगा। ज्यों-ज्यों दिन गुजरते थे और सुख-भोग का चसका बढ़ता जाता था त्यों-त्यों उसकी चिंता भी बढ़ती जाती थी। बस अब बहुधा रात को चौंक पड़ता और किसी अज्ञात शत्रु के पीछे दौड़ता। अक्सर अंधा कूकुर बात से भूँके वाली लोकोक्ति को चरितार्थ करता। वन के पशुओं से कहता- ईश्वर न करे कि तुम किसी दूसरे शासक के पंजे में फँस जाओ। वह तुम्हें पीस डालेगा। मैं तुम्हारा हितैषी हूँ सदैव तुम्हारी शुभ-कामना में मग्न रहता हूँ। किसी दूसरे से यह आशा मत रखो। पशु एक स्वर में कहते जब तक हम जियेंगे आप ही के अधीन रहेंगे।

आखिरकार यह हुआ कि टामी को क्षण भर भी शांति से बैठना दुर्लभ हो गया। वह रात-दिन दिन-दिन भर नदी के किनारे इधर से उधर चक्कर लगाया करता। दौड़ते-दौड़ते हाँफने लगता बेदम हो जाता मगर चित्त को शांति न मिलती। कहीं कोई शत्रु न घुस आये।

लेकिन क्वार का महीना आया तो टामी का चित्त एक बार फिर अपने पुराने सहचरी से मिलने के लिए लालायित होने लगा। वह अपने मन को किसी भाँति रोक न सका। वह दिन याद आया जब वह दो-चार मित्रों के साथ किसी प्रेमिका के पीछे गली-गली और कूचे-कूचे में चक्कर लगाता था। दो-चार दिन तो उसने सब्र किया पर अन्त में आवेग इतना प्रबल हुआ कि वह तकदीर ठोंक कर खड़ा हुआ। उसे अब अपने तेज और बल पर अभिमान भी था। दो-चार को तो वही मजा चखा सकता था।

किन्तु नदी के इस पार आते ही उसका आत्मविश्वास प्रात:काल के तम के समान फटने लगा। उसकी चाल मन्द पड़ गयी आप ही आप सिर झुक गया दुम सिकुड़ गयी। मगर एक प्रेमिका को आते देख कर वह विह्वल हो उठा उसके पीछे हो लिया। प्रेमिका को उसकी वह कुचेष्टा अप्रिय लगी। उसने तीव्र स्वर से उसकी अवहेलना की। उसकी आवाज सुनते ही उसके कई प्रेमी आ पहुँचे और टामी को वहाँ देखते ही जामे से बाहर हो गये। टामी सिटपिटा गया। अभी निश्चय न कर सका था कि क्या करूँ कि चारों ओर से उस पर दाँतों और नखों की वर्षा होने लगी। भागते भी न बन पड़ा। देह लहूलुहान हो गयी। भागा भी तो शैतानों का एक दल पीछे था।

उस दिन से उसके दिल में शंका-सी समा गयी। हर घड़ी यह भय लगा रहता कि आक्रमणकारियों का दल मेरे सुख और शांति में बाधा डालने के लिए मेरे स्वर्ग को विध्वंस करने के लिए आ रहा है। यह शंका पहले भी कम न थी अब और भी बढ़ गयी।

एक दिन उसका चित्त भय से इतना व्याकुल हुआ कि उसे जान पड़ा शत्रु-दल आ पहुँचा। वह बड़े वेग से नदी के किनारे आया और इधर से उधर दौड़ने लगा।

दिन बीत गया रात बीत गयी पर उसने विश्राम न लिया। दूसरा दिन आया और गया पर टामी निराहार निर्जल नदी के किनारे चक्कर लगाता रहा।

इस तरह पाँच दिन बीत गये। टामी के पैर लड़खड़ाने लगे आँखों-तले अँधेरा छाने लगा। क्षुधा से व्याकुल हो कर गिर पड़ता पर वह शंका किसी भाँति शांत न हुई।

अन्त में सातवें दिन अभागा टामी अधिकार-चिन्ता से ग्रस्त जर्जर और शिथिल हो कर परलोक सिधारा। वन का कोई पशु उसके निकट न गया। किसी ने उसकी चर्चा तक न की किसी ने उसकी लाश पर आँसू तक न बहाये। कई दिनों तक उस पर गिद्ध और कौए मँडराते रहे अन्त में अस्थिपंजरों के सिवा और कुछ न रह गया।

* * *

दुराशा

(प्रहसन)

पात्र

दयाशंकर -कार्यालय के एक साधारण लेखक

आनंदमोहन -कालेज का एक विद्यार्थी तथा दयाशंकर का मित्र

ज्योतिस्वरूप -दयाशंकर का एक सुदूर-सम्बन्धी

सेवती -दयाशंकर की पत्नी

(होली का दिन)

(समय-9 बजे रात्रि आनंदमोहन तथा दयाशंकर वार्तालाप करते जा रहे हैं।)

आ.-हम लोगों को देर तो न हुई। अभी तो नौ बजे होंगे !

द.-नहीं अभी क्या देर होगी !

आ.-वहाँ बहुत इंतजार न कराना। क्योंकि एक तो दिन भर गली-गली घूमने के पश्चात् मुझमें इंतजार करने की शक्ति ही नहीं दूसरे ठीक ग्यारह बजे बोर्डिंग हाउस का दरवाजा बंद हो जाता है।

द.-अजी चलते-चलते थाली सामने आवेगी। मैंने तो सेवती से पहले ही कह दिया है कि नौ बजे तक सामान तैयार रखना।

आ.-तुम्हारा घर तो अभी दूर है। यहाँ मेरे पैरों में चलने की शक्ति ही नहीं। आओ कुछ बातचीत करते चलें। भला यह तो बताओ कि परदे के सम्बन्ध में तुम्हारा क्या विचार है भाभी जी मेरे सामने आयेंगी या नहीं क्या मैं। उनके चंद्रमुख का दर्शन कर सकूँगा सच कहो।

द.-तुम्हारे और मेरे बीच में तो भाईचारे का सम्बन्ध है। यदि सेवती मुँह खोले हुए भी तुम्हारे सम्मुख आ जाय तो मुझे कोई म्लान नहीं। किंतु साधारणत: मैं परदे की प्रथा का सहायक और समर्थक हूँ। क्योंकि हम लोगों की सामाजिक नीति इतनी पवित्र नहीं है कि कोई स्त्री अपने लज्जा-भाव को चोट पहुँचाये बिना अपने घर से बाहर निकले।

आ.-मेरे विचार में तो पर्दा ही कुचेष्टाओं का मूल कारण है। पर्दे से स्वभावत: पुरुषों के चित्त में उत्सुकता उत्पन्न होती है और वह भाव कभी तो बोली-ठोली में प्रकट होता है और कभी नेत्रों के कटाक्षों में।

द.-जब तक हम लोग इतने दृढ़प्रतिज्ञ न हो जायँ कि सतीत्व-रक्षा के पीछे प्राण भी बलिदान कर दें तब तक परदे की प्रथा को तोड़ना समाज के मार्ग में विष बोना है।

अ.-आपके विचार से तो यही सिद्ध होता है कि यूरोप में सतीत्व-रक्षा के लिए रात-दिन रुधिर की नदियाँ बहा करती हैं।

द.-वहाँ इसी बेपर्दगी ने तो सतीत्व-धर्म को निर्मूल कर दिया है। अभी मैंने किसी समाचारपत्र में पढ़ा था कि एक स्त्री ने किसी पुरुष पर इस प्रकार का अभियोग चलाया था कि उसने मुझे निर्भीकतापूर्वक कुदृष्टि से घूरा था किन्तु विचारक ने उस स्त्री को नख-शिख से देख कर यह कह कर मुकदमा खारिज कर दिया कि प्रत्येक मनुष्य को अधिकार है कि हाट-बाट में नौजवान स्त्री को घूर कर देखे। मुझे तो यह अभियोग और यह फैसला सर्वथा हास्यास्पद जान पड़ते हैं और किसी भी समाज को निंदित करनेवाले हैं।

आ.-इस विषय को छोड़ो। यह तो बताओ कि इस समय क्या-क्या खिलाओगे मित्र नहीं तो मित्र की चर्चा ही हो।

द.-यह तो सेवती की पाक-कला-कुशलता पर निर्भर है। पूरियाँ और कचौरियाँ तो होंगी ही। यथासंभव खूब खरी भी होंगी। यथाशक्ति खस्ते और समोसे भी आयेंगे। खीर आदि के बारे में भविष्यवाणी की जा सकती है। आलू और गोभी की शोरबेदार तरकारी और मटर दालमोट भी मिलेंगे। फीरिनी के लिए भी कह आया था। गूलर के कोफते और आलू के कबाब यह दोनों सेवती खूब पकाती है। इनके सिवा दही-बड़े और चटनी-अचार की चर्चा तो व्यर्थ ही है। हाँ शायद किशमिश का रायता भी मिले जिसमें केसर की सुगंध उड़ती होगी।

आ.-मित्र मेरे मुँह में तो पानी भर आया। तुम्हारी बातों ने तो मेरे पैरों में जान डाल दी। शायद पर होते तो उड़ कर पहुँच जाता।

द.-लो अब तो आ ही जाते हैं। यह तम्बाकूवाले की दूकान है इसके बाद चौथा मकान मेरा ही है।

आ.-मेरे साथ बैठ कर एक ही थाली में खाना। कहीं ऐसा न हो कि अधिक खाने के लिए मुझे भाभी जी के सामने लज्जित होना पड़े।

द.-इससे तुम निश्शंक रहो। उन्हें मिताहारी आदमी से चिढ़ है वे कहती हैं- जो खायेगा ही नहीं दुनिया में काम क्या करेगा आज शायद तुम्हारी बदौलत मुझे भी काम करनेवालों की पंक्ति में स्थान मिल जावे। कम से कम कोशिश तो ऐसी ही करना।

आ.-भई यथाशक्ति चेष्टा करूँगा। शायद तुम्हें ही प्रधानपद मिल जाये।

द.-यह लो आ गये। देखना सीढ़ियों पर अँधेरा है। शायद चिराग जलाना भूल गयी।

आ.-कोई हर्ज नहीं। तिमिरलोक ही में तो सिकंदर को अमृत मिला था।

द.-अंतर इतना ही है कि तिमिरलोक में पैर फिसले तो पानी में गिरोगे और यहाँ फिसला तो पथरीली सड़क पर।

(ज्योतिस्वरूप आते हैं)

ज्योति.-सेवक भी उपस्थित हो गया। देर तो नहीं हुई डबल मार्च करता आया हूँ।

द.-नहीं अभी तो देर नहीं हुई। शायद आपकी भोजनाभिलाषा आपको समय से पहले खींच लायी।

आ.-आपका परिचय कराइए। मुझे आपसे देखा-देखी नहीं है।

द.-(अँगरेजी में) मेरे सुदूर के सम्बन्ध में साले होते हैं। एक वकील के मुहर्रिर हैं। जबरदस्ती नाता जोड़ रहे हैं। सेवती ने निमंत्रण दिया होगा मुझे कुछ भी ज्ञात नहीं। ये अँगरेजी नहीं जानते।

आ.-इतना तो अच्छा है। अँगरेजी में ही बातें करेंगे।

द.-सारा मजा किरकिरा हो गया। कुमानुषों के साथ बैठ कर खाना फोड़े के आप्रेशन के बराबर है।

आ.-किसी उपाय से इन्हें विदा कर देना चाहिए।

द.-मुझे तो चिंता यह है कि अब संसार के कार्यकर्त्ताओं में हमारी और तुम्हारी गणना ही न होगी। पाला इसके हाथ रहेगा।

आ.-खैर ऊपर चलो। आनंद तो जब आवे कि इन महाशय को आधे पेट ही उठना पड़े।

(तीनों आदमी ऊपर जाते हैं)

द.-अरे ! कमरे में भी रोशनी नहीं घुप अँधेरा है। लाला ज्योतिस्वरूप देखिएगा कहीं ठोकर खा कर न गिर पड़ियेगा।

आ.-अरे गजब...(आलमारी से टकरा कर धम् से गिर पड़ता है)।

द.-लाला ज्योतिस्वरूप क्या आप गिरे चोट तो नहीं आयी

आ.-अजी मैं गिर पड़ा। कमर टूट गयी। तुमने अच्छी दावत की।

द.-भले आदमी सैकड़ों बार तो आये हो। मालूम नहीं था कि सामने आलमारी रखी हुई है। क्या ज्यादा चोट लगी

आ.-भीतर जाओ। थालियाँ लाओ और भाभी जी से कह देना कि थोड़ा-सा तेल गर्म कर लें। मालिश कर लूँगा।

ज्योति.-महाशय यह आपने क्या रख छोड़ा है। जमीन पर गिर पड़ा।

द.-उगालदान तो नहीं लुढ़का दिया हाँ वही तो है। सारा फर्श खराब हो गया।

आ.-बन्धुवर जा कर लालटेन जला लाओ। कहाँ ला कर काल-कोठरी में डाल दिया।

द.-(घर में जा कर) अरे ! यहाँ भी अँधेरा है ! चिराग तक नहीं। सेवती कहाँ हो

से.-बैठी तो हूँ।

द.-यह बात क्या है चिराग क्यों नहीं जले ! तबीयत तो अच्छी है

से.-बहुत अच्छी है। बारे तुम आ तो गये ! मैंने समझा था कि आज आपका दर्शन ही न होगा।

द.-ज्वर है क्या कब से आया है

से.-नहीं ज्वर-स्वर कुछ नहीं चैन से बैठी हूँ।

द.-तुम्हारा पुराना बायगोला तो नहीं उभर आया

से.-(व्यंग्य से) हाँ बायगोला ही तो है। लाओ कोई दवा है

द.-अभी डाक्टर के यहाँ से मँगवाता हूँ।

से.-कुछ मुफ्त की रकम हाथ आ गयी है क्या लाओ मुझे दे दो अच्छी हो जाऊँ।

द.-तुम तो हँसी कर रही हो। साफ-साफ कोई बात नहीं कहती। क्या मेरे देर से आने का यही दंड है मैंने नौ बजे आने का वचन दिया था। शायद दो-चार मिनट अधिक हुए हों। सब चीजें तैयार हैं न

से.-हाँ बहुत ही खस्ता आधो-आध मक्खन डाला था।

द.-आनंदमोहन से मैंने तुम्हारी खूब प्रशंसा की है।

से.-ईश्वर ने चाहा तो वे भी प्रशंसा ही करेंगे। पानी रख आओ हाथ-वाथ तो धोयें।

द.-चटनियाँ भी बनवा ली हैं न आनंदमोहन को चटनियों से बहुत प्रेम है।

से.-खूब चटनी खिलाओ। सेरों बना रखी है।

द.-पानी में केवड़ा डाल दिया है

से.-हाँ ले जा कर पानी रख आओ। पानी आरम्भ करें प्यास लगी होगी।

आ.-(बाहर से) मित्र शीघ्र आओ। अब इन्तजार करने की शक्ति नहीं है।

द.-जल्दी मचा रहा है। लाओ थालियाँ परसो।

से.-पहले चटनी और पानी तो रख आओ।

द.-(रसोई में जा कर) अरे ! यहाँ तो चूल्हा बिलकुल ठंडा पड़ गया है। महरी आज सबेरे ही काम कर गयी क्या

से.-हाँ खाना पकने से पहले ही आ गयी थी।

द.-बर्तन सब मँजे हुए हैं। क्या कुछ पकाया ही नहीं

से.-भूत-प्रेत आ कर खा गये होंगे।

द.-क्या-चूल्हा ही नहीं जलाया गजब कर दिया।

से.-गजब मैंने कर दिया या तुमने

द.-मैंने तो सब सामान ला कर रख दिया था। तुमसे बार-बार पूछ लिया था कि किसी चीज की कमी हो तो बतलाओ। फिर खाना क्यों न पका क्या विचित्र रहस्य है ! भला मैं इन दोनों को क्या मुँह दिखाऊँगा।

आ.-मित्र क्या तुम अकेले ही सब सामग्री चट कर रहे हो इधर भी लोग आशा लगाये बैठे हैं। इन्तजार दम तोड़ रहा है।

से.-यदि सब सामग्री ला कर रख ही देते तो मुझे बनाने में क्या आपत्ति थी

द.-अच्छा यदि दो-एक वस्तुओं की कमी ही रह गयी थी तो इसका क्या अभिप्राय कि चूल्हा ही न जले यह तो किस अपराध का दंड दिया है आज होली का दिन और यहाँ आग ही न जली

से.-जब तक ऐसे चरके न खाओगे तुम्हारी आँखें न खुलेंगी।

द.-तुम तो पहेलियों से बातें कर रही हो। आखिर किस बात पर अप्रसन्न हो मैंने कौन-सा अपराध किया जब मैं यहाँ से जाने लगा था तुम प्रसन्नमुख थीं और इसके पहले भी मैंने तुम्हें दुखी नहीं देखा था। तो मेरी अनुपस्थिति में कौन ऐसी बात हो गयी कि तुम इतनी रूठ गयीं

से.-घर में स्त्रियों को कैद करने का यह दंड है।

द.-अच्छा तो यह इस अपराध का दंड है मगर तुमने मुझसे परदे की निन्दा नहीं की। बल्कि इस विषय पर जब कोई बात छिड़ती थी तो तुम मेरे विचारों से सहमत ही रहती थीं। मुझे आज ही ज्ञात हुआ कि तुम्हें परदे से कितनी घृणा है ! क्या दोनों अथितियों से यह कह दूँ कि परदे की सहायता के दंड में मेरे यहाँ अनशन व्रत है आप लोग ठंडी-ठंडी हवा खायें

से.-जो चीजें तैयार हैं वह जा कर खिलाओ और जो नहीं हैं उसके लिए क्षमा माँगो।

द.-मैं तो कोई चीज तैयार नहीं देखता

से.-हैं क्यों नहीं चटनी बना ही डाली है और पानी भी पहले से तैयार है।

द.-यह दिल्लगी तो हो चुकी। सचमुच बताओ खाना क्यों नहीं पकाया क्या तबीयत खराब हो गयी थी अथवा किसी कुत्ते ने आ कर रसोई अपवित्र कर दी थी

आ.-बाहर क्यों नहीं आते हो भाई भीतर ही भीतर क्या मिसकौट कर रहे हो अब सब चीजें नहीं तैयार हैं नहीं सही जो कुछ तैयार हो वही लाओ। इस समय तो सादी पूरियाँ भी खस्ते से अधिक स्वादिष्ट जान पड़ेंगी। कुछ लाओ भला श्रीगणेश तो हो। मुझसे अधिक उत्सुक मेरे मित्र मुंशी ज्योतिस्वरूप हैं।

से.-भैया ने दावत के इंतजार में आज दोपहर को भी न खाया होगा।

द.-बात क्यों टालती हो मेरी बातों का जवाब क्यों नहीं देतीं

से.-नहीं जवाब देती क्या कुछ आपका कर्ज खाया है या रसोई बनाने के लिए लौंडी हूँ

द.-यदि मैं घर का काम करके अपने को दास नहीं समझता तो तुम घर का काम करके अपने को दासी क्यों समझती हो !

से.-मैं नहीं समझती तुम समझते हो !

द.-क्रोध मुझे आना चाहिए उल्टी तुम बिगड़ रही हो।

से.-तुम्हें क्यों मुझ पर क्रोध आना चाहिए इसलिए कि तुम पुरुष हो

द.-नहीं इसलिए कि तुमने आज मुझे मेरे मित्रों तथा सम्बन्धियों के सम्मुख नीचा दिखाया।

से.-नीचा दिखाया तुमने मुझे कि मैंने तुम्हें तुम तो किसी प्रकार क्षमा करा लोगे किंतु कालिमा तो मेरे मुख लगेगी।

आ.-भई अपराध क्षमा हो मैं भी वहीं आता हूँ। यहाँ तो किसी पदार्थ की सुगंध तक नहीं आती।

द.-क्षमा क्या करा लूँगा लाचार हो कर बहाना करना पड़ेगा।

से.-चटनी खिला कर पानी पिलाओ। इतना सत्कार बहुत है। होली का दिन है यह भी एक प्रहसन रहेगा।

द.-प्रहसन क्या रहेगा कहीं मुख दिखाने योग्य न रहूँगा। आखिर तुम्हें यह क्या शरारत सूझी

से.-फिर वही बात ! शरारत क्यों सूझती ! क्या तुमसे और तुम्हारे मित्रों से कोई बदला लेना था लेकिन जब लाचार हो गयी तो क्या करती तुम तो दस मिनट पछता कर और मुझ पर क्रोध मिटा कर आनंद से सोओगे। यहाँ तो मैं तीन बजे से बैठी झींक रही हूँ। और यह सब तुम्हारी करतूत है।

द.-यही तो पूछता हूँ कि मैंने क्या किया।

से.-तुमने मुझे पिंजरे में बंद कर दिया पर काट दिये ! मेरे सामने दाना रख दो तो खाऊँ मुधिया में पानी डाल दो तो पीऊँ यह किसका कसूर है

द.-भाई छिपी-छिपी बातें न करो। साफ-साफ क्यों नहीं कहतीं !

आ.-विदा होता हूँ मौज उड़ाइए। नहीं बाजार की दुकानं भी बंद हो जायँगी। खूब चकमा दिये मित्र फिर समझेंगे। लाला ज्योतिस्वरूप तो बैठे-बैठे अपनी निराशा को खुर्राटों से भुला रहे हैं। मुझे यह संतोष कहाँ ! तारे भी नहीं हैं कि बैठ कर उन्हें ही गिनूँ। इस समय तो स्वादिष्ट पदार्थों का स्मरण कर रहा हूँ।

द.-बंधुवर दो मिनट और संतोष करो। आया। आँ ! लाला ज्योतिस्वरूप से कह दो कि किसी हलवाई की दूकान से पूरियाँ ले आयें। यहाँ कम पड़ गयी हैं। आज दोपहर ही से इनकी तबीयत खराब हो गयी हे। मेरे मेज की दराज में रुपये रखे हैं।

से.-साफ-साफ तो यही है कि तुम्हारे परदे ने मुझे पंगु बना दिया है। कोई मेरा गला भी घोंट जाय तो फरियाद नहीं कर सकती।

द.-फिर भी वही अन्योक्ति ! इस विषय का अंत भी होगा या नहीं !

से.-दियासलाई तो थी ही नहीं फिर आग कैसे जलाती !

द.-अहा ! मैंने जाते समय दियासलाई की डिबिया जेब में रख ली थी...जरा-सी बात का तुमने इतना बतंगड़ बना दिया। शायद मुझे तंग करने के लिए अवसर ढूँढ़ रही थीं। कम-से-कम मुझे तो ऐसा ही जान पड़ता है।

से.-यह तुम्हारी ज्यादती है। ज्यों ही तुम सीढ़ी से उतरे मेरी दृष्टि डिबिया की तरफ गयी किंतु वह लापता थी। ताड़ गयी कि तुम ले गये। तुम मुश्किल से दरवाजे तक पहुँचे होगे। अगर जोर से पुकारती तो तुम सुन लेते। लेकिन नीचे दूकानदारों के कान में भी आवाज जाती तो सुन कर तुम न जाने मेरी कौन-कौन दुर्दशा करते। हाथ मल कर रह गयी। उसी समय से बहुत व्याकुल हो रही हूँ कि किसी प्रकार भी दियासलाई मिल जाती तो अच्छा होता। मगर कोई वश न चलता था। अंत में लाचार हो कर बैठ रही।

द.-यह कहो कि तुम मुझे तंग करना चाहती थीं। नहीं तो क्या आग या दियासलाई न मिल जाती

से.-अच्छा तुम मेरी जगह होते तो क्या करते नीचे सबके सब दूकानदार हैं। और तुम्हारी जान-पहचान के हैं। घर के एक ओर पंडित जी रहते हैं। उनके घर में कोई स्त्री नहीं। सारे दिन फाग हुई है। बाहर के सैकड़ों आदमी जमा थे। दूसरी ओर बंगाली बाबू रहते हैं। उनके घर की स्त्रियाँ किसी सम्बन्धी से मिलने गयी हैं और अब तक नहीं आयीं। इन दोनों से भी बिना दज्जे पर आये चीज न मिल सकती थी। लेकिन शायद तुम इतनी बेपर्दगी को क्षमा न करते। और कौन ऐसा था जिससे कहती कि कहीं से आग ला दो। महरी तुम्हारे सामने ही चौका-बर्तन करके चली गयी थी। रह-रह कर तुम्हारे ऊपर क्रोध आता था।

द.-तुम्हारी लाचारी का कुछ अनुमान कर सकता हूँ पर मुझे अब भी यह मानने में आपत्ति है कि दियासलाई का न होना चूल्हा न जलने का वास्तविक कारण हो सकता है।

से.-तुम्हीं से पूछती हूँ कि बतलाओ क्या करती

द.-मेरा मन इस समय स्थिर नहीं किंतु मुझे विश्वास है कि यदि मैं तुम्हारे स्थान पर होता तो होली के दिन और खासकर जब अतिथि भी उपस्थित हों चूल्हा ठंडा न रहता। कोई-न-कोई उपाय अवश्य ही निकालता।

से.-जैसे

से.-एक रुक्का लिख किर किसी दूकानदार के सामने फेंक देता।

से.-यदि मैं ऐसा करती तो शायद तुम आँख मिलाने का मुझ पर कलंक लगाते।

द.-अँधेरा हो जाने पर सिर से पैर तक चादर ओढ़ कर बाहर निकल जाता और दियासलाई ले आता। घंटे-दो घंटे में अवश्य ही कुछ-न-कुछ तैयार हो जाता। ऐसा उपवास तो न पड़ता।

से.-बाजार जाने से मुझे तुम गली-गली घूमनेवाली कहते और गला काटने पर उतारू हो जाते। तुमने मुझे कभी इतनी स्वतंत्रता नहीं दी। यदि कभी स्नान करने जाती हूँ तो गाड़ी का पट बंद रहता है।

द.-अच्छा तुम जीती और मैं हारा। सदैव के लिए उपदेश मिल गया कि ऐसे अत्यावश्यक समय पर तुम्हें घर से बाहर निकलने की स्वतंत्रता है।

से.-मैं तो इसे आकस्मिक समय नहीं कहती। आकस्मिक समय तो वह है कि दैवात् घर में कोई बीमार हो जाय और उसे डाक्टर के यहाँ ले जाना आवश्यक हो।

द.-निस्संदेह वह समय आकस्मिक है। इस दशा में तुम्हारे जाने में कोई हस्तक्षेप नहीं।

से.-और भी आकस्मिक समय गिनाऊँ

द.-नहीं भाई इसका फैसला तुम्हारी बुद्धि पर निर्भर है।

से.-मित्र संतोष की सीमा तो अंत हो गयी अब प्राण-पीड़ा हो रही है। ईश्वर करे घर आबाद रहे बिदा होता हूँ।

द.-बस एक मिनट और। उपस्थित हुआ।

से.-चटनी और पानी लेते जाओ और पूरियाँ बाजार से मँगवा लो। इसके सिवा इस समय हो ही क्या सकता है

द.-(मरदाने कमरे में आकर) पानी लाया हूँ प्यालियों में चटनी है। आप लोग जब तक भोग लगावें। मैं अभी आता हूँ।

आ.-धन्य है ईश्वर ! भला तुम बाहर तो निकले ! मैंने तो समझा था कि एकांतवास करने लगे। मगर निकले भी तो चटनियाँ ले कर। वह स्वादिष्ट वस्तुएँ क्या हुईं जिनका आपने वादा किया था और जिनका स्मरण मैं प्रेमानुरक्त भाव से कर रहा हूँ

द.-ज्योतिस्वरूप कहाँ गये

से.-ऊर्ध्व संसार में भ्रमण कर रहे हैं। बड़ा ही अद्भुत उदासीन मनुष्य है कि आते ही आते सो गया और अभी तक नहीं चौंका।

द.-मेरे यहाँ एक दुर्घटना हो गयी। उसे और क्या कहूँ। सब सामान मौजूद और चूल्हे में आग न जली।

आ.-खूब ! यह एक ही रही। लकड़ियाँ न रही होंगी।

द.-घर में तो लकड़ियों का पहाड़ लगा है। अभी थोड़े ही दिन हुए कि गाँव से एक गाड़ी लकड़ी आ गयी थी। दियासलाई न थी।

आ.-(अट्टहास कर) वाह ! यह अच्छा प्रहसन हुआ। थोड़ी-सी भूल ने सारा स्वप्न ही नष्ट कर दिया। कम से कम मेरी तो बधिया बैठ गयी।

द.-क्या कहूँ मित्र लज्जित हूँ। तुमसे सत्य कहता हूँ। आज से मैं परदे का शत्रु हो गया। इस निगोड़ी प्रथा के बन्धन ने ठीक होली के दिन ऐसा विश्वासघात किया कि जिसकी कभी भी संभावना न थी। अच्छा अब बतलाओ बाजार से लाऊँ पूरियाँ अभी तो ताजी मिल जायँगी।

आ.-बाजार का रास्ता तो मैंने भी देखा है। कष्ट न करो। जा कर बोर्डिंग हाउस में खा लूँगा। रहे ये महाशय मेरे विचार में तो इन्हें छेड़ना ठीक नहीं। पड़े-पड़े खर्राटे लेने दो। प्रात:काल चौंकेंगे तो घर का मार्ग पकड़ेंगे।

द.-तुम्हारा यों वापस जाना मुझे खल रहा है। क्या सोचा था क्या हुआ ! मजे ले-ले कर समोसे और कोफ्ते खाते और गपड़चौथ मचाते। सभी आशाएँ मिट्टी में मिल गयीं। ईश्वर ने चाहा तो शीघ्र ही इसका प्रायश्चित्त करूँगा।

आ.-मुझे इस बात की प्रसन्नता है कि तुम्हारा सिद्धान्त टूट गया। अब इतनी आज्ञा दो कि भाभी जी को धन्यवाद दे आऊँ।

द.-शौक से जाओ।

आ.-(भीतर जा कर) भाभी जी साष्टांग प्रणाम कर रहा हूँ। यद्यपि आज के आकाशी भोज से मुझे दुराशा तो अवश्य हुई किन्तु वह उस आनन्द के सामने शून्य है जो भाई साहब के विचार-परिवर्तन से हुआ है। आज एक दियासलाई ने जो शिक्षा प्रदान की है वह लाखों प्रामाणिक प्रमाणों से भी संभव नहीं है। इसके लिए मैं आपको सहर्ष धन्यवाद देता हूँ। अब से बन्धुवर परदे के पक्षपाती ने होंगे यह मेरा अटल विश्वास है।

[पटाक्षेप]

* * *

www.ingramcontent.com/pod-product-compliance
Ingram Content Group UK Ltd.
Pitfield, Milton Keynes, MK11 3LW, UK
UKHW042132021026
15589UKWH00003B/782

9 789390 852017